圖說經典 Classic 14

水滸傳

二 宋江上山

原著
施耐庵
編撰
張鵬高

好讀出版

水滸傳二 宋江上山

目錄

如何閱讀本書

閱讀性高的原典：

將一百二十回原典分爲六大分冊，版面美觀流暢、閱讀性強

詳細注釋：

解釋艱難字詞，隨文直書於奇數頁最左側，並於文中以※記號標號，以供對照

列出各回回目便於索引翻閱

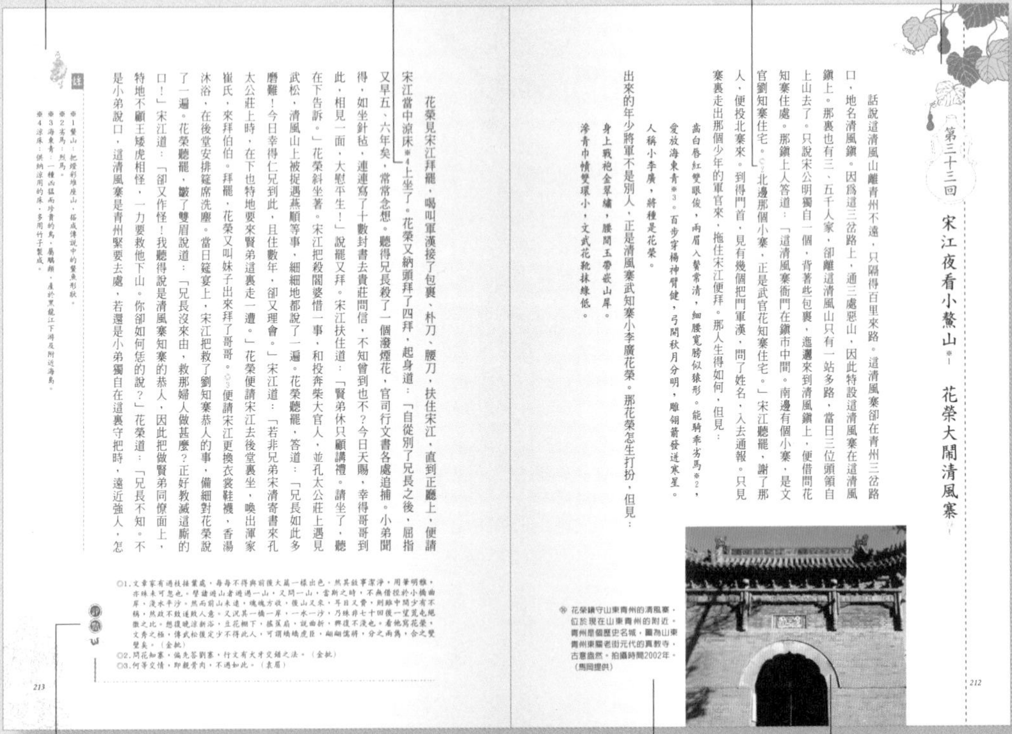

第三十三回　宋江夜看小鰲山※1　花榮大鬧清風寨

話說這清風山離青州不遠，只隔得百里來路。這清風寨卻在青州三岔路口，地名清風鎮。因爲這三岔路上，通三處惡山，因此特設這清風寨在這清風鎮上。那裏也有三、五千人家，卻離這清風山只有一站多路，當日三位頭領自上山去了。只說宋公明獨自一個，背著些包裹，迤邐來到清風鎮上，便借問花知寨住處。那鎮上人答道：「這清風寨衙門在鎮市中間。南邊有個小寨，是文官劉知寨住宅。◎2北邊那個小寨，正是武官花知寨住宅。」宋江聽罷，謝了那人，便投北寨來。到得門首，見有幾個把門軍漢，問了姓名，入去通報。只見寨裏走出那個少年的軍官來，拖住宋江便拜。那人生得如何，但見：

齒白唇紅雙眼俊，兩眉入鬢常清，細腰寬膀似猿形。能騎乖劣馬※2，愛放海東青※3。百步穿楊神臂健，弓開秋月分明，雕翎箭發迸寒星。人稱小李廣，將種是花榮。

出來的年少將軍不是別人，正是清風寨武知寨小李廣花榮。那花榮怎生打扮，但見：

身上戰袍金翠繡，腰間玉帶嵌山犀。滲青巾幘雙環小，文武花靴抹綠低。

⑯ 花榮鎮守山東青州的清風寨，位於現在山東青州的附近。青州是個歷史名城，圖為山東青州東關老街元代的真教寺，古意盎然。拍攝時間2002年。（馬岡提供）

212

花榮見宋江拜罷，喝叫軍漢接了包裹、朴刀、腰刀，扶住宋江，直到正廳上，便請宋江當中涼床※4上坐了。花榮又納頭拜了四拜，起身道：「自從別了兄長之後，屈指又早五、六年矣，常常念想。聽得兄長殺了一個潑煙花，官司行文書各處追捕。小弟聞得，如坐針毡，連連寫了十數封書去貴莊問信，不知曾到也不？今日天賜，幸得哥哥到此，相見一面，大慰平生！」說罷又拜。宋江扶住道：「賢弟休只顧講禮。請坐了，聽在下告訴。」花榮斜坐著。宋江把殺閻婆惜一事，和投奔柴大官人，並孔太公莊上遇見武松，清風山上被捉遇燕順等事，細細地都說了一遍。花榮聽罷，答道：「兄長如此多磨難！今日幸得仁兄到此，且住數年，卻又理會。」宋江道：「若非兄弟宋清寄書來孔太公莊上時，在下也特地要來賢弟這裏走一遭。」花榮便請宋江去後堂裏坐，喚出渾家崔氏，來拜伯伯。拜罷，花榮又叫妹子出來拜了哥哥。◎3便請宋江更換衣裳鞋襪，香湯沐浴，在後堂安排筵席洗塵。當日筵宴上，宋江把救了劉知寨恭人的事，備細對花榮說了一遍。花榮聽罷，皺了雙眉說道：「兄長沒來由，救那婦人做甚麼？正好教滅這廝的口！」宋江道：「卻又作怪！我聽得說是清風寨知寨的恭人，因此把做賢弟同僚面上，特地不顧王矮虎相怪，一力要救他下山。你卻如何恁的說？」花榮道：「兄長不知。不是小弟說口，這清風寨是青州緊要去處，若還是小弟獨自在這裏守把時，遠近強人，怎

注

※1鰲山：把燈彩堆座山，搭成傳說中的鰲魚形狀。
※2劣馬：烈馬。
※3海東青：一種凶猛而珍貴的鳥，屬鵰類，產於黑龍江下游及附近海島。
※4涼床：供納涼用的床，多用竹子製成。

◎1.文章家有過枝接葉處，每每不得與前後大篇一樣出色。然其敘事潔淨，用筆明雅，亦殊未可忽也。譬諸遊山者過過一山，又問一山，當斯之時，不無借徑於小橋曲岸、淺水平沙。然而前山未遠，魂魄方收，後山又來，耳目又費，則雖中間少有不稱，然政不致遂敗人意。又況其一橋一岸，一水一沙，乃殊非七十回後一望荒屯絕徼之比。想復晚涼新浴，豆花棚下，搖蕉扇，說曲折，興復不淺也。看他寫花榮，文秀之極，傳武松後定少不得此人，可謂矯矯虎臣，翩翩儒將，分之兩雋，合之雙璧矣。（金批）
◎2.問花知寨，偏先答劉寨，行文有大片交錯之法。（金批）
◎3.何等交情，即親骨肉，不過如此。（袁眉）

213

名家評點：

選收不同名家之評點，隨文橫書於頁面的下方欄位，並於文中以◎記號標號，以供對照

精緻彩圖：

名家繪圖、相關照片等精緻彩圖，使讀者融入小說情境

詳細圖說：

說明性和評點性的圖說，提供讓讀者理解

導讀

俗至絢爛成大雅

主编　張鵬高

常話説少不讀《水滸》，怕草莽氣熏壞了少年郎。少時偶然得到金聖歎批評《水滸傳》一套，正逢書渴，便顧不得那麼多了。沒想到一看就剎不住車，不但文字純樸質感，金聖歎的評語更令人叫絕。記得第一回「張天師祈禳瘟疫洪太尉誤走妖魔」中，洪太尉爬龍虎山一段，太尉大人爬山辛苦，不免心內產生想法。原文如此寫道：

「這洪太尉獨自一個行了一回，盤坡轉徑，攬葛攀藤。約莫走過了數個山頭，三、二里多路，看看腳酸腿軟，正走不動，口裏不説，肚裏躊躇，心中想道：『我是朝廷貴官，』……

金聖歎在此突然評了一句「醜話」。如果沒有這句評語，這段文字可能就會輕輕放過，但這兩字評語卻會讓人從此開始思考判斷。更重要處，金聖歎的評語嬉笑怒罵生冷不忌，讓習慣了應試教育的少年一下感受到語言的活潑與可愛。其時正值暑假，暑熱中麻辣的文字似乎有種解暑的作用。時過多年，想起

《水滸傳》，總有種暑熱中涼爽的感覺。

因受金聖歎影響過大，一度覺得金的批語比原文更出色。然而後來多看幾遍原文之後，慢慢體味到，金文過於淋漓的文字，終難免灑狗血的嫌疑。一回文字中，有兩三處「好貨」之類的唾罵，確實讓人盪氣迴腸，如果有十幾處「絕妙」、「奇絕」之類的誇獎，自然有些過火。

金聖歎過高評價《水滸》，有當時具體的考量。明代小說是沒有地位的俗文字，金聖歎將之評價爲天下才子必讀書之一，與《孟子》並列，矯枉過正自然無可厚非。隱去華麗的批評詞藻，《水滸》正文自有一種獨特的韻味：寫實處細緻周詳，絲毫不惜筆墨，作者對各種民俗掌故、九流三教乃至居家裝飾都了然於心，往往會不厭其詳地一一介紹。因此，《水滸傳》雖然距離眞實歷史很遙遠，卻經常予人一種極度寫實的印象。

第二回高俅進身一段，描畫了「一對兒羊脂玉碾成的鎭紙獅子」，作爲高俅進身的小道具，作者都在色彩、質感方面盡量塡充。這裏要是換成「一對鎭紙獅子」，感染力便會下降不少。此外，第三十二回「武行者醉打孔亮」一節，描寫孔亮喝酒，爲了渲染酒肉對武松的吸引力，不惜四次點出「青花甕酒」來刺激武松和讀者。這種用重複來強調的技巧，到了二十世紀，米蘭・昆德拉（捷克作家《生命中不能承受之輕》作者）才提了出來，猶然以爲新創不久。《水滸傳》的技巧往往掩藏在自然的筆墨之下，不詳細品味，雖然能感覺到其甘甜，卻難以發覺其原因。

就《水滸》而言，這些還不是最重要的，《水滸》最出色的地方，在於其入俗脫俗之處：《水滸》入俗深，沒讀過的人都知道一百單八將；同時又能超脫世俗，在歷史的長河中刻下難以磨滅的烙印。優秀作品與經典作品的差別就在這裏。

《水滸傳》描寫一百單八將，是迎合世俗、方便傳播的寫法，這種技巧在當時歷史演義的大潮中十分普遍，《水滸》進步的地方在於用了天罡地煞的外衣來包裝。這些只能算作優秀，眞正讓《水滸》進身百年經典的地方，則在於維繫作品中對仁、義等傳統美德的思考、描寫以及宣揚。如果說一百單八將是作品的框架，那麼仁義則是經脈，此外，才有各種細節作爲骨肉而存在，以上均具備，才有作品的靈性和血脈的流轉。

小說不同於哲學，小說的偉大不需要說明，只能用情節、故事來感染。因此閱讀小說與學習哲學、科技知識完全不同。經典的小說未必適合每一個人，一本好的小說，也未必需要完全通讀。興趣永遠是第一位。《水滸傳》這樣的經典也同樣，只要內心某處被突然打動，必然會主動細細閱讀全文。現代的讀者全然可以漫不經心地翻看經典，無論原文、評論或者插圖，先從自己感興趣、吸引自己的地方入手。所以一部收集所有經典評論、適當注釋並且總攬所有插圖、繁衍作品的典藏版本，自然是最佳的選擇。

基於這樣的原因，本套《水滸傳》並沒有選擇影響力最大的金聖歎的七十回版本，儘管金聖歎的刪改十分高明，完全可以自圓其說，但畢竟是不完整

的。《水滸傳》在傳播的過程中，大家早已經認可了更完整的版本。而且選擇其他版本，依然可以完全容納金聖歎版的精華。

同樣的原因，儘管一百回版是公認的最早的完整版，後加的征田虎的二十回故事很明顯是添筆之作，小說內的時間也表明了這一點。但是考慮到征討田虎在流傳過程中的影響力，一套經典的版本自然應該是最完整的版本，因此底本選擇了一百二十回版。

當然，後二十回與前百回相比，確實有比較明顯的差距。前百回中的戰爭描寫，固然也有兒戲部分，比如收服關勝、凌振等人的時候，作爲朝廷命官的關勝，輕易投降山賊，無論從情理還是邏輯上都難以說通，而且大型戰爭場面猶如兒戲，確實暴露了《水滸傳》作者民間立場對軍事知識的不足。但小說的本質是虛構的，《水滸傳》中「仁義」大於朝廷命令、大於邏輯關係，因此這些都不算大的缺點，況且作者在寫戰爭的時候，往往側重於計策、心理等活動，因此顯得靈氣十足。

而後二十回對戰陣等的發揮，確實有點暴露短處。難怪李卓吾評價說：「水滸傳文字不好處只在說夢、說怪、說陣處；其妙處都在人情物理上，人亦知之否？」甚至進一步指出「文字至此，都是強弩之末了，妙處還在前半截」。

儘管如此，後二十回作爲整體的一部分，也有許多優點，只從田虎事蹟對比梁山泊的發展過程這一點來看，就很有意義，至於招安，則與小說「仁義」

的內在邏輯有關。

最後，姜玉女士幫助查找了不少資料，在此一併表示感謝。

本書彙輯的《水滸傳》評語，輯自以下評本：

（一）《第五才子施耐庵水滸傳》，七十回，金聖歎評，簡稱《金本》。有回前總評、雙行夾批和眉批。

（二）《李卓吾先生批評忠義水滸傳》，一百回，明萬曆容與堂刻本，簡稱《容本》。有眉批、行間夾批和回末總評。

（三）《出像評點忠義水滸全傳》，一百二十回，題李卓吾評，明萬曆袁無涯刻本，簡稱《袁本》。有眉批、行間夾批和回末總評，內容與容本不盡相同。

（四）《忠義水滸傳》，一百回，亦題李卓吾評，清芥子園刻本，簡稱《芥本》。有眉批、行間夾批，基本與袁本相同，本書僅輯錄較袁本多出之評語。

（五）《京本增補校正全像水滸志傳評林》，余象斗評，明萬曆雙峰堂刻本，簡稱《余本》。

本書收錄以上各本眉批、行間夾批和評點，而以「金批」、「容眉」、「容夾」、「袁眉」、「袁夾」、「芥眉」、「芥夾」和「余評」表示。

第二十一回　虔婆[※1]醉打唐牛兒　宋江怒殺閻婆惜[◎1]

話說宋江別了劉唐，乘著月色滿街，信步自回下處來。卻好的遇著閻婆，趕上前來叫道：「押司，多日使人相請，好貴人，難見面！便是小賤人有些言語高低，傷觸了押司，也看得老身薄面，自教訓他與押司陪話[※2]。今晚老身有緣，得見押司，同走一遭去。」宋江道：「我今日縣裏事務忙，擺撥不開，改日卻來。」閻婆道：「這個使不得。我女兒在家裏專望，押司胡亂溫顧他便了。[◎2]直恁地下得！」宋江道：「端的忙些個，明日准來。」閻婆道：「我今晚要和你去。」便把宋江衣袖扯住了，發話道：「是誰挑撥你？我娘兒兩個，下半世過活，都靠著押司。外人說的閑是閑非，都不要聽他，押司自做個主張。我女兒但有差錯，都在老身身上。押司胡亂去走一遭。」宋江道：「你不要纏，我的事務分撥不開在這裏。」閻婆道：「押司便誤了些公

閻婆想拉攏宋江，沒想到閻婆惜心中想念的是張文遠，又想敲詐宋江，最後發展到宋江一怒殺之。（選自《水滸傳版刻圖錄》，江蘇廣陵古籍刻印社）

事，知縣相公不到得便責罰你。這回錯過，後次難逢。押司只得和老身去走一遭，到家裏自有告訴。」宋江是個快性的人，吃那婆子纏不過，便道：「你放了手，我去便了。」閻婆道：「押司不要跑了去，老人家趕不上。」宋江道：「直恁地這等？」兩個廝跟著來到門前，正是：

酒不醉人人自醉，花不迷人人自迷。

直饒今日能知悔，何不當初莫去為？

宋江立住了腳，閻婆把手一攔，說道：「押司來到這裏，終不成不入去了。」宋江進到裏面凳子上坐了，那婆子是乖的，自古道：「老虔婆如何出得他手？」只怕宋江走去，便幫在身邊坐了，叫道：「我兒，你心愛的三郎在這裏。」◎3那閻婆惜倒在床上，對著盞孤燈，正在沒可尋思處，只等這小張三來。聽得娘道：「你心愛的三郎在這裏。」那婆娘只道是張三郎，慌忙起來，把手掠一掠雲髻，口裏喃喃的罵道：「這短命，等得我苦也！老娘先打兩個耳刮子著！」飛也似跑下樓來，就槅子眼裏張時，堂前琉璃燈卻明亮，照見是宋江，那婆娘復翻身轉又上樓去，依前倒在床上。閻婆聽得女兒腳步下樓來了，又聽得再上樓去了，婆子又叫道：「我兒，你的三郎在這裏，怎地倒走了去？」那婆惜在床上應道：「這屋裏多遠，他不會來！

註

※1虔婆：指不正派的老婆子。猶言賊婆娘，多含貶義。亦指鴇母。

※2陪話：賠不是，賠禮道歉。

評點

◎1.此篇借題描寫婦人黑心，無幽不燭，無醜不備，暮年蕩子讀之咋舌，少年蕩子讀之收心，眞是一篇絕妙針扎蕩子文字。寫淫婦便寫盡淫婦，寫虔婆便寫盡虔婆，妙絕。如何是寫淫婦便寫盡淫婦？看他一晚拿班做勢，本要壓伏丈夫，及至壓伏不來，便在腳後冷笑，此明明是開關接馬，送俏迎奸也。無奈正接不著，則不得已，乘他出門恨罵時，不難撒嬌撒痴，再復將他兜住。乃到此又兜不住，正覺自家沒趣，而陡然見有贓物，便早把一接一兜面孔一齊收起，竟放出猙猙食人之狀來。刁時便刁殺人，淫時便淫殺人，狠時便狠殺人，大雄世尊號為「花箭」，眞不誣也。如何是寫虔婆便寫盡虔婆？看他先前說得女兒恁地思量，及至女兒放出許多張致來，便改說女兒氣苦了，又嬌慣了。一黃昏嘈出無數說話，句句都是埋怨宋江，憐惜女兒，自非金石為心，亦孰不入其玄中也。明早驟見女兒被殺，又偏不聲張，偏用好言反來安放，直到縣門前了，然後扭結發喊，蓋虔婆眞有此等辣手也。（金批）

◎2.反責宋江下得，虔婆成精語。（金批）

◎3.看他句句包荒女兒，兜攬宋江，費心費口，風雲轉換，入後乃漸漸搓捏不攏，讀之失笑。（金批）

他又不睹，如何自不上來，直等我來迎接他！沒了當絮絮聒聒地！」閻婆道：「這賤人眞個望不見押司來，氣苦了。恁地說，也好教押司受他兩句兒。」◎4婆子笑道：「押司，我同你上樓去。」宋江聽了那婆娘說這幾句，心裏自有五分不自在，被這婆子來扯，勉強只得上樓去。原來是一間六椽樓屋，前半間安一副春臺、桌凳。後半間鋪著臥房：貼裏安一張三面棱花的床，兩邊都是欄干，上掛著一頂紅羅幔帳；側首放個衣架，搭著手巾；這邊放著個洗手盆；一張金漆桌子上，放一個錫燈臺；邊廂兩個杌子※3；正面壁上掛一幅仕女；對床排著四把一字交椅。◎5宋江來到樓上，閻婆便拖入房裏去，宋江便向杌子上朝著床邊坐了。閻婆就床上拖起女兒來，說道：「押司在這裏。我兒，你只是性氣不好，把言語來傷觸他，惱得押司不上門，閑時卻在家裏思量。我如今不容易請得他來，你卻不起來陪句話兒，顛倒使性！」婆惜把手拓開，說那婆子：「你做甚麼這般鳥亂！我又不曾做了歹事。◎6他自不上門，教我怎地陪

高甲戲（又名戈甲戲、九角戲）是福建省主要地方劇種之一。孕於明末清初，源於民間迎神賽會裝扮演出的「宋江戲」，以丑角聞名。（黃加法提供）

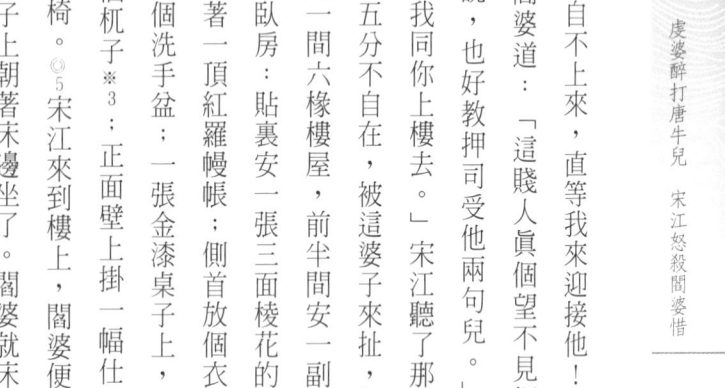

話？」宋江聽了，也不做聲。婆子便推過一把交椅，在宋江肩下，便推他女兒過來，說道：「你且和三郎坐一坐。不陪話便罷，不要焦躁。你兩個多時不見，也說一句有情的話兒。」那婆娘那裏肯過來，便去宋江對面坐了。宋江低了頭不做聲。婆子看女兒時，也別轉了臉。閻婆道：「沒酒沒漿，做甚麼道場？老身有一瓶兒好酒在這裏，買些果品來，與押司陪話。我兒，你相陪押司坐地，不要怕羞，我便來也。」宋江自尋思道：「我吃這婆子釘住了，脫身不得。等他下樓去，我隨後也走了。」那婆子瞧見宋江要走的意思，◎7出得房門去，門上卻有屈戌※4，便把房門拽上，將屈戌搭了。宋江暗忖道：「那虔婆倒先算了我。」

且說閻婆下樓來，先去竈前點起個燈，竈裏現成燒著一鍋腳湯，再湊上些柴頭，拿了些碎銀子，出巷口去買得些時新果品、鮮魚、嫩雞、肥鮓之類。歸到家中，都把盤子盛了。取酒傾在盆裏，舀半旋子，在鍋裏盪熱了，傾在酒壺裏。收拾了數盆菜蔬，三隻酒盞，三雙箸，一桶盤托上樓來，放在春臺上。開了房門，搬將入來，擺在桌子上。看宋江時，只低著頭，看女兒時，也朝著別處。閻婆道：「我兒起來把盞酒。」婆惜道：「你們自吃，我不耐煩！」婆子道：「我兒，爺娘手裏從小兒慣了你性兒，◎8別人面上須使不得。」婆惜道：「不把盞便怎地？終不成飛劍來取了我頭！」那婆子倒笑起來，說道：「又是我的不是了。◎9押司是個風流人物，不和你一般見識。你不把酒便罷，

註
※3 杌子：小凳子。
※4 屈戌：門上的搭扣、鉸鏈。

評點
◎4.好婆子嘴，寫得像。（芥眉）
◎5.畫出房屋器具來，先佈景，後著人，一一如見。（袁眉）
◎6.此段婆惜對母言他未作歹事，見婆惜膽如斗矣。（余評）
◎7.心之可見皆如此。（芥眉）
◎8.說得女兒嬌稚可憐之極。（金批）
◎9.其語太唐突矣，便如飛一笑，引歸自己。（金批）

且回過臉來吃盞酒兒。」婆惜只不回過頭來。那婆子自把酒來勸宋江，宋江勉意吃了一盞。婆子笑道：「押司莫要見責。閑話都打疊起，明日慢慢告訴。外人見押司在這裏，多少乾熱的※5不怯氣※6，胡言亂語，放屁辣臊，押司都不要聽，且只顧吃酒。」◎10篩了三盞在桌子上，說道：「我兒不要使小孩兒的性，胡亂吃一盞酒。」婆惜道：「沒得只顧纏我！我飽了，吃不得！」閻婆道：「我兒，你也陪侍你的三郎吃盞酒使得。」婆惜一頭聽了，一面肚裏尋思：「我只心在張三身上，兀誰耐煩相伴這廝！若不把他灌得醉了，他必來纏我。」婆惜只得勉意拿起酒來，吃了半盞。婆子笑道：「我兒只是焦躁，且開懷吃兩盞兒睡。◎11押司也滿飲幾杯。」宋江被他勸不過，連飲了三、五杯。婆子也連連吃了幾杯，再下樓去燙酒。那婆子見女兒不吃酒，心中不悅，才見女兒回心吃酒，歡喜道：「若是今夜兜得他住，那人惱恨都忘了。且又和他纏幾時，卻再商量。」婆子一頭尋思，一面自在竈前吃了三大鍾酒，覺得有些癢痳上來，卻又篩了一碗吃，旋了大半旋，傾在注子裏，爬上樓來，見那宋江低著頭不做聲，女兒也別轉著臉弄裙子。◎12這婆子哈哈地笑道：「你兩個又不是泥塑的，做甚麼都不做聲？押司，你不合是個男子漢，只得裝些溫柔，說些風話兒耍。」宋江正沒做道理處，口裏只不做聲，肚裏好生進退不得。◎13閻婆惜自想道：「你不來睬我，指望老娘一似閑常時，來陪你話，相伴你要笑？我如今卻不要。」那婆子吃了許多酒，口裏只管夾七帶八嘈，正在那裏張家長，李家短，說白道綠。有詩爲證：

只要孤老不出門，花言巧語弄精魂。
幾多聰慧遭他陷，死後應須拔舌根。

卻有鄆城縣一個賣糟醃的唐二哥，叫做唐牛兒，如常在街上只是幫閑，常常得宋江齎助他。但有些公事去告宋江，也落得幾貫錢使。宋江要用他時，死命向前。這一日晚，正賭錢輸了，沒做道理處，卻去縣前尋宋江，奔到下處尋不見。街坊都道：「唐二哥，你尋誰？這般忙？」唐牛兒道：「我喉急了，要尋孤老，一地裏不見他。」眾人道：「你的孤老是誰？」唐牛兒道：「便是縣裏宋押司。」眾人道：「我方纔見他和閻婆兩個過去，一路走著。」唐牛兒道：「是了。這閻婆惜賊賤蟲！他自和張三兩個打得火塊也似熱，只瞞著宋押司一個，他敢也知些風聲，好幾時不去了。今晚必然吃那老咬蟲※7假意兒纏了去。我正沒錢使，喉急了，胡亂去那裏尋幾貫錢使，就幫兩碗酒吃。」一逕奔到閻婆門前，見裏面燈明，門卻不關。入到胡梯邊，聽得閻婆在樓上呵呵地笑。唐牛兒捏腳捏手，上到樓上，板壁縫裏張時，見宋江和婆惜兩個都低著頭。那婆子坐在橫頭桌子邊，口裏七十三、八十四只顧嘈。唐牛兒閃將入來，看著閻婆和宋江、婆惜，唱了三個喏，立在邊頭。宋江尋思道：「這廝來得最好！」把嘴望下一努。◎14唐牛兒是個乖的人，便瞧科※8，看著宋江便說道：「小人何處不尋過！原來卻在這裏吃酒耍，

註

※5乾熱的：看著眼熱，略近單相思之類。
※6不怯氣：不服氣。
※7咬蟲：對女性的詈詞。
※8瞧科：科，這裏是暗示的意思。下文的科分，用法類似。

評點

◎10.又是他自己說，又是他勸吃酒，教不要聽，寫出許多親熱，活是虔婆出現。（金批）
◎11.才見肯吃酒，便輕輕遞過一睡字，妙絕。（金批）
◎12.只添弄裙子三字，有多少描畫。（袁眉）
◎13.進退不得下，常筆必就接鄆哥。今更開展出婆惜母子兩段文字，便有多少情瀾。（袁眉）
◎14.又要走，見宋江之不欲殺婆惜也。（金批）

好吃得安穩！」宋江道：「莫不是縣裏有甚麼要緊事？」唐牛兒道：「押司，你怎地忘了？便是早間那件公事，知縣相公在廳上發作，著四、五替公人來下處尋押司，一地裏又沒尋處，相公焦躁做一片。押司便可動身。」宋江道：「恁地要緊！只得去。」便起身要下樓，吃那婆子攔住道：「押司不要使這科分！這唐牛兒捻泛※9過來，你這精賊也瞞老娘！正是『魯班手裏調大斧』！這早晚知縣自回衙去，和夫人吃酒取樂，有甚麼事務得發作？你這般道兒，只好瞞魍魎※10，老娘手裏說不過去！」唐牛兒便道：「眞個是知縣相公緊等的勾當，我卻不會說謊。」閻婆道：「放你娘狗屁！老娘一雙眼，卻是琉璃葫蘆兒一般！卻纔見押司努嘴過來，叫你發科，你倒不攛掇押司來我屋裏，顚倒打抹※11他去！常言道：『殺人可恕，情理難容！』」這婆子跳起身來，便把那唐牛兒劈脖子只一叉，踉踉蹌蹌，直從房裏叉下樓來。唐牛兒道：「你做甚麼便叉我？」婆子喝道：「你不曉得破人買賣衣飯，如殺父母妻子。你高做聲，便打你這賊乞丐！」唐牛兒鑽將過來道：「你打！」這婆子乘著酒興，叉開五指，去那唐牛兒臉上連打兩掌，直攧出簾子外去。婆子便扯簾子，撇放門背後，卻把兩扇門關上，拿栓拴了，口裏只顧罵。那唐牛兒吃了這兩掌，立在門前大叫道：「賊老咬蟲，不要慌！我不看宋押司面皮，教你這屋裏粉碎！教你雙日不著單日著！我不結果了你，不姓唐！」拍著胸大罵了去。◎15婆子再到樓上，看著宋江道：「押司沒事睬那乞丐做甚麼？那廝一地裏去搪※12酒吃，只是搬是搬非。這等倒街臥巷的橫死賊，也來上門上戶欺負人！」宋江是個眞實的人，吃這

評點

◎15.罵個不休，妙。（袁眉）
◎16.無數風雲，一起收拾。（金批）

婆子一篇道著了眞病，倒抽身不得。婆子道：「押司不要心裏見責，老身只恁地知重得了。我兒和押司只吃這杯。我猜著你兩個多時不見，一定要早睡，收拾了罷休。」◎16婆子又勸宋江吃兩杯，收拾杯盤下樓來，自去竈下去。

宋江在樓上，自肚裏尋思說：「這婆子女兒，和張三兩個有事，我心裏半信不信，眼裏不曾見眞實。待要去來，只道我村。況且夜深了，我只得權睡一睡，且看這婆娘怎地，今夜與我情分如何？」只見那婆子又上樓來說道：「夜深了，我叫押司兩口兒早睡。」那婆娘應道：「不干你事！你自去睡。」婆子笑下樓來，口裏道：「押司安置。今夜多歡，明日慢慢地起。」婆子下樓來，收拾了竈上，洗了腳手，吹滅燈，自去睡了。卻說宋江坐在杌子上，只指望那婆娘似比先時，先來偎倚

註

※9 捻泛：做樣子、作狀。
※10 瞞魍魎：魍魎，傳說中的鬼怪；瞞魍魎，意思是騙鬼。
※11 打抹：料理、慫恿。
※12 搪：這裏作哄、騙解釋。

唐牛尋宋江弄些零花錢，不想被閻婆劈頭蓋臉罵將出去，一肚子怨氣走了。（朱寶榮繪）

陪話，胡亂又將就幾時。誰想婆惜心裏尋思道：「我只思量張三，吃他攪了，卻似眼中釘一般。那廝倒直指望我一似先前時來下氣，老娘如今卻不要耍。只見說撐船就岸，幾曾有撐岸就船。你不來睬我，老娘倒落得！」看官聽說，原來這色最是怕人。若是他有心戀你時，身上便有刀劍水火，也攔他不住，他也不怕。若是他無心戀你時，你便身坐在金銀堆裏，他也不睬你。常言道：「佳人有意村夫俏，紅粉無心浪子村。」宋公明是個勇烈大丈夫，爲女色的手段卻不會。這閻婆惜被那張三小意兒百依百隨，輕憐重惜，賣俏迎奸，引亂這婆娘的心，如何肯戀宋江？當夜兩個在燈下，坐著對面，都不做聲，各自肚裏躊躇，卻似等泥乾掇入廟。看看天色夜深，窗間月上，但見：

銀河耿耿，玉漏迢迢。穿窗斜月映寒光，透戶涼風吹夜氣。譙樓禁鼓，一更未盡一更催；別院寒砧，千搗將殘千搗起。畫檐間叮當鐵馬，敲碎旅客孤懷；銀臺上閃爍清燈，偏照閨人長嘆。貪淫妓女心如火，仗義英雄氣似虹。

當下宋江坐在杌子上睃那婆娘時，復地嘆口氣。約莫也是二更天氣，那婆娘不脫衣裳，◎17便上床去，自倚了繡枕，扭過身，朝裏壁自睡了。宋江看了，尋思道：「可奈這賤人全不睬我些個！他自睡了。我今日吃這婆子言來語去，央了幾杯酒，打熬不得，夜深只得睡了罷。」把頭上巾幘除下，放在桌子上；脫下上蓋衣裳，搭在衣架上；腰裏解下鸞帶※13，上有一把解衣刀※14和招文袋，卻掛在床邊欄干子上；脫去了絲鞋淨襪，便上床去那婆娘腳後睡了。半個更次，聽得婆惜在腳後冷笑。宋江心裏氣悶，如何睡得

著。自古道：「歡娛嫌夜短，寂寞恨更長。」看看三更交半夜，酒卻醒了。捱到五更，宋江起來，面桶裏冷水洗了臉，便穿了上蓋衣裳，帶了巾幘，口裏罵道：「你這賊賤人好生無禮！」◎18婆惜也不曾睡著，聽得宋江罵時，扭過身來回道：「你不羞這臉！」宋江忍那口氣，便下樓來。閻婆聽得腳步響，便在床上說道：「押司且睡歇，等天明去。沒來由起五更做甚麼？」宋江也不應，只顧來開門。婆子又道：「押司出去時，與我拽上門。」宋江出得門來，就拽上了。忍那口氣沒出處，一直要奔回下處來。卻從縣前過，見一碗燈明，看時，卻是賣湯藥※15的王公來到縣前趕早市。那老兒見是宋江來，慌忙道：「押司如何今日出來得早？」宋江道：「便是夜來酒醉，錯聽更鼓。」王公道：「押司必然傷酒，且請一盞醒酒二陳湯。」宋江道：「最好。」就凳上坐了。那老子濃濃的奉一盞二陳湯，遞與宋江吃。宋江吃了，驀然想起道：「時常吃他的湯藥，不曾要我還錢。我舊時曾許他一具棺材，不曾與得他。想起昨日有那晁蓋送來的金子，受了他一條，在招文袋裏，何不就與那老兒做棺材錢，教他歡喜？」宋江便道：「王公，我日前曾許你一具棺木錢，一向不曾把得與你。今日我有些金子在這裏，把與你，你便可將去陳三郎家，買了一具棺材，放在家裏。你百年歸壽時，我卻再與你些送終之資。」王公道：「恩主時常覷※16老漢，又蒙與終身壽具，老子今世不能報答，後世做驢做馬，

註

※13鸞帶：一種兩端有排鬚的寬腰帶。
※14解衣刀：也作「壓衣刀」，是掛在腰帶上的小刀子。
※15湯藥：藥茶，帶湯煮的營養食品。
※16覷：音去。這裏是照顧的意思。

評點

◎17.又活寫花娘氣惱，又爲來朝拾鸞帶地。（金批）
◎18.亦須開口散場，只是個寫得像。（袁眉）

報答押司！」宋江道：「休如此說。」便揭起背子前襟去取那招文袋時，吃了一驚道：「苦也！昨夜正忘在那賤人的床頭欄干子上，我一時氣起來，只顧走了，不曾繫得在腰裏。這幾兩金子值得甚麼！須有晁蓋寄來的那一封書，包著這金。我本欲在酒樓上劉唐前燒毀了，他回去說時，只道我不把他來為念。正要將到下處來燒，卻被這閻婆纏將我去。昨晚要就燈下燒時，恐怕露在賤人眼裏，因此不曾燒得。今早走得慌，不期忘了。我常時見這婆娘看些曲本，頗識幾字，若是被他拿了，倒是利害！」便起身道：「阿公休怪。不是我說謊，只道金子在招文袋裏，不想出來得忙，忘了在家。我去取來與你。」王公道：「休要去取。明日慢慢的與老漢不遲。」宋江道：「阿公，你不知道，我還

❀ 宋代時期，民間的樓閣就十分發達，閻婆惜在小小的鄆城縣，就能住上閣樓。圖為上海湖心亭。（富爾特影像提供）

有一件物事，做一處放著，以此要去取。」宋江慌慌急急，奔回閻婆家裏來，◎19正是：

合是英雄有事來，天教遺失篋中財。

已知著愛皆冤對，豈料酬恩是禍胎！

且說這閻婆惜聽得宋江出門去了，爬將起來，口裏自言自語道：「那廝攪了老娘一夜睡不著。那廝含臉※17，只指望老娘陪氣下情。我不信你，老娘自和張三過得好，誰耐煩睬你。你不上門來倒好！」口裏說著，一頭鋪被，脫下上截襖兒，解了下面裙子，袒開胸前，脫下截襯衣。床面前燈卻明亮，照見床頭欄干子上拖下條紫羅鸞帶。婆惜見了，笑道：「黑三那廝乞嚯不盡※18，忘了鸞帶在這裏。老娘且捉了，把來與張三繫。」便用手去一提，提起招文袋和刀子來，只覺袋裏有些重，便把手抽開，望桌子上只一抖，正抖出那包金子和書來。這婆娘拿起來看時，燈下照見是黃黃的一條金子。婆惜笑道：「天教我和張三買物事吃！這幾日我見張三瘦了，我也正要買些東西和他將息。」◎20將金子放下，卻把那紙書展開來燈下看時，上面寫著晁蓋並許多事務。婆惜道：「好呀！我只道『吊桶落在井裏』，原來也有『井落在吊桶裏』。我正要和張三兩個做夫妻。單單只多你這廝，今日也撞在我手裏！原來你和梁山泊強賊通同往來，送一百兩金子與你。且不要慌，老娘慢慢地消遣你！」就把這封書依原包了金子，還插在招文袋裏。「不怕你教五聖來攝了去。」正在樓上自言自語，只聽得◎21樓下呀地門響。

註

※17含臉：板著面孔，也說冷著臉。
※18乞嚯不盡：吃喝不盡的意思。乞，同吃。

評點

◎19.觀公明半路忽然想起文袋，魂魄飛而膽喪矣。（余評）
◎20.醜語，只是隨手點染。（金批）
◎21.三字妙絕。不更從宋江邊走來，卻竟從婆娘邊聽去，神妙之筆。（金批）

婆子問道：「是誰？」宋江道：「是我。」婆子道：「我說早哩，押司卻不信要去，原來早了又回來。且再和姐姐睡一睡，到天明去。」宋江也不回話，一逕奔上樓來。那婆娘聽得是宋江回來，慌忙把鑾帶、刀子、招文袋，一發捲做一塊，藏在被裏，緊緊地靠了床裏壁，只做齁齁假睡著。宋江撞到房裏，逕去床頭欄干上取時，卻不見了。宋江心內自慌，只得忍了昨夜的氣，◎22把手去搖那婦人道：「你看我日前的面，還我招文袋。」那婆惜假睡著，只不應。宋江又搖道：「你不要急燥，我自明日與你陪話。」婆惜道：「老娘正睡哩，是誰攪我？」宋江道：「你情知是我，假做甚麼？」婆惜扭轉身道：「黑三，你說甚麼？」宋江道：「你還了我招文袋。」婆惜道：「你在那裏交付與我手裏，卻來問我討？」宋江道：「忘了在你腳後小欄干上。這裏又沒人來，只是你收得。」婆惜道：「呸！你不見鬼來！」宋江道：「夜來是我不是了，明日與你陪話。你只還了我罷，休要作耍。」婆惜道：「誰和你作耍？我不曾收得！」宋江道：「你先時不曾脫衣裳睡，如今蓋著被子睡，一定是起來鋪被時拿了。」只見那婆惜柳眉踢豎，星眼圓睜，說道：「老娘拿是拿了，只是不還你！你使官府的人，便拿我去做賊斷！」宋江道：「我須不曾冤你做賊。」婆惜道：「可知老娘不是賊哩！」宋江見這話，心裏越慌，便說道：「我須不曾歹看承你娘兒兩個，還了我罷！我要去幹事。」婆惜道：「閑常也只嗔老娘和張三有事。◎23他有些不如你處，也不該一刀的罪犯，不強似你和打劫賊通同！」宋江道：「好姐姐，不要叫，鄰舍聽得，不是耍處。」婆惜道：「你怕外人聽

得，你莫做不得！這封書，老娘牢牢地收著。若要饒你時，只依我三件事便罷！」宋江道：「休說三件事，便是三十件事也依你。」婆惜道：「只怕依不得。」宋江道：「當行即行。敢問那三件事？」

閻婆惜道：「第一件，你可從今日便將原典我的文書來還我。再寫一紙，任從我改嫁張三，並不敢再來爭執的文書。」宋江道：「這個依得。」婆惜道：「第二件，我頭上帶的，我身上穿的，家裏使用的，雖都是你辦的，也委一紙文書，不許你日後來討。」宋江道：「這個也依得。」閻婆惜又道：「只怕你第三件依不得。」宋江道：「我已兩件都依你，緣何這件依不得？」婆惜道：「有那梁山泊晁蓋送與你的一百兩金子，快把來與我，我便饒你這一場天字第一號官司，還你這招文袋裏的款狀。」宋江道：「那兩件倒都依得。這一百兩金子，果然送來與我，我不肯受他的，依前教他把了回去。若端的有時，雙手便送與你。」婆惜道：「可知哩！常言道：『公人見錢，如蠅子見血。』他使人送金子與你，你豈有推了轉去的？這話卻似放屁！做公人的，『那個貓兒不吃腥』？『閻羅王面前，須沒放回的鬼』！◎24你待瞞誰！便把這一百兩金子與我，值得甚麼！你怕是賊贓時，快熔過了與我。」宋江道：「你也須知我是老實的人，不會說謊。你若不信，限我三日，我將家私變賣一百兩金子與你，你還了我招文袋！」婆惜冷笑道：「你這黑三倒乖，把我一似小孩兒般捉弄？我便先還了你招文袋、這封書，歇三日卻問你討金子，正是『棺材出了，討挽歌郎※19錢』。我這裏一手交錢，一

註

※19 挽歌郎：出喪時替喪家在棺前唱挽歌的人。挽歌，即輓歌。

評點

◎22.此後從生處漸漸入話，漸漸相激，一絲不亂。（袁眉）
◎23.至此便竟承當，寫得花娘可畏。（金批）
◎24.一篇中，如飛劍句，五聖句，閻王句，確是識字看曲本婦人口中語。（金批）

古代普通民眾告狀需要擊鼓，婆惜嘴裏說的上公廳，首先就要擊鼓。

手交貨。你快把來兩相交割。」宋江道：「果然不曾有這金子。」婆惜道：「明朝到公廳上，你也說不曾有這金子？」宋江聽了公廳兩字，怒氣直起，那裏按捺得住！睜著眼道：「你還也不還！」那婦人道：「你恁地狠，我便還你不迭！」◎25宋江道：「你真個不還！」婆惜道：「不還！再饒你一百個不還！若要還時，在鄆城縣還你！」宋江便來扯那婆惜蓋的被。婦人身邊卻有這件物，倒不顧被，兩手只緊緊地抱住胸前。宋江扯開被來，卻見這鸞帶頭正在那婦人胸前拖下來。宋江道：「原來卻在這裏！」一不做，二不休，兩手便來奪。那婆娘那裏肯放，宋江在床邊捨命的奪，婆惜死也不放。宋江恨命只一拽，倒拽出那把壓衣刀子在席上，宋江便搶在手裏。那婆娘見宋江搶刀在手，叫：「黑三郎殺人也！」只這一聲，提起宋江這個念頭來。◎26那一肚皮氣，正沒出處。婆惜卻叫第二聲時，宋江左手早按住那

評點

◎25.活是伶俐婦人語，又可惱，又可愛。（金批）
◎26.敘事眞有龍跳虎臥之能。宋江之殺，從婆惜叫中來，婆惜之叫，從鸞刀中來，作者眞已深達十二因緣法也。（金批）

婆娘，右手卻早刀落，去那婆惜顙子上只一勒，鮮血飛出，那婦人兀自吼哩。宋江怕他不死，再復一刀，那顆頭，伶伶仃仃，落在枕頭上。但見：

手到處青春喪命，刀落時紅粉亡身。七魄悠悠，已赴森羅殿上；三魂渺渺，應歸枉死城中。緊閉星眸，直挺挺屍橫席上；半開檀口，濕津津頭落枕邊。從來美興一時休，此日嬌容堪戀否？

宋江一時怒起，殺了閻婆惜，取過招文袋，抽出那封書來，便就殘燈下燒了。繫上鸞帶，走下樓來。那婆子在下面睡，聽他兩口兒論口，倒也不著在意哩。只聽得女兒叫一聲「黑三郎殺人也」！正不知怎地，慌忙跳起來，穿了衣裳，奔上樓來，卻好和宋江打個胸廝撞。閻婆問道：「你兩口兒做甚麼鬧？」宋江道：「你女兒忒無禮，被我殺了！」婆子笑道：

宋江與閻婆惜爭奪鸞帶，一時興起，用壓衣刀殺死了後者。圖為宋、閻在床上爭搶的場景。（朱寶榮繪）

「卻是甚話？便是押司生的眼凶，又酒性不好，專要殺人？押司休取笑老身。」◎27宋江道：「你不信時，去房裏看，我眞個殺了！」婆子道：「我不信。」推開房門看時，只見血泊裏挺著屍首。婆子道：「苦也！卻是怎地好？」宋江道：「我是烈漢！一世也不走，隨你要怎地。」婆子道：「這賤人果是不好，押司不錯殺了，只是老身無人養贍。」宋江道：「這個不妨，既是你如此說時，你卻不用憂心。我頗有家計，只教你豐衣足食便了，快活過半世。」閻婆道：「恁地時卻是好也，深謝押司！我女兒死在床上，怎地斷送？」宋江道：「這個容易。我去陳三郎家，買一具棺材與你。仵作行人入殮時，我自分付他來。我再取十兩銀子與你結果。」婆子謝道：「押司只好趁天未明時討具棺材盛了，鄰舍街坊都不要見影。」宋江道：「也好。你取紙筆來，我寫個票子與你去取。」閻婆道：「票子也不濟事，須是押司自去取，便肯早早發來。」宋江道：「也說得是。」兩個下樓來，婆子去房裏拿了鎖鑰，出到門前，把門鎖了，帶了鑰匙。宋江與閻婆兩個投縣前來。此時天色尚早，未明，縣門卻纔開。那婆子約莫到縣前左側，把宋江一把結住※20，發喊叫道：「有殺人賊在這裏！」嚇得宋江慌做一團，連忙掩住口道：「不要叫！」那裏掩得住？縣前有幾個做公的走將攏來，看時，認得是宋江，便勸道：「婆子閉嘴！押司不是這般的人，有事只消得好說。」閻婆道：「他正是凶首，與我捉住，同到縣裏。」原來宋江爲人最好，上下愛敬，滿縣人沒一個不讓他。因

此做公的都不肯下手拿他，又不信這婆子說。有詩爲證：

好人有難皆憐惜，奸惡無災盡詫憎。
可見生平須自檢，臨時情義始堪憑。

正在那裏沒個解救，恰好唐牛兒托一盤子洗淨的糟薑來縣前趕趁，正見這婆子結扭住宋江在那裏叫冤屈。唐牛兒見是閻婆一把扭結住宋江，想起昨夜的一肚子鳥氣來，便把盤子放在賣藥的老王凳子上，◎28鑽將過來，喝道：「老賊蟲！你做甚麼結扭住押司？」婆子道：「唐二，你不要來打奪人去，要你償命也！」唐牛兒大怒，那裏聽他說，把婆子手一拆，拆開了，不問事由，叉開五指，去閻婆臉上只一掌，打個滿天星。那婆子昏撒了，只得放手。宋江得脫，往鬧裏一直走了。◎29婆子便一把去結扭住唐牛兒叫道：「宋押司殺了我的女兒，你卻打奪去了！」唐牛兒慌道：「我那裏得知！」閻婆叫道：「上下，替我捉一捉殺人賊則個！不時，須要帶累你們！」衆做公的，只礙宋江面皮，不肯動手，拿唐牛兒時，須不耽擱。衆人向前，一個帶住婆子，三、四個拿住唐牛兒，把他橫拖倒拽，直推進鄆城縣裏來。正是：禍福無門，惟人自召；披麻救火，惹焰燒身。畢竟唐牛兒被閻婆結住，怎地脫身？且聽下回分解。◎30

註
※20結住：扭著的意思。

評點
◎27.這個婆子盡趣，盡停當。（容眉）
◎28.如此忙處，亦點綴不落空。（袁夾）
◎29.若要走，何不早走？（容眉）
◎30.翻手爲雲覆手雨，比刀頭上血，情更毒。牛兒到處著冷眼，可謂緩急有用人。（袁評）

第二十二回

閻婆大鬧鄆城縣　朱仝義釋宋公明◎1

話說當時衆做公的拿住唐牛兒，解進縣裏來。知縣聽得有殺人的事，慌忙出來升廳。衆做公的把這唐牛兒簇擁在廳前。知縣看時，只見一個婆子跪在左邊，一個漢子跪在右邊。知縣問道：「甚麼殺人公事？」婆子告道：「老身姓閻，有個女兒喚做婆惜，典與宋押司做外宅。昨夜晚間，我女兒和宋江一處吃酒，這個唐牛兒一逕來尋鬧，叫罵出門，鄰里盡知。今早宋江出去走了一遭，回來把我女兒殺了。老身結扭到縣前，這唐二又把宋江打奪了去，告相公做主！」知縣道：「你這廝怎敢打奪了凶身？」唐牛兒告道：「小人不知前後因依※1。只因昨夜去尋宋江搪碗酒吃，被這閻婆叉小人出來。今早小人自出來賣糟薑，遇見閻婆結扭宋押司在縣前。小人見了，不合去勸他，他便走了。卻不知他殺死他女兒的緣由。」知縣喝道：「胡說！宋江是個君子誠實的人，如

閻婆告狀，知縣本想偏袒宋江，奈何張文遠力主捉拿宋江，後者沒有辦法，只得派人去捉拿。（朱寶榮繪）

古代知縣審理案件都要升堂，顯示自己的公正，堂上匾額一般為明鏡高懸。圖為河南內鄉縣縣衙正堂。拍攝時間為2003年9月。（聶鳴提供）

何肯造次殺人？這人命之事，必然在你身上！◎2左右在那裏？」便喚當廳公吏。當下轉上押司張文遠來，見說閻婆告宋江殺了他女兒，「正是我的表子。」隨即取了各人口詞，就替閻婆寫了狀子，疊了一宗案。便喚當地方仵作、行人，並坊廂、里正、鄰佑一干人等，來到閻婆家，開了門，取屍首登場檢驗了。身邊放著行凶刀子一把。當日再三看驗得，係是生前項上被刀勒死。眾人登場了當，屍首把棺木盛了，寄放寺院裏，將一干人帶到縣裏。

知縣卻和宋江最好，有心要出脫他，只把唐牛兒來再三推問。◎3唐牛兒供道：「小人並不知前後。」知縣道：「你這廝如何隔夜去他家尋鬧？一定你有干涉！」唐牛兒告道：「小人一時撞去

註

※1因依：原因，原委。

評點

◎1.昔者伯牙有流水高山之曲，子期既死，終不復彈。後之人述其事，悲其心，孰不爲之嗟嘆彌日，自云：我獨不得與之同時，設復相遇，當能知之。嗚呼！言何容易乎！我謂聲音之道，通乎至微，是事甚難，請舉易者，而易莫易於文筆。乃文筆中，有古人之辭章，其言雅馴，未便通曉，是事猶難，請更舉其易之易者，而易之易莫若近代之稗官。今試開爾明月之目，運爾珠玉之心，展爾粲花之舌，爲耐庵先生一解《水滸》，亦復何所見其聞絃賞音，便知雅曲者乎？即如宋江殺婆惜一案，夫耐庵之繁筆累紙，千曲百折，而必使宋江成於殺婆惜者，彼其文心，夫固獨欲宋江離鄆城而至滄州也。而張三必固欲捉之，而知縣必固欲寬之。夫誠使當時更無張三主唆虔婆，而一凭知縣遷罪唐牛，豈其眞將前回無數筆墨，悉復付之唐案乎耶？夫張三之力唆虔婆，主於必捉宋江者，是此回之正文也。若知縣乃至滿縣之人，其極力周全宋江，若惟恐其或至於捉者，是皆旁文躍蹴，所謂波瀾者也。張三不唆，虔婆不稟；虔婆不稟，知縣不捉；知縣不捉，宋江不走；宋江不走，武松不現。蓋張三一唆之力，其筋節所繫，至於如此。而世之讀其文者，已莫不嘖嘖知縣，而呶呶張三，而尚謂人我知伯牙。嗟乎！爾知何等伯牙哉！寫朱、雷兩人各有心事，各有做法，又各不相照，各要熱瞞，句句都帶跳脫之勢，與放走晁天王時，正是一樣奇筆，又卻是兩樣奇筆。才子之才，吾無以限之也。（金批）

◎2.這便教做胡說。（容夾）

◎3.不是寫知縣，亦非寫宋江，都是故作翻跌。（金批）

搪碗酒吃！」知縣道：「胡說！打這廝！」左右兩邊狼虎一般公人，把這唐牛兒一索綑翻了，打到三、五十，前後語言一般。知縣明知他不知情，一心要救宋江，只把他來勘問。且叫取一面枷來釘了，禁在牢裏。◎4那張文遠上廳來稟道：「雖然如此，現有刀子是宋江的壓衣刀，必須去拿宋江來對問，便有下落。」知縣吃他三回五次來稟，遮掩不住，只得差人去宋江下處捉拿。宋江已自在逃去了，只拿得幾家鄰人來回話：「凶身宋江在逃，不知去向。」張文遠又稟道：「犯人宋江逃去，他父親宋太公並兄弟宋清，現在宋家村居住，可以勾追到官，責限比捕，跟尋宋江到官理問。」◎5知縣本不肯行移，只要朦朧做在唐牛兒身上，日後自慢慢地出※2他。怎當這張文遠立主文案，唆使閻婆上廳，只管來告。知縣情知阻當不住，只得押紙公文，差三、兩個做公的，去宋家莊勾追宋太公並兄弟宋清。

公人領了公文，來到宋家村宋太公莊上。太公出來迎接，至草廳上坐定。公人將出文書，遞與太公看了。宋太公道：「上下請坐，容老漢告稟。老漢祖代務農，守此田園過活。不孝之子宋江，自小忤逆，不肯本分生理，要去做吏，百般說他不從。因此，老漢數年前，本縣官長處告了他忤逆，出了他籍，不在老漢戶內人數。他自在縣裏住居，老漢自和孩兒宋清，在此荒村，守些田畝過活。他與老漢水米無交※3，並無干涉※4。老漢也怕他做出事來，連累不便，因此在前官手裏告了，執憑文帖，在此存照。老漢取來，教上下看。」眾公人都是和宋江好的，明知道這個是預先開的門路，苦死不肯做冤

家。◎6眾人回說道：「太公既有執憑，把將來我們看，抄去縣裏回話。」太公隨即宰殺些雞、鵝，置酒管待了眾人，齎發了十數兩銀子，取出執憑公文，教他眾人抄了。眾公人相辭了宋太公，自回縣去回知縣的話，說道：「宋太公三年前出了宋江的籍，告了執憑文帖，見有抄白※5在此，難以勾捉。」知縣又是要出脫宋江的，便道：「既有執憑公文，他又別無親族，只可出一千貫賞錢，行移諸處，海捕※6捉拿便了。」那張三又挑唆閻婆去廳上披頭散髮來告道：「宋江實是宋清隱藏在家，不令出官。相公如何不與老身做主去拿宋江？」知縣喝道：「他父親已自三年前告了他忤逆在官，出了他籍，現有執憑公文存照，如何拿得他父親兄弟來比捕？」◎7閻婆告道：「相公，誰不知道他叫做孝義黑三郎？這執憑是個假的，只是相公做主則個！」知縣道：「胡說！前官手裏押的印信公文，如何是假的？」閻婆在廳下叫屈叫苦，哽哽咽咽地假哭告相公道：「人命大如天，若不肯與老身做主時，只得去州裏告狀。只是我女兒死得甚苦！」那張三又上廳來替他稟道：「相公不與他行移拿人時，這閻婆上司去告狀，倒是利害。倘或來提問時，小吏難去回話。」知縣情知有理，只得押了一紙公文，便差朱仝、雷橫二都頭，當廳發落：「你等可帶多人，去宋家村宋大戶莊上，搜捉犯人宋江來。」有詩為證：

註

※2出：出脫、釋放的意思，後文第四十回「到處看出人」的「出」，卻是殺的意思。
※3水米無交：生活上沒有往來。
※4干涉：這裏作牽連、關係解釋。
※5抄白：公文的抄本或副本。
※6海捕：舊時謂行文各地緝捕逃犯，猶今之通緝。

評點

◎4.知縣、張三一番結案。（金眉）
◎5.人但知張文遠妒色，不知實是執法。（容眉）
◎6.不是寫眾人，亦不是寫宋江，都是故作翻跌。（金批）
◎7.觀知縣喝婆子，欲救宋江之意，況宋江明白殺人，豈可以私而棄公事乎？（余評）

不關心事總由他，路上何人怨折花？
為惜如花婆惜死，俏冤家做惡冤家。

朱、雷二都頭領了公文，便來點起士兵四十餘人，逕奔宋家莊上來。宋太公得知，慌忙出來迎接。朱仝、雷橫二人說道：「太公休怪我們。上司差遣，蓋不由己。你的兒子押司現在何處？」宋太公道：「兩位都頭在上，我這逆子宋江，他和老漢並無干涉。前官手裏，已告開了他，現告的執憑在此。已與宋江三年多各戶另籍，不同老漢一家過活，亦不曾回莊上來。」朱仝道：「然雖如此，我們憑書請客，奉帖勾人，難憑你說不在莊上。你等我們搜一搜看，好去回話。」便叫士兵三、四十人，圍了莊院。「我自把定前門，雷都頭，你先入去搜。」雷橫便入進裏面，莊前莊後搜了一遍，出來對朱仝說道：「端的不在莊裏。」朱仝道：「我只是放心不下，雷都頭，你和眾弟兄把了門，我親自細細地搜一遍。」宋太公道：「老漢是識法度的人，如何敢藏在莊裏？」朱仝道：「這個是人命的公事，你卻嗔怪我們不得。」太公道：「都頭尊便，自細細地去搜。」朱仝道：「雷都頭，你監著太公在這裏，休教他走動。」◎8朱仝自進莊裏，把朴刀倚在壁邊，把門來拴了，走入佛堂內去，把供床拖在一邊，揭起那片地板來。板底下有條索頭，將索

朱仝和雷橫是縣裏的都頭，類似現在的員警。此圖是當時都頭們的兵器：河南內鄉縣縣衙正堂儀仗兵器。拍攝時間為2003年9月。（聶鳴提供）

朱仝是宋江的心腹，輕易得見宋家密道中的宋江，並勸後者快點逃走。（朱寶榮繪）

子頭只一拽，銅鈴一聲響，宋江從地窨子裏鑽將出來，見了朱仝，吃那一驚。朱仝道：「公明哥哥，休怪小弟今來捉你。閑常時和你最好，有的事都不相瞞。一日酒中，兄長曾說道：『我家佛座底下有個地窨子，上面放著三世佛，佛堂內有片地板蓋著，上面設著供床。你有些緊急之事，可來這裏躲避。』小弟那時聽說，記在心裏。◎9今日本縣知縣，差我和雷橫兩個來時，沒奈何，要瞞生人眼目。相公也有覷兄長之心，只是被張三和這婆子在廳上發言發語，道本縣不做主時，定要在州裏告狀，因此上又差我兩個來搜你莊上。我只怕雷橫執著，不會周全人，倘或見了兄長，沒個做圓活處，因此小弟賺他在莊前，一逕自來和兄長說話。此地雖好，也不是安身之

評點

◎8.連太公亦遣開，寫朱仝出色過人。（金批）
◎9.以敘述爲疏解，手筆甚妙。（金批）

處，倘或有人知得，來這裏搜著，如之奈何？」宋江道：「我也自這般尋思。若不是賢兄如此周全，宋江定遭縲紲※7之厄！」朱仝道：「休如此說。兄長卻投何處去好？」宋江道：「小可尋思有三個安身之處：一是滄州橫海郡小旋風柴進莊上，二乃是青州清風寨小李廣花榮處，三者是白虎山孔太公莊上。◎10他有兩個孩兒，長男叫做毛頭星孔明，次子叫做獨火星孔亮，多曾來縣裏相會。那三處在這裏躊躇未定，不知投何處去好？」朱仝道：「兄長可以作急尋思，當行即行。今晚便可動身，切勿遲延自誤。」宋江道：「上下官司之事，全望兄長維持，金帛使用，只顧來取。」朱仝道：「這事放心，都在我身上。兄長只顧安排去路。」◎11宋江謝了朱仝，再入地窨子去。

朱仝依舊把地板蓋上，還將供床壓了，開門拿朴刀，出來說道：「眞個沒在莊裏。」叫道：

❀朱仝和雷橫帶領士兵到宋家莊捉拿宋江。宋太公出來迎接，雖然彼此都是熟人，但因為公事，不得不擺擺樣子。朱仝、雷橫口頭上也要對宋太公道歉。日版畫中宋太公反而要跪下迎接，顯然因為版畫者不熟悉內情。（日版畫，出自《新編水滸畫傳》，葛飾戴斗繪）

「雷都頭，我們只拿了宋太公去如何？」雷橫見說要拿宋太公去，尋思：「朱仝那人和宋江最好，他怎地顛倒要拿宋太公？這話一定是反說。他若再提起，我落得做人情。」朱仝、雷橫叫攏土兵，都入草堂上來。宋太公慌忙置酒管待眾人。朱仝道：「休要安排酒食。且請太公和四郎同到本縣裏走一遭。」雷橫道：「四郎如何不見？」宋太公道：「老漢使他去近村打些農器，不在莊裏。宋江那廝，自三年已前把這逆子告出了戶，現有一紙執憑公文在此存照。」朱仝道：「如何說得過！我兩個奉著知縣臺旨，叫拿你父子二人，自去縣裏回話。」雷橫道：「朱都頭，你聽我說，◎12宋押司他犯罪過，其中必有原故，也未便該死罪。既然太公已有執憑公文，係是印信官文書，又不是假的，我們看宋押司日前交往之面，權且擔負他些個，只抄了執憑去回話便了。」朱仝尋思道：「我自反說，要他不疑。」朱仝道：「既然兄弟這般說了，我沒來由做甚麼惡人。」宋太公謝了道：「深感二位都頭相覷。」隨即排下酒食，犒賞眾人。將出二十兩銀子，送與兩位都頭，朱仝、雷橫堅執不受，把來散與眾人◎13——四十個土兵——分了。抄了一張執憑公文，相別了宋太公，離了宋家村。朱、雷二位都頭，自引了一行人回縣去了。縣裏知縣正值升廳，見朱仝、雷橫回來了，便問緣由。兩個稟道：「莊前莊後，四圍村坊，搜遍了二次，其實沒這個人。宋太公臥病在床，不能動止，早晚臨危。宋清已自前月出外未回。因此只把執憑抄白在此。」知縣道：「既然如此……。」一面申呈本府，

※7縲紲：亦作「縲絏」。綑綁犯人的繩索，引申為牢獄。

評點

◎10.提出三窟。後周流遍及，此文字有挈縱處。然又插入武松與宋江，參差影見，不一直說去，此又文字有錯綜開宕處。（袁眉）
◎11.二人見宋江，教他逃之，此非結交之深而何？（余評）
◎12.寫朱、雷二人句句防賊，聲聲搗鬼，令我失笑。（金評）
◎13.太公以酒禮待二都頭，而二人豈因一席酒而不出首公明，實前與宋江交厚矣。（余評）

一面動了一紙海捕文書，不在話下。縣裏有那一等和宋江好的相交之人，都替宋江去張三處說開，那張三也耐不過衆人面皮，況且婆娘已死了，張三又平常亦受宋江好處，因此也只得罷了。朱仝自湊些錢物，把與閻婆，教不要去州裏告狀。這婆子也得了些錢物，沒奈何，只得依允了。朱仝又將若干銀兩，教人上州裏去使用，文書不要駁將下來。◎14又得知縣一力主張，出一千貫賞錢，行移開了一個海捕文書。只把唐牛兒問做成個「故縱凶身在逃」，脊杖二十，刺配五百里外。干連的人，盡數保放寧家※8。這是後話。有詩爲證：

一身狼狽爲煙花，地窨藏身亦可拿。
臨別叮嚀好趨避，髯公端不愧朱家。

且說宋江，他是個莊農之家，如何有這地窨子？原來故宋時，爲官容易，做吏最難。爲甚的爲官容易？皆因那時朝廷奸臣當道，讒佞專權，非親不用，非財不取。◎15爲甚做吏最難？那時做押司的，但犯罪責，輕則刺配遠惡軍州，重則抄扎家產，結果了殘生性命，以此預先安排下這般去處躲身。又恐連累父母，教爹娘告了忤逆，出了籍冊，各戶另居，官給執憑公文存照，不相來往，卻做家私在屋裏。宋時多有這般算的。

且說宋江從地窨子出來，和父親、兄弟商議：「今番不是朱仝相覷，須吃官司，此恩不可忘報。如今我和兄弟兩個，且去逃難。天可憐見，若遇寬恩大赦，那時回來，父子相見。父親可使人暗暗地送些金銀去與朱仝，央他上下使用，及資助閻婆些少，免

評點

◎14.處處周全，又實費用，誰肯如此。（袁眉）
◎15.此是一部書的大題目，特爲揭出，莫作閑話看過。（袁眉）
◎16.人亦有言：養兒防老。寫宋江分付莊客伏侍太公，亦皮裏陽秋之筆也。（金批）
◎17.出門後才商量去處，方見爲情迫促。（袁眉）

得他上司去告擾。」太公道：「這事不用你憂心。你自和兄弟宋清，在路小心。若到了彼處，那裏使個得托的人寄封信來。」當晚弟兄兩個，拴束包裹。到四更時分起來，洗漱罷，吃了早飯，兩個打扮動身。宋江戴著白范陽毡笠兒，上穿白緞子衫，繫一條梅紅縱線絛，下面纏腳絣襯著多耳麻鞋。宋清做伴當打扮，背了包裹，都出草廳前，拜辭了父親宋太公。三人洒淚不住，太公分付道：「你兩個前程萬里，休得煩惱！」宋江、宋清卻分付大小莊客，小心看家，早晚殷勤伏侍太公，休教飲食有缺。◎16兄弟兩個，各跨了一口腰刀，都拿了一條朴刀，逕出離了宋家村。

兩個取路登程，正遇著秋末冬初天氣。但見：

柄柄芰荷枯，葉葉梧桐墜。
蛩吟腐草中，雁落平沙地。
細雨濕楓林，霜重寒天氣。
不是路行人，怎諳秋滋味。

話說宋江弟兄兩個行了數程，在路上思量道：「我們卻投奔兀誰的是？」◎17宋清答道：「我只聞江湖上人傳說滄州橫海郡柴大官人名字，說他是大周皇帝嫡派子孫，只不曾拜

❀秋景容易使人憂愁，宋江在秋天和弟弟踏上了離家的路。圖為四川九寨溝秋色。

註
※8寧家：回家。

識，何不只去投奔他？人都說仗義疏財，專一結識天下好漢，救助遭配的人，是個現世的孟嘗君。我兩個只投奔他去。」宋江道：「我也心裏是這般思想。他雖和我常常書信來往，無緣分上不曾得會。」兩個商量了，逕望滄州路上來。途中免不得登山涉水，過府衝州。但凡客商在路，早晚安歇，有兩件事免不得：吃癩碗※9，睡死人床。

且把閑話提過，只說正話。宋江弟兄兩個，不則一日，來到滄州界分，問人道：「柴大官人莊在何處？」問了地名，一逕投莊前來，便問莊客：「柴大官人在莊上也不？」莊客答道：「大官人在東莊上收租米，不在莊上。」宋江便問：「此間到東莊有多少路？」莊客道：「有四十餘里。」宋江道：「從何處落路※10去？」莊客道：「不敢動問二位官人高姓？」宋江道：「我是鄆城縣宋江的便是。」莊客道：「莫不是及時雨宋押司麼？」宋江道：「便是。」莊客道：「大官人時常說大名，只怨悵不能相會。既是宋押司時，小人引去。」莊客慌忙便領了宋江、宋清，◎18逕投東莊來。沒三個時辰，早來到東莊。宋江看時，端的好一所莊院，十分齊整。但見：

前迎闊港，後靠高峰。數千株槐柳成林，三五處廳堂待客。轉屋角牛羊滿地，
打麥場鵝鴨成群。飲饌豪華，賽過那孟嘗食客；田園主管，不數他程鄭家僮。
正是家有餘糧雞犬飽，户無差役子孫閑。

當下莊客便道：「二位官人且在此亭上坐一坐，待小人去通報大官人出來相接。」宋江道：「好。」自和宋清在山亭上倚了朴刀，解下腰刀，歇了包裹，坐在亭子上。

那莊客入去不多時，只見那座中間莊門大開，柴大官人引著三、五個伴當，慌忙跑將出來，亭子上與宋江相見。柴大官人見了宋江，拜在地下，口稱道：「端的想殺柴進！天幸今日甚風吹得到此，大慰平生渴仰之念！多幸，多幸！」宋江也拜在地下，答道：「宋江疏頑小吏，今日特來相投。」柴進扶起宋江來，口裏說道：「昨夜燈花報，今早喜鵲噪，不想卻是貴兄來。」滿臉堆下笑來。宋江見柴進接得意重，心裏甚喜，便喚兄弟宋清，也來相見了。◎19柴進喝叫伴當收拾了宋押司行李，在後堂西軒下歇處。柴進攜住宋江的手，入到裏面正廳上，分賓主坐定。柴進道：「不敢動問，聞知兄長在鄆城縣勾當，如何得暇來到荒村敝處？」宋江答道：「久聞大官人大名，如雷灌耳。雖然節次收得華翰※11，只恨賤役無閑，不能夠相會。今日宋江不才，做出一件沒出豁※12的事來。弟兄二人尋思，無處安身，想起大官人仗義疏財，特來投奔。」柴進聽罷，笑道◎20：「兄長放心！遮莫做下十惡大罪，既到敝莊，但不用憂心。不是柴進誇口，任他捕盜官軍，不敢正眼兒覷著小莊。」宋江便把殺了閻婆惜的事，一一告訴了一遍。柴進笑將起來，說道：「兄長放心！便殺了朝廷的命官，劫了府庫的財物，柴進也敢藏在莊裏。」說罷，便請宋江弟兄兩個洗浴。隨即將出兩套衣服、巾幘、絲鞋、淨襪，教宋江弟兄兩個換了出浴的舊衣裳。兩個洗了浴，都穿了新衣服。莊客自把宋江弟兄的舊衣裳

註

※9吃癩碗：吃不乾淨的飯。
※10落路：上路。從何處落路，猶如說從哪裏走。
※11華翰：敬辭，稱對方的書信。
※12出豁：有辦法。有時也作出息或出脫解釋。

評點

◎18.柴進慌忙，何足爲奇，妙在莊客慌忙也。（金批）
◎19.寫出朋友聲氣愛慕之情如生。（芥眉）
◎20.常情未有不驚訝欲避者，此只用笑慰，眞難得。（袁眉）

送在歇宿處。柴進邀宋江去後堂深處，已安排下酒食了，便請宋江正面坐地，柴進對席。宋清有宋江在上，側首坐了。

三人坐定，有十數個近上的※13莊客並幾個主管，輪替著把盞，伏侍勸飲。柴進再三勸宋江弟兄寬懷飲幾杯，◎21宋江稱謝不已。酒至半酣，三人各訴胸中朝夕相愛之念。看看天色晚了，點起燈燭。宋江辭道：「酒止！」柴進那裏肯放，直吃到初更左側。宋江起身去淨手。◎22柴進喚一個莊客，提碗燈籠，引領宋江東廊盡頭處去淨手，便道：「我且躲杯酒。」大寬轉※14穿出前面廊下來，俄延走著，卻轉到東廊前面。宋江已有八分酒，腳步趄了，只顧踏去。那廊下有一個大漢，因害瘧疾，當不住那寒冷，把一鍁火在那裏向。宋江仰著臉，只顧踏將去，正跐※15在火鍁柄上，把那火鍁裏炭火，都掀在那漢臉上。那漢吃了一驚，驚出一身汗來。那漢氣將起來，把宋江劈胸揪住，大喝道：「你是甚麼鳥人？敢來消遣我！」宋江也吃一驚。正分說不得，那個提燈籠的莊客慌忙叫道：「不得無禮！這位是大官人最相待的客官。」那漢道：「『客官』，『客官』！我初來時，也是『客官』，也曾相待的厚！如今卻聽莊客搬口，便疏慢了我，正是『人無千日

宋江投奔柴進，受到柴進歡迎，酒酣如廁之際，不慎撞上了武松。此版畫為多場景綜合畫面，從上至下三個場景分別為宋江初到、如廁以及與武松衝突，畫面豐富而簡潔，構圖別致，是古代版畫的傑出代表。（選自《水滸傳版刻圖錄》，江蘇廣陵古籍刻印社）

好，◎23花無百日紅』。」卻待要打宋江，那莊客撇了燈籠，便向前來勸。正勸不開，只見兩、三碗燈籠飛也似來。柴大官人親趕到說：「我接不著押司，如何卻在這裏鬧？」那莊客便把跐了火鍁的事說一遍。柴進笑道：「大漢，你不認得這位奢遮※16的押司？」那漢道：「奢遮，奢遮！他敢比不得鄆城宋押司少些兒！」柴進大笑道：「大漢，你認得宋押司不？」那漢道：「我雖不曾認得，江湖上久聞他是個及時雨宋公明。且又仗義疏財，扶危濟困，是個天下聞名的好漢！」柴進問道：「如何見得他是天下聞名的好漢？」那漢道：「卻纔說不了，他便是眞大丈夫，有頭有尾，有始有終！◎24我如今只等病好時，便去投奔他。」柴進道：「你要見他麼？」那漢道：「我可知要見他哩！」柴進道：「大漢，遠便十萬八千里，近便只在面前。」柴進指著宋江，便道：「此位便是及時雨宋公明。」那漢道：「眞個也不是？」宋江道：「小可便是宋江。」那漢定睛看了看，納頭便拜，說道：「我不是夢裏麼？與兄長相見！」宋江道：「何故如此錯愛？」那漢道：「卻纔甚是無禮，萬望恕罪！有眼不識泰山！」跪在地下，那裏肯起來。宋江慌忙扶住道：「足下高姓大名？」柴進指著那漢，說出他姓名，叫甚諱字。有分教：山中猛虎，見時魄散魂離；林下強人，撞著心驚膽裂。正是：說開星月無光彩，道破江山水倒流。畢竟柴大官人說出那漢還是何人？且聽下回分解。◎25

註

※13 近上的：接近上面的，就是上等的。
※14 大寬轉：繞著路走，用在軍事上就是指大迂迴。
※15 跐：踩、踹、踐踏。
※16 奢遮：猶言了不起、出色。

評點

◎21.公明到此得柴進相待之厚，是不幸中之幸也。（余評）
◎22.情事都從絕處生出來，卻無一些做作之意，此文章承接入妙處。（袁眉）
◎23.愛客的尚有此等流弊，況其他乎？須知此處要顯得宋江是個有頭有尾，有始有終的，柴大官人也讓一頭。（袁眉）
◎24.柴皇親卻是有頭沒尾，有始沒終了。（容眉）
◎25.美髯公義重如山，百計為公明商量躲避之策，實是情至。若縣尹，一片肝腸如雪如雲，淺淺了公明。（袁評）

第二十三回　橫海郡柴進留賓　景陽岡武松打虎◎1

話說宋江因躲一杯酒，去淨手了，轉出廊下來，跐了火鍁柄，引得那漢焦躁，跳將起來，就欲要打宋江。柴進趕將出來，偶叫起宋押司，因此露出姓名來。◎2那大漢聽得是宋江，跪在地下，那裏肯起，說道：「小人『有眼不識泰山』！一時冒瀆兄長，望乞恕罪。」宋江扶起那漢，問道：「足下是誰？高姓大名？」柴進指著道：「這人是清河縣※1人氏，姓武名松，排行第二。今在此間一年矣。」宋江道：「江湖上多聞說武二郎名字，不期今日卻在這裏相會。多幸，多幸！」柴進道：「偶然豪傑相聚，實是難得。就請同做一席說話。」宋江大喜，攜住武松的手，一同到後堂席上，便喚宋清與武松相見。柴進便邀武松坐地。宋江連忙讓他一同在上面坐。武松那裏肯坐，謙了半晌，武松坐了第三位。柴進教再整杯盤來，勸三人痛飲。宋江在燈下看那武松時，果然是一條好漢。但見：

> 身軀凜凜，相貌堂堂。一雙眼光射寒星，兩彎眉渾如刷漆。胸脯橫闊，有萬夫難敵之威風；語話軒昂，吐千丈凌雲之志氣。心雄膽大，似撼天獅子下雲端；骨健筋強，如搖地貔貅臨座上。如同天上降魔主，真是人間太歲神。

當下宋江在燈下看了武松這表人物，心中甚喜，◎3便問武松道：「二郎因何在此？」武松答道：「小弟在清河縣，因酒後醉了，與本處機密※2相爭，一時間怒起，只一拳，打得那廝昏沉。小弟只道他死了，因此一逕地逃來，投奔大官人處，躲災避難，今已一年有餘。後來打聽得那廝卻不曾死，救得活了。今欲正要回鄉去尋哥哥，不想染患瘧疾，不能夠動身回去。卻纔正發寒冷，在那廊下向火，被兄長跐了鍬柄，吃了那一驚，驚出一身冷汗，覺得這病好了。」宋江聽了大喜。當夜飲至三更。酒罷，宋江就留武松在西軒下做一處安歇。次日起來，柴進安排席面，殺羊、宰豬，管待宋江，不在話下。過了數日，宋江將出些銀兩來與武松做衣裳。◎4柴進知道，那裏肯要他壞錢，自取出一箱緞匹綢絹，門下自有針工，便教做三人的稱體衣裳。

說話的，柴進因何不喜武松？◎5原來武松初來投奔柴進時，也一般接納管待。次後在莊上，但吃醉了酒，性氣剛，莊客有些顧管不到處，他便要下拳打他們。因此滿莊裏莊客，沒一個道他好。眾人只是嫌他，都去柴進面前告訴他許多不是處。柴進雖然不趕他，只是相待得他慢了。卻得宋江每日

註

※1清河縣：今天河北省清河縣。（如果按照籍貫，武松應該是河北人，而今天大家印象中武松是山東人。——編者按）

※2機密：這裏指看機密房的人。

評點

◎1.天下莫易於說鬼，而莫難於說虎。無他，鬼無倫次，虎有性情也。說鬼到說不來處，可以意爲補接；若說虎到說不來時，眞是大段著力不得。所以《水滸》一書，斷不肯以一字犯著鬼怪，而寫虎則不惟一篇而已，至於再，至於三。蓋亦易能之事薄之不爲，而難能之事便樂此不疲也。寫虎能寫活虎，寫活虎能寫其搏人，寫虎搏人又能寫其三搏不中。此皆是異樣過人筆力。吾嘗論世人才不才之相去，眞非十里、二十里之可計。即如寫虎要寫活虎，寫活虎要寫正搏人時，此即聚千人，運千心，伸千手，執千筆，而無一字是虎，則亦終無一字是虎也。獨今耐庵乃以一人，一心，一手，一筆，而盈尺之幅，費墨無多，不惟寫一虎，兼又寫一人，不惟雙寫一虎一人，且又夾寫許多風沙樹石，而人是神人，虎是怒虎，風沙樹石是眞正虎林。此雖令我讀之，尚猶目眩心亂，安望令我作之耶！讀打虎一篇，而嘆人是神人，虎是怒虎，固已妙不容說矣。乃其尤妙者，則又如讀廟門榜文後，欲待轉身回來一段：風過虎來時，叫聲「阿呀」，翻下青石來一段；大蟲第一撲，從半空裏攛將下來時，被那一驚，酒都做冷汗出了一段；尋思要拖死虎下去，原來使盡氣力，手腳都酥軟了，正提不動一段；青石上又坐半歇一段；天色看看黑了，惟恐再跳一隻出來，且掙扎下岡子去一段；下岡子走不到半路，枯草叢中鑽出兩隻大蟲，叫聲「阿呀，今番罷了」一段。皆是寫極駭人之事，卻盡用極近人之筆，遂與後來沂嶺殺虎一篇，更無一筆相犯也。（金批）

◎2.與前不應。（容夾）

◎3.燈下看美人，千秋絕調語。此卻換作燈下看好漢，又是千秋絕調語也。燈下看美人，加一倍嬝嬝；燈下看好漢，加一倍凜凜。所以寫劍俠者，都在燈下。（金批）

◎4.武松在此遇宋江，得金銀之贐，是時之太亨處。（余評）

◎5.先寫宋江用情一番，才解疏失武松原故，方有意味，此文字安頓法。（袁眉）

帶挈他一處，飲酒相陪，武松的前病都不發了。相伴宋江住了十數日，武松思鄉，要回清河縣看望哥哥。柴進、宋江兩個都留他再住幾時，武松道：「小弟的哥哥多時不通信息，因此要去望他。」宋江道：「實是二郎要去，不敢苦留。如若得閑時，再來相會幾時。」武松相謝了宋江。柴進取出些金銀，送與武松，武松謝道：「實是多多相擾了大官人。」武松縛了包裹，拴了哨棒，要行。柴進又治酒食送路。武松穿了一領新納紅紬襖，戴著個白范陽氈笠兒，◎6背上包裹，提了桿棒，相辭了便行。宋江道：「賢弟少等一等。」回到自己房內，取了些銀兩，趕出到莊門前來，說道：「我送兄弟一程。」宋江和兄弟宋清兩個送武松，待他辭了柴大官人，宋江也道：「大官人，暫別了便來。」三個離了柴進東莊，行了五、七里路，武松作別道：「尊兄遠了，請回。柴大官人必然專望。」宋江道：「何妨再送幾步。」路上說些閑話，不覺又過了三、二里。武松挽住宋江說道：「尊兄不必遠送。常言道：『送君千里，終須一別。』」宋江指著道：「容我再行幾步。兀那官道上有個小酒店，我們吃三鍾了作別。」三個來到酒店裏，宋江上首坐了，武松倚了哨棒，下席坐了，宋清橫頭坐定。便叫酒保打酒來，且買些盤饌、果品、菜蔬之類，都搬來擺在桌子上。三人飲

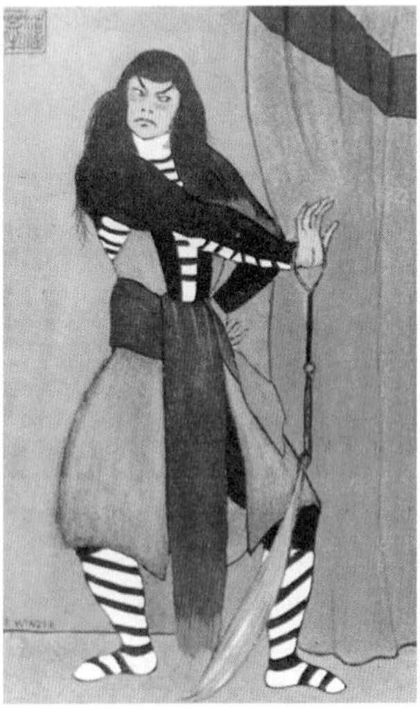

本回開始到三十二回，是《水滸》中著名的「武十回」，集中了武松的故事，最是膾炙人口。圖為中國古裝戲中武松的形象，早期來華西方人繪製。（fotoe提供）

評點

◎6.看官著眼，須知此處寫個紅襖白笠，正是爲下文打虎絢染也。（金批）
◎7.此處方拜兄弟，極有關目。（容眉）
◎8.這才是孔方兄。（袁夾）
◎9.情眞是眞，絕妙送行詩料。（袁眉）

了幾杯，看看紅日平西，武松便道：「天色將晚，哥哥不棄武二時，就此受武二四拜，拜為義兄。」◎7宋江大喜。武松納頭拜了四拜，宋江叫宋清身邊取出一錠十兩銀子，送與武松。武松那裏肯受，說道：「哥哥，客中自用盤費。」宋江道：「賢弟不必多慮。你若推卻，我便不認你做兄弟。」◎8武松只得拜受了，收放纏袋裏。宋江取些碎銀子，還了酒錢。武松拿了哨棒，三個出酒店前來作別。武松墮淚，拜辭了自去。宋江和宋清立在酒店門前，望武松不見了，方纔轉身回來。◎9行不到五里路頭，只見柴大官人騎著馬，背後牽著兩匹空馬來接。宋江望見了大喜，一同上馬回莊上來。下了馬，請入後堂飲酒。宋江弟兄兩個，自此只在柴大官人莊上。

話分兩頭。只說武松自與宋江分別之後，當晚投客店歇了。次日早，起來打火，吃了飯，還了房錢，拴束包裹，提了哨棒，便走上路，尋思道：「江湖上只聞說及時雨宋公明，果然不虛！結識得這般弟兄，也不枉了！」武松在路上行了幾日，來到陽谷縣地面。此去離縣治還遠。當日晌午時分，走得肚中飢渴，望見前面有一個酒店，挑著一面招旗在門前，上頭寫著五個字道：「三碗不過岡」。

武松入到裏面坐下，把哨棒倚了，叫道：「主人

武松來到陽谷縣，正走得飢渴，望見一個酒店，門前寫著五個字「三碗不過岡」。店中的酒果然醇香無比，武松連喝了十八碗。（朱寶榮繪）

家，快把酒來吃。」只見店主人把三隻碗、一雙箸、一碟熱菜，放在武松面前，滿滿篩一碗酒來。武松拿起碗，一飲而盡，叫道：「這酒好生有氣力！主人家，有飽肚的買些吃酒。」酒家道：「只有熟牛肉。」武松道：「好的，切二、三斤來吃酒。」店家去裏面切出二斤熟牛肉，做一大盤子，將來放在武松面前，隨即再篩一碗酒。武松吃了道：「好酒！」◎10又篩下一碗。恰好吃了三碗酒，再也不來篩。武松敲著桌子叫道：「主人家，怎地不來篩酒？」酒家道：「客官要肉便添來。」武松道：「我也要酒，也再切些肉來。」酒家道：「肉便切來添與客官吃，酒卻不添了。」武松道：「卻又作怪！」便問主人家道：「你如何不肯賣酒與我吃？」酒家道：「客官，你須見我門前招旗上面明明寫道：『三碗不過岡』。」◎11武松道：「怎地喚做『三碗不過岡』？」酒家道：「俺家的酒，雖是村酒，卻比老酒的滋味。但凡客人來我店中，吃了三碗的便醉了，過不得前面的山岡去，因此喚做『三碗不過岡』。若是過往客人到此，只吃三碗，更不再問。」武松笑道：「原來恁地。我卻吃了三碗，如何不醉？」酒家道：「我這酒叫做透瓶香，又喚做出門倒。◎12初入口時，醇醲好吃，少刻時便倒。」武松道：「休要胡說！沒地※3不還你錢，再篩三碗來我吃！」酒家見武松全然不動，又篩三碗。武松吃道：「端的好酒！主人家，我吃一碗，還你一碗錢，只顧篩來。」酒家道：「客官休只管要飲，這酒端的要醉倒人，沒藥醫。」武松道：「休得胡鳥說！便是你使蒙汗藥在裏面，我也有鼻子！」店家被他發話不過，一連又篩了三碗。武松道：「肉便再把二斤來吃。」酒家又切了二斤熟牛肉，再篩了三碗酒。武松吃得口滑，只顧要吃。去身邊取出些碎銀子，叫道：「主人家，你且來看我銀子，還你酒肉錢夠麼？」酒家看了道：「有餘。還有些貼錢※4與你。」武松道：「不要你貼錢。只將酒來篩。」酒家道：「客官，你要吃酒時，還有五、六碗酒哩！只怕你吃不得了。」武松道：「就有五、六碗多時，你盡數篩將來。」酒家道：「你這條長漢，倘或醉倒了時，怎扶得你住？」◎13武松答道：「要你扶的，不算好漢！」酒家那裏肯將酒來篩。武松焦躁道：「我又不白吃你的。休要引老爺性發，通教你屋裏粉碎！把你這鳥店子倒翻轉來！」酒家道：「這廝醉了，休惹他。」再篩了六碗酒，與武松吃了。前後共吃了十八碗，綽了哨棒，立起身來◎14道：「我卻又不曾醉！」走出門前來笑道：「卻不說『三碗不過岡』！」手提哨棒便走。

酒家趕出來叫道：「客官那裏去！」武松立住了，問道：「叫我做甚麼？我又不少你酒錢，喚我怎地？」酒家叫道：「我是好意。你且回來我家，看抄白官司榜文※5。」武松道：「甚麼榜文？」酒家道：「如今前面景陽岡上有隻吊睛白額大蟲，晚了出來傷人，壞了三、二十條大漢性命。官司如今杖限獵戶擒捉發落。岡子路口，多有榜文：可教往來客人，結夥成隊，於巳、午、未三個時辰過岡，其餘寅、卯、申、酉、戌、亥六

註

※3沒地：難道、莫非的意思。
※4貼錢：找補的零錢。
※5官司榜文：官府的榜文。

評點

◎10.又贊一句，其酒可知。（金批）
◎11.好招牌名色。（袁眉）
◎12.要金盤露等名色何用。（袁眉）
◎13.無端忽從酒家眼中口中，寫出武松氣象來，俗筆如何臨描得出。（金批）
◎14.寫哨棒有無數身分。（金眉）

個時辰，不許過岡。更兼單身客人，務要等伴結夥而過。這早晚正是未末申初時分，我見你走都不問人，枉送了自家性命。不如就我此間歇了，等明日慢慢湊得三、二十人，一齊好過岡子。」武松聽了，笑道：「我是清河縣人氏，這條景陽岡上，少也走過了一、二十遭，幾時見說有大蟲？你休說這般鳥話來嚇我！便有大蟲，我也不怕！」酒家道：「我是好意救你，你不信時，進來看官司榜文。」武松道：「你鳥子聲！便眞個有虎，老爺也不怕！你留我在家裏歇，莫不半夜三更，要謀我財，害我性命，卻把鳥大蟲諕嚇我。」◎15酒家道：「你看麼！我是一片好心，反做惡意，倒落得你恁地！你不信我時，請尊便自行！」正是：

前車倒了千千輛，後車過了亦如然。

分明指與平川路，卻把忠言當惡言。

那酒店裏主人搖著頭，自進店裏去了。這武松提了哨棒，大著步，自過景陽岡來。約行了四、五里路，來到岡子下，見一大樹，刮去了皮，一片白，上寫兩行字。武松也頗識幾字，擡頭看時，上面寫道：◎16

近因景陽岡大蟲傷人，但有過往客商，可於巳、午、未三個時辰，結夥成隊過岡，勿請自誤。

日本版畫武松打虎，造型與中國傳統版畫不同，手法細膩，老虎毛髮可現。（日版畫，出自《新編水滸畫傳》，葛飾戴斗繪）

武松看了，笑道：「這是酒家詭詐，驚嚇那等客人，便去那廝家裏宿歇。我卻怕甚麼鳥！」橫拖著哨棒，便上岡子來。那時已有申牌時分，這輪紅日，厭厭地相傍下山。武松乘著酒興，只管走上岡子來。走不到半里多路，見一個敗落的山神廟。行到廟前，見這廟門上貼著一張印信榜文。武松住了腳讀時，上面寫道：

陽谷縣示：為景陽岡上，新有一隻大蟲，傷害人命。現今杖限各鄉里正並獵戶人等行捕，未獲。如有過往客商人等，可於巳、午、未三個時辰，結伴過岡；其餘時分及單身客人，不許過岡，恐被傷害性命。各宜知悉。

武松讀了印信榜文，方知端的有虎。欲待轉身再回酒店裏來，尋思道：「我回去時，須吃他恥笑，不是好漢，難以轉去。」◎17存想了一回，說道：「怕甚麼鳥！且只顧上去看怎地！」武松正走，看看酒湧上來，便把氈笠兒背在脊梁上，將哨棒綰在肋下，一步步上那岡子來。回頭看這日色時，漸漸地墜下去了。◎18此時正是十月間天氣，日短夜長，容易得晚。武松自言自說道：「那得甚麼大蟲？人自怕了，不敢上山。」武松走了一直，酒力發作，焦熱起來。一隻手提著哨棒，一隻手把胸膛前袒開，踉踉蹌蹌，直奔過亂樹林來。見一塊光撻撻大青石，把那哨棒倚在一邊，放翻身體，卻待要睡，只見發起一陣狂風來。古人有四句詩單道那風：

無形無影透人懷，四季能吹萬物開。
就樹撮將黃葉去，入山推出白雲來。

評點

◎15.此一段寫得形聲俱出。（袁眉）
◎16.未便出榜文，寫事甚真，行文不薄。（袁眉）
◎17.武松毅然過景陽岡，是勇猛超眾，以無懼為主。（余評）
◎18.駭人之景。我當此時，便沒虎來，也要大哭。（金批）

原來但凡世上雲生從龍，風生從虎。那一陣風過處，只聽得亂樹背後撲地一聲響，跳出一隻吊睛白額大蟲來。武松見了，叫聲：「阿呀！」從青石上翻將下來，◎19便拿那條哨棒在手裏，閃在青石邊。那個大蟲又飢又渴，把兩隻爪在地下略按一按，和身望上一撲，從半空裏攛將下來。◎20武松被那一驚，酒都做冷汗出了。說時遲，那時快，武松見大蟲撲來，只一閃，閃在大蟲背後。那大蟲背後看人最難，便把前爪搭在地下，把腰胯一掀，掀將起來。武松只一躲，躲在一邊。大蟲見掀他不著，吼一聲，卻似半天裏起個霹靂，振得那山岡也動，把這鐵棒也似虎尾，倒竪起來只一剪，武松卻又閃在一邊。原來那大蟲拿人，只是一撲、一掀、一剪，三般提不著時，氣性先自沒了一半。◎21那大蟲又剪不著，再吼了一聲，一兜兜將回來。武松見那大蟲復翻身回來，雙手掄起哨棒，盡平生氣力只一棒，從半空劈將下來。只聽得一聲響，簌簌地將那樹連枝帶葉劈臉打將下來。定睛看時，一棒劈不著大蟲。原來打急了，正打在枯樹上，把那條哨棒折做兩截，只拿得一半在手裏。◎22那大蟲咆哮，性發起來，翻身又只一撲，撲將來。武松又只一跳，卻退了十步遠。那大蟲恰好把兩隻前爪搭在武松面前。武松將半截棒丟在一邊，兩隻手就勢把大蟲頂花皮肐膳地※6揪住，一按按將下來。那隻大蟲急要掙扎，被武松盡氣力捺定，那裏肯放半點兒鬆寬。武松把隻腳望大蟲面門上、眼睛裏，只顧亂踢。那大蟲咆哮起來，把身底下爬起兩堆黃泥，做了一個土坑。武松把那大蟲嘴直按下黃泥坑裏去，那大蟲吃武松奈何得沒了些氣力。武松把左手緊緊地揪住頂花皮，偷出右手來，

評點

◎19.有此一折，反越顯出武松神威。不然，便是三家村中說子路，不近人情極矣。（金批）

◎20.又畫虎矣，妙絕妙絕。（容眉）

◎21.東坡題畫雁詩：「野雁見人時，未起意先改。君從何處看，得此無人態？」今虎食人法，安得如此分明，可謂格物。（袁眉）

◎22.不便打著大蟲，放寬一步，愈著急一步，又正要開除哨棒，顯出徒手的手段。（袁眉）

提起鐵鎚般大小拳頭，盡平生之力，只顧打。打到五、七十拳，那大蟲眼裏、口裏、鼻子裏、耳朵裏，都迸出鮮血來。那武松盡平昔神威，仗胸中武藝，半歇兒把大蟲打做一堆，卻似擋著一個錦皮袋。有一篇古風單道景陽岡武松打虎：

景陽岡頭風正狂，萬里陰雲霾日光。
觸目晚霞掛林藪，侵人冷霧彌穹蒼。
忽聞一聲霹靂響，山腰飛出獸中王。
昂頭踴躍逞牙爪，麋鹿之屬皆奔忙。
清河壯士酒未醒，岡頭獨坐忙相迎。
上下寻人虎飢渴，一掀一撲何猙獰！
虎來撲人似山倒，人往迎虎如岩傾。
臂腕落時墜飛炮，爪牙爬處成泥坑。
拳頭腳尖如雨點，淋漓兩手猩紅染。
腥風血雨滿松林，散亂毛鬚墜山奄。
近看千鈞勢有餘，遠觀八面威風斂。
身橫野草錦斑銷，緊閉雙睛光不閃。

當下景陽岡上那隻猛虎，被武松沒頓飯之間，一頓拳腳，打得那大蟲動彈不得，使

武松兩隻手就勢把老虎腦門的頂花皮按住，雙腳亂踢，徒手打死了老虎。（選自《水滸傳版刻圖錄》，江蘇廣陵古籍刻印社）

註

※6 肐膊地：這裏是一下、一把的意思。

得口裏兀自氣喘。武松放了手，來松樹邊尋那打折的哨棒，拿在手裏，只怕大蟲不死，把哨棒又打了一回。◎23那大蟲氣都沒了，武松再尋思道：「我就地拖得這死大蟲下岡子去。」就血泊裏雙手來提時，那裏提得動？原來使盡了氣力，手腳都酥軟了。◎24武松再來青石上坐了半歇，尋思道：「天色看看黑了，倘或又跳出一隻大蟲來時，卻怎地鬥得他過？且掙扎下岡子去，明早卻來理會。」就石頭邊尋了氈笠兒，轉過亂樹林邊，一步步挨下岡子來。走不到半里多路，只見枯草叢中，鑽出兩隻大蟲來。武松道：「阿呀！我今番罷了！」只見那兩個大蟲，於黑影裏直立起來。◎25武松定睛看時，卻是兩個人，把虎皮縫做衣裳，緊緊拼在身上。那兩個人手裏各拿著一條五股叉，見了武松，吃一驚道：「你那人吃了㺀𤞑心、豹子肝、獅子腿！膽倒包著身軀！如何敢獨自一個，昏黑將夜，又沒器械，走過岡子來！不知你是人是鬼？」武松道：「你兩個是甚麼人？」那個人道：「我們是本處獵戶。」武松道：「你們上嶺來做甚麼？」兩個獵戶失驚道：「你兀自不知哩！如今景陽岡上，有一隻極大的大蟲，夜夜出來傷人。只我們獵戶，也折了七、八個；過往客人，不記其數，都被這畜生吃了。本縣知縣著落當鄉里正和我們獵戶人等捕捉。那業畜勢大難近，誰敢向前！我們為他，正不知吃了多少限棒，只捉他不得！今夜又

❀ 崑曲《義俠記．武松打虎》劇照，由著名崑曲表演藝術家侯少奎飾武松。（北方崑曲劇院照片提供）

該我們兩個捕獵，和十數個鄉夫在此，上上下下放了窩弓※7藥箭※8等他。正在這裏埋伏，卻見你大剌剌地從岡子上走將下來，我兩個吃了一驚。你卻正是甚人？曾見大蟲麼？」武松道：「我是清河縣人氏，姓武，排行第二。卻纔岡子上亂樹林邊，正撞見那大蟲，被我一頓拳腳打死了。」兩個獵戶聽得痴呆了，說道：「怕沒這話？」武松道：「你不信時，只看我身上兀自有血跡。」兩個道：「怎地打來？」武松把那打大蟲的本事，再說了一遍。兩個獵戶聽了，又驚又喜，叫攏那十個鄉夫來。

只見這十個鄉夫，都拿著鋼叉、踏弩※9、刀、槍，隨即攏來。武松問道：「他們眾人，如何不隨著你兩個上山？」獵戶道：「便是那畜生利害，他們如何敢上來？」◎26一夥十數個人，都在面前。兩個獵戶把武松打殺大蟲的事，說向眾人，眾人都不肯信。武松道：「你眾人不信時，我和你去看便了。」眾人身邊都有火刀、火石，隨即發出火來，點起五、七個火把。眾人都跟著武松，一同再上岡子來，看見那大蟲做一堆兒死在那裏。眾人見了大喜，先叫一個去報知本縣里正並該管上戶。這裏五、七個鄉夫，自把大蟲縛了，擡下岡子來。到得嶺下，早有七、八十人，都哄將來；先把死大蟲擡在前面，將一乘兜轎※10擡了武松，◎27逕投本處一個上戶家來。那戶里正，都在莊前迎接，把這大蟲扛到草廳上。卻有本鄉上戶、本鄉獵戶，三、二十人，都來相探武松。眾人問

註

※7窩弓：一種獵人用以捕獸的伏弩。
※8藥箭：鏃上塗有毒藥的箭。
※9踏弩：一種用腳踩踏機括而發箭的弓。
※10兜轎：即兜子，一種只有座位沒有轎廂的轎子。

評點

◎23.武松打死景陽岡猛虎，是除一方之大害，功勇兩全。（余評）
◎24.有此一折，便越顯出方纔神威。（金批）
◎25.是虎是人，後卻不知是人是鬼，閃忽得妙。（袁眉）
◎26.問得周匝。（袁夾）
◎27.上文一個神人，一個活虎，盡力放對，到此虎也擡，人也擡，讀之不覺失笑也。（金批）

道：「壯士高姓大名？貴鄉何處？」武松道：「小人是此間鄰郡清河縣人氏，姓武，名松，排行第二。因從滄州回鄉來，昨晚在岡子那邊酒店吃得大醉了，上岡子來，正撞見這畜生。」把那打虎的身分、拳腳，細說了一遍。衆上戶道：「眞乃英雄好漢！」衆獵戶先把野味將來與武松把杯。◎28武松因打大蟲困乏了，要睡。大戶便叫莊客打☒客房，且教武松歇息。

到天明，上戶先使人去縣裏報知，一面合具虎床，安排端正，迎送縣裏去。天明，武松起來洗漱罷，衆多上戶牽一羫羊，挑一擔酒，都在廳前伺候。武松穿了衣裳，整頓巾幘，出到前面，與衆人相見。衆上戶把盞說道：「被這個畜生，正不知害了多少人性命，連累獵戶，吃了幾頓限棒！今日幸得壯士來到，除了這個大害。第一，鄉中人民有福；第二，客侶通行，實出壯士之賜！」武松謝道：「非小子之能，托賴衆長上福蔭。」衆人都來作賀。◎29吃了一早晨酒食，擡出大蟲，放在虎床上。衆鄉村上戶，都把緞匹花紅※11來掛與武松。武松有些行李包裹，寄在莊上，一齊都出莊門前來。早有陽谷縣知縣相公，使人來接武松。都相見了，叫四個莊客，將乘涼轎來擡了武松。把那大蟲扛在前面，掛著花紅緞匹，迎到陽谷縣裏來。

那陽谷縣人民，聽得說一個壯士打死了景陽岡上大蟲，迎喝將來，盡皆出來看，哄動了那個縣治。武松在轎上看時，只見亞肩疊背※12，鬧鬧穰穰，屯街塞巷，都來看迎大蟲。到縣前衙門口，知縣已在廳上專等。武松下了轎，扛著大蟲，都到廳前，放在甬道

上。知縣看了武松這般模樣，又見了這個老大錦毛大蟲，心中自忖道：「不是這個漢，怎地打得這個猛虎！」便喚武松上廳來。武松去廳前聲了喏，知縣問道：「你那打虎的壯士，你卻說怎生打了這個大蟲？」武松就廳前，將打虎的本事說了一遍。廳上廳下眾多人等都驚得呆了。知縣就廳上賜了幾杯酒，將出上戶湊的賞賜錢一千貫，給與武松。武松稟道：「小人托賴相公的福蔭，偶然僥倖，打死了這個大蟲，非小人之能，如何敢受賞賜？小人聞知這眾獵戶，因這個大蟲受了相公責罰，何不就把這一千貫給散與眾人去用？」知縣道：「既是如此，任從壯士。」武松就把這賞錢，在廳上散與眾人獵戶。知縣見他忠厚仁德，有心要擡舉他，便道：「雖你原是清河縣人氏，與我這陽谷縣只在咫尺。我今日就參你在本縣做個都頭如何？」武松跪謝道：「若蒙恩相擡舉，小人終身受賜。」知縣隨即喚押司立了文案，當日便參武松做了步兵都頭。眾上戶都來與武松作賀慶喜，連連吃了三、五日酒。武松自心中想道：「我本要回清河縣去看望哥哥，誰想倒來做了陽谷縣都頭？」自此上官見愛，鄉里聞名。◎30

又過了三、二日，那一日，武松走出縣前來閑頑，只聽得背後一個人叫聲：「武都頭，你今日發跡了，如何不看覷我則個？」武松回過頭來看了，叫聲：「阿呀！你如何卻在這裏？」不是武松見了這個人，有分教：陽谷縣裏，屍橫血染。直教：鋼刀響處人頭滾，寶劍揮時熱血流。畢竟叫喚武都頭的正是甚人？且聽下回分解。◎31

註

※11花紅：指有關婚姻等喜慶事的禮物；彩禮。

※12亞肩疊背：「亞」同「壓」。身子擠著身子的意思。

評點

◎28.一色人一色管待。（金批）

◎29.武松除虎之害，而受眾人之飲，乃理之宜也。（余評）

◎30.所寄行李包裹不見送來。（金眉）

◎31.柴王孫一味招延豪傑，而座上亦無俗客，是孟嘗君反遜一籌矣。武松視虎如蟻，後來梁山一班好漢，視童蔡輩爲虎而冠者也，所以急欲以景陽幾拳與之。（袁評）

第二十四回

王婆貪賄說風情　鄆哥不忿鬧茶肆◎1

話說當日武都頭回轉身來，看見那人，撲翻身便拜。那人原來不是別人，正是武松的嫡親哥哥武大郎。◎2武松拜罷，說道：「一年有餘不見哥哥，如何卻在這裏？」武大道：「二哥，你去了許多時，如何不寄封書來與我？我又怨你，又想你！」武松道：「哥哥如何是怨我、想我？」武大道：「我怨你時，當初你在清河縣裏，要便吃酒醉了，和人相打，時常吃官司，教我要便隨衙聽候，不曾有一個月淨辦※1，常教我受苦。這個便是怨你處。想你時，我近來取得一個老小，清河縣人，不怯氣都來相欺負，沒人做主，你在家時，誰敢來放個屁？我如今在那裏安不得身，只得搬來這裏賃房居住。因此便是想你處。」◎3

看官聽說，原來武大與武松，是一母所生兩個。武松身長八尺，一貌堂堂，渾身上下，有千百斤氣力。不恁地，如何打得那個猛虎？這武大郎，身不滿五尺，面目醜陋，頭腦可笑。清河縣人見他生得短矮，起他一個諢名，叫做三寸丁谷樹皮。那清河縣裏有一個大戶人家，有個使女，小名喚做潘金蓮，年方二十餘歲，頗有些顏色。因為那個大戶要纏他，這女使只是去告主人婆，意下不肯依從。那個大戶以此記恨於心，卻倒賠些房奩，不要武大一文錢，白白地嫁與他。自從武大娶得那婦人之後，清河縣裏有幾個奸詐的浮浪子弟們，卻來他家裏薅惱※2。原來這婦人見武大身材短矮，人物猥獕※3，不會風流。這婆娘倒諸般好，爲頭的愛偷漢子。◎4有詩爲證：

金蓮容貌更堪題，笑蹙春山八字眉。
若遇風流清子弟，等閑雲雨便偷期。

卻說那潘金蓮過門之後，武大是個懦弱依本分的人，被這一班人不時間在門前叫道：「好一塊羊肉，倒落在狗口裏！」因此武大在清河縣住不牢，搬來這陽谷縣紫石街賃房居住，每日仍舊挑賣炊餅。此日正在縣前做買賣，當下見了武松。武大道：「兄弟，我前日在街上聽得人沸沸地說道：『景陽岡上一個打虎的壯士，姓武，縣裏知縣參他做個都頭。』我也八分猜道是你，原來今日才得撞見。我且不做買賣，一同和你家去。」武松道：「哥哥家在那裏？」武大用手指道：「只在前面紫石街便是。」武松替武大挑了擔兒，武大引著武松，

註

※1淨辦：清靜。
※2薅惱：糾纏、騷擾。
※3猥獕：亦作「猥儯」。容貌、舉止醜陋難看，或庸俗拘束。

評點

◎1.寫武二視兄如父，此自是豪傑至性，實有大過人者。乃吾正不難於武二之視兄如父，而獨難於武大之視二如子也。曰：嗟乎！兄弟之際，至於今日，尚忍言哉？一壞於乾糇相爭，鬩墻莫勸，再壞於高談天顯，矜飾虛文。蓋一壞於小人，而再壞於君子也。夫壞於小人，其失也鄙，猶可救也；壞於君子，其失也詐，不可救也。壞於小人，其失也鄙，其内即甚鄙，而其外未至於詐，是猶可以聖王之教教之者也；壞於君子，其失也詐，其外既甚詐，而其内又不免於甚鄙，是終不可以聖王之教教之者也。故夫武二之視兄如父，是學問之人之事也；若武大之視二如子，是天性之人之事也。由學問而得如武二之事兄者以事兄，是猶夫人之能事也；由天性而欲如武大之愛弟者以愛弟，是非夫人之能事也。作者寫武二以救小人之鄙，寫武大以救君子之詐。夫亦曰：兄之與弟，雖二人也；揆厥初生，則一本也。一本之事，天性之事也，學問其不必也。不得已而不廢學問，此自爲小人言之，若君子，其亦勉勉於天性可也。上篇寫武二遇虎，眞乃山搖地撼，使人毛髮倒卓。忽然接入此篇，寫武二遇嫂，眞又柳絲花朵，使人心魂蕩漾也。吾嘗見舞槊之後，便欲搦管臨文，則殊苦手顫；鐃吹之後，便欲洞簫清囀，則殊苦耳鳴；馳騎之後，便欲入班拜舞，則殊苦喘急；罵座之後，便欲舉唱梵唄，則殊苦喉燥。何耐庵偏能接筆而出，嚇時便嚇殺人，憨時便憨殺人，並無上四者之苦也！寫西門慶接連數番踅轉，妙於疊，妙於換，妙於熱，妙於冷，妙於寬，妙於緊，妙於瑣碎，妙於影借，妙於忽迎，妙於忽閃，妙於有波磔，妙於無意思，眞是一篇花團錦簇文字。寫王婆定計，只是數語可了，看他偏能一波一磔，一吐一吞，隨心恣意，排出十分光來；於十分光前，偏又能隨心恣意，先排出五件事來。眞所謂其才如海，筆墨之氣，潮起潮落者也。通篇寫西門愛奸，卻又處處插入虔婆愛鈔，描畫小人共爲一事，而各爲其私，眞乃可醜可笑。吾嘗晨起開户，竊怪行路之人紛若馳馬，意彼萬萬人中，乃至必無一人心頭無事者。今讀此篇而失笑也。（金批）
◎2.武松到此遇兄，是喜也。（余評）
◎3.將從前情事說來，入情眞，入事無痕，好入題法。（芥眉）
◎4.緊接出婆娘的本色來，節拍甚醒，不煩多語。（袁眉）

轉彎抹角，一逕望紫石街來。轉過兩個彎，來到一個茶坊間壁，◎5武大叫一聲：「大嫂開門！」只見蘆簾起處，一個婦人出到簾子下應道：「大哥，怎地半早便歸？」武大道：「你的叔叔◎6在這裏，且來廝見。」武大郎接了擔兒入去，便出來道：「二哥，入屋裏來，和你嫂嫂相見。」武松揭起簾子，入進裏面，與那婦人相見。武大說道：「大嫂，原來景陽岡上打死大蟲新充做都頭的，正是我這兄弟。」◎7那婦人叉手向前道：「叔叔萬福。」◎8武松道：「嫂嫂請坐。」武松當下推金山，倒玉柱，納頭便拜。那婦人向前扶住武松道：「叔叔，折殺奴家！」武松道：「嫂嫂受禮。」那婦人道：「奴家也聽得說道：『有個打虎的好漢，迎到縣前來。』奴家也正待要去看一看。不想去得遲了，趕不上，不曾看見，原來卻是叔叔。且請叔叔到樓上去坐。」武松看那婦人時，但見：

眉似初春柳葉，常含著雨恨雲愁；臉如三月桃花，暗藏著風情月意。纖腰嫋娜，拘束的燕懶鶯慵；檀口輕盈，勾引得蜂狂蝶亂。玉貌妖嬈花解語，芳容窈窕玉生香。

當下那婦人叫武大請武松上樓，主客席裏坐地。三個人同到樓上坐了，那婦人看著武大道：「我陪侍著叔叔坐地，你去安排些酒食來管待叔叔。」◎9武大應道：「最好。二哥，你且坐一坐，我便來也。」武大下樓去了。那婦人在樓上，看了武松這表人物，自心裏尋思道：「武松與他是嫡親一母兄弟，他又生得這般長大，我嫁得這等一個，也不枉了為人一世！你看我那三寸丁谷樹皮，三分像人，七分似鬼，我直恁地晦氣！據著武松，大蟲也吃他打倒了，他必然好氣力。◎10說他又未曾婚娶，何不叫他搬來我家裏住？不想這段姻緣，卻在這裏！」那婦人臉上堆下笑來問武松道：「叔叔，來這裏幾日了？」武松答道：「到此間十數日了。」婦人道：「叔叔在那裏安歇？」武松道：「胡亂權在縣衙裏安歇。」那婦人道：「叔叔，恁地時，卻不便當。」武松道：「獨自一身，容易料理。早晚自有士兵伏侍。」婦人道：「那等人伏侍叔叔，怎地顧管得到？何不搬來一家裏住，早晚要些湯水吃時，奴家親自安排與叔叔吃，不強似這夥腌臢人。叔叔便吃口清湯，也放心得下。」武松道：「深謝嫂嫂。」那婦人道：「莫不別處有嬸嬸，可取來廝會也好。」武松道：「武二並不曾婚娶。」婦人又問道：「叔叔青春多少？」武松道：「虛度二十五歲。」那婦人道：「長奴三歲。◎11叔叔今番從那裏來？」武松道：「在滄州住了一年有餘，只想哥哥在清河縣住，不想卻搬在這裏。」那婦人道：「一言難盡！自從嫁得你哥哥，吃他忒善了，被人欺負，清河縣裏住不得，搬來這裏。若得叔叔這般雄壯，誰敢道個不字！」武松道：「家兄從來本分，不似武二撒潑。」那婦人笑道：「怎地這般顛倒說？常言道：『人無剛骨，安身不牢。』奴家平生快性，看不得這般三答不回頭，四答和身轉的人。」武松道：「家兄卻不到得惹事，要嫂嫂憂心。」

正在樓上說話未了，武大買了些酒肉果品歸來，放在廚下，走上樓來叫道：「大

評點

◎5.倒插而下，即嶽廟間壁菜園一樣文法。（金批）
◎6.四字不雅馴，然小家恆有之，卻正用在此處，妙絕。（金批）
◎7.見夫婦兩個念誦，已非一日。（金批）
◎8.凡叫過三十九遍叔叔，忽然改作你字，真欲絕倒人也。（金批）
◎9.兩句二十字，卻字字絕倒。（金批）
◎10.便想著用他氣力處，不知這長大漢子卻不會弄這段哨棒伏這個母大蟲。（袁眉）
◎11.潘氏以言挑武松，若酒色之輩，即從其計，觀武松色心不動，世之罕矣。（余評）

嫂，你下來安排。」那婦人應道：「你看那不曉事的，叔叔在這裏坐地，卻教我撇了下來！」◎12武松道：「嫂嫂請自便。」那婦人道：「何不去叫間壁王乾娘安排便了？只是這般不見便！」武大自去央了間壁王婆，安排端正了，都搬上樓來，擺在桌子上，無非是些魚肉果菜之類，隨即盪酒上來。武大叫婦人坐了主位，武松對席，武大打橫。三個人坐下，武大篩酒在各人面前。那婦人拿起酒來道：「叔叔休怪，沒甚管待，請酒一杯。」武松道：「感謝嫂嫂，休這般說。」武大只顧上下篩酒盪酒，那裏來管別事？那婦人笑容可掬，滿口兒道：「叔叔，怎地魚和肉也不吃一塊兒？」揀好的遞將過來。◎13武松是個直性的漢子，只把做親嫂嫂相待。誰知那婦人是個使女出身，慣會小意兒。武大又是個善弱的人，那裏會管待人？那婦人吃了幾杯酒，一雙眼只看著武松的身上，武松吃他看不過，只低了頭，不恁麼理會。當日吃了十數杯酒，武松便起身。武大道：「二哥，再吃幾杯了去。」武松道：「只好恁地，卻又來望哥哥。」都送下樓來。那婦人道：「叔叔是必搬來家裏住。若是叔叔不搬來時，教我兩口兒也吃別人笑話，親兄弟難比別人。大哥，你便打點一間房，請叔叔來家裏過活，休教鄰舍街坊道個不是。」◎14武大道：「大嫂說得是。二哥，你便搬來，也教我爭口氣。」武松道：「既是哥哥、嫂嫂恁地說時，今晚有些行李，便取了來。」那婦人道：「叔叔是必記心，奴這裏專望。」那婦人情意十分殷勤，正是：

叔嫂通言禮禁嚴，手援須識是從權。

評點

◎12.一路叔叔之聲多於嫂嫂，讀之眞欲絕倒。（金眉）

◎13.寫得極騷極肉麻，是個賤人要漢子的本事。（芥眉）

◎14.都是親熱好話，若非有他意，便是賢嫂，世間離間兄弟的婦人，又當以此爲法。（袁眉）

◎15.武松居兄家立住，亦是盡兄弟之情，豈有外望之心哉！（余評）

英雄只念連枝樹，淫婦偏思並蒂蓮。

武松別了哥嫂，離了紫石街，逕投縣裏來，正值知縣在廳上坐衙。武松上廳來稟道：「武松有個親兄，搬在紫石街居住。武松欲就家裏宿歇，早晚衙門中聽候使喚。不敢擅去，請恩相鈞旨。」知縣道：「這是孝悌的勾當，我如何阻你？你可每日來縣裏伺候。」武松謝了，收拾行李鋪蓋。有那新制的衣服，並前者賞賜的物件，叫個士兵挑了，武松引到哥哥家裏。那婦人見了，卻比半夜裏拾金寶的一般歡喜，堆下笑來。武大叫個木匠，就樓上整了一間房，鋪下一張床，裏面放一條桌子，安兩個杌子，一個火爐。武松先把行李安頓了，分付土兵自回去，當晚就哥嫂家裏歇臥。◎15次日早起，那婦人慌忙起來，燒洗面湯，舀漱口水。叫武松洗漱了口面，裹了巾幘，出門去縣裏畫卯。那婦人道：「叔叔畫了卯，早些個歸來吃

❀ 在潘金蓮的一力催促下，武松搬到哥哥家裏住，不知這是潘金蓮為自己勾搭武松設下的幌子。（日版畫，出自《新編水滸畫傳》，葛飾戴斗繪）

飯，休去別處吃。」武松道：「便來也。」逕去縣裏畫了卯，伺候了一早晨，回到家裏。那婦人洗手剔甲，◎16齊齊整整，安排下飯食，三口兒共桌兒吃。武松吃了飯，那婦人雙手捧一盞茶，遞與武松吃。武松道：「教嫂嫂生受，武松寢食不安。縣裏撥一個土兵來使喚。」那婦人連聲叫道：「叔叔卻怎地這般見外？自家的骨肉，又不伏侍了別人。便撥一個土兵來使用，這廝上鍋上竈也不乾淨，奴眼裏也看不得這等人。」武松道：「恁地時，卻生受嫂嫂。」話休絮煩。自從武松搬將家裏來，取些銀子與武大，教買餅饊、茶果，請鄰舍吃茶。眾鄰舍鬥分子※4來與武松人情，武大又安排了回席，都不在話下。過了數日，武松取出一匹彩色緞子與嫂嫂做衣裳。那婦人笑嘻嘻道：「叔叔，如何使得！既然叔叔把與奴家，不敢推辭，只得接了。」武松自此只在哥哥家裏宿歇。武大依前上街挑賣炊餅。武松每日自去縣裏畫卯，承應差使。不論歸遲歸早，那婦人頓羹頓飯，歡天喜地伏侍武松，武松倒過意不去。那婦人常把些言語來撩撥他，武松是個硬心直漢，卻不見怪。

有話即長，無話即短。不覺過了一月有餘，看看是十一月天氣。連日朔風緊起，四下裏彤雲密布，又早紛紛揚揚，飛下一天大雪來。怎見得好雪，正是：

眼波飄瞥任風吹，柳絮沾泥若有私。
粉態輕狂迷世界，巫山雲雨未爲奇。

當日那雪，直下到一更天氣，卻似銀鋪世界，玉碾乾坤。次日，武松清早出去縣裏畫卯，直到日中未歸。武大被這婦人趕出去做買賣，央及間壁王婆，買下些酒肉之類，去武松房裏簇了一盆炭火，心裏自想道：「我今日著實撩鬥※5他一撩鬥，不信他不動情。」◎17那婦人獨自一個，冷冷清清立在簾兒下等著，只見武松踏著那亂瓊碎玉歸來。那婦人揭起簾子，陪著笑臉迎接道：「叔叔寒冷。」武松道：「感謝嫂嫂憂念。」入得門來，便把毡笠兒除將下來。那婦人雙手去接，武松道：「不勞嫂嫂生受。」自把雪來拂了，掛在壁上。解了腰裏纏袋，脫了身上鸚哥綠紵絲衲襖，入房裏搭了。那婦人便道：「奴等一早起，叔叔怎地不歸來吃早飯？」武松道：「便是縣裏一個相識，請吃早飯。卻纔又有一個作杯，我不耐煩，一直走到家來。」那婦人道：「恁地，叔叔向火。」武松道：「好。」便脫了油靴，換了一雙襪子，穿了暖鞋，掇個杌子，自近火邊坐地。那婦人把前門上了拴，後門也關了，卻搬些案酒、果品、菜蔬，入武松房裏來，擺在桌子上。武松問道：「哥哥那裏去未歸？」婦人道：「你哥哥每日自出去做買賣，我和叔叔自飲三杯。」武松道：「一發等哥哥家來吃。」婦人道：「那裏等得他來，等他不得！」說猶未了，早暖了一注子酒來。武松道：「嫂嫂坐地，等武二去燙酒正當。」婦人道：「叔叔，你自便。」那婦人也掇個杌子，近火邊坐了。火頭邊桌兒上擺著杯盤。那婦人拿盞酒，擎在手裏，看著武松道：「叔叔滿飲此杯。」武松接過手來，一飲而盡。那婦人又篩一杯酒來說道：「天色寒冷，叔叔飲個成雙杯兒。」武松道：

註

※4鬥分子：這裏是拼、湊的意思。
※5撩鬥：「鬥」同「逗」，誘惑、挑動、勾惹。

評點

◎16.四字纖瑣入妙。（金批）
◎17.婦人勾搭武二，作一篇文字讀。（金眉）

「嫂嫂自便。」接來又一飲而盡。武松卻篩一杯酒，遞與那婦人吃。婦人接過酒來吃了，卻拿注子再斟酒來，放在武松面前。

那婦人將酥胸微露，雲鬟半嚲※6，臉上堆著笑容說道：「我聽得一個閑人說道：叔叔在縣前東街上，養著一個唱的，敢端的有這話麼？」◎18武松道：「嫂嫂休聽外人胡說，武二從來不是這等人！」◎19婦人道：「我不信！只怕叔叔口頭不似心頭。」武松道：「嫂嫂不信時，只問哥哥。」那婦人道：「他曉得甚麼！曉得這等事時，不賣炊餅了。叔叔且請一杯。」連篩了三、四杯酒飲了。那婦人也有三杯酒落肚，只管把閑話來說。武松也知了八、九分，自家只把頭來低了。那婦人起身去燙酒，武松自在房裏拿起火箸簇火。那婦人暖了一注子酒來到房裏，一隻手拿著注子，一隻手便去武松肩胛上只一捏，說道：「叔叔，只穿這些衣裳不冷？」武松已自有五分不快意，也不應他。那婦人見他不應，劈手便來奪火箸，口裏道：「叔叔，你不會簇火，我與你撥火，只要一似火盆常熱便好。」武松有八分焦燥，只不做聲。◎20那婦人不看武松焦燥，便放了火箸，卻篩一盞酒來，自呷了

冬日雪天喝酒，本來是十分愜意的事情，金聖歎在評語中對此場景也十分在意。圖為松花江畔雪景。
（美工圖書社：中國圖片大系提供）

一口，剩了大半盞，看著武松道：「你若有心，吃我這半盞兒殘酒。」武松劈手奪來，潑在地下，說道：「嫂嫂休要恁地不識羞恥！」把手只一推，爭些兒把那婦人推一交。武松睜起眼來道：「武二是個頂天立地、噙齒戴髮※7男子漢！◎21不是那等敗壞風俗、沒人倫的豬狗！嫂嫂休要這般不識廉恥，爲此等的勾當！倘有些風吹草動，武二眼裏認得是嫂嫂，拳頭卻不認得是嫂嫂！再來休要恁地！」那婦人通紅了臉，便收拾了杯盤盞碟，口裏說道：「我自作樂耍子，不值得便當眞起來，好不識人敬重！」搬了家火，自向廚下去了。有詩爲證：

酒作媒人色膽張，貪淫不顧壞綱常。
席間便欲求雲雨，激得雷霆怒一場。

卻說潘金蓮勾搭武松不動，反被搶白一場。武松自在房裏氣忿忿地。天色卻早，未牌時分，武大挑了擔兒，歸來◎22推門，那婦人慌忙開門。武大進來，歇了擔兒，隨到廚下。見老婆雙眼哭得紅紅的。武大道：「你和誰鬧來？」那婦人道：「都是你不爭氣，教外人來欺負我！」◎23武大道：「誰人敢來欺負你？」婦人道：「情知是有誰！爭奈武二那廝，我見他大雪裏歸來，連忙安排酒請他吃。他見前後沒人，便把言語來調戲我！」武大道：「我的兄弟不是這等人，從來老實。休要高做聲，吃鄰舍家笑話！」武大撇了老婆，來到武松房裏叫道：「二哥，你不曾吃點心，我和你吃些個。」武松只

註

※6 嚲：音朵。下垂的樣子。
※7 噙齒戴髮：光明正大的意思。《列子・黃帝》：「噙齒戴髮，倚而趣者謂之人。」

評點

◎18.閑人者，何人也？叔叔養唱，嫂嫂卻知，又是閑人說來，絕倒人也。（金批）
◎19.寫武二答語處，都有神威。（金批）
◎20.八、九分焦躁，只不做聲。可知以下是十分震怒也。（金批）
◎21.武二眞是個頂天立地漢子，不可及，不可及。（容眉）
◎22.武大歸來，兩邊按留不住，另作一篇小文讀。（金眉）
◎23.叫親兄弟，叫自家骨肉，忽然叫做外人，爲著甚麼？（袁眉）

不做聲。尋思了半晌，再脫了絲鞋，依舊穿上油膀靴，著了上蓋，帶上氈笠兒，一頭繫纏袋，一面出門。武大叫道：「二哥那裏去？」也不應，一直地只顧去了。武大回到廚下來問老婆道：「我叫他又不應，只顧望縣前這條路走了去，正是不知怎地了？」◎24那婦人罵道：「糊突桶！有甚麼難見處！那廝羞了，沒臉兒見你，走了出去。我猜他已定叫個人來搬行李，不要在這裏宿歇。」武大道：「他搬了去，須吃別人笑話。」那婦人道：「混沌魍魎！他來調戲我，倒不吃別人笑！你要便自和他道話，我卻做不得這樣的人！你還了我一紙休書來，你自留他便了！」武大那裏敢再開口。正在家中兩口兒絮聒，只見武松引了一個土兵，拿著條匾擔，逕來房裏，收拾了行李，便出門去。武大趕出來叫道：「二哥，做甚麼便搬了去？」武松道：「哥哥不要問，說起來，裝你的幌子※8。你只由我自去便了。」武大那裏敢再問備細，由武松搬了去。那婦人在裏面喃喃吶吶的罵道：「卻也好！人只道一個親兄弟做都頭，怎地養活了哥嫂，卻不知反來嚼咬人！正是『花木瓜，空好看』。你搬了去，倒謝天地！且得冤家離眼前。」武大見老婆這等罵，正不知怎地，心中只是咄咄不樂，放他不下。◎25自從武松搬了去縣衙裏宿歇，武大自依然每日上街挑賣炊餅。本待要去縣裏尋兄弟說話，卻被這婆娘千叮萬囑分付，教不要去兜攬他，因此武大不敢去尋武松。

拈指間，歲月如流，不覺雪晴，過了十數日。卻說本縣知縣自到任已來，卻得二年半多了，賺得好些金銀，欲待要使人送上東京去，與親眷處收貯使用，謀個升轉，◎26

卻怕路上被人劫了去，須得一個有本事的心腹人去便好。猛可想起武松來：「須是此人可去。有這等英雄了得！」當日便喚武松到衙內商議道：「我有一個親戚，在東京城裏住，欲要送一擔禮物去，就捎封書問安則個。只恐途中不好行，須是得你這等英雄好漢，方去得。你可休辭辛苦，與我去走一遭，回來我自重重賞你。」武松應道：「小人得蒙恩相擡舉，安敢推故？既蒙差遣，只得便去。小人也自來不曾到東京，就那裏觀看光景一遭。相公明日打點端正了便行。」知縣大喜，賞了三杯，不在話下。

且說武松領下知縣言語，出縣門來，到得下處，取了些銀兩，叫了個士兵，卻上街來買了一瓶酒並魚肉果品之類，一逕投紫石街來，直到武大家裏。武大恰好賣炊餅了回來，見武松在門前坐地，叫士兵去廚下安排。那婦人餘情不斷，見武松把將酒食來，心中自想道◎27：「莫不這廝思量我了，卻又回來。那廝一定強不過我！且慢慢地相問他！」那婦人便上樓去，重勻粉面，再整雲鬟，換些豔色衣服穿了，來到門前迎接武松。那婦人拜道：「叔叔，不知怎地錯見了？好幾日並不上門，教奴心裏沒理會處。每日叫你哥哥來縣裏尋叔叔陪話，歸來只說道：『沒尋處。』今日且喜得叔叔家來，沒事壞錢做甚麼？」武松答道：「武二有句話，特來要和哥哥、嫂嫂說知則個。」那婦人道：「既是如此，樓上去坐地。」

三個人來到樓上客位裏，武松讓哥嫂上首坐了，武松掇個杌子，橫頭坐了。◎28士

註

※8 裝你的幌子：亦稱「裝潢子」、「裝樣子」。比喻張揚，招搖。幌子，舊時酒家掛在門前用以招徠顧客的招牌。這裏是出醜的意思。

評點

◎24.將一個烈漢，一個呆子，一個淫婦人，描寫得十分肖像，眞神手也。（容眉）
◎25.活武大，又好武大，讀之不覺悲從中來。嗟乎！世人讀《詩》而不廢〈棠棣〉之篇，彼固無所感於中也，豈不痛哉！（金批）
◎26.好衣缽，千古相傳。（芥眉）
◎27.婦人淫未有不潑者，然反情則潑，中情便潑不來，著此一段，是又字餘情，亦是婦人眞情。（芥眉）
◎28.武二置酒又作一篇文字讀。（金眉）

兵搬將酒肉上樓來，擺在桌子上。武松勸哥哥、嫂嫂吃酒。那婦人只顧把眼來睃武松，武松只顧吃酒。酒至五巡，武松討付勸杯，叫土兵篩了一杯酒，拿在手裏，看著武大道：「大哥在上：今日武二蒙知縣相公差往東京幹事，明日便要起程，多是兩個月，少是四、五十日便回。有句話，特來和你說知。你從來為人懦弱，我不在家，恐怕被外人來欺負。假如你每日賣十扇籠炊餅，你從明日為始，只做五扇籠出去賣。每日遲出早歸，不要和人吃酒。◎29歸到家裏，便下了簾子，早閉上門，省了多少是非口舌。如若有人欺負你，不要和他爭執，待我回來，自和他理論。大哥依我時，滿飲此杯。」武大接了酒道：「我兄弟見得是，我都依你說。」吃過了一杯酒。武松再篩第二杯酒，對那婦人說道：「嫂嫂是個精細的人，不必用武松多說。我哥哥為人質樸，全靠嫂嫂做主看覷他。常言道：『表壯不如裏壯。』嫂嫂把得家定，我哥哥煩惱做甚麼？豈不聞古人言：『籬牢犬不入。』」那婦人聽了這話，被武松說了這一篇，一點紅從耳朵邊起，紫漲了面皮，指著武大便罵道：「你這個腌臢混沌！有甚麼言語在外人處說來，欺負老娘！我是一個不戴頭巾男子漢，叮叮噹噹響的婆娘！拳頭上立得人，肐膊上走得馬，人面上行得人，不是那等搠不出的鱉老婆。自從嫁了武大，真個螻蟻也不敢入屋裏來，有甚麼籬笆不牢，犬兒鑽得入來！你胡言亂語，一句句都要下落。丟下磚頭瓦兒，一個個也要著地。」◎30武松笑道：「若得嫂嫂這般做主最好。只要心口相應，卻不要心頭不似口頭。既然如此，武二都記得嫂嫂說的話了，請飲過此杯！」那婦人推開酒盞，一直跑下

評點

◎29.武大何處吃酒？乃武二已明知武大之必將有酒吃也，妙絕。（金批）
◎30.傳神傳神，當作淫婦譜看。（容眉）
辭令妙品。淫婦有相，只看會說話者，即其人也。（金批）
許多話在紙上有聲有氣，如見如聞。（芥眉）
◎31.情字除過，便說出一番理來，逼肖。（袁眉）
◎32.武大謹依武松之言，亦是好處。（余評）

樓來，走到半胡梯上發話道：「你既是聰明伶俐，卻不道『長嫂為母』！我當初嫁武大時，曾不聽得說有甚麼阿叔，那裏走得來！『是親不是親，便要做喬家公』！自是老娘晦氣了，鳥撞著許多事！」◎31哭下樓去了。有詩為證：

良言逆聽即為仇，笑眼登時有淚流。
只是兩行淫禍水，不因悲苦不因羞。

且說那婦人做出許多奸偽張致※9，那武大、武松弟兄兩個吃了幾杯。武松拜辭哥哥，武大道：「兄弟去了，早早回來，和你相見。」口裏說，不覺眼中墮淚。武松見武大眼中垂淚，便說道：「哥哥便不做得買賣也罷，只在家裏坐地。盤纏兄弟自送將來。」武大送武松下樓來，臨出門，武松又道：「大哥，我的言語，休要忘了。」武松帶了土兵，自回縣前來收拾。次日早起來，拴束了包裹，來見知縣。那知縣已自先差下一輛車兒，把箱籠都裝載車子上。點兩個精壯土兵，縣衙裏撥兩個心腹伴當，都分付了。那四個跟了武松，就廳前拜辭了知縣，拽扎起，提了朴刀，監押車子，一行五人，離了陽谷縣，取路望東京去了。

話分兩頭。只說武大郎自從武松說了去，整整的吃那婆娘罵了三、四日。武大忍氣吞聲，由他自罵，心裏只依著兄弟的言語，真個每日只做一半炊餅出去賣，未晚便歸。◎32一腳歇了擔兒，便去除了簾子，關上大門，卻來家裏坐地。那婦人看了這般，心內

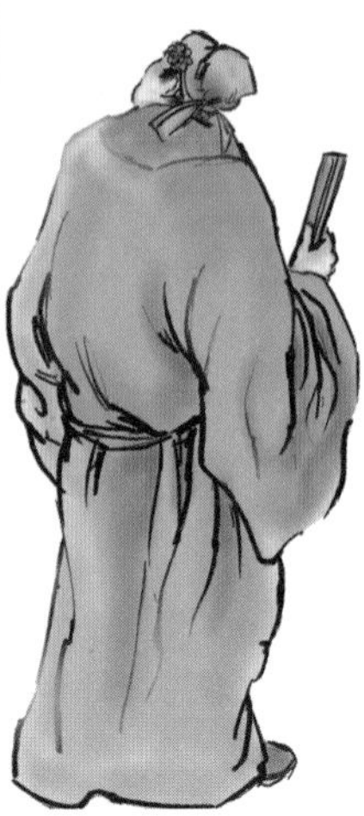

註
※9張致：裝模做樣。

焦躁，指著武大臉上罵道：「混沌濁物！我倒不曾見日頭在半天裏，便把著喪門關了，也須吃別人道我家怎地禁鬼！聽你那兄弟鳥嘴，也不怕別人笑耻。」武大道：「由他們笑道說我家禁鬼。我的兄弟說的是好話，省了多少是非。」那婦人道：「呸！濁物！你是個男子漢，自不做主，卻聽別人調遣。」武大搖手道：「由他！他說的話，是金子言語。」自武松去了十數日，武大每日只是晏出早歸；歸到家裏，便關了門。那婦人也和他鬧了幾場，向後鬧慣了，不以爲事。自此這婦人約莫到武大歸時，先自去收了簾子，關上大門。武大見了，自心裏也喜，尋思道：「恁地時卻好！」◎33

又過了三、二日，冬已將殘，天色回陽微暖。當日武大將次歸來，那婦人慣了，首先向門前來叉那簾子。也是合當有事，◎34卻好一個人從簾子邊走過。自古道：「沒巧不成話。」這婦人正手裏拿叉竿不牢，失手滑將倒去，不端不正，卻好打在那人頭巾上。◎35那人立住了腳，正待要發作，回過臉來看時，是個生得妖嬈的婦人，先自酥了半邊，那怒氣直鑽過爪窪國※10去了，變作笑吟吟的臉兒。這婦人情知不是，叉手深深地道個萬福，說道：「奴家一時失手，官人休怪！」那人一頭把手整頭巾，一面把腰曲著地還禮道：「不妨事。娘子請尊便。」卻被這間壁的王婆見了。那婆子正在茶局子裏水簾底下看見了，笑道：「兀誰教大官人打這屋檐邊過？打得正好！」那人笑道：「倒是小人不是。沖撞娘子，休怪。」那婦人答道：「官人不要見責。」◎36那人又笑著，大大地唱個肥喏道：「小人不敢。」那一雙眼，卻只在這婦人身上。臨動身，也回了七、八遍頭，

自搖搖擺擺，踏著八字腳去了。這婦人自收了簾子叉竿歸去，掩上大門，等武大歸來。◎37詩曰：

籬不牢時犬會鑽，收簾對面好相看。
王婆莫負能勾引，須信叉竿是釣竿。

再說來人姓甚名誰？那裏居住？原來只是陽谷縣一個破落戶財主，就縣前開著個生藥舖。從小也是一個奸詐的人，使得些好拳棒。近來暴發跡，專在縣裏管些公事，與人放刁把濫，說事過錢，排陷官吏。因此，滿縣人都饒讓他些個。那人複姓西門，單諱一個慶字，排行第一，人都喚他做西門大郎。近來發跡有錢，人都稱他做西門大官人。不多時，只見那西門慶一轉踅入王婆茶坊裏來，便去裏邊水簾下坐了。王婆笑道：「大官人卻纔唱得好個大肥喏！」西門慶也笑道：「乾娘，你且來，我問你！間壁這個雌兒，是誰的老小？」王婆道：「他是閻羅大王的妹子，五道將軍的女兒，問他怎地？」西門慶道：「我和你說正話，休要取笑。」王婆道：「大官人怎麼不認得？他老公便是每日在縣前賣熟食的。」西門慶道：「莫非是賣棗糕徐三的老婆？」◎38王婆搖手道：「不是。若是他的，正是一對兒。大官人再猜。」西門慶道：「可是銀擔子李二的老婆？」王婆搖頭道：「不是。若是他的時，也倒是一雙。」西門慶道：「倒敢是花肐膊陸小乙的妻子？」王婆大笑道：「不是。若他的時，也又是好一對兒。大官人再猜一猜。」西

註

※10 爪窪國：古人認爲爪窪國是很遠很遠的外洋地方，好像是一個「無何有之鄉」，因此，常用爪窪國作爲渺茫、空洞、遙遠等意義的形容詞。

評點

◎33.閑心閑筆。（金批）
◎34.俗手此句必與自古句相連。（袁夾）
◎35.金蓮失手打西門慶，非失手，乃淫心動欲，有意如此。（余評）
◎36.看他兩個，一個如迎，一個似送，一個輕憐，一個痛惜，一個低頭，一個萬福，倒教我看書的羞得倒躲倒躲。（金眉）
◎37.此處不說金蓮動情，亦是文字不偏不順的妙處。（袁夾）
◎38.隨手搗成，如詞家之有紅衲襖也。（金批）

門慶道：「乾娘，我其實猜不著。」王婆哈哈笑道：「好教大官人得知了笑一聲。他的蓋老※11，便是街上賣炊餅的武大郎。」西門慶跌腳笑道：「莫不是人叫他三寸丁谷樹皮的武大郎？」王婆道：「正是他。」西門慶聽了，叫起苦來說道：「好塊羊肉，怎地落在狗口裏！」王婆道：「便是這般苦事。自古道：『駿馬卻馱痴漢走，美妻常伴拙夫眠。』月下老※12偏生要是這般配合！」西門慶道：「王乾娘，我少你多少茶錢？」◎39王婆道：「不多，由他，歇些時卻算。」西門慶又道：「你兒子跟誰出去？」王婆道：「說不得。跟一個客人淮上去，至今不歸，又不知死活。」西門慶道：「卻不叫他跟我？」王婆笑道：「若得大官人擡舉他，十分之好。」西門慶道：「等他歸來，卻再計較。」再說了幾句閑話，相謝起身去了。

約莫未及兩個時辰，又踅將來王婆店門口簾邊坐地，朝著武大門前。半歇，◎40王婆出來道：「大官人，吃個梅湯？」西門慶道：「最好多加些酸。」王婆做了一個梅湯，

❀ 潘金蓮失手，叉竿打了西門慶，後者見到美女，不但不怪罪，反而小心陪話，旁邊的王婆看出了其中的蹊蹺。（朱寶榮繪）

雙手遞與西門慶。西門慶慢慢地吃了，◎41盞托放在桌子上。西門慶道：「王乾娘，你這梅湯做得好，有多少在屋裏？」王婆笑道：「老身做了一世媒，那討一個在屋裏？」西門慶道：「我問你梅湯，你卻說做媒，差了多少！」王婆道：「老身只聽得大官人問這媒做得好，老身只道說做媒。」西門慶道：「乾娘，你既是撮合山，也與我做頭媒，說頭好親事，我自重重謝你。」王婆道：「大官人，你宅上大娘子得知時，婆子這臉，怎吃得耳刮子？」西門慶道：「我家大娘子最好，極是容得人。現今也討幾個身邊人※13在家裏，只是沒一個中得我意的。你有這般好的，與我主張一個，便來說不妨。就是回頭人也好，只要中得我意。」王婆道：「前日有一個倒好，只怕大官人不要。」西門慶道：「若好時，你與我說成了，我自謝你。」王婆道：「生得十二分人物，只是年紀大些。」西門慶道：「便差一、兩歲，也不打緊。眞個幾歲？」王婆道：「那娘子戊寅生，屬虎的，新年恰好九十三歲。」西門慶笑道：「你看這風婆子！只要扯著風臉取笑。」西門慶笑了起身去。看看天色晚了，王婆卻纔點上燈來，正要關門，只見西門慶又踅將來，逕去簾底下那座頭上坐了，朝著武大門前只顧望。王婆道：「大官人，吃個和合湯如何？」西門慶道：「最好。乾娘放甜些。」王婆點一盞和合湯，遞與西門慶

註

※11蓋老：丈夫的輕薄稱呼。女的叫做底老。
※12月下老：解釋神話傳說中掌管婚姻之神。借指媒人。
※13身邊人：宋貴族、官吏和有錢人的人，大多都買許多婦女，供給自己頑弄、服役，並且給這種婦女分做若干等級和一些輕蔑的稱呼，其中有身邊的人、本事的人、供過人、付錢人、堂前人、劇雜人等等。身邊的人地位最高，僅次於姬妾。

評點

◎39.閑得極沒要緊，卻極有要緊。（袁眉）
◎40.添一層顏色。（袁夾）
◎41.只慢慢地三字，活畫涎臉。（金批）

吃。坐個一晚，起身道：「乾娘記了帳目，明日一發還錢。」王婆道：「不妨，伏惟安置，來日早請過訪。」西門慶又笑了去。

當晚無事。次日清早，王婆卻纔開門，把眼看門外時，只見這西門慶又在門前兩頭來往踅。王婆見了道：「這個刷子※14踅得緊！你看我著些甜糖抹在這廝鼻子上，只叫他舐不著。那廝會討縣裏人便宜，且教他來老娘手裏納些敗缺※15！」◎42原來這個開茶坊的王婆，也是不依本分的。端的這婆子：

> 開言欺陸賈，出口勝隋何。隻鸞孤鳳，霎時間交仗成雙；寡婦鰥男，一席話搬唆捉對。略施妙計，使阿羅漢抱住比丘尼；稍用機關，教李天王摟定鬼子母。甜言說誘，男如封涉※16也生心；軟語調和，女似麻姑※17能動念。教唆得織女害相思，調弄得嫦娥尋配偶。

且說王婆卻纔開得門，正在茶局子裏生炭，整理茶鍋。張見西門慶從早晨在門前踅了幾遭，一逕奔入茶坊裏來，水簾底下，望著武大門前簾子裏坐了看。◎43王婆只做不看見，只顧在茶局裏煽風爐子，不出來問茶。西門慶叫道：「乾娘，點兩盞茶來。」王婆應道：「大官人來了？連日少見，且請坐。」便濃濃的點兩盞薑茶，將來放在桌子上。西門慶道：「乾娘相陪我吃個茶。」王婆哈哈笑道：「我又不是影射※18的！」西門慶也笑了一回，問道：「乾娘，間壁賣甚麼？」王婆道：「他家賣拖蒸河漏子，熱燙溫和大辣酥。」西門慶笑道：「你看這婆子只是風！」王婆笑道：「我不風，他家自有親老

評點

◎42.警策佔便宜人，然又賴有此折便宜處，不則其人愈不可知矣。（芥眉）
◎43.幾番重出，愈出愈精采，是國語文字。（袁眉）
◎44.前說兩頭來往，今又加一筆。（袁眉）
◎45.一兩入手，便生出六個字來，然則貧士而望人垂青，豈不謬乎？（金批）

公！」西門慶道：「乾娘，和你說正經話：說他家如法做得好炊餅，我要問他做三、五十個，不知出去在家？」王婆道：「若要買炊餅，少間等他街上回了買，何消得上門上戶？」西門慶道：「乾娘說得是。」吃了茶，坐了一回，起身道：「乾娘記了帳目。」王婆道：「不妨事。老娘牢牢寫在帳上。」西門慶笑了去。

王婆只在茶局子裏張時，冷眼睃見西門慶又在門前踅過東去，又看一看；走過西來，又睃一睃；走了七、八遍，◎44逕踅入茶坊裏來。王婆道：「大官人稀行，好幾時不見面！」西門慶笑將起來，去身邊摸出一兩來銀子，遞與王婆，說道：「乾娘權收了做茶錢。」婆子笑道：「何消得許多？」西門慶道：「只顧放著。」婆子暗暗地喜歡道：「來了，這刷子當敗！」且把銀子來藏了，便道：「老身看大官人◎45有些渴，吃個寬煎葉兒茶如何？」西門慶道：「乾娘如何便猜得著？」婆子道：「有

❀ 王婆貪圖西門慶的銀兩，為西門慶勾引別人妻子，給武大戴了一頂大綠帽。版畫「王婆貪賄說風情」。王婆實在是悲劇事件中的悲劇角色。
（選自《水滸傳版刻圖錄》，江蘇廣陵古籍刻印社）

註

※14 刷子：傻瓜，浪子。
※15 敗缺：猶如說破綻。這裏含有把柄的意思。
※16 封涉：應爲封陟。封陟是裴鉶《傳奇》中的主人公，專心聖人學問，三次拒絕仙女上元夫人的求愛。
※17 麻姑：道教神話人物。據《神仙傳》記載，其爲女性，修道於牟州東南姑餘山，東漢時應仙人王方平之召降於蔡經家，年十八、九，貌美，自謂「已見東海三次變爲桑田」。麻姑爲道教所尊的女仙。
※18 影射：這裏指姘識的男女。

甚麼難猜。自古道：『入門休問榮枯事，觀著容顏便得知。』老身異樣蹺蹊作怪的事，都猜得著。」西門慶道：「我有一件心上的事，乾娘若猜得著時，輸與你五兩銀子。」王婆笑道：「老娘也不消三智五猜，只一智便猜個十分。大官人，你把耳朵來。你這兩日腳步緊，趕趁得頻，一定是記掛著隔壁那個人。我這猜如何？」西門慶笑起來道：「乾娘，你端的智賽隋何，機強陸賈※19！不瞞乾娘說，我不知怎地吃他那日叉簾子時，見了這一面，卻似收了我三魂七魄的一般，只是沒做個道理入腳處。不知你會弄手段麼？」王婆哈哈的笑起來道：「老身不瞞大官人說，我家賣茶，叫做鬼打更※20。三年前六月初三下雪的那一日，賣了一個泡茶，直到如今不發市，專一靠些雜趁※21養口。」西門慶問道：「怎地叫做雜趁？」王婆笑道：「老身爲頭是做媒，又會做牙婆※22，也會抱腰※23，也會收小的，也會說

⊗ 西門慶想勾引潘金蓮，王婆為他講述了泡妞的五大條件。即所謂「潘、驢、鄧、小、閑」，成為歷來登徒子們的必修課。（日版畫，出自《新編水滸畫傳》，葛飾戴斗繪）

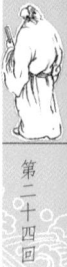

「乾娘端的與我說得這件事成，便送十兩銀子與你做棺材本。」西門慶道：「大官人，你聽我說，但凡『挨光』※25的兩個字最難，要五件事俱全，方纔行得。◎46第一件，潘安※26的貌；第二件，驢兒大的行貨；第三件，要似鄧通※27有錢；第四件，小，就要綿裏針忍耐；第五件，要閑工夫。此五件，喚做『潘、驢、鄧、小、閑』。◎47五件俱全，此事便獲著。」西門慶道：「實不瞞你說，這五件事，我都有些：第一，我的面兒雖比不得潘安，也充得過；第二，我小時也曾養得好大龜；第三，我家裏也頗有貫伯※28錢財，雖不及鄧通，也頗得過；第四，我最耐得，他便打我四百頓，休想我回他一下；第五，我最有閑工夫，不然，如何來得恁頻？乾娘，你只作成我。完備了時，我自重重的謝你。」王婆道：「大官人，雖然你說五件事都全，我知道還有一件事打攪，也多是劄地不得※29。」西門慶說：「你且道甚麼一件事打攪？」王婆道：「大官人，休怪老身直言。但凡挨光最難，十分光時，使錢到九分九

註

※19 智賽隋何，機強陸賈：隋何和陸賈，是漢初兩個有智謀而又善詞令的人，兩人連稱，叫做「隋陸」。

※20 鬼打更：比喻冷清。

※21 雜趁：指非正經的職業。

※22 牙婆：拐賣人口的婦女。

※23 抱腰：指接生。

※24 馬泊六：亦作「馬八六」或「馬百六」。指撮合男女搞不正當關係的人。

※25 挨光：光，色情的意思；挨光，指調情時所下的工夫。後文第四十八回「要做光起來」的做光，就是調情。

※26 潘安：潘安是魏晉時期中牟人，本不叫潘安，叫潘岳，字安仁，乳名叫「檀奴」。南朝宋劉義慶《世說新語・容止》：「潘岳妙有姿容，好神情。少時挾彈出洛陽道，婦人遇者，莫不聯手共縈之。」

※27 鄧通：西漢時候的大富豪，文帝寵倖他，賜給他嚴道銅山，准許他自行鑄錢，由是鄧氏錢布天下。

※28 貫伯：貫是千錢，伯是百錢；貫伯就是千百文的意思。猶如說串把。不說自己很有錢，只說串把，客氣話。

※29 劄地不得：解決不了的意思。

評點

◎46.說光獨作一篇文字讀。於說光前，先有一番五事問答，又可另作一篇讀。（金批）

◎47.五字從來古稗所無。（袁眉）

厘，也有難成就處。我知你從來慳吝，不肯胡亂便使錢。只這一件打攪。」西門慶道：「這個極容易醫治，◎48我只聽你的言語便了。」

王婆道：「若是大官人肯使錢時，老身有一條計，便教大官人和這雌兒會一面。只不知官人肯依我麼？」西門慶道：「不揀怎地，我都依你。乾娘有甚妙計？」王婆笑道：「今日晚了，且回去。過半年三個月，卻來商量。」西門慶便跪下道：「乾娘休要撒科，你作成我則個！」王婆笑道：「大官人卻又慌了。老身那條計，是個上著，雖然入不得武成王※30廟，端的強似孫武子※31教女兵，十捉九著！大官人，我今日對你說。這個人原是清河縣大戶人家討來的養女，卻做得一手好針線。大官人，你便買一匹白綾，一匹藍綢，一匹白絹，再用十兩好綿，都把來與老身。我卻走將過去，問他討茶吃，卻與這雌兒說道：『有個施主官人，與我一套送終衣料，特來借曆頭※32，央及娘子與老身揀個好日，去請個裁縫來做。』他若見我這般說，不睬我時，此事便休了。他若說：『我替你做。』不要我叫裁縫時，這便有一分光了。◎49我便請他家來做。他若說：『將來我家裏做。』不肯過來，此事便休了。他若歡天喜地說：『我來做，就替你裁。』這光便有二分了。若是肯來我這裏做時，卻要安排些酒食點心請他。第一日，你也不要來。第二日，他若說不便當時，定要將家去做，此事便休了。他若依前肯過我家做時，這光便有三分了。這一日，你也不要來。到第三日晌午前後，你整整齊齊打扮了來，咳嗽爲號。你便在門前說道：『怎地連日不見王乾娘？』我便出來，請你入房裏

來。若是他見你入來，便起身跑了歸去，難道我拖住他？此事便休了。他若見你入來，不動身時，這光便有四分了。坐下時，便對雌兒說道：『這個便是與我衣料的施主官人。虧煞他！』我誇大官人許多好處，你便賣弄他的針線。若是他不來兜攬應答，此事便休了。他若口裏應答說話時，這光便有五分了。我卻說道：『難得這個娘子與我作成出手做。虧煞你兩個施主，一個出錢的，一個出力的。不是老身路歧相央※33，難得這個娘子在這裏，官人好做個主人，替老身與娘子澆手※34。』你便取出銀子來央我買。若是他抽身便走時，不成扯住他？此事便休了。他若是不動身時，事務易成，這光便有六分了。我卻拿了銀子，臨出門對他道：『有勞娘子相待大官人坐一坐。』他若也起身走了家去時，我也難道阻當他？此事便休了。若是他不起身走動時，此事又好了，這光便有七分了。等我買得東西來，擺在桌子上，我便道：『娘子且收拾生活，吃一杯兒酒，難得這位官人壞鈔。』他若不肯和你同桌吃時，走了回去，此事便休了。若是他只口裏說要去，卻不動身時，此事又好了，這光便有八分了。待他吃得酒濃時，正說得入港，我便推道沒了酒，再叫你買，你便又央我去買。◎50我只做去買酒，把門拽上，關你和他

註

※30 武成王：即姜尚（後名呂尚），歷史傳說中的姜子牙。周時人，有智謀，幫助姬發（周武王）戰勝殷紂，建立了周朝。後來唐宋的皇帝都對他追加封贈，爵號稱做武成王。
※31 孫武子：孫武是中國古代大軍事學家，古代軍事理論奠基者，春秋末期吳國將軍。亦稱孫子。字長卿，齊國樂安（今山東惠民，一說博興，或說廣饒）人。
※32 曆頭：這裏指日曆。
※33 路歧相央：像路歧人一樣乞求。路歧人是宋元時對賣藝人的稱呼。
※34 澆手：對手藝人在工資之外的酬勞。

評點

◎48.誰知淫是治慳之法。（袁夾）
◎49.每一段，用兩他若，一反一正，絕代奇文。（金批）
◎50.王婆要如此鋪排，只消同桌吃酒，便無不成了。（容眉）

兩個在裏面。他若焦躁，跑了歸去，此事便休了。他若由我拽上門，不焦躁時，這光便有九分了。只欠一分光了便完就。這一分倒難。大官人，你在房裏，著幾句甜淨的話兒說將入去。你卻不可躁暴，便去動手動腳，打攪了事，那時我不管你。先假做把袖子在桌上拂落一雙箸去，你只做去地下拾箸，將手去他腳上捏一捏，他若鬧將起來，我自來搭救，此事也便休了，再也難得成。若是他不做聲時，此是十分光了。他必然有意，這十分事做得成。這條計策如何？」西門慶聽罷，大喜道：「雖然上不得凌煙閣※35，端的好計！」◎51王婆道：「不要忘了許我的十兩銀子！」西門慶道：「『但得一片橘皮吃，莫便忘了洞庭湖！』這條計幾時可行？」王婆道：「只在今晚，便有回報。我如今趁武大未歸，走過去細細地說誘他。你卻便使人將綾綢絹匹並綿子來。」西門慶道：「得乾娘完成得這件事，如何敢失信？」作別了王婆，便去市上綢絹舖裏買了綾綢絹緞，並十兩清水好綿。家裏叫個伴當，取包袱包了，帶了五兩碎銀，逕送入茶坊裏。王婆接了這物，分付伴當回去。詩曰：

豈是風流勝可爭？迷魂陣裏出奇兵。
安排十面挨光計，只取亡身入陷坑。

這王婆開了後門，走過武大家裏來。◎52那婦人接著請去樓上坐地。那王婆道：「娘子怎地不過貧家吃茶？」那婦人道：「便是這幾日身體不快，懶走去的。」王婆道：「娘子家裏有曆日麼？借與老身看一看，要選個裁衣日。」那婦人道：「乾娘裁甚麼衣

裳？」王婆道◎53：「便是老身十病九痛，怕有些山高水低，預先要製辦些送終衣服。難得近處一個財主，見老身這般說，布施與我一套衣料，綾紬絹緞，又與若干好綿，放在家裏一年有餘，不能夠做。今年覺道身體好生不濟，又撞著如今閏月，趁這兩日要做，又被那裁縫勒掯，只推生活忙，不肯來做。老身說不得這等苦！」那婦人聽了笑道：「只怕奴家做得不中乾娘意；若不嫌時，奴出手與乾娘做如何？」◎54那婆子聽了這話，堆下笑來說道：「若得娘子貴手做時，老身便死來也得好處去。久聞娘子好手針線，只是不敢來相央。」◎55那婦人道：「這個何妨。既是許了乾娘，務要與乾娘做了。將曆頭去叫人揀個黃道好日，奴便與你動手。」王婆道：「若得娘子肯與老身做時，娘子是一點福星，何用選日？◎56老身也前日央人看來，說道明日是個黃道好日。老身只道裁衣不用黃道日了，不記他。」那婦人道：「歸壽衣正要黃道日好，何用別選日？」王婆道：「既是娘子肯作成老身時，大膽只是明日起動娘子到寒家則個。」那婦人道：「乾娘，不必。將過來做不得？」王婆道：「便是老身也要看娘子做生活則個，又怕家裏沒人看門前。」那婦人道：「既是乾娘恁地說時，我明日飯後便來。」那婆子千恩萬謝下樓去了。當晚回覆了西門慶的話，約定後日准來。當夜無語。次日清早，王婆收拾房裏乾淨了，買了些線索，安排了些茶水，在家裏等候。

且說武大吃了早飯，打當了擔兒，自出去賣炊餅。那婦人把簾兒掛了，從後門走過

註

※35凌煙閣：唐時，李世民（唐太宗）蓋一座房子，把開國功臣的畫像掛在裏面。這座房子便題名爲凌煙閣。

評點

◎51.觀西門慶用此計而圖金蓮雲雨，人心所同，不如此者鮮矣。（余評）
◎52.請做衣另作一篇小文讀。（金眉）
◎53.勾搭成衣，無一字不入扣。（袁眉）
◎54.此事就有一線可通了。（容眉）
◎55.挨光重作一篇文字讀。（金眉）
◎56.忽然借曆日，忽然不必曆日，夾七夾八，妙絕。（金批）
語語靈變。（芥眉）

王婆家裏來。那婆子歡喜無限，接入房裏坐下，便濃濃地點道茶，撒上些出白松子、胡桃肉，遞與這婦人吃了。抹得桌子乾淨，便將出那綾綢絹緞來。婦人將尺量了長短，裁得完備，便縫起來。婆子看了，口裏不住聲價喝采道：「好手段！老身也活了六、七十歲，眼裏眞個不曾見這般好針線。」那婦人縫到日中，王婆便安排些酒食請他，下了一斤麵，與那婦人吃了。再縫了一歇，將次晚來，便收拾起生活，自歸去。恰好武大歸來，挑著空擔兒進門，那婦人拽開門，下了簾子。武大入屋裏來，看見老婆面色微紅，便問道：「你那裏吃酒來？」那婦人應道：「便是間壁王乾娘，央我做送終的衣裳，日中安排些點心請我。」武大道：「啊呀！不要吃他的！我們也有央及他處。他便央你做得件把衣裳，你便自歸來吃些點心，不値得攪惱他。你明日倘或再去做時，帶了些錢在身邊，也買些酒食與他回禮。常言道：『遠親不如近鄰。』休要失了人情。他若是不肯要你還禮時，你便只是拿了家來做去還他。」◎57那婦人聽了，當晚無話。有詩爲證：

可奈虔婆設計深，大郎混沌不知因。
帶錢買酒酬奸詐，卻把婆娘白送人。

且說王婆子設計已定，賺潘金蓮來家。次日飯後，武大自出去了，王婆便踅過來相請。去到他房裏，取出生活，一面縫將起來。王婆自一邊點茶來吃了，不在話下。看看日中，那婦人取出一貫錢付與王婆說道：「乾娘，奴和你買杯酒吃。」王婆道：「啊呀！那裏有這個道理？老身央及娘子在這裏做生活，如何顚倒教娘子壞錢？」那婦人道：「卻是拙夫分付奴來。若還乾娘見外時，只是將了家去做還乾娘。」那婆子聽了，連聲道：「大郎直恁地曉事。既然娘子這般說時，老身權且收下。」這婆子生怕打脫了這事，自又添錢去買些好酒好食、稀奇果子來，殷勤相待。看官聽說：但凡世上婦人，由你十八分精細，被人小意兒過縱，十個九個著了道兒。再說王婆安排了點心，請那婦人吃了酒食，再縫了一歇，看看晚來，千恩萬謝歸去了。

話休絮煩。第三日早飯後，王婆只張武大出去了，便走過後頭來叫道：「娘子，老身大膽……」那婦人從樓上下來道：「奴卻待來也。」兩個廝見了，來到王婆房裏坐下，取過生活來縫。那婆子隨即點盞茶來，兩個吃了。那婦人看看縫到晌午前後。卻說西門慶巴不到這一日，裹了頂新頭巾，穿了一套整整齊齊衣服，帶了三、五兩碎銀子，逕投這紫石街來。到得茶坊門首，便咳嗽道：「王乾娘，連日如何不見？」那婆子瞧科，便應道：「兀誰叫老娘？」西門慶道：「是我。」那婆子趕出來，看了笑道：「我只道是誰，卻原來是施主大官人。你來得正好，且請你入去看一看。」把西門慶袖子一拖，拖進房裏，對著那婦人道◎58：「這個便是那施主，與老身這衣料的官人。」西門慶見了那婦人，便唱個喏。那婦人慌忙放下生活，還了萬福。王婆卻指著這婦人對西門慶道：「難得官人與老身緞匹，放了一年，不曾做得。如今又虧殺這位娘子出手與老身做成全了。真個是布機也似好針線，又密又好，其實難得！大官人，你且看一看。」西門慶把起來看了喝采，口裏說道：「這位娘子怎地傳得這手好生活，神仙一般的手段！」

評點

◎57.一番知禮近情的好話，卻有用不著處。（袁眉）
◎58.活現，如見其人。（袁眉）

那婦人笑道：「官人休笑話！」◎59西門慶問王婆道：「乾娘，不敢問，這位是誰家宅上娘子？」王婆道：「大官人，你猜！」西門慶道：「小人如何猜得著？」王婆吟吟的笑道：「便是間壁的武大郎的娘子。前日叉竿打得不疼，大官人便忘了？」那婦人赤著臉便道：「那日奴家偶然失手，官人休要記懷。」西門慶道：「說那裏話！」王婆便接口道：「這位大官人一生和氣，從來不會記恨，極是好人。」西門慶道：「前日小人不認得，原來卻是武大郎的娘子。小人只認得大郎，一個養家經紀人，且是在街上做些買賣，大大小小，不曾惡了一個人。又會賺錢，又且好性格，眞個難得這等人。」王婆道：「可知哩！娘子自從嫁得這個大郎，但是有事，百依百隨。」那婦人應道：「拙夫是無用之人，官人休要笑話。」西門慶道：「娘子差矣！古人道：『柔軟是立身之本，剛強是惹禍之胎。』似娘子的大郎所爲良善時，『萬丈水無涓滴漏』。」王婆打著攛鼓兒※36道：「說得是。」西門慶奬了一回，便坐在婦人對面。王婆又道：「娘子，你認得這個官人麼？」那婦人道：「奴不認得。」婆子道：「這個大官人，是這本縣一個財主，知縣相公也和他來往，叫做西門大官人。萬萬貫錢財，◎60開著個生藥鋪在縣前。家裏錢過北斗，米爛陳倉；赤的是金，白的是銀，圓的是珠，光的是寶。也有犀牛頭上角，亦有大象口中牙。……」那婆子只顧誇奬西門慶，口裏假嘈。那婦人就低了頭縫針線。西門慶得見潘金蓮十分情思，恨不就做一處。王婆便去點兩盞茶來，遞一盞與西門慶，一盞遞與這婦人，說道：「娘子相待大官人則個。」吃罷茶，便覺有些眉目送情。

王婆看著西門慶，把一隻手在臉上摸，西門慶心裏瞧科，已知有五分了。

王婆便道：「大官人不來時，老身也不敢來宅上相請。一者緣法，二乃來得恰好。常言道：『一客不煩二主。』大官人便是出錢的，這位娘子便是出力的。不是老身路歧相煩，難得這位娘子在這裏，官人好做個主人，替老身與娘子澆手。」◎61西門慶道：「小人也見不到這裏，有銀子在此。」便取出來，和帕子遞與王婆，備辦些酒食。那婦人便道：「不消生受得。」口裏說，卻不動身。王婆將了銀子便去，那婦人又不起身。◎62婆子便出門，又道：「有勞娘子相陪大官人坐一坐。」那婦人道：「乾娘，免了。」卻亦是不動身。也是因緣，卻都有意了。西門慶這廝一雙眼只看著那婦人。這婆娘一雙眼也把來偷睃西門慶，見了這表人物，心中倒有五、七分意了，又低著頭自做生活。不多時，王婆買了些現成的肥鵝、熟肉、細巧果子歸來，盡把盤子盛了。果子、菜蔬，盡都裝了，搬來房裏桌子上，看著那婦人道：「娘子且收拾過生活，吃一杯兒酒。」那婦人道：「乾娘自便！相待大官人，奴卻不當。」依舊原不動身。◎63那婆子道：「正是專與娘子澆手，如何卻說這話？」王婆將盤饌都擺在桌子上，三人坐定，把酒來斟。這西門慶拿起酒盞來說道：「娘子，滿飲此杯。」那婦人謝道：「多感官人厚意。」王婆道：「老身知得娘子洪飲，且請開懷吃兩盞兒。」有詩為證：

從來男女不同筵，賣俏迎奸最可憐。
不記都頭昔日語，犬兒今已到籬邊。

註

※36 打著攛鼓兒：幫忙。猶如說敲邊鼓。

評點

◎59.潘氏一見西門慶，禮合便躲，立而待言，比婦人如此，皆賤輩也。（余評）
◎60.說出無個數目，絕倒婆語。（金批）
◎61.王婆裁衣之計，誠奸細之謀，何人堪得破也。（余評）
◎62.連寫許多不動身，要著眼。（金眉）
◎63.好描寫，層疊說不動身，卻如此活泛。（袁眉）

又詩曰：

須知酒色本相連，飲食能成男女緣。
不必都頭多囑付，開籬日待犬來眠。

卻說那婦人接酒在手，那西門慶拿起箸來道：「乾娘，替我勸娘子請些個。」那婆子揀好的遞將過來，與那婦人吃。一連斟了三巡酒，那婆子便去燙酒來。西門慶道：「不敢動問娘子青春多少？」那婦人應道：「奴家虛度二十三歲。」◎64西門慶道：「小人痴長五歲。」那婦人道：「官人將天比地。」王婆便插口道：「好個精細的娘子，不惟做得好針線，諸子百家皆通。」西門慶道：「卻是那裏去討？武大郎好生有福！」◎65王婆便道：「不是老身說是非，大官人宅裏枉有許多，那裏討一個趕得上這娘子的！」西門慶道：「便是這等一言難盡！只是小人命薄，不曾招得一個好的。」王婆道：「大官人先頭娘子須好。」西門慶道：「休說！若是我先妻在時，卻不怎地。家無主，屋倒豎！如今枉自有三、五、七口人吃飯，都不管事！」那婦人問道：「官人恁地時，殁了大娘子得幾年了？」西門慶道：「說不得！小人先妻是微末出身，卻倒百伶百俐，是件件都替得小人。如今不幸他殁了，已得三年，家裏的事，都七顛八倒。爲何小人只是走了出來？在家裏時，便要慪氣！」◎66那婆子道：「大官人，休怪老身直言，你先頭娘子，也沒有武大娘子這手針線。」西門慶道：「便是小人先妻，也沒此娘子這表人物。」那婆子笑道：「官人，你養的外宅在東街上，◎67如何不請老身去吃茶？」西門慶

道：「便是唱慢曲兒的張惜惜？我見他是路歧人，不喜歡。」婆子又道：「官人，你和李嬌嬌卻長久。」西門慶道：「這個人，現今娶在家裏。若得他會當家時，自冊正※37了他多時。」王婆道：「若有這般中得官人意的來宅上說，沒妨事麼？」西門慶道：「我的爹娘俱已沒了，我自主張，誰敢道個『不』字！」王婆道：「我自說耍，急切那裏有中得官人意的？」西門慶道：「做甚麼了便沒！只恨我夫妻緣分上薄，自不撞著！」◎68西門慶和這婆子一遞一句，說了一回。王婆便道：「正好吃酒，卻又沒了。官人休怪老身差撥，再買一瓶兒酒來吃如何？」西門慶道：「我手帕裏有五兩來碎銀子，一發撒在你處，要吃時只顧取來，多的乾娘便就收了。」那婆子謝了官人，起身睃這粉頭時，一鍾酒落肚，哄動春心。又自兩個言來語去，都有意了，只低了頭，卻不起身。那婆子滿臉堆下笑來說道：「老身去取瓶兒酒來，與娘子再吃一杯兒。有勞娘子相待大官人坐一坐。注子裏有酒沒？便再篩兩盞兒和大官人吃。老身直去縣前那家，有好酒買一瓶來，有好歇兒耽擱。」那婦人口裏說道：「不用了。」坐著卻不動身。◎69婆子出到房門前，便把索兒縛了房門，卻來當路坐了。

且說西門慶自在房裏，便斟酒來勸那婦人，卻把袖子在桌上一拂，把那雙箸拂落地下。也是緣法湊巧，那雙箸正落在婦人腳邊。西門慶連忙蹲身下去拾，只見那婦人尖尖的一雙小腳兒，正蹻在箸邊。西門慶且不拾箸，便去那婦人繡花鞋兒上捏一把。那婦人

註

※37冊正：舊時指把妾立爲正妻。

評點

◎64.恰是叔叔答嫂嫂語。（金批）
◎65.此節一遞一句，另作一篇絕妙小文讀。（金眉）
◎66.此半張話句句是騙金蓮的蜜，句句是殺武大的刀。（袁眉）
◎67.凭空又蹴起，妙想奇文，咄咄怪事。（金批）
說到風流，更切一步。（袁夾）
◎68.觀西門慶與王婆問答之言，而淫婦意亦存矣。（余評）
◎69.低頭是點頭，不動身卻動心，更不知要如何動身。絕倒。（芥眉）

便笑將起來，◎70說道：「官人休要囉唣！你眞個要勾搭我？」西門慶便跪下道：「只是娘子作成小生！」那婦人便把西門慶摟將起來。當時兩個就王婆房裏，脫衣解帶，共枕同歡。

正似：

交頸鴛鴦戲水，並頭鸞鳳穿花。喜孜孜連理枝生，美甘甘同心帶結。將朱唇緊貼，把粉面斜偎。羅襪高挑，肩膊上露一彎新月；金釵倒溜，枕頭邊堆一朵烏雲。誓海盟山，搏弄得千般旖旎；羞雲怯雨，揉搓的萬種妖嬈。恰恰鶯聲，不離耳畔。津津甜唾，笑吐舌尖。楊柳腰脈脈春濃，櫻桃口呀呀氣喘。星眼朦朧，細細汗流香玉顆；酥胸蕩漾，涓涓露滴牡丹心。直饒匹配眷姻偕，眞實偷期滋味美。

當下二人雲雨纔罷，正欲各整衣襟，當下只見王婆推開房門入來，怒道：「你兩個做得好事！」◎71西門慶和那婦人都吃了一驚。那婆子便道：「好呀，好呀！我請你來做衣裳，不曾叫你來偷漢子！武大得知，須連累我，不若我先去出首。」回身便走。那婦人扯住裙兒道：「乾娘饒恕則個！」西門慶道：「乾娘低聲！」王婆笑道：「若要我饒恕你們，都要依我一件事。」那婦人便道：「休說一件，便是十件，奴也依乾娘。」王婆道：「你從今日為始，瞞著武大，每日不要失約負了大官人，我便罷休。若是一日不來，我便對你武大說。」那婦人道：「只依著乾娘便了。」王婆又道：「西門大官人，

評點

◎70.此一笑收拾以前許多笑。（袁眉）
以上通計三十八笑字，至此笑字結穴。《老子》云：不笑不足以為道也。（金批）
◎71.王婆沖奸，又作一篇小文讀。（金眉）
◎72.不必當面說。（容夾）
為人為己，王婆亦做得徹。（袁眉）

你自不用老身說得。這十分好事，已都完了。所許之物，不可失信。你若負心，我也要對武大說！」◎72西門慶道：「乾娘放心，並不失信。」三人又吃幾杯酒，已是下午的時分，那婦人便起身道：「武大那廝將歸來，奴自回去。」便踅過後門歸家，先去下了簾子，武大恰好進門。

且說王婆看著西門慶道：「好手段麼？」西門慶道：「端的虧了乾娘！我到家裏，便取一錠銀送來與你，所許之物，豈敢昧心。」王婆道：「『眼望旌節至，專等好消息。』不要叫老身『棺材出了，討挽歌郎錢』！」西門慶笑了去，不在話下。

那婦人自當日為始，每日踅過王婆家裏來，和西門慶做一處，恩情似漆，心意如膠。自古道：「好事不出門，惡事傳千里。」不到半月之間，街坊鄰舍都知得了，只瞞著武大一個不知。有詩為證：

❀ 西門慶花費了諸多心思，終於勾搭上了潘金蓮，兩人正纏綿時，王婆闖了進來。（朱寶榮繪）

半晌風流有何益，一般滋味不須誇。
他時禍起蕭墻內，悔殺今朝戀野花。

斷章句，話分兩頭。且說本縣有個小的，年方十五、六歲，本身姓喬。因為做軍在鄆州生養的，就取名叫做鄆哥。家中只有一個老爹。那小廝生得乖覺，自來只靠縣前這許多酒店裏賣些時新果品，時常得西門慶賚發他些盤纏。其日，正尋得一籃兒雪梨，提著來繞街尋問西門慶。又有一等的多口人說道◎73：「鄆哥，你若要尋他，我教你一處去尋。」◎74鄆哥道：「聒噪阿叔，叫我去尋得他見，賺得三、五十錢養活老爹也好。」那多口的道：「西門慶他如今刮※38上了賣炊餅的武大老婆，每日只在紫石街上王婆茶房裏坐地，這早晚多定正在那裏。你小孩子家，只顧撞入去不妨。」那鄆哥得了這話，謝了阿叔指教。這小猴子提了籃兒，一直望紫石街走來，逕奔入茶坊裏去，卻好正見王婆坐在小凳兒上績緒※39。鄆哥把籃兒放下，看著王婆道：「乾娘拜揖。」那婆子問道：「鄆哥，你來這裏做甚麼？」鄆哥道：「要尋大官人，賺三、五十錢，養活老爹。」婆子道：「甚麼大官人？」鄆哥道：「乾娘情知是那個，便只是他那個。」婆子道：「便是大官人，也有個姓名。」鄆哥

鄆哥想找西門慶弄點零花錢，不想被王婆打了出來，因此惱羞成怒，才有後來幫助武大郎捉姦的念頭。（選自《水滸傳版刻圖錄》，江蘇廣陵古籍刻印社）

道：「乾娘只是要作耍。」鄆哥道：「甚麼兩個字的？」◎75婆子道：「便是兩個字的。」鄆哥道：「乾娘只是要作耍。我要和西門大官人說句話。」望裏面便走。那婆子一把揪住道：「小猴子，那裏去？人家屋裏，各有內外。」鄆哥道：「我去房裏便尋出來。」王婆道：「含鳥猢猻，我屋裏那得甚麼西門大官人！」鄆哥道：「乾娘，不要獨自吃呵！也把些汁水與我呷一呷！我有甚麼不理會得！」婆子便罵道：「你那小猢猻！理會得甚麼！」鄆哥道：「你正是『馬蹄刀木杓裏切菜』，水泄不漏，半點兒也沒得落地。直要我說出來，只怕賣炊餅的哥哥發作！」那婆子吃他這兩句道著他眞病，心中大怒，喝道：「含鳥猢猻，也來老娘屋裏放屁辣臊！」鄆哥道：「我是小猢猻！你是馬泊六！」那婆子揪住鄆哥，鑿上兩個栗暴※40。鄆哥叫道：「做甚麼便打我！」婆子罵道：「賊猢猻，高做聲，大耳刮子打你出去！」鄆哥道：「老咬蟲，沒事得便打我！」這婆子一頭叉，一頭大栗暴鑿，直打出街上去。雪梨籃兒也丟出去。那籃雪梨四分五落，滾了開去。這小猴子打那虔婆不過，一頭罵，一頭哭，一頭走，一頭街上拾梨兒，指著那王婆茶坊裏罵道：「老咬蟲，我教你不要慌！我不去說與他！不做出來不信！」提了籃兒，逕奔去尋這個人。正是：從前作過事，沒興一齊來。直教：掀翻狐兔窩中草，驚起鴛鴦沙上眠。畢竟這鄆哥尋甚麼人？且聽下回分解。◎76

註
※38 刮：這裏作勾搭解釋。
※39 績緒：搓麻線。現在有些地方叫做緒麻。
※40 栗暴：把手指彎曲起來打人頭頂叫鑿栗暴或打栗暴。

評點
◎73.《水滸傳》之妙，不惟說正采人活現，即旁邊沒要緊的，俱極盡人情世故，此文心細而眞，文筆曲而遠處，諸小說必不能及。（芥眉）
◎74.鄆哥竟奔王婆家尋西門慶，皆是通縣知金蓮偷姦之弊，指教鄆哥云。（余評）
◎75.說話俱乖覺。（袁眉）
◎76.風情中智囊，斷以王婆爲第一。然淫穢之事，可爲世俗垂戒者，幸有武都頭之利刃在。（袁評）

第二十五回

王婆計啜※1西門慶　淫婦藥鴆武大郎◎1

話說當下鄆哥被王婆打了這幾下，心中沒出氣處，提了雪梨籃兒，一逕奔來街上，直來尋武大郎。轉了兩條街，只見武大挑著炊餅擔兒，正從那條街上來。鄆哥見了，立住了腳，看著武大道：「這幾時不見你，怎麼吃得肥了？」◎2武大歇下擔兒道：「我只是這般模樣，有甚麼吃得肥處？」鄆哥道：「我前日要糴些麥稃，一地裏沒糴處，人都道你屋裏有。」武大道：「我屋裏又不養鵝、鴨，那裏有這麥稃？」鄆哥道：「你說沒麥稃，怎地棧※2得肥胮胮地※3，便顛倒提起你來也不妨，煮你在鍋裏也沒氣。」武大道：「含鳥猢猻，倒罵得我好！我的老婆又不偷漢子，我如何是鴨※4？」鄆哥道：「你老婆不偷漢子，只偷子漢！」武大扯住鄆哥道：「還我主來！」鄆哥道：「我笑你只會扯我，卻不咬下他左邊的※5來。」武大道：「好兄弟，你對我說是兀誰，我把十個炊餅送你。」鄆哥道：「炊餅不濟事。你只做個小主人，請我吃三杯，我便說與你。」武大道：「你

❀ 鄆哥挨了打，沒法出氣，便去找武大郎，告訴他潘金蓮出軌的事情。
（日版畫，出自《新編水滸畫傳》，葛飾戴斗繪）

會吃酒？跟我來。」武大挑了擔兒，引著鄆哥，到一個小酒店裏，歇了擔兒。拿了幾個炊餅，買了些肉，討了一旋酒，請鄆哥吃。那小廝又道：「酒便不要添了，肉再切幾塊來。」武大道：「好兄弟，你且說與我則個。」鄆哥道：「且不要慌，等我一發吃了，卻說與你。你卻不要氣苦！我自幫你打捉。」◎3武大看那猴子吃了酒肉，道：「你如今卻說與我。」鄆哥道：「你要得知，把手來摸我頭上肐膊。」◎4武大道：「卻怎地來有這肐膊？」鄆哥道：「我對你說，我今日將這一籃雪梨，去尋西門大郎掛一小勾子※6，一地裏沒尋處。街上有人說道：『他在王婆茶房裏，和武大娘子勾搭上了，每日只在那裏行走。』我指望去賺三、五十錢使，叵耐那王婆老豬狗，不放我去房裏尋他，大栗暴打我出來。我特地來尋你。我方纔把兩句話來激你，我不激你時，你須不來問我。」武大道：「真個有這等事？」鄆哥道：「又來了！我道你是這般的鳥人！那廝兩個落得快活，只等你出來，便在王婆房裏做一處，你兀自問道真個也是假！」武大聽罷，道：「兄弟，我實不瞞你說，那婆娘每日去王婆家裏做衣裳，歸來時便臉紅，我自也有些疑忌。這話正是了！我如今寄了擔兒，便去捉姦，如何？」鄆哥道：「你老大一個人，原來沒些見識。那王婆老狗，恁麼利害怕人，你如何出得他手？他須三人也有個暗號，見

註

※1啜：音綽。哄騙、引誘的意思。
※2棧：音站，把雞鴨豬羊等養育在黑暗的籠柵裏，讓之迅速肥壯，這種飼養的方法叫做棧。
※3腌地：腌，音答。形容肥胖的樣子。
※4鴨：猶如說烏龜、王八。前文「便顛倒提起你來也不妨，煮你在鍋裏也沒氣」，就指這個，是宋時杭州俗語。
※5左邊的：市井褻語。龜蛇二將，龜在左，因此「左邊的」就是龜；隱喻男子性器。
※6掛一小勾子：敲一筆小竹槓、揩一點油。

評點

◎1.此回是結煞上文西門潘氏姦淫一篇，生發下文武二殺人報仇一篇，亦是過接文字，只看他處處寫得精細，不肯草草處。第一段寫鄆哥定計，第二段寫武大捉姦，第三段寫淫婦下毒，第四段寫虔婆幫助，第五段寫何九瞧科。段段精神，事事出色，勿以小篇而忽之也。寫淫婦心毒，幾欲掩卷不讀，宜疾取第二十五卷快誦一過，以爲羯鼓洗穢也。（金批）
◎2.一個尖，一個呆，逼眞逼眞。（容眉）
◎3.從小孩子口中說出，眞是匪夷所思。（容眉）
◎4.趣絕。與王婆把耳朵來一樣筆法。（金批）
一路話頭，俱見乖覺。（袁眉）

你入來拿他，把你老婆藏過了。那西門慶須了得，打你這般二十來個。若捉他不著，乾吃他一頓拳頭。他又有錢有勢，反告了一紙狀子，你便用吃他一場官司，又沒人做主，乾結果了你！」武大道：「兄弟，你都說得是。卻怎地出得這口氣？」鄆哥道：「我吃那老豬狗打了，也沒出氣處。◎5我教你一著，你今日晚些歸去，都不要發作，也不可露一些嘴臉，只做每日一般。明朝便少做些炊餅出來賣，◎6我自在巷口等你。若是見西門慶入去時，我便來叫你。你便挑著擔兒，只在左近等我，我便先去惹那老狗，必然來打我。我先將籃兒丟出街來，你卻搶來。我便一頭頂住那婆子，你便只顧奔入房裏去，叫起屈來。此計如何？」武大道：「既是如此，卻是虧了兄弟。我有數貫錢，與你把去糴米，明日早早來紫石街巷口等我！」鄆哥得了數貫錢，幾個炊餅，自去了。武大還了酒錢，挑了擔兒，去賣了一遭歸去。

原來這婦人往常時只是罵武大，百般的欺負他，近日來也自知無禮，只得窩伴※7他些個。詩曰：

潑性淫心詎肯回，聊將假意強相陪。
只因隔壁偷好漢，遂使身中懷鬼胎。

當晚武大挑了擔兒歸家，也只和每日一般，並不說起。那婦人道：「大哥，買盞酒吃？」武大道：「卻纔和一般經紀人買三碗吃了。」那婦人安排晚飯與武大吃了，當夜無話。次日飯後，武大只做三、兩扇炊餅，安在擔兒上。這婦人一心只想著西門慶，那裏來理會武大做多做少。當日武大挑了擔兒，自出去做買賣。這婦人巴不能夠他出去了，便踅過王婆房裏來等西門慶。

且說武大挑著擔兒，出到紫石街巷口，迎見鄆哥提著籃兒在那裏張望。武大道：「如何？」鄆哥道：「早些個。你且去賣一遭了來。他七、八分來了，你只在左近處伺候。」武大飛雲也似去賣了一遭回來，鄆哥道：「你只看我籃兒撇出來，你便奔入去。」武大自把擔兒寄下，不在話下。卻說鄆哥提著籃兒，走入茶坊裏來，罵道：「老豬狗，你昨日做甚麼便打我！」那婆子舊性不改，便跳起身來喝道：「你這小猢猻，老娘與你無干，你做甚麼又來罵我！」鄆哥道：「便罵你這馬泊六，做牽頭的老狗，值甚麼屁！◎7」那婆子大怒，揪住鄆哥便打。鄆哥叫一聲：「你打我！」把籃兒丟出當街上來。那婆子卻待揪他，被這小猴子叫聲「你打」時，就把王婆腰裏帶個住，看著婆子小肚上只一頭撞將去，爭些兒跌倒，卻得壁子礙住不倒。那猴子死頂住在壁上，只見武大裸起衣裳，大踏步直搶入茶坊裏來。那婆子見了是武大來，急待要攔，當時卻被這小猴子死命頂住，那裏肯放？婆子只叫得：「武大來也！」那婆娘正在房裏做手腳不迭，先奔來頂住了門，這西門慶便鑽入床底下躲去。武大搶到房門邊，用手推那房門時，那裏推得開，口裏只叫得：「做得好事！」那婦人頂住著門，慌做一團，口裏便說道：「閑常時，只如鳥嘴賣弄殺好拳棒！急上場時，便沒些用，見個紙虎也嚇一交！」◎8那婦人

註 ※7窩伴：呵哄、攏住、撫慰。

評點
◎5.全要知道鄆哥也不爲武大，也不爲西門慶，只是要出王婆這口氣耳，妙妙。（容眉）
◎6.你便我便，猶如大珠小珠落盤亂走相似。（金眉）
◎7.四字奇文，才子罵世，只是胸中有此四字耳。（金批）
◎8.惡則惡矣，似卻似也。（容眉）

這幾句話，分明教西門慶來打武大，奪路了走。西門慶在床底下聽了婦人這幾句言語，提醒他這個念頭，便鑽出來說道：「娘子，不是我沒本事，一時間沒這智量。」便來拔開門，叫聲：「不要打！」武大卻待要揪他，被西門慶早飛起右腳。武大矮短，正踢中心窩裏，撲地望後便倒了。西門慶見踢倒了武大，打鬧裏一直走了。鄆哥見不是話頭，撇了王婆撒開，街坊鄰舍，都知道西門慶了得，誰敢來多管？王婆當時就地下扶起武大來，見他口裏吐血，面皮蠟查※8也似黃了，便叫那婦人出來，◎9舀碗水來，救得甦醒，兩個上下肩攙著，便從後門扶歸樓上去，安排他床上睡了。正是：

三寸丁兒沒幹才，西門驢貨甚雄哉！
親夫卻教姦夫害，淫毒皆成一套來。

當夜無話。次日西門慶打聽得沒事，依前自來和這婦人做一處，只指望武大自死。

武大一病五日，不能夠起。更兼要湯不見，要水不見，每日叫那婦人不應，又見他濃妝豔抹了出去，歸來時便面顏紅色。武大幾遍氣得發昏，又沒人來睬著。武大叫老婆來分付道：「你做的勾當，我親手來捉著你姦。你倒挑撥姦夫，踢了我心，至今求生不生，求死不死，你們卻自去快活！我死自不妨，和你們爭不得了。我的兄弟武二，你須得知他性格。倘或早晚歸來，他肯干

武大郎和鄆哥去捉姦，鄆哥纏住了王婆，武大郎卻被西門慶當胸一腳，踢得不省人事。（朱寶榮繪）

在王婆的茶館，三人商議如何謀害武大郎。茶館的隱蔽性給罪惡提供了方便。圖為浙江烏鎮西柵的茶館。（丁建章提供）

休？你若肯可憐我，早早伏侍我好了，他歸來時，我都不提。你若不看覷我時，待他歸來，卻和你們說話！」◎10這婦人聽了這話，也不回言，卻踅過來，一五一十，都對王婆和西門慶說了。那西門慶聽了這話，卻似提在冰窨子裏，說道：「苦也！◎11我須知景陽岡上打虎的武都頭，他是清河縣第一個好漢！我如今卻和你眷戀日久，情孚意合，卻不恁地理會。如今這等說時，正是怎地好？卻是苦也！」王婆冷笑道：「我倒不曾見你是個把舵的，我是乘船的，我倒不慌，你倒慌了手腳！」西門慶道：「我枉自做了男子漢，到這般去處，卻擺佈不開。你有甚麼主見，遮藏我們則個！」

王婆道：「你們卻要長做夫妻，短做夫妻？」西門慶道：「乾娘，你且說如何是長做夫妻，短做夫妻？」王婆道：「若是短做夫妻，你們只就今日便分散。等武大將息好了起來，與他陪了話，武二歸來，都沒言語。待他再差使出去，卻再來相約。這是短做夫妻。你們若要長做夫妻，每日同一處，不擔驚受怕，我卻有一條妙計，只是難教你。」西門慶道：「乾娘周全了我們則個！只要長做夫妻！」王婆道：「這條計，用著件東西，別人家裏都沒，天生天化，大官人家裏卻有！」西門慶道：「便是要我的眼睛，也剜來與你。卻是甚麼東西？」王婆道：「如今這搗子※9病得重，趁他狼狽裏，便好下手。大官人家裏取些砒霜來，卻教大娘子自去贖一帖心

註
※8 蠟查：就是蠟渣子。蟲蠟的渣子是白的，蜂蠟的渣子是黃的，所以古人常用「蠟渣」這兩個字去形容慘白或者慘黃。有時也寫作「蠟滓」。
※9 搗子：對窮光蛋的稱呼。

評點
◎9.看他寫婦人出來法。（金批）
◎10.武大言武二歸來不肯干休之事，須是實情，乃致害之端。（余評）
數語自催性命。（袁眉）
◎11.許多笑，此時都變作苦。（芥眉）

疼的藥來，把這砒霜下在裏面，把矮子結果了。一把火燒得乾乾淨淨的，沒了蹤跡，便是武二回來，待敢怎地？自古道：『嫂叔不通問。』『初嫁從親，再嫁由身。』阿叔如何管得？暗地裏來往半年一載，等待夫孝滿日，大官人娶了家去，這個不是長遠夫妻，諧老同歡？此計如何？」西門慶道：「乾娘此計甚妙。自古道：『欲求生快活，須下死工夫。』罷，罷，罷！一不做，二不休！」王婆道：「可知好哩！這是斬草除根，萌芽不發；若是斬草不除根，春來萌芽再發！◎12官人便去取些砒霜來，我自教娘子下手。事了時，卻要重重謝我。」西門慶道：「這個自然，不消你說。」有詩為證：

戀色迷花不肯休，機謀只望永綢繆。
誰知武二刀頭毒，更比砒霜狠一籌。

且說西門慶去不多時，包了一包砒霜來，把與王婆收了。這婆子卻看著那婦人道：「大娘子，我教你下藥的法度。如今武大不對你說道教你看活※10他？你便把些小意兒貼戀他。◎13他若問你討藥吃時，便把這砒霜調在心疼藥裏。待他一覺身動，你便把藥灌將下去，卻便走了起身。他若毒藥轉時，必然腸胃迸裂，大叫一聲，你卻把被只一蓋，都不要人聽得。預先燒下一鍋湯，煮著一條抹布。他若毒藥發時，必然七竅內流血，口唇上有牙齒咬的痕跡。他若放了命，便揭起

受傷的武大郎讓潘金蓮好好照顧自己，否則就要告訴武松，不想這句話嚇壞了西門慶，讓他們產生了殺害武大郎的念頭。（日版畫，出自《新編水滸畫傳》，葛飾戴斗繪）

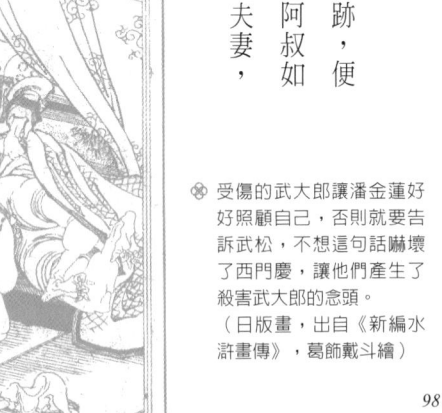

被來，卻將煮的抹布一揩，都沒了血跡，便入在棺材裏，扛出去燒了，有甚麼鳥事！」◎14那婦人道：「好卻是好，只是奴手軟了，臨時安排不得屍首。」王婆道：「這個容易！你只敲壁子，我自過來相幫你。」西門慶道：「你們用心整理，明日五更來討回報。」西門慶說罷，自去了。王婆把這砒霜用手撚為細末，把與那婦人將去藏了。

那婦人卻踅將歸來，到樓上看武大時，一絲沒兩氣，看看待死，那婦人坐在床邊假哭。武大道：「你做甚麼來哭？」那婦人拭著眼淚說道：「我的一時間不是了，吃那廝局騙了。誰想卻踢了你這腳！我問得一處好藥，我要去贖來醫你，又怕你疑忌了，不敢去取。」武大道：「你救得我活，無事了，一筆都勾，並不記懷，武二家來，亦不提起。快去贖藥來救我則個！」那婦人拿了些銅錢，逕來王婆家裏坐地，卻叫王婆去贖了藥來，把到樓上，教武大看了，說道：「這帖心疼藥，太醫叫你半夜裏吃。吃了倒頭把一、兩床被發些汗，明日便起得來。」武大道：「卻是好也！生受大嫂，今夜醒睡些個，半夜裏調來我吃。」那婦人道：「你自放心睡，我自伏侍你。」看看天色黑了，那婦人在房裏點上碗燈，◎15下面先燒了一大鍋湯，拿了一片抹布，煮在湯裏。聽那更鼓時，卻好正打三更。那婦人先把毒藥傾在盞子裏，卻舀一碗白湯，把到樓上，叫聲：「大哥，藥在那裏？」武大道：「在我席子底下枕頭邊，你快調來與我吃。」那婦人揭起席子，將那藥抖在盞子裏。把那藥貼安了，將白湯沖在盞內。把頭上銀牌兒只一

註

※10看活：照料、伏侍。

評點

◎12.反覆言之，皆反踢下文只斬得草，未除得根也。（金批）
◎13.貼戀二字新。（袁眉）
◎14.這個婆子倒是老手。（容眉）
◎15.妙筆。讀之，覺紙上有陰風射人。（金批）

攪，調得勻了，左手扶起武大，右手把藥便灌。武大呷了一口，說道：「大嫂，這藥好難吃！」那婦人道：「只要他醫治得病，管甚麼難吃！」武大再呷第二口時，被這婆娘就勢只一灌，一盞藥都灌下喉嚨去了。那婦人便放倒武大，慌忙跳下床來。武大哎了一聲，說道：「大嫂，吃下這藥去，肚裏倒疼起來。苦呀！苦呀！倒當不得了！」這婦人便去腳後扯過兩床被來，沒頭沒臉只顧蓋。武大叫道：「我也氣悶！」那婦人道：「太醫分付，教我與你發些汗，便好得快。」武大再要說時，這婦人怕他掙扎，便跳上床來，騎在武大身上，把手緊緊地按住被角，那裏肯放些鬆寬。正似：

油煎肺腑，火燎肝腸。心窩裏如雪刃相侵，滿腹中似鋼刀亂攪。渾身冰冷，七竅血流。牙關緊咬，三魂赴枉死城中；喉管枯乾，七魄投望鄉臺上。地獄新添食毒鬼，陽間沒了捉姦人。

那武大哎了兩聲，喘息了一回，腸胃迸斷，嗚呼哀哉，身體動不得了。那婦人揭起被來，見了武大咬牙切齒，七竅流血，◎16怕將起來，只得跳下床來，敲那壁子。王婆聽得，走過後門頭咳嗽。那婦人便下樓來，開了後門，王婆問道：「了也未？」那婦人道：「了便了了，只是我手腳軟了，安排不得。」王婆道：「有甚麼難處！◎17我幫你便了。」那婆子便把衣袖捲起，舀了一桶湯，把抹布撇在裏

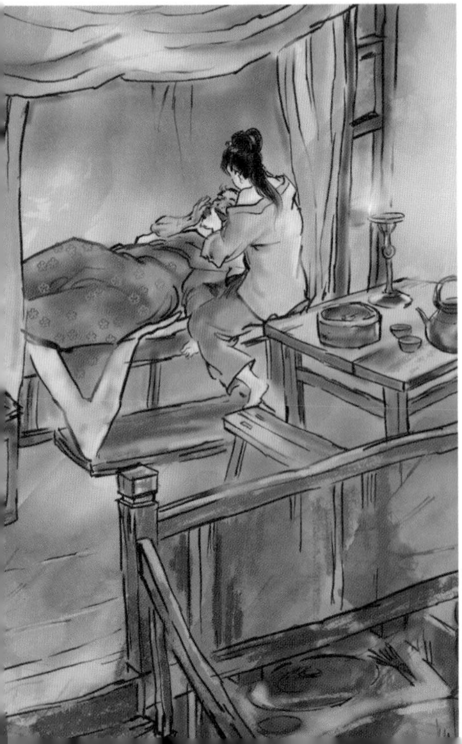

西門慶懼怕武松回家之後東窗事發，夥同潘金蓮、王婆謀害武大郎，潘金蓮親手給武大灌下了毒藥。（朱寶榮繪）

面，掇上樓來。捲過了被，先把武大嘴邊唇上都抹了，卻把七竅淤血痕跡拭淨，便把衣裳蓋在屍上。兩個從樓上一步一掇，扛將下來，就樓下將扇舊門停了。與他梳了頭，戴上巾幘，穿了衣裳，取雙鞋襪與他穿了；將片白絹蓋了臉，揀床乾淨被蓋在死屍身上；卻上樓來，收拾得乾淨了。王婆自轉將歸去了。

那婆娘卻號號地假哭起養家人來。◎18看官聽說，原來但凡世上婦人哭有三樣：有淚有聲謂之哭，有淚無聲謂之泣，無淚有聲謂之號。◎19當下那婦人乾號了半夜，卻早五更，天色未曉，西門慶奔來討信，王婆說了備細。西門慶取銀子把與王婆，教買棺材津送，就叫那婦人商議。這婆娘過來和西門慶說道：「我的武大今日已死，我只靠著你做主。」西門慶道：「這個何須得你說。」王婆道：「只有一件事最要緊，地坊上團頭※11何九叔，他是個精細的人，只怕他看出破綻，不肯殮。」西門慶道：「這個不妨。我自分付他便了，他不肯違我的言語。」王婆道：「大官人便用去分付他，不可遲誤。」西門慶去了。到天大明，王婆買了棺材，又買些香燭紙錢之類，歸來與那婦人做羹飯，點起一盞隨身燈※12。鄰舍坊廂，都來吊問。那婦人虛掩

毒死武大郎以後，王婆也買了一些香燭紙錢給武大郎做喪事。圖為祭祀用的香燭冥錢，安徽省池州市青陽縣九華山。拍攝時間為1993年3月。（香港中國旅遊出版社提供）

註

※11 團頭：宋時各行業都有市肆，叫做團行。行有行老，團有團頭，是各自行業的首領。另，宋代稱地保爲團頭，這裏是後者。

※12 隨身燈：點在死人頭、腳的燈。

評點

◎16.武大死於謀害之手，皆恶婦所致之也，何慘如之！（余評）
◎17.眞好虔婆，無怪後世人家内邊專好與之往來。（金批）
◎18.覰金蓮假淚，全沒夫妻之恩。（余評）
◎19.辨哭，《爾雅》所不及。（袁眉）

著粉臉假哭。衆街坊問道：「大郎因甚病患便死了？」那婆娘答道：「因害心疼病症，一日日越重了，看看不能夠好，不幸昨夜三更死了。」又哽哽咽咽假哭起來。衆鄰舍明知道此人死得不明，不敢死問他，只自人情勸道：「死自死了，活的自要過，娘子省煩惱。」那婦人只得假意兒謝了，衆人各自散了。王婆取了棺材，去請團頭何九叔。但是入殮用的都買了，並家裏一應物件，也都買了。就叫了兩個和尚，晚些伴靈。多樣時，何九叔先撥幾個火家來整頓。

且說何九叔到巳牌時分，慢慢地走出來，到紫石街巷口，迎見西門慶叫道：「九叔何往？」何九叔答道：「小人只去前面殮這賣炊餅的武大郎屍首。」西門慶道：「借一步說話則個。」何九叔跟著西門慶來到轉角頭一個小酒店裏，坐下在閣兒內。西門慶道：「何九叔，請上坐。」何九叔道：「小人是何等之人，對官人一處坐地？」西門慶道：「九叔何故見外？且請坐。」二人坐定，叫取瓶好酒來。小二一面鋪下菜蔬、果品、案酒之類，即便篩酒。何九叔心中疑忌，想道：「這人從來不曾和我吃酒，今日這杯酒必有蹺蹊。」兩個吃了半個時辰，只見西門慶去袖子裏摸出一錠十兩銀子，◎20放在桌上，說道：「九叔休嫌輕微，明日別有酬謝。」何九叔叉手道：「小人無半點效力之處，如何敢受大官人見賜銀兩？若是大官人便有使令小人處，也不敢受。」西門慶道：「九叔休要見外，請收過了卻說。」何九叔道：「大官人但說不妨，小人依聽。」西門慶道：「別無甚事，少刻他家也有些辛苦錢。只是如今殮武大的屍首，凡百事周全，一床錦被遮蓋則個，別無多言。」何九叔道：「是這些小事，有甚利害，如何敢受銀兩？」西門慶道：「九叔不收時，便是推卻。」那何九叔自來懼怕西門慶是個刁徒，把持官府的人，只得受了。兩個又吃了幾杯，西門慶叫酒保來記了帳，明日來舖裏支錢。兩個下樓，一同出了店門。西門慶道：「九叔記心，不可洩漏，改日別有報效。」分付罷，一直去了。

何九叔心中疑忌，肚裏尋思道：「這件事卻又作怪！我自去殮武大郎屍首，他卻怎地與我許多銀子？這件事必定有蹺蹊。」來到武大門前，只見那幾個火家在門首伺候，何九叔問道：「這武大是甚病死了？」火家答道：「他家說害心疼病死了。」何九叔揭起簾子入來，王婆接著道：「久等阿叔多時了。」何九叔應道：「便是有些小事絆住了腳，來遲了一步。」只見武大老婆，穿著些素淡衣裳，從裏面假哭出來。何九叔道：「娘子省煩惱。可傷大郎歸天去了！」那婦人虛掩著淚眼道：「說不可盡！不想拙夫心疼症候，幾日兒便休了，撇得奴好苦！」何九叔上上下下看得那婆娘的模樣，口裏自暗暗地道：「我從來只聽得說武大娘子，不曾認得他，原來武大卻討著這個老婆！西門慶這十兩銀子，有些來歷。」◎21 何九叔看著武大屍首，揭起千秋旛※13，扯開白絹，用五輪八寶犯著兩點神水眼定睛看時，何九叔大叫一聲，望後便倒，口裏噴出血來。但見指甲青，唇口紫，面皮黃，眼無光。正是：身如五鼓銜山月，命似三更油盡燈。畢竟何九叔性命如何？且聽下回分解。◎22

註 ※13 千秋旛：掛在死人靈床前的旗旛。又叫招魂幡。

評點

◎20.西門慶以銀買何九叔，此不惜黃金而求金蓮。（余評）
◎21.妙。只三、四語，一語一轉。（金批）
◎22.李生曰：這回文字，種種逼眞。第畫王婆易，畫武大難；畫武大易，畫鄆哥難。今試著眼看鄆哥處，有一語不傳神寫照乎？怪哉！（容評）

第二十六回

偷骨殖何九叔送喪　供人頭武二郎設祭◎1

話說當時何九叔跌倒在地下，衆火家扶住。王婆便道：「這是中了惡，快將水來！」噴了兩口，何九叔漸漸地動轉，有些甦醒。王婆道：「且扶九叔回家去，卻理會。」兩個火家使扇板門，一逕擡何九叔到家裏，大小接著，就在床上睡了。老婆哭道：「笑欣欣出去，卻怎地這般歸來！閑時曾不知中惡！」坐在床邊啼哭。◎2何九叔覷得火家都不在面前，踢那老婆道：「你不要煩惱，我自沒事。卻纔去武大家入殮，到得他巷口，迎見縣前開藥舖的西門慶，請我去吃了一席酒，把十兩銀子與我，說道：『所殮的屍首，凡事遮蓋則個。』我到武大家，見他的老婆是個不良的人，我心裏有八、九分疑忌。到那裏揭起千秋旛看時，見武大面皮紫黑，七竅內津津出血，唇口上微露齒痕，定是中毒身亡。我本待聲張起來，卻怕他沒人做主，惡了西門慶，卻不是去撩蜂剔蝎？◎3待要胡盧提※1入了棺殮了，武大有個兄弟，便是前日景陽岡上打虎的武都頭，他是個殺人不眨眼的男子，倘或早晚歸來，此事必然要發。」老婆便道：「我也聽得前日有人說道：『後巷住的喬老兒子鄆哥，去紫石街幫武大捉姦，鬧了茶坊。』正是這件事了。你卻慢慢的訪問他。如今這事有甚難處，只使火家自去殮了，就問他幾時出喪。若是停喪在家，待武松歸來出殯，這個便沒甚麼皂絲麻線※2。若他便出去埋葬了，也不

宋墓彩繪磚雕：法事僧樂。畫面從右到左，有兩位俗家弟子與一位僧人各持樂器正在奏樂。宋朝的喪葬習俗上，佛、道二教的滲透，形成僧人做法事的習俗。武大郎死後，同樣請僧人做法事。（fotoe提供）

註

※1胡盧提：含糊、籠統、糊裏糊塗、馬馬虎虎等意思。有時也寫作「葫蘆提」、「胡盧題」等等。

※2皂絲麻線：線索、痕跡、牽連等意思。

評點

◎1.吾嘗言：不登泰山，不知天下之高；登泰山不登日觀，不知泰山之高也。不觀黃河，不知天下之深；觀黃河不觀龍門，不知黃河之深也。不見聖人，不知天下之至；見聖人不見仲尼，不知聖人之至也。乃今於此書也亦然。不讀《水滸》，不知天下之奇；讀《水滸》不讀設祭，不知《水滸》之奇也。嗚呼！耐庵之才，其又豈可以斗石計之乎哉！前書寫魯達，已極丈夫之致矣；不意其又寫出林沖，又極丈夫之致也。寫魯達又寫出林沖，斯已大奇矣；不意其又寫出楊志，又極丈夫之致也。是三丈夫也者，各自有其胸襟，各自有其心地，各自有其形狀，各自有其裝束，譬諸閻吳二子，斗畫殿壁，星宮水府，萬神咸在，慈即眞慈，怒即眞怒，麗即眞麗，醜即眞醜。技至此，技已止；觀至此，觀已止。然而二子之胸中，固各別藏分外之絕筆，又有所謂雲質龍章，日姿月彩，杳非世工心之所構，目之所遇，手之所捻，筆之所觸也者。今耐庵《水滸》，正猶是矣。寫魯、林、楊三丈夫以來，技至此，技已止，觀至此，觀已止。乃忽然磬控，忽然縱送，便又騰筆湧墨，凭空撰出武都頭一個人來。我得而讀其文，想見其爲人，其胸襟則又非如魯、如林、如楊者之胸襟也，其心事則又非如魯、如林、如楊者之心事也，其形狀結束則又非如魯、如林、如楊者之形狀與如魯、如林、如楊者之結束也。我既得以想見其人，因更回讀其文，爲之徐讀之，疾讀之，翱翔讀之，歇續讀之，爲楚聲讀之，爲豺聲讀之。嗚呼！是其一篇一節一句一字，實杳非儒生心之所構，目之所遇，手之所捻，筆之所觸矣。是眞所謂雲質龍章，日姿月彩，分外之絕筆矣。如是而尚欲量才子之才爲斗爲石，嗚呼，多見其爲不知量者也！或問於聖歎曰：「魯達何如人也？」曰：「闊人也。」「宋江何如人也？」曰：「狹人也。」曰：「林沖何如人也？」曰：「毒人也。」「宋江何如人也？」曰：「甘人也。」曰：「楊志何如人也？」曰：「正人也。」「宋江何如人也？」曰：「駁人也。」曰：「柴進何如人也？」曰：「良人也。」「宋江何如人也？」曰：「歹人也。」曰：「阮七何如人也？」曰：「快人也。」「宋江何如人也？」曰：「厭人也。」曰：「李逵何如人也？」曰：「眞人也。」「宋江何如人也？」曰：「假人也。」曰：「吳用何如人也？」曰：「捷人也。」「宋江何如人也？」曰：「呆人也。」曰：「花榮何如人也？」曰：「雅人也。」「宋江何如人也？」曰：「俗人也。」曰：「盧俊義何如人也？」曰：「大人也。」「宋江何如人也？」曰：「小人也。」曰：「石秀何如人也？」曰：「警人也。」「宋江何如人也？」曰：「鈍人也。」然則《水滸》之一百六人，殆莫不勝於宋江。然而此一百六人也者，固獨人人未若武松之絕倫超群。然則武松何如人也？曰：「武松，天人也。」武松天人者，固具有魯達之闊，林沖之毒，楊志之正，柴進之良，阮七之快，李逵之眞，吳用之捷，花榮之雅，盧俊義之大，石秀之警者也。斷曰第一人，不亦宜乎？殺虎後忽然殺一婦人，嗟乎！莫咆哮於虎，莫柔曼於婦人，之二物者，至不倫也。殺虎後忽欲殺一婦人，曾不舉手之勞焉耳。今寫武松殺虎至盈一卷，寫武松殺婦人亦至盈一卷，咄咄乎異哉！憶大雄氏有言：「獅子搏象用全力，博兔亦用全力。」今豈武松殺虎用全力，殺婦人亦用全力耶？我讀其文，至於氣咽目瞪，面無人色，殆尤駭於讀打虎一回之時。嗚呼，作者固眞以獅子喻武松，觀其於街橋名字，悉安獅子二字可知也！徒手而思殺虎，則是無賴之至也；然必終仗哨棒而後成於殺虎，是猶夫人之能事也。故必於四閃而後奮威盡力，輪棒直劈，而震天一響，樹倒棒折，已成徒手，而虎且方怒。以徒手當怒虎，而終亦得以成殺之功；夫然後武松之神威以見，此前文所已詳，今亦毋庸又述。乃我獨怪其寫武松殺西門慶，亦用此法也。其心豈不曰：殺虎猶不用棒，殺一鼠子何足用刀？於是握刀而往，握刀而來，而正值鼠子之際，刀反踢落街心，以表武松之神威。然奈何竟進鼠子而與虎爲倫矣？曰：非然也。虎固虎也，鼠子固鼠子也。殺虎不用棒，殺鼠子不用刀者，所謂象亦全力，兔亦全力，觀獅子橋下四字，可知也。西門慶如何入奸，王婆如何主謀，潘氏如何下毒，其曲折情事，羅列前幅，燦如星斗，讀者既知之矣。然讀者之知之也，亦爲讀之而後得知之也。乃方夫讀者讀之而得知之之時，正武二於東京交割箱籠，街上閑行之時，即又奈何以己之所得知，例人之所不知，而欲武松聞何九之言，即燎然知姦夫之爲西門，聞鄆哥之言，即燎然知半夜如何置毒耶？篇中處處寫武松是東京回來，茫無頭路，雖極英靈，了無入處，眞有神化之能。一路勤敘鄰舍，至後幅，忽然排出四家舖面來：姚文卿開銀舖，趙仲銘開紙馬舖，胡正卿開冷酒舖，張公開饋飿舖，合之便成財色酒氣四字，眞是奇絕，詳見細評中。每聞人言：莫駭疾於霹靂，而又莫奇幻於霹靂。思之驟不敢信。如所云：有人掛兩握亂絲，雷電過，輒已絲絲相接，交羅如網者。一道士藏繭紙千張，擬書全笈，一夜遽爲雷火所焚，天明視之，紙故無恙，而層層遍畫龍蛇之形，其細如髮者。以今觀於武二設祭一篇，夫而後知眞有是事也。（金批）
此回如觀垓下、昆陽之戰，千古震驚。（容眉）

◎2.武大老婆坐在床邊假哭，何九老婆坐在床邊眞哭。閑中一映，靈心利筆。（金批）

◎3.四字新艷，未經人道。（金批）

妨。若是他便要出去燒化時，必有蹺蹊。你到臨時，只做去送喪，張人眼錯，拿了兩塊骨頭，和這十兩銀子收著，便是個老大證見。若他回來，不問時便罷，卻不留了西門慶面皮，做一碗飯卻不好。」◎4何九叔道：「家有賢妻，見得極明！」隨即叫火家分付：「我中了惡，去不得，你們便自去殮了。就問他幾時出喪，快來回報。得的錢帛，你們分了，都要停當。若與我錢帛，不可要。」火家聽了，自來武大家入殮，停喪安靈已罷，回報何九叔道：「他家大娘子說道：『只三日便出殯，去城外燒化。』」火家各自分錢散了。何九叔對老婆道：「你說的話正是了。我至期只去偷骨殖便了。」

且說王婆一力攛掇，那婆娘當夜伴靈。第二日請四僧念些經文。第三日早，眾火家自來扛擡棺材，也有幾家鄰舍街坊相送。那婦人帶上孝，一路上假哭養家人。◎5來到城外化人場上，便叫舉火燒化。只見何九叔手裏提著一陌紙錢，來到場裏。王婆和那婦人接見道：「九叔，且喜得貴體沒事了。」何九叔道：「小人前日買了大郎一扇籠子母炊餅，不曾還得錢，◎6特地把這陌紙來燒與大郎。」王婆道：「九叔如此志誠！」何九叔把紙錢燒了，就攛掇燒化棺材。王婆和那婦人謝道：「難得何九叔攛掇，回家一發相謝。」何九叔道：「小人到處只是出熱※3。娘子和乾娘自穩便，齋堂裏去相待眾鄰舍街坊。小人自替你照顧。」使轉了這婦人和那婆子，◎7把火挾去，揀兩塊骨頭，拿去潵骨池內只一浸，看那骨頭酥黑。何九叔收藏了，也來齋堂裏和哄了一回。棺木過了，殺火，收拾骨殖，潵在池子裏，眾鄰舍各自分散。那何九叔將骨頭歸到家中，把幅紙都寫

了年月日期，送喪的人名字，和這銀子一處包了，做一個布袋兒盛著，放在房裏。

再說那婦人歸到家中，去槅子前面設個靈牌，上寫「亡夫武大郎之位」。靈床子前點一盞琉璃燈，裏面貼些經旛、錢垛、金銀錠、采繒之屬。每日卻自和西門慶在樓上任意取樂，卻不比先前在王婆房裏，只是偷雞盜狗之歡，如今家中又沒人礙眼，任意停眠整宿。自此西門慶整三、五夜不歸去，家中大小亦各不喜歡。原來這女色坑陷得人，有成時必須有敗，有詩為證：

參透風流二字禪，好姻緣是惡姻緣。
山妻小妾家常飯，不害相思不損錢。

且說西門慶和那婆娘終朝取樂，任意歌飲，交得熟了，卻不顧外人知道，這條街上遠近人家，無有一人不知此事。卻都懼怕西門慶那廝是個刁徒潑皮，誰肯來多管？常言道：「樂極生悲，否極泰來。」光陰迅速，前後又早四十餘日。卻說武松自從領了知縣言語，監送車仗到東京親戚處，投下了來書，交割了箱籠，街上閑行了幾日，討了回書，領一行人取路回陽谷縣來。前後往回，恰好將及兩個月。去時新春天氣，回來三月初頭。於路上只覺得神思不安，身心恍惚，趕回要見哥哥。◎8 且先去縣裏交納了回書。知縣見了大喜。看罷回書，已知金銀寶物交得明白，賞了武松一錠大銀，酒食管待，不必用說。武松回到下處房裏，換了衣服鞋襪，戴上個新頭巾，鎖上了房門，一逕投紫石

註

※3 出熱：熱心幫助他人。

評點

◎4.何九嬸亦慧。（容眉）
◎5.催命鬼哭養家人。（袁眉）
前一回無數笑字，此一回無數假哭字，照耀可笑。（金批）
◎6.小小意頭，亦有情致。（袁眉）
◎7.王婆雖巧，又在九叔之後。非知不若也，王婆財重於身，故昏；九叔身重於財，故明。（袁眉）
◎8.點時節情事，俱好。（袁眉）

街來。兩邊衆鄰舍看見武松回了，都吃一驚，大家捏兩把汗，暗暗地說道：「這番蕭墻禍起了！這個太歲歸來，怎肯干休？必然弄出事來！」

且說武松到門前，揭起簾子，探身入來，見了靈床子，寫著「亡夫武大郎之位」七個字，◎9呆了，睜開雙眼道：「莫不是我眼花了？」叫聲：「嫂嫂，武二歸來！」那西門慶正和這婆娘在樓上取樂，聽得武松叫一聲，驚得屁滾尿流，一直奔後門，從王婆家走了。那婦人應道：「叔叔少坐，奴便來也。」原來這婆娘自從藥死了武大，那裏肯帶孝，每日只是濃妝艷抹，和西門慶做一處取樂。聽得武松叫聲「武二歸來了」，慌忙去面盆裏洗落了脂粉，拔去了首飾釵環，蓬鬆挽了個髽兒，脫去了紅裙繡襖，旋穿上孝裙孝衫，便從樓上哽哽咽咽假哭下來。◎10武松道：「嫂嫂且住，休哭！我哥哥幾時死了？得甚麼症候？吃誰的藥？」那婦人一頭哭，一面說道：「你哥哥自從你轉背一、二十日，猛可的害急心疼起來。病了八、九日，求神問卜，甚麼藥不吃過！醫治不得，死了。撇得我好苦！」隔壁王婆聽得，生怕決撒※4，即便走過來幫他支吾。武松又道：「我的哥哥從來不曾有這般病，如何心疼便死了？」◎11王婆道：「都頭卻怎地這般說？『天有不測風雲，人有暫時禍福』。誰保得長沒事？」那婦人道：「虧殺了這個乾娘！我又是個沒腳蟹※5，不是這個乾娘，鄰舍家誰肯來幫我！」武松道：「如今埋在那裏？」婦人道：「我又獨自一個，那裏去尋墳地？沒奈何，留了三日，把出去燒化了。」武松道：「哥哥死得幾日了？」婦人道：「再兩日，便是斷七。」

武松沉吟了半晌，◎12便出門去，逕投縣裏來，開了鎖，去房裏換了一身素淨衣服，便叫土兵打了一條麻縧，繫在腰裏。身邊藏了一把尖長柄短背厚刃薄的解腕刀，取了些銀兩帶在身邊。叫一個土兵鎖上了房門，去縣前買了些米、麵、椒料等物，香、燭、冥紙，就晚到家敲門。那婦人開了門，武松叫土兵去安排羹飯。武松就靈床子前，點起燈燭，鋪設酒餚。到兩個更次，安排得端正，武松撲翻身便拜道：「哥哥陰魂不遠！你在世時軟弱，今日死後，不見分明。你若是負屈銜冤，被人害了，托夢與我，兄弟替你做主報仇。」把酒澆奠了，燒化冥用紙錢，便放聲大哭，◎13哭得那兩邊鄰舍，無不悽惶。那婦人也在裏面假哭。武松哭罷，將羹飯酒餚和土兵吃了，討兩條席子，叫土兵中門傍邊睡。武松把條席子，就靈床子前睡。那婦人自上樓去，下了樓門自睡。約莫將近三更時候，武松翻來覆去睡不著。看那土兵時，齁齁的卻似死人一般挺著。武松爬將起來，看了那靈床子前琉璃燈，半明半滅。側耳聽那更鼓時，正打三更三點。武松嘆了一口氣，坐在席子上，自言自語，口裏說道：「我哥哥生時懦弱，死了卻有甚分明。」說猶未了，只見靈床子下捲起一陣冷氣來，真個是盤旋侵骨冷，凜烈透肌寒。昏昏暗暗，靈前燈火失光明；慘慘幽幽，壁上紙錢飛散亂。那陣冷氣逼得武松毛髮皆豎，定睛看時，只見個人從靈床底下鑽將出來，叫聲：「兄弟，我死得好苦！」◎14武松看不仔細，卻待向前來再問時，只見冷氣散了，不見了人。武松一交顛翻在席子上坐地，尋思是夢非

註

※4決撒：改露、識破、壞了事之類的意思。
※5沒腳蟹：意思說行動不得。一般是指六親無靠的婦女。

評點

◎9.須知此兩行中，有四遍亡夫武大郎之位字。（金眉）
◎10.前著許多笑字，後著許多假哭字，此文字中眼目。（袁眉）
◎11.徵問得細膩。（袁眉）
◎12.且沉吟，未便哭，神傷心戚，有甚於哭。（袁眉）
◎13.一番設祭，未算設祭。（金眉）
◎14.武大陰魂出現，使松知兄死於枉屈，假弟以報仇，乃天道昭彰者也。（余評）

夢？回頭看那土兵時，正睡著。武松想道：「哥哥這一死，必然不明。卻纔正要報我知道，又被我的神氣衝散了他的魂魄。」◎15放在心裏不題，等天明卻又理會。詩曰：

可怪人稱三寸丁，生前混沌死精靈。
不因同氣能相感，冤鬼何從夜現形？

天色漸明了，土兵起來燒湯。武松洗漱了，那婦人也下樓來，看著武松道：「叔叔夜來煩惱？」武松道：「嫂嫂，我哥哥端的甚麼病死了？」那婦人道：「叔叔卻怎地忘了？夜來已對叔叔說了，害心疼病死了。」武松道：「卻贖誰的藥吃？」那婦人道：「現有藥貼在這裏。」◎16武松道：「卻是誰買棺材？」那婦人道：「央及隔壁王乾娘去買。」武松道：「誰來扛擡出去？」那婦人道：「是本處團頭何九叔。盡是他維持出去。」武松道：「原來恁地。且去縣裏畫卯，卻來。」便起身帶了土兵，走到紫石街巷口，問土兵道：「你認得團頭何九叔麼？」土兵道：「都頭恁地忘了？前項他也曾來與都頭作慶，他家只在獅子街巷內住。」◎17武松道：「你引我去。」土兵引武松到何九叔門前，武松道：「你自先去。」土兵去了。武松卻揭起簾子，叫聲：「何九叔在家麼？」這何九叔卻纔起來，聽得是武松來尋，嚇得手忙腳亂，頭巾也戴不迭，急急取了銀子和骨殖藏在身邊，便出來迎接

❀武松夢到武大郎給自己托夢，說死得冤屈，可惜還沒有說清楚，就醒了過來。（日版畫，出自《新編水滸畫傳》，葛飾戴斗繪）

道：「都頭幾時回來？」武松道：「昨日方回到這裏。有句話閑說則個，請挪尊步同往。」何九叔道：「小人便去，都頭且請拜茶。」武松道：「不必，免賜。」兩個一同出到巷口酒店裏坐下，叫量酒人打兩角酒來。何九叔起身道：「小人不曾與都頭接風，何故反擾？」武松道：「且坐。」◎18何九叔心裏已猜八、九分。量酒人一面篩酒，武松更不開口，且只顧吃酒。◎19何九叔見他不做聲，倒捏兩把汗，卻把些話來撩他。武松也不開言，並不把話來提起。酒已數杯，只見武松揭起衣裳，颼地掣出把尖刀來，插在桌子上。量酒的驚得呆了，那裏肯近前。看何九叔面色青黃，不敢敨氣。武松捋起雙袖，握著尖刀，指何九叔道：「小子粗疏，還曉得『冤各有頭，債各有主』！你休驚怕，只要實說。對我一一說知武大死的原故，便不干涉你！我若傷了你，不是好漢！倘若有半句兒差，我這口刀立定教你身上添三、四百個透明的窟窿！◎20閑言不道，你只直說我哥哥死的屍首，是怎地模樣？」武松道罷，一雙手按住胳膝，兩隻眼睜得圓彪彪地，看著何九叔。

何九叔便去袖子裏取出一個袋兒，放在桌子上道：「都頭息怒。這個袋兒，便是一個大證見。」武松用手打開，看那袋兒裏時，兩塊酥黑骨頭，一錠十兩銀子，便問道：「怎地見得是老大證見？」何九叔道◎21：「小人並然不知前後因地，忽於正月二十二日在家，只見開茶坊的王婆來呼喚小人殮武大郎屍首。至日，行到紫石街巷口，迎見縣前開生藥舖的西門慶大郎，攔住，邀小人同去酒店裏吃了一瓶酒。西門慶取出這十兩銀

評點

◎15.借武二口自注一句。（金批）
◎16.妙應前文，可見精細。（金批）
◎17.好街名，映襯出武二下文霍躍輥擲來。（金批）
◎18.寫武二說不出話來處，入神入妙。（金批）
◎19.那個英雄不精細？（袁眉）
◎20.武二郎做事，智、仁、勇都足備得，妙人妙人，漢子漢子。（容眉）
◎21.上文入殮送喪一篇，卻於何九口中重述一遍，一個字亦不省。（金眉）

子，付與小人，分付道：『所殮的屍首，凡百事遮蓋。』小人從來得知道那人是個刁徒，不容小人不接。吃了酒食，收了這銀子，小人去到大郎家裏，揭起千秋旛，只見七竅內有瘀血，唇口上有齒痕，係是生前中毒的屍首。小人本待聲張起來，只是又沒苦主。他的娘子，已自道是害心疼病死了。因此小人不敢聲言，自咬破舌尖，只做中了惡，扶歸家來了。只是火家自去殮了屍首，不曾接受一文。第三日，聽得扛出去燒化，小人買了一陌紙，去山頭假做人情。使轉了王婆並令嫂，暗拾了這兩塊骨頭，包在家裏。這骨殖酥黑，係是毒藥身死的證見。這張紙上寫著年月日時，並送喪人的姓名，便是小人口詞了。都頭詳察！」◎22武松道：「姦夫還是何人？」何九叔道：「卻不知是誰。小人閑聽得說來，有個賣梨兒的鄆哥，那小廝曾和大郎去茶坊裏捉姦。這條街上，誰人不知。都頭要知備細，可問鄆哥。」武松道：「是！既然有這個人時，一同去走一遭。」武松收了刀，藏了骨頭、銀子，算還酒錢，便同何九叔望鄆哥家裏來。

卻好走到他門前，只見那小猴子挽著個柳籠栲栳在手裏，糴米歸來。何九叔叫道：「鄆哥，你認得這位都頭麼？」鄆哥道：「解大蟲來時，我便認得了。你兩個尋我做甚麼？」鄆哥那小廝，也瞧了八分，便說道：「只是一件，我的老爹六十歲，沒人養贍，我卻難相伴你們吃官司耍。」◎23武松道：「好兄弟。」便去身邊取五兩來銀子道：「鄆哥，你把去與老爹做盤纏，跟我來說話。」鄆哥自心裏想道：「這五兩銀子，如何不盤纏得三、五個月？便陪他吃官司也不妨。」將銀子和米把與老兒，便跟了二人出巷

評點

◎22.何九叔這個干係脫得好。（容眉）
◎23.此句妙在加一耍字。（袁夾）
◎24.上文捉姦被踢一篇，亦於鄆哥口中重述一番，一個字亦不省。（金眉）

口一個飯店樓上來。武松叫過賣造三分飯來，對鄆哥道：「兄弟，你雖年紀幼小，倒有養家孝順之心，卻纔與你這些銀子，且做盤纏。我有用著你處。事務了畢時，我再與你十四、五兩銀子做本錢。你可備細說與我，你怎地和我哥哥去茶坊裏捉姦？」鄆哥道◎24：「我說與你，你卻不要氣苦。我從今年正月十三日，提得一籃兒雪梨，要去尋西門慶大郎掛一勾子，一地裏沒尋他處。問人時，說道：『他在紫石街王婆茶坊裏，和賣炊餅的武大老婆做一處。如今刮上了他，每日只在那裏。』我聽得了這話，一逕奔去尋他。叵耐王婆老豬狗，攔住不放我入房裏去，吃我把話來侵他底子，那豬狗便打我一頓栗暴，直叉我出來，將我梨兒都傾在街上。我氣苦了，去尋你大郎，說與他備細，他便要去捉姦。我道：『你不濟事。西門慶那廝，手腳了得，你若捉他不著，反吃他告了，倒不好。我明日和你約在巷口取齊，你便少做些炊餅出來。我若張見西門慶入茶坊裏去時，我先入去，你便寄了擔兒等著。只看我丟出籃兒來，你便搶入來捉姦。』我這日又提了一籃梨兒，逕去茶坊裏。被我罵那老豬狗，那婆子便來打我，吃我先把籃兒撇出街上，一頭頂住那老狗在壁上。武大郎卻搶入去時，婆子要去攔截，卻被我頂住了，只叫得：『武大來也！』原來倒吃他兩個頂住了門。大郎只在房門外聲張，

在何九叔的幫助下，武松找到了鄆哥，知道了兄長被害的大致經過。（日版畫，出自《新編水滸畫傳》，葛飾戴斗繪）

卻不提防西門慶那廝開了房門，奔出來，把大郎一腳踢倒了。我見那婦人隨後便出來，扶大郎不動，◎25我慌忙也自走了。過得五、七日，說大郎死了。我卻不知怎地死了？」◎26武松問道：「你這話是實了？你卻不要說謊！」鄆哥道：「便到官府，我也只是這般說。」武松道：「說得是，兄弟。」便討飯來吃了，還了飯錢，三個人下樓來。何九叔道：「小人告退。」武松道：「且隨我來，正要你們與我證一證。」把兩個一直帶到縣廳上。

知縣見了問道：「都頭告甚麼？」武松告說：「小人親兄武大，被西門慶與嫂通姦，下毒藥謀殺性命。這兩個便是證見，要相公做主則個。」知縣先問了何九叔並鄆哥口詞，當日與縣吏商議。原來縣吏都是與西門慶有首尾※6的，官人自不必說，因此官吏通同計較道：「這件事難以理問。」知縣道：「武松，你也是個本縣都頭，不省得法度。◎27自古道：『捉姦見雙，捉賊見贓，殺人見傷。』你那哥哥的屍首又沒了，你又不曾捉得他姦。如今只憑這兩個言語，便問他殺人公事，莫非忒偏向麼？你不可造次，須要自己尋思，當行即行。」武松懷裏去取出兩塊酥黑骨頭、十兩銀子、一張紙，告道：「覆告相公，這個須不是小人捏合出來的。」知縣看了道：「你且起來，待我從長商議。可行時，便與你拿問。」何九叔、鄆哥，都被武松留

武松拿了何九叔提供的證據，帶了鄆哥去縣衙告狀，誰知知縣收了西門慶的賄賂，以證據不足拒絕審案。（選自《水滸傳版刻圖錄》，江蘇廣陵古籍刻印社）

在房裏。當日西門慶得知，卻使心腹人來縣裏許官吏銀兩。次日早晨，武松在廳上告稟，催逼知縣拿人。誰想這官人貪圖賄賂，回出骨殖並銀子來，說道：「武松，你休聽外人挑撥你和西門慶做對頭。這件事不明白，難以對理。聖人云：『經目之事，猶恐未眞；背後之言，豈能全信？』不可一時造次。」◎28獄吏便道：「都頭，但凡人命之事，須要屍、傷、病、物、蹤五件事全，方可推問得。」武松道：「既然相公不准所告，且卻又理會。」收了銀子和骨殖，再付與何九叔收了。下廳來到自己房內，叫土兵安排飯食與何九叔同鄆哥吃，「留在房裏相等一等，我去便來也。」又自帶了三、兩個土兵，離了縣衙，將了硯瓦、筆、墨，就買了三、五張紙，藏在身邊。◎29就叫兩個土兵買了個豬首、一隻鵝、一隻雞、一擔酒，和些果品之類，安排在家裏。約莫也是巳牌時候，帶了土兵，來到家中。那婦人已知告狀不准，放下心，不怕他，大著膽看他怎地。武松叫道：「嫂嫂下來，有句話說。」那婆娘慢慢地行下樓來，問道：「有甚麼話說？」武松道：「明日是亡兄斷七，你前日惱了衆鄰舍街坊，我今日特地來把杯酒，替嫂嫂相謝衆鄰。」那婦人大剌剌地說道：「謝他們怎地！」武松道：「禮不可缺。」喚土兵先去靈床子前，明晃晃地點起兩枝蠟燭，焚起一爐香，列下一陌紙錢。把祭物去靈前擺了，堆盤滿宴，鋪下酒食果品之類。◎30叫一個土兵，後面燙酒；兩個土兵，門前安排桌凳；又有兩個，前後把門。武松自分付定了，便叫：「嫂嫂，來待客，我去請來。」

註

※6 首尾：字面上爲從開始到末了，引申作事情的經過始末。然此處意爲有關係，同五十一回中出現「你們都和他有首尾」的首尾。

評點

◎25.不曾見扶進去，妙絕。（金批）
◎26.描畫小猴子之狀，咄咄如畫。（容眉）
◎27.正理正說，每爲私人所見。（芥眉）
◎28.觀知縣不以人命爲重，受賄不理，而法安在哉！（余評）
◎29.從前從後，都見武松精細。此精細二字，出自潘金蓮口，亦是知己。（袁眉）
◎30.又一番設祭，亦未算設祭。（金眉）

先請隔壁王婆。那婆子道：「不消生受，教都頭作謝。」武松道：「多多相擾了乾娘，自有個道理。先備一杯菜酒，休得推故。」那婆子取了招兒※7，收拾了門戶，從後門走過來。武松道：「嫂嫂坐主位，乾娘對席。」婆子已知道西門慶回話了，放著心吃酒。兩個都心裏道：「看他怎地！」武松又請這邊下鄰開銀舖的姚二郎姚文卿。◎31二郎道：「小人忙些，不勞都頭生受。」武松拖住便道：「一杯淡酒，又不長久，便請到家。」那姚二郎只得隨順到來，便教去王婆肩下坐了。又去對門請兩家，一家是開紙馬舖的趙四郎趙仲銘。四郎道：「小人買賣撇不得，不及陪奉。」武松道：「如何使得！衆高鄰都在那裏了。」不由他不來，被武松扯到家裏道：「老人家爺父一般，便請在嫂嫂肩下坐了。」又請對門那賣冷酒店的胡正卿。那人原是吏員出身，便瞧道有些尷尬，那裏肯來。被武松不管他，拖了過來，卻請去趙四郎肩下坐了。武松道：「王婆，你隔壁是誰？」王婆道：「他家是賣餶飿兒的張公。」卻好正在屋裏，見武松入來，吃了一驚道：「都頭，沒甚話說？」◎32武松道：「家間多擾了街坊，相請吃杯淡酒。」那老兒道：「哎呀！老子不曾有些禮數到都頭家，卻如何請老子吃酒？」武松道：「不成微敬，便請到家。」老兒吃武松拖了過來，請去姚二郎肩下坐地。說話的，爲何先坐的不走了？原來都有土兵前後把著門，都似監禁的一般。◎33

且說武松請到四家鄰舍，並王婆和嫂嫂，共是六人。武松掇條凳子，卻坐在橫頭，便叫土兵把前後門關了。那後面土兵，自來篩酒。武松唱個大喏，說道：「衆高鄰，

休怪小人粗鹵，胡亂請些個。」衆鄰舍道：「小人們都不曾與都頭洗泥接風，如今倒來反擾。」武松笑道：「不成意思，衆高鄰休得笑話則個。」土兵只顧篩酒。衆人懷著鬼胎，正不知怎地。看看酒至三杯，那胡正卿便要起身，說道：「小人忙些個。」武松叫道：「去不得！既來到此，便忙也坐一坐。」那胡正卿心頭十五個吊桶打水，七上八下，暗暗地尋思道：「既是好意請我們吃酒，如何卻這般相待，不許人動身？」只得坐下。武松道：「再把酒來篩。」土兵斟到第四杯酒，前後共吃了七杯酒過，衆人卻似吃了呂太后一千個筵宴※8！只見武松喝叫土兵，且收拾過了杯盤，少間再吃。武松抹了桌子。衆鄰舍卻待起身，武松把兩隻手只一攔道：「正要說話。一干高鄰在這裏，中間高鄰那位會寫字？」姚二郎便道：「此位胡正卿極寫得好。」◎34武松便唱個喏道：「相煩則個！」便捲起雙袖，去衣裳底下，颼地只一掣，掣出那口尖刀來。右手四指籠著刀靶，大拇指按住掩心，兩隻圓彪彪怪眼睜起道：「諸位高鄰在此，小人冤各有頭，債各有主，只要衆位做個證見！」只見武松左手拿住嫂嫂，右手指定王婆，四家鄰舍驚得目睜口呆，罔知所措，都面面廝覷，不敢做聲。武松道：「高鄰休怪，不必吃驚。武松雖是粗鹵漢子，便死也不怕，還省得有冤報冤，有仇報仇，並不傷犯衆位，只煩高鄰做個證見。若有一位先走的，武松翻過臉來休怪。教他先吃我五、七刀了去，武二便償他命

註

※7招兒：招牌。

※8呂太后一千個筵宴：劉邦的老婆呂雉，人稱呂太后。呂雉請群臣吃酒，用軍法勸酒，有人不肯吃酒，當場被殺。因此，有「呂太后的筵席」這句諺語，表示這酒不是好吃的。

評點

◎31.無中生有，偏著名字，以表事眞。（袁眉）

◎32.請客語言，段段變異。（袁眉）

◎33.摹寫此段前後光景並鄰人，俱一一現出相貌。（袁眉）

◎34.像鄰舍家話。（袁夾）

也不妨。」衆鄰舍俱目瞪口呆，再不敢動。

武松看著王婆喝道：「兀那老豬狗聽著！我的哥哥這個性命，都在你的身上，慢慢地卻問你！」◎35回過臉來，看著婦人罵道：「你那淫婦聽著！你把我的哥哥性命怎地謀害了？從實招了，我便饒你！」那婦人道：「叔叔，你好沒道理！你哥哥自害心疼病死了，干我甚事！」說猶未了，武松把刀胳查子插在桌子上，用左手揪住那婦人頭髻，右手劈胸提住；把桌子一腳踢倒了，隔桌子把這婦人輕輕地提將過來，一交放翻在靈床面前，兩腳踏住。右手拔起刀來，指定王婆道：「老豬狗，你從實說！」◎36那婆子要脫身，脫不得，只得道：「不消都頭發怒，老身自說便了。」武松叫土兵取過紙、墨、筆、硯，排好在桌子上，把刀指著胡正卿道：「相煩你與我聽一句，寫一句。」胡正卿肐膊抖著道：「小人便寫。」討了些硯水，磨起墨來，胡正卿拿起筆，拂開紙道：「王婆，你實說！」那婆子道：「又不干我事，教說甚麼？」武松道：「老豬狗，我都知了，你賴那個去！你不說時，我先剮了這個淫婦，後殺你這老狗！」提起刀來，望那婦人臉上便搠兩搠。◎37那婦人慌忙叫道：「叔叔，且饒我！你放我起來，我說便了。」武松一提，提起那婆娘，跪在靈床子前。武松喝一聲：「淫婦快說！」那婦人驚得魂魄都沒了，只得從實招說。將那時放簾子，因打著西門慶起，並做衣裳，入馬※9通姦，一一地說。次後來怎生踢了武大，因何設計下藥，王婆怎地教唆撥置，從頭至尾，說了一遍。武松叫他說一句，卻叫胡正卿寫一句。王婆道：「咬蟲！你先招了，我如何賴得

評點

◎35.安放畢，下便動手擺佈正犯。（金批）
◎36.於王婆淫婦幾番回還，活武松千載常在。（袁眉）
◎37.怕人快人，要什麼官府，准什麼狀子！（袁眉）
◎38.難得如此從容詳審，誰道武二是一勇之夫？（容眉）
◎39.只十六字，自成絕妙一篇前祭武大郎文。（金批）
◎40.武松靈席之前殺嫂，須天道之變，亦官吏致之也。（余評）
◎41.酒已散，事已完，又請上樓，使人莫測下文。（袁眉）

過！只苦了老身！」王婆也只得招認了。把這婆子口詞，也叫胡正卿寫了。從頭至尾，都說在上面。叫他兩個都點指畫了字，就叫四家鄰舍書了名，也畫了字。◎38叫土兵解胳膊來，背剪綁了這老狗，捲了口詞，藏在懷裏。叫土兵取碗酒來，供養在靈床子前，拖過這婦人來，跪在靈前，喝那婆子也跪在靈前。武松道：「哥哥靈魂不遠，兄弟武二與你報仇雪恨！」◎39叫土兵把紙錢點著。那婦人見頭勢不好，卻待要叫，被武松腦揪※10倒來，兩隻腳踏住他兩隻胳膊，扯開胸脯衣裳。說時遲，那時快，把尖刀去胸前只一剜，口裏銜著刀，雙手去挖開胸脯，摳出心肝五臟，供養在靈前。胳查一刀，便割下那婦人頭來，◎40血流滿地。四家鄰舍吃了一驚，都掩了臉，見他凶了，又不敢動，只得隨順他。武松叫土兵去樓上取下一床被來，把婦人頭包了，揩了刀，插在鞘裏，洗了手，唱個喏說道：「有勞高鄰，甚是休怪。且請眾位樓上少坐，待武二便來。」◎41四家鄰舍都面面相看，不敢不依他，只得都上樓去坐了。武松分付土兵，也教押那婆子上樓去。關了樓門，著兩個土兵在樓下看守。

武松包了婦人那顆頭，一直奔西門慶生藥舖前來，看著主管，唱個喏，問道：「大官人在麼？」主管道：「卻

※9入馬：上手的意思。
※10腦揪：從腦後抓住。

武松殺了潘金蓮，提著後者的腦袋去找西門慶，在獅子樓將之當場格殺。此圖為多場景版畫，次序為從上至下。（選自《水滸傳版刻圖錄》，江蘇廣陵古籍刻印社）

纔出去。」武松道：「借一步閑說一句話。」那主管也有些認得武松，不敢不出來。武松一引引到側首僻靜巷內，驀然翻過臉來道：「你要死，卻是要活？」主管慌道：「都頭在上，小人又不曾傷犯了都頭。」武松道：「你要死，休說西門慶去向；你若要活，實對我說西門慶在那裏？」主管道：「卻纔和……和一個相識，去……去獅子橋下大酒樓上吃……」武松聽了，轉身便走。那主管驚得半晌，移腳不動，自去了。◎42

且說武松逕奔到獅子橋下酒樓前，便問酒保道：「西門慶大郎和甚人吃酒？」酒保道：「和一個一般的財主，在樓上邊街閣兒裏吃酒。」武松一直撞到樓上，去閣子前張時，窗眼裏見西門慶坐著主位，對面一個坐著客席，兩個唱的粉頭坐在兩邊。武松把那被包打開，一抖，那顆人頭血渌渌的滾出來。武松左手提了人頭，右手拔出尖刀，挑開簾子，鑽將入來，把那婦人頭望西門慶臉上攢將來。西門慶認得是武松，吃了一驚，叫聲：「哎呀！」便跳起在凳子上去，一隻腳跨上窗檻，要尋走路。見下面是街，跳不下去，心裏正慌。說時遲，那時快，武松卻用手略按一按，托地已跳在桌子上，把些盞兒、碟兒都踢下來。兩個唱的行院驚得走不動，

武松尋到獅子樓，把西門慶摔下樓去。西門慶流年不利，頭在下，腳在上，摔在大街上。（朱寶榮繪）

那個財主官人慌了腳手，也驚倒了。◎43西門慶見來得凶，便把手虛指一指，早飛起右腳來。武松只顧奔入去，見他腳起，略閃一閃，恰好那一腳正踢中武松右手，那口刀踢將起來，直落下街心裏去了。西門慶見踢去了刀，心裏便不怕他，右手虛照一照，左手一拳，照著武松心窩裏打來。卻被武松略躲個過，就勢裏從脇下鑽入來，左手帶住頭，連肩胛只一提，右手早捽※11住西門慶左腳，叫聲：「下去！」那西門慶一者冤魂纏定，二乃天理難容，三來怎當武松勇力。只見頭在下，腳在上，倒撞落在當街心裏去了，跌得個發昏章第十一※12。街上兩邊人，都吃了一驚。武松伸手去凳子邊提了淫婦的頭，也鑽出窗子外，湧身望下只一跳，跳在當街上，先搶了那口刀在手裏，看這西門慶已自跌得半死，直挺挺在地下，只把眼來動。武松按住，只一刀，割下西門慶的頭來。◎44把兩顆頭相結做一處，提在手裏，把著那口刀，一直奔回紫石街來。叫土兵開了門，將兩顆人頭供養在靈前，把那碗冷酒澆奠了，◎45洒淚道：「哥哥靈魂不遠，早生天界！兄弟與你報仇，殺了姦夫和淫婦，今日就行燒化。」便叫土兵樓上請高鄰下來，把那婆子押在前面。武松拿著刀，提了兩顆人頭，再對四家鄰舍道：「我還有一句話，對你們四位高鄰說則個。」那四家鄰舍叉手拱立，盡道：「都頭但說，我眾人一聽尊命。」武松說出這幾句話來，有分教：景陽岡好漢，屈做囚徒；陽谷縣都頭，變作行者。直教：名標千古，聲播萬年。畢竟武松說出甚話來，且聽下回分解。◎46

註

※11捽：抓、捉。

※12發昏章第十一：發昏、昏迷的戲謔語。「發昏章第十一」是套用有的古書「某某章第幾」的句式，無義。

評點

◎42.移腳不動下即著自去了，妙文。（袁眉）

◎43.百忙中又夾一句。（金批）

◎44.西門慶今日死於武松之手，乃天理報應宜然。（余評）

◎45.第四番設祭，設祭已畢。（金眉）

◎46.看此一篇，雖太公兵法，孔子春秋不是過也。如星斗燦爛，昭布森羅，風霜嚴寒，疏軟髓骨，可敬可畏。（袁評）

第二十七回

母夜叉孟州道※1賣人肉　武都頭十字坡遇張青◎1

話說當下武松對四家鄰舍道：「小人因與哥哥報仇雪恨，犯罪正當其理，雖死而不怨，卻纔甚是驚嚇了高鄰。小人此一去，存亡未保，死活不知，我哥哥靈床子，就今燒化了。家中但有些一應物件，望煩四位高鄰與小人變賣些錢來，作隨衙用度之資，聽候使用。今去縣裏首告，休要管小人罪犯輕重，只替小人從實證一證。」隨即取靈牌和紙錢燒化了。樓上有兩個箱籠，取下來，打開看了，付與四鄰收貯變賣。卻押那婆子，提了兩顆人頭，逕投縣裏來。此時哄動了一個陽谷縣，街上看的人，不計其數。◎2知縣聽得人來報了，先自駭然，隨即升廳。武松押那王婆在廳前跪下，行凶刀子和兩顆人頭，放在階下。武松跪在左邊，婆子跪在中間，四家鄰舍跪在右邊。武松懷中取出胡正卿寫的口詞，從頭至尾，告訴一遍。知縣叫那令史先問了王婆口詞，一般供說。四家鄰舍指證明白，又喚過何九叔、鄆哥，都取了明白供狀。喚當該仵作行人，委吏一員，把這一干人押到紫石街，檢驗了婦人身屍，獅子橋下酒樓前，檢驗了西門慶身屍。明白填寫屍單格

❀ 武松用西門慶和潘金蓮的人頭祭兄長，把王婆綑綁起來交給了官府。（日版畫，出自《新編水滸畫傳》，葛飾戴斗繪）

目，回到縣裏，呈堂立案。知縣叫取長枷，且把武松同這婆子枷了，收在監內，一干平人，寄監在門房裏。

且說縣官念武松是個義氣烈漢，又想他上京去了這一遭，一心要周全他，又尋思他的好處，◎3便喚該吏商議道：「念武松那廝是個有義的漢子，把這人們招狀從新做過，改作：『武松因祭獻亡兄武大，有嫂不容祭祀，因而相爭；婦人將靈床推倒，救護亡兄神主，與嫂鬥毆，一時殺死。次後西門慶因與本婦通姦，前來強護，因而鬥毆，互相不伏，扭打至獅子橋邊，以致鬥殺身死。』」◎4讀款狀與武松聽了，寫一道申解公文，將這一干人犯解本管東平府※2申請發落。這陽谷縣雖是個小縣分，倒有仗義的人，有那上戶之家，都資助武松銀兩，也有送酒食錢米與武松的。武松到下處，將行李寄頓土兵收了，將了十二、三兩銀子，與了鄆哥的老爹。◎5武松管下的土兵，大半相送酒肉不迭。當下縣吏領了公文，抱著文

註

※1孟州道：今天河南孟州地區。

※2東平府：山東西路的首府，東是山東東路，西是大名府路、河北西路，北接河北東路，西南和南邊是南京路（今河南、安徽、江蘇的部分地區）。按今天的省區建置，東平府地跨山東、河北、河南、安徽、江蘇五省。

評點

◎1.前篇寫武松殺嫂，可謂天崩地塌，鳥駭獸竄之事矣。入此回，眞是強弩之末，勢不可穿魯縞之時，斯固百江郎莫不閣筆坐愁，摩腹吟嘆者也。乃作者忽復自思，文章之法不止一端，右之左之，無不咸有，我獨奈何菁華既竭，搴裳便去，自同鼯鼠，爲藝林笑哉？於是便隨手將十字坡遇張青一案，翻騰踢倒，先請出孫二娘來。寫孫二娘便加出無數「笑」字，寫武松便幻出無數風話，於是讀者但覺峰回谷轉，又來到一處勝地。而殊不知作者正故意要將頂天立地、戴髮噙齒之武二，忽變作迎奸賣俏、不識人倫之豬狗。上文何等雷轟電激，此處何等展眼招眉；上文武二活是景陽岡上大蟲，此處武二活是暮雪房中嫂嫂。到得後幅，便一發盡興寫出當胸摟住，壓在身上八個字來，正是前後穿射，斜飛反撲，不圖無心又得此一番奇筆也。相見後，武松叫無數嫂嫂，二娘叫無數伯伯，前後二篇殺一嫂嫂，遇一嫂嫂，先做叔叔，後做伯伯，亦悉是他用斜飛反撲，穿射入妙之筆。張青述魯達被毒，下忽然又撰出一個頭陀來，此文章家虛實相間之法也。然卻不可便謂魯達一段是實，頭陀一段是虛。何則？蓋爲魯達雖實有其人，然傳中卻不見其事；頭陀雖實無其人，然戒刀又實有其物也。須知文到入妙處，純是虛中有實，實中有虛，聯綰激射，正復不定，斷非一語所得盡贊耳。此書每到人才極盛處，便忽然失落一人，以明網羅之處，另有異樣奇人，未可以耳目所及，遂盡天下之士也。即如開書將說一百八人，爲頭已先失落一王進。張青光明寺出身，便加意爲魯達、武松作合，而中間已失落一頭陀。宋江三打祝家之際，聚會無數新來豪傑，而末後已失落一樂廷玉。嗟乎！名垂簡冊，亦復有幸有不幸乎？彼成大名，顯當世者，胡可逆謂蚌外無珠也！（金批）

◎2.第一番看迎虎，第二番看人頭，陽谷縣人何其樂也。（金批）

◎3.爲私意曲全，便有避嫌掩飾處，不能直頭開豁。做官問事，只是不攙入己念，便服人心。（袁眉）

◎4.只得一半，如何發付王婆？（袁眉）

◎5.烈士決無空許。（袁夾）

卷，並何九叔的銀子、骨殖、招詞、刀杖，帶了一干人犯，上路望東平府來。

眾人到得府前，看的人哄動了衙門口。且說府尹陳文昭聽得報來，隨即升廳。那官人：

平生正直，稟性賢明。幼曾雪案攻書※3，長向金鑾對策。户口增，錢糧辦，黎民稱德滿街衢；詞訟減，盗賊休，父老讚歌喧市井。慷慨文章欺李杜※4，賢良德政勝龔黃※5。

那陳府尹是個聰察的官，已知這件事了，便叫押過這一干人犯，就當廳先把陽谷縣申文看了，又把各人供狀、招款看過，將這一干人一一審錄一遍；把贓物並行凶刀杖封了，發與庫子收領上庫；將武松的長枷換了一面輕罪枷枷了，下在牢裏；把這婆子換一面重囚枷釘了，禁在提事司監死囚牢裏收了。◎6喚過縣吏，領了回文，發落何九叔、鄆哥、四家鄰舍：「這六人且帶回縣去，寧家聽候。本主西門慶妻子，留在本府羈管聽候，等朝廷明降，方始結斷。」那何九叔、鄆哥、四家鄰舍，縣吏領了，自回本縣去了。武松下在牢裏，自有幾個土兵送飯。

且說陳府尹哀憐武松是個仗義的烈漢，時常差人看覷他，◎7因此節級、牢子都不要他一文錢，倒把酒食與他吃。◎8陳府尹把這招稿卷宗都改得輕了，申去省院，詳審議罪；卻使個心腹人，賫了一封緊要

府尹陳文昭被塑造成一個包公式的清官，幸虧了他，武松才得以輕判。圖為安徽省合肥市包公祠內的包公像，橫匾寫著：「色正芒寒」。（趙偉提供）

密書，星夜投京師來替他幹辦。那刑部官有和陳文昭好的，把這件事直稟過了省院官，議下罪犯：「據王婆生情造意，哄誘通姦，唆使本婦下藥毒死親夫；又令本婦趕逐武松，不容祭祀親兄，以致殺傷人命，唆令男女故失人倫，擬合凌遲處死。據武松雖係報兄之仇，鬥殺西門慶姦夫人命，亦則自首，難以釋免，脊杖四十，刺配二千里外。姦夫淫婦，雖該重罪，已死勿論。其餘一干人犯，釋放寧家。文書到日，即便施行。」東平府尹陳文昭看了來文，隨即行移，拘到何九叔、鄆哥並四家鄰舍，和西門慶妻小一干人等，都到廳前聽斷。牢中取出武松，讀了朝廷明降，開了長枷，脊杖四十。上下公人都看覷他，只有五、七下著肉。取一面七斤半鐵葉團頭護身枷釘了，臉上免不得刺了兩行金印，迭配孟州牢城。其餘一干眾人，省諭發落，各放寧家。大牢裏取出王婆，當廳聽命。讀了朝廷明降，寫了犯由牌，畫了伏狀，便把這婆子推上木驢※6，四道長釘，三條綁索，東平府尹判了一個「剮」字，擁出長街。兩聲破鼓響，一棒碎鑼鳴，犯由前引，混棍後催，兩把尖刀舉，一朵紙花搖，帶去東平府市心裏，吃了一剮。◎9

話裏只說武松帶上行枷，看剮了王婆，有那原舊的上鄰姚二郎，將變賣家私什物的銀兩，交付與武松收受，作別自回去了。當廳押了文帖，著兩個防送公人領了，解赴孟

註

※3雪案攻書：借雪的反光來看書，形容刻苦讀書。
※4文章欺李杜：李杜，李白和杜甫，唐代大詩人。
※5德政勝龔黃：龔黃，漢循吏龔遂與黃霸的並稱，是古代著名的有才能的官員。
※6木驢：古代使用的一種慘酷刑具：在執行死刑之前，把罪人釘在這種刑具上遊街示眾。後文第四十回又寫作「利子」。

評點

◎6.縣何憒憒，府何察察，只是筆墨抑揚以成文勢耳。（金批）
◎7.也有好官，可見人心不死。（芥眉）
◎8.天理何曾泯滅。（容眉）
◎9.備說一番，使人暢快。（袁眉）

州交割。府尹發落已了。只說武松與兩個防送公人上路，有那原跟的土兵付與了行李，亦回本縣去了。武松自和兩個公人離了東平府，迤邐※7取路投孟州來。那兩個公人知道武松是個好漢，一路只是小心去伏侍他，不敢輕慢他些個。◎10武松見他兩個小心，也不和他計較。包裹內有的是金銀，但過村坊舖店，便買酒肉，和他兩個公人吃。

話休絮煩。武松自從三月初頭殺了人，坐了兩個月監房，如今來到孟州路上，正是六月前後，炎炎火日當天，爍石流金之際，只得趕早涼而行。約莫也行了二十餘日，來到一條大路，三個人已到嶺上，卻是巳牌時分。武松道：「你們且休坐了，趕下嶺去，尋買些酒肉吃。」兩個公人道：「也說得是。」三個人奔過嶺來，只一望時，見遠遠地土坡下約有十數間草屋，傍著溪邊柳樹上挑出個酒簾兒。武松見了，把手指道：「兀那裏不有個酒店！」三個人奔下嶺來，山岡邊見個樵夫，挑一擔柴過來。武松叫道：「漢子，借問這裏地名叫做甚麼去處？」樵夫道：「這嶺是孟州道。嶺前面大樹林邊，便是有名的十字坡。」武松問了，自和兩個公人一直奔到十字坡邊看時，為頭一株大樹，四、五個人抱不交，上面都是枯藤纏著。看看抹過大樹邊，早望見一個酒店，門前窗檻邊坐著一個婦人，露出綠紗衫兒來，頭上黃烘烘的插著一頭釵鐶，鬢邊插著些野花。見

在各方的幫助下，武松被判發配孟州，途中經過十字坡張青、孫二娘的酒店。（日版畫，出自《新編水滸畫傳》，葛飾戴斗繪）

武松同兩個公人來到門前，那婦人便走起身來迎接。下面繫一條鮮紅生絹裙，搽一臉胭脂鉛粉，敞開胸脯，露出桃紅紗主腰※8，上面一色金鈕。◎11見那婦人如何？

眉橫殺氣，眼露凶光。轆軸般蠢坌※9腰肢，棒錘似粗莽手腳。厚鋪著一層膩粉，遮掩頑皮；濃搽就兩暈胭脂，直侵亂髮。金釧牢籠魔女臂，紅衫照映夜叉精。

當時那婦人倚門迎接，說道：「客官，歇腳了去。本家有好酒、好肉，要點心時，好大饅頭！」兩個公人和武松入到裏面，一副柏木桌凳座頭上，兩個公人倚了棍棒，解下那纏袋，上下肩坐了。武松先把脊背上包裹解下來，放在桌子上，解了腰間搭膊，脫下布衫。兩個公人道：「這裏又沒人看見，我們擔些利害，且與你除了這枷，快活吃兩碗酒。」便與武松揭開了封皮，除了枷來，放在桌子底下，都脫了上半截衣裳，搭在一邊窗檻上。只見那婦人笑容可掬◎12道：「客官要打多少酒？」武松道：「不要問多少，只顧燙來。肉便切三、五斤來，一發算錢還你。」那婦人道：「也有好大饅頭。」武松道：「也把三、二十個來做點心。」那婦人嘻嘻地笑著入裏面，托出一大桶酒來。放下三隻大碗，三雙箸，切出兩盤肉來。一連篩了四、五巡酒，去竈上取一籠饅頭來，放在桌子上。兩個公人拿起來便吃。武松取一個拍開看了，叫道：「酒家，這饅頭是人肉

註

※7迤邐：曲折連綿貌。
※8主腰：兜肚。
※9蠢坌：坌，音笨，蠢笨的意思。

評點

◎10.天理人心。（容夾）
◎11.看他描畫衣服身體，遠近親疏處，妙有曲折。（袁眉）
◎12.前寫潘氏用許多笑字，此寫二娘復用許多笑字，閃耀爲奇。（金批）

的？是狗肉的？」那婦人嘻嘻笑道：「客官休要取笑。清平世界，蕩蕩乾坤，那裏有人肉的饅頭，狗肉的滋味？我家饅頭，積祖※10是黃牛的。」武松道：「我從來走江湖上，多聽得人說道：『大樹十字坡，客人誰敢那裏過？肥的切做饅頭餡，瘦的卻把去填河！』」◎13那婦人道：「客官，那得這話？這是你自捏出來的。」武松道：「我見這饅頭餡肉有幾根毛，一像人小便處的毛一般，以此疑忌。」武松又問道：「娘子，你家丈夫卻怎地不見？」那婦人道：「我的丈夫出外做客未回。」武松道：「恁地時，你獨自一個須冷落。」◎14那婦人笑著尋思道：「這賊配軍卻不是作死！倒來戲弄老娘！正是『燈蛾撲火，惹焰燒身』。不是我來尋你，我且先對付那廝。」這婦人便道：「客官，休要取笑。再吃幾碗了，去後面樹下乘涼。要歇，便在我家安歇不妨。」武松聽了這話，自家肚裏尋思道：「這婦人不懷好意了。你看我且先要他！」武松又道：「大娘子，你家這酒，好生淡薄。別有甚好的，請我們吃幾碗。」那婦人道：「有些十分香美的好酒，只是渾些。」武松道：「最好！越渾越好吃！」◎15那婦人心裏暗喜，便去裏面托出一旋渾色酒來。武松看了道：「這個正是好生酒，只宜熱吃最好。」那婦人道：「還是這位客官省得，我燙來你嘗看。」婦人

❀武松同兩個公人來到十字坡，孫二娘花枝招展地迎了出來，而且衣著十分暴露，讓武松誤解。（朱寶榮繪）

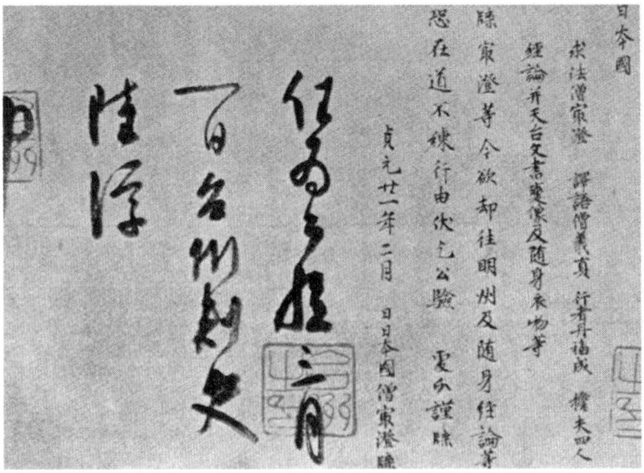

僧人的「度牒」是身分的證明，為武松後來化裝成頭陀，以及後來出家打下了伏筆。圖為日本僧人最澄法師入唐「度牒」公文。最澄於西元804年作為遣唐使出使長安，並學習、繼承中國佛教天臺宗，回國後創立了新教派天臺宗，與真言宗合稱「平安二宗」。（fotoe提供）

自付道：「這個賊配軍正是該死，倒要熱吃。這藥卻是發作得快！那廝當是我手裏行貨！」燙得熱了，把將過來篩做三碗，便道：「客官，試嘗這酒。」兩個公人那裏忍得飢渴，只顧拿起來吃了。武松便道：「大娘子，我從來吃不得寡酒。你再切些肉來，與我過口。」張得那婦人轉身入去，卻把這酒潑在僻暗處，口中虛把舌頭來咂道：「好酒，還是這酒衝得人動！」◎16

那婦人那曾去切肉，只虛轉一遭，便出來拍手叫道：「倒也！倒也！」那兩個公人，只見天旋地轉，禁了口，望後撲地便倒。武松也把眼來虛閉緊了，撲地仰倒在凳邊。那婦人笑道：「著了！由你奸似鬼，吃了老娘的洗腳水！」便叫：「小二、小三，快出來！」只見裏面跳出兩個蠢漢來，先把兩個公人扛了進去，這婦人便來桌上提了武松的包裹，並公人的纏袋，捏一捏看，約莫裏面是些金銀。那婦人歡喜道：◎17「今日得這三頭行貨，倒有好兩日饅頭賣，又得這若干東西。」把包裹纏袋提了入去，卻出來，看這兩個漢子扛擡武松。那裏扛得動，直挺挺在

※10 積祖：自祖宗以來，從來的意思。

評點

◎13.只圖押韻，遂與今日詩社無異，不意武二天人，亦復不免。（金批）
◎14.絕妙風話，宛然令嫂聲口。（金批）
◎15.作家相遇，分外有光景。（容眉）
◎16.武松不吃這酒，已知藥在其中，詐倒在地，心欲除禍，故如此行事以試人矣。（余評）
◎17.俗本無八個聽字，故知古本之妙。（金眉）（金聖歎本此處評語前爲：「只聽得他大笑道」，故有此評。所謂古本，即通常的百回本，百二回本，實際上，金本經過金聖歎刪減，來表達他自己的文學思想。然金的刪減確實更深刻，此處金的改寫側重於聽覺，因爲武松倒地用聽覺，這也是金聖歎獨到之處。——編者按）

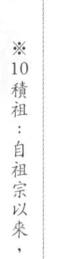

地下，卻似有千百斤重的。那婦人看了，見這兩個蠢漢拖扯不動，喝在一邊說道：「你這鳥男女，只會吃飯、吃酒，全沒些用！直要老娘親自動手！這個鳥大漢，卻也會戲弄老娘。這等肥胖，好做黃牛肉賣。那兩個瘦蠻子，只好做水牛肉賣。扛進去，先開剝這廝。」◎18那婦人一頭說，一面先脫去了綠紗衫兒，解下了紅絹裙子，赤膊著，便來把武松輕輕提將起來。武松就勢抱住那婦人，把兩隻手一拘拘將攏來，當胸前摟住；卻把兩隻腿望那婦人下半截只一挾，壓在婦人身上。那婦人殺豬也似叫將起來。那兩個漢子急待向前，被武松大喝一聲，驚得呆了。那婦人被按壓在地上，只叫道：「好漢饒我！」那裏敢掙扎，正是：

麻翻打虎人，饅頭要發酵。
誰知眞英雄，卻會惡取笑。
牛肉賣不成，反做殺豬叫！

只見門前一人挑一擔柴，歇在門首，望見武松按倒那婦人在地上，那人大踏步跑將進來叫道：「好漢息怒！且饒恕了，小人自有話說。」武松跳將起來，把左腳踏住婦人，提著雙拳，看那人時，◎19頭帶青紗凹面巾，身穿白布衫，下面腿絣護膝，八搭麻鞋，腰繫著纏袋。生得三拳骨叉臉兒，微有幾根髭髯，年近三十五、六。看著武松，叉手不離方寸，說道：「願聞好漢大名！」武松道：「我行不更名，坐不改姓，都頭武松的便是！」那人道：「莫不是景陽岡打虎的武都頭？」武松回道：「然也！」那人納頭

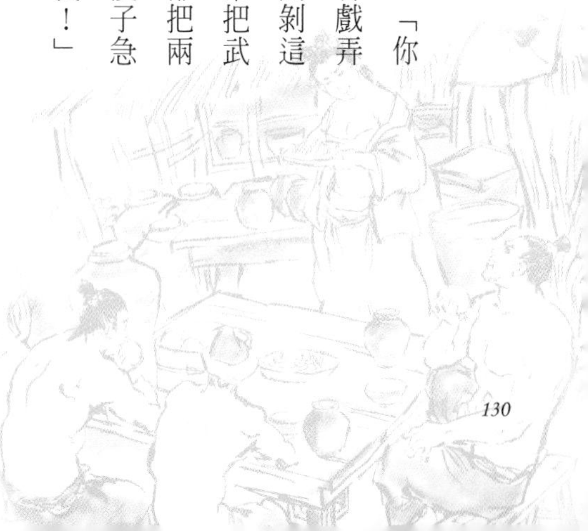

便拜道：「聞名久矣！今日幸得拜識。」武松道：「你莫非是這婦人的丈夫？」那人道：「是小人的渾家。『有眼不識泰山』，不知怎地觸犯了都頭。可看小人薄面，望乞恕罪。」正是：

自古嗔拳輸笑面，從來禮數服奸邪。
只因義勇眞男子，降伏凶頑母夜叉。

武松見他如此小心，慌忙放起婦人來，便問：「我看你夫妻兩個，也不是等閑的人，願求姓名。」那人便叫婦人穿了衣裳，快近前來拜了都頭。武松道：「卻纔衝撞，阿嫂休怪。」那婦人便道：「有眼不識好人。一時不是，望伯伯恕罪。且請去裏面坐地。」武松又問道：「你夫妻二位，高姓大名，如何知我姓名？」[20]那人道：「小人姓張，名青，原是此間光明寺種菜園子。[21]爲因一時間爭些小事，性起，把這光明寺僧行殺了，放把火燒做白地。後來也沒對頭，官司也不來問，小人只在此大樹坡下剪徑。忽一日，有個老兒挑擔子過來，小人欺負他老，搶出來和他廝☒，鬥了二十餘合，被那老兒一匾擔打翻。原來那老兒年紀小時，專一剪徑，因見小人手腳活便，帶小人歸去到城裏，教了許多本事，又把這個女兒招贅小人做個女婿。城裏怎地住得？只得依舊來此間蓋些草屋，賣酒爲生，實是只等客商過往，有那入眼的，便把些蒙汗藥與他吃了便死。將大塊好肉，切做黃牛肉賣，零碎小肉，做餡子包饅頭。小人每日也挑些去村裏賣，如此度日。小人因好結識江湖上好漢，人都叫小人做菜園子張青。俺這渾家姓孫，全學得他父

評點

◎18.著許多說話，妙。（袁眉）
◎19.身法、手法、眼法，一一畫出。（袁眉）
◎20.知己之感，千古所同，獨不謂武二天人，亦有之耳。（金批）
◎21.大相國寺菜園後，又見此處。（金批）

親本事，人都喚他做母夜叉孫二娘。小人卻纔回來，聽得渾家叫喚，誰想得遇都頭。小人多曾分付渾家道：『三等人不可壞他。第一，是雲遊僧道，◎22他又不曾受用過分了，又是出家的人。』則恁地，也爭些兒壞了一個驚天動地的人，原是延安府老種經略相公帳前提轄，姓魯名達。爲因三拳打死了一個鎮關西，逃走上五臺山，落髮爲僧，因他脊梁上有花繡，江湖上都呼他做花和尚魯智深。使一條渾鐵禪杖，重六十來斤。也從這裏經過，渾家見他生得肥胖，酒裏下了些蒙汗藥，扛入在作坊裏。正要動手開剝，小人恰好歸來，見他那條禪杖非俗，卻慌忙把解藥救起來，結拜爲兄◎23。打聽得他近日佔了二龍山寶珠寺，和一個甚麼青面獸楊志，霸在那方落草。小人幾番收得他相招的書信，只是不能夠去。」武松道：「這兩個，我也在江湖上多聞他名。」張青道：「只可惜了一個頭陀※11，長七、八尺一條大漢，◎24也把來麻壞了。小人歸得遲了些個，已把他卸下四足。如今只留得一個箍頭的鐵界尺，一領皂直裰，一張度牒在此。別的都不打緊，有兩件物最難得，一件是一百單八顆人頂骨做成的數珠，一件是兩把雪花鑌鐵打成的戒刀。想這個頭陀也自殺人不少，直到如今，那刀要便半夜裏嘯響。小人只恨道不曾救得這個人，心裏常常憶

❀ 武松假裝被酒迷倒，孫二娘脫了裙子來提武松，被武松趁機擒住。（朱寶榮繪）

念他。又分付渾家道：『第二等是江湖上行院妓女之人，◎25他們是衝州撞府，逢場作戲，陪了多少小心得來的錢物，若還結果了他，那廝們你我相傳，去戲臺上說得我等江湖上好漢不英雄。』◎26又分付渾家道：『第三等是各處犯罪流配的人，中間多有好漢在裏頭，切不可壞他。』不想渾家不依小人的言語，今日又衝撞了都頭，幸喜小人歸得早些，卻是如何了起這片心？」母夜叉孫二娘道：「本是不肯下手。一者見伯伯包裹沉重，二乃怪伯伯說起風話，因此一時起意。」◎27武松道：「我是斬頭瀝血的人，何肯戲弄良人！我見阿嫂瞧得我包裹緊，先疑忌了，因此特地說些風話，漏※12你下手。那碗酒我已潑了，假做中毒，你果然來提我。一時拿住，甚是衝撞了嫂子，休怪！」

張青大笑起來，便請武松直到後面客席裏坐定。武松道：「兄長，你且放出那兩個公人則個。」張青便引武松到人肉作坊裏，看時，見壁上繃著幾張人皮，梁上吊著五、七條人腿。見那兩個公人，一顛一倒，挺著在剝人凳上。武松道：「大哥，你且救起他兩個來。」張青道：「請問都頭，今得何罪？配到何處去？」武松把殺西門慶並嫂的緣由，一一說了一遍。張青夫妻兩個稱讚不已，便對武松說道：「小人有句話說，未知都頭如何？」武松道：「大哥但說不妨。」張青不慌不忙，對武松說出那幾句話來，有分教：武松大鬧了孟州城，哄動了安平寨。直教：打翻拽象拖牛漢，攧倒擒龍捉虎人。畢竟張青對武松說出甚言語來？且聽下回分解。◎28

註

※11頭陀：指行腳乞食的留髮僧人。
※12漏：行騙、引逗的意思。

評點

◎22.此一段敘述往事，映前伏後，用意靈遠。（袁眉）
◎23.此四字，是一篇眼目，與後結拜為弟四字對看，是張青生平一片之心也。（金批）
◎24.不可惜，就有這頭陀了。（容夾）
◎25.寧憐及此輩，看他用意。（袁夾）
◎26.傳中往往見此輩人，特為憐濟，豪傑所見略同。（袁眉）
◎27.可見論人的要看本心，要看究竟。（袁眉）
◎28.張青不壞三等人，是何等愛惜人才，使當路者盡如此，天下豈有亂時？（袁評）

第二十八回

武松威鎮安平寨　施恩義奪快活林[1]

話說當下張青對武松說道：「不是小人心歹，比及都頭去牢城營裏受苦，不若就這裏把兩個公人做翻，且只在小人家裏過幾時。若是都頭肯去落草時，小人親自送至二龍山寶珠寺，與魯智深相聚入夥如何？」武松道：「最是兄長好心，顧盼小弟。只是一件，武松平生只要打天下硬漢。[2]這兩個公人，於我分上，只是小心，一路上伏侍我來。我若害了他，天理也不容我。你若敬愛我時，便與我救起他兩個來，不可害他。」[3]張青道：「都頭既然如此仗義，小人便救醒了。」[4]當下張青叫火家便從剁人凳上攙起兩個公人來。孫二娘便去調一碗解藥來，張青扯住耳朵，灌將下去。沒半個時辰，兩個公人如夢中睡覺的一般爬將起來，看了武松說道：「我們卻如何醉在這裏？這家恁麼好酒！我們又吃不多，便恁地醉了！記著他家，回來再問他買吃！」武松笑將起來，張青、孫二娘也笑，兩個公人正不知怎地。那兩個火家，自去宰殺雞鵝，煮得熟了，整頓杯盤端正。張青教擺在後面葡萄架下，放了桌凳坐頭。張青便邀武松並兩個公人到後園內。武松便讓兩個公人上面坐了，張青、武松在下面朝上坐了，孫二娘坐在橫頭。兩個漢子輪番斟酒，來往搬擺盤饌。張青勸武松飲酒。至晚，取出那兩口戒刀來，叫武松看了。果是鑌鐵打的，非一日之功。兩個又說些江湖上好漢的勾當，卻是殺人放火的事。

武松又說：「山東及時雨宋公明仗義疏財，如此豪傑，如今也爲事逃在柴大官人莊上。」兩個公人聽得，驚得呆了，只是下拜。武松道：「難得你兩個送我到這裏了，終不成有害你之心？我等江湖上好漢們說話，你休要吃驚，我們並不肯害爲善的人。◎5你只顧吃酒，明日到孟州時，自有相謝。」當晚就張青家裏歇了。

次日，武松要行，張青那裏肯放，一連留住管待了三日。武松因此感激張青夫妻兩個厚意。論年齒，張青卻長武松五年，因此武松結拜張青爲兄。武松再辭了要行，張青又置酒送路，取出行李、包裹、纏袋※1，交還了，又送十來兩銀子與武松，

註

※1纏袋：束腰的寬帶，上有口。

評點

◎1.上文寫武松殺人如菅，眞是血濺墨缸，腥風透筆矣。入此回，忽然就兩個公人上，三翻四落寫出一片菩薩心胸，一若天下之大仁大慈，又未有仁慈過於武松也者，於是上文屍腥血跡洗刷淨盡矣。蓋作者正當寫武二時，胸中眞是出格擬就一位天人，凭空落筆，喜則風霏露洒，怒則鞭雷叱霆，無可無不可，不期然而然。固久非宋江之逢人便哭，阮七、李逵之掿刀便搠者所得同日而語也。讀此回，至武松忽然感激張青夫妻兩個之語，嗟乎！豈不痛哉！夫天下之夫妻兩個，則盡夫妻兩個也，如之何而至於松之兄嫂，其夫妻兩個獨遽至於如此之極也！天乎？人乎？念松父松母之可以生松，而不能免於生松之兄，是誠天也，非人也。然而兄之可以不娶潘氏，與松之可以不舍兄而遠行，是皆人之所得爲也，非天也。乃松之兄可以不娶潘氏，而財主又必白白與之，松之志可以不舍兄而遠行，而知縣又必重重托之，然則天也，非人，誠斷斷然矣。嗟乎！今而後松已不信天下之大，四海之內，尚有夫良妻潔，雙雙兩個之奇事，而今初出門庭，初接人物，便已有張青一對如此可愛。松即金鐵爲中，其又能不向壁彈淚乎耶？作者忽於敘事縷縷中，奮筆大書云：「武松忽然感激張青夫妻兩個。」嗟乎！眞妙筆矣。「忽然」字，俗本改作「因此」字，又於「兩個」下，增「厚意」字，全是學究注意盤飧之語，可爲唾抹，今並依古本訂定。連敘管營逐日管待，如云一個軍人托著一個盒子，看時，是一大旋酒，一盤肉，一盤子麵，又是一大碗汁。晚來，頭先那個人又頂一個盒子來，是幾般菜蔬，一大旋酒，一大盤煎肉，一碗魚羹，一大碗飯，不多時，那個人又和一個人來，一個提只浴桶，一個提一桶湯，送過浴裙手巾，便把藤簟鋪了，紗帳掛起，放個涼枕，叫聲安置。明日，那個人又提桶面湯，取漱口水，又帶個待詔篦頭，綰髻子，裹巾幘。又一個人將個盒子，取出菜蔬下飯，一大碗肉湯，一大碗飯。吃罷，又是一盞茶。搬房後，那個人又將一個提盒，看時，卻是四般果子，一隻熟雞，又有許多蒸餹兒，一注子酒。晚間，洗浴乘涼。如此等事，無不細細開列，色色描畫。嘗言太史公酒帳肉簿，爲絕世奇文，斷惟此篇足以當之。若韓昌黎《畫記》一篇，直是印板文字，不足道也。將寫武松威震安平，卻於預先一日，先去天王堂前閑走，便先安放得個青石墩在化紙爐邊，奇矣。又奇者，到明日正寫武松演試神力之時，卻偏不一直寫，偏先寫得一半，如云輕輕抱一抱起，隨手一撇，打入地下一尺來深，如是便止。卻自留下後半再作一番寫來，如云一提，一擲，一接，輕輕仍放舊處，直至如此，方是武松全副神力盡情托出之時。卻又還有一半在後，如云面上不紅，心頭不跳，口裏不喘是也。讀第一段並不謂其又有第二段，讀第二段更不謂其還有第三段，文勢離奇屈曲，非目之所嘗睹也。（金批）
◎2.一路都寫武二神威，不是人間蹊徑。（金眉）
◎3.武二郎是個漢子，是個仁人。（容眉）
◎4.觀此段武松叫救二公人，乃義氣使發，眞丈夫也。（余評）
◎5.使江湖有如此人說話，便非國之福。（袁眉）

把二、三兩零碎銀子齎發兩個公人。武松就把這十兩銀子一發與了兩個公人。◎6再帶上行枷，依舊貼了封皮。張青和孫二娘送出門前，武松作別了，自和公人投孟州來。詩曰：

結義情如兄弟親，勸言落草尚逡巡※2。
須知憤殺姦淫者，不作違條犯法人。

未及晌午，早來到城裏。直至州衙，當廳投下了東平府文牒。州尹看了，收了武松，自押了回文，與兩個公人回去，不在話下。隨即卻把武松帖發本處牢城營來。當日武松來到牢城營前，看見一座牌額，上書三個大字，寫著道：「安平寨」。公人帶武松到單身房裏，公人自去下文書，討了收管，不必得說。

武松自到單身房裏，早有十數個一般的囚徒來看武松，說道：◎7「好漢，你新到這裏，包裹裏若有人情的書信，並使用的銀兩，取在手頭，少刻差撥到來，便可送與他。若吃殺威棒時，也打得輕。若沒人情送與他時，端的狼狽！我和你是一般犯罪的人，特地報你知道。豈不聞『兔死狐悲，物傷其類』？我們只怕你初來不省得，通你得知。」武松道：「感謝你們眾位指教我。小人身邊略有些東西。若是他好問我討時，便送些與他；若是硬問我要時，一文也沒！」◎8眾囚徒道：「好漢，休說這話。古人道：『不怕官，只怕管。』『在人矮檐下，怎敢不低

河南孟州風景。河南屬於中原文化大省，歷史名人甚多，圖為河南孟州金山寺山門。拍攝時間為2002年。（嚞嗚提供）

頭！』只是小心便好。」說猶未了，只見一個道：「差撥官人來了。」眾人都自散了。武松解了包裹，坐在單身房裏，只見那個人走將入來，問道：「那個是新到囚徒？」武松道：「小人便是。」差撥道：「你也是安眉帶眼※3的人，◎9直須要我開口說？你是景陽岡打虎的好漢，陽谷縣做都頭，只道你曉事，如何這等不達時務！你敢來我這裏，貓兒也不吃你打了！」武松道：「你倒來發話，指望老爺送人情與你？半文也沒。我精拳頭有一雙相送！金銀有些，留了自買酒吃！看你怎地奈何我？沒地裏倒把我發回陽谷縣去不成！」◎10那差撥大怒去了。又有眾囚徒走攏來，說道：「好漢，你和他強了，少間苦也！他如今去和管營相公說了，必然害你性命！」武松道：「不怕！隨他怎麼奈何我，文來文對，武來武對！◎11」正在那裏說言未了，只見三、四個人來單身房裏，叫喚新到囚人武松。武松應道：「老爺在這裏，又不走了，大呼小喝做甚麼！」那來的人把武松一帶，帶到點視廳前，那管營相公正在廳上坐。五、六個軍漢，

古代犯人上的行枷，以限制其行動。圖為19世紀廣州外銷水彩畫，清代刑罰，通草紙本，16.2公分乘11.6公分。（fotoe提供）

註

※2 逡巡：遲疑不敢向前的樣子。

※3 安眉帶眼：長了眉毛，有了眼睛。意思是同樣是一個人。

評點

◎6.揮金如土，眞好漢，亦即結孟州相謝語。（袁眉）

◎7.屢詳眾囚徒的說話，以爲必然而忽不然，見意外之奇。（袁眉）

◎8.林沖差撥、管營處都有書信、銀兩，武松兩處都無，宋江牢子有，節級無，寫出他一個自愛，一個神威，一個機械，各各不同。（金眉）

◎9.安眉帶眼字新。（袁眉）

◎10.形容武松到底是個剛直。（芥眉）

◎11.此八字寫武松不是蠻皮，蓋其胸中計畫已定。然千載看書人到此，無不猜到下文定是武來武對也。（金批）

押武松在當面，管營喝叫除了行枷，說道：「你那囚徒，省得太祖武德皇帝舊制：但凡初到配軍，須打一百殺威棒。那兜拕※4的，背將起來。」武松道：「都不要你眾人鬧動，要打便打，也不要兜拕！我若是躲閃一棒的，不是好漢！從先打過的都不算，從新再打起！我若叫一聲，也不是好男子！」兩邊看的人都笑道：「這痴漢弄死，且看他如何熬！」武松又道：「要打便打毒些，不要人情棒兒，打我不快活！」兩下眾人都笑起來。

那軍漢拿起棍來，卻待下手，只見管營相公身邊立著一個人，六尺以上身材，二十四、五年紀；白淨面皮，三柳髭髯，額頭上縛著白手帕，身上穿著一領青紗上蓋，把一條白絹搭膊絡著手。◎12那人便去管營相公耳朵邊，略說了幾句話。只見管營道：「新到囚徒武松，你路上途中曾害甚病來？」武松道：「我於路不曾害，酒也吃得，肉也吃得，飯也吃得，路也走得！」管營道：「這廝是途中得病到這裏，我看他面皮才好，且寄下他這頓殺威棒。」兩邊行杖的軍漢低低對武松道：「你快說病，這是相公將就你，你快只推曾害便了。」武松道：「不曾害，不曾害！打了倒乾淨！我不要留這一頓寄庫棒，寄下倒是鈎腸債※5，幾時得了！」兩邊看的人都笑。管營也笑道：「想是這漢子多管害熱病了，不曾得汗，故出狂言。不要聽他，且把去禁在單身房裏。」◎13三、四個軍人引武松依前送在單身房裏。眾囚徒都來問道：「你莫不有甚好相識書信與管營麼？」武松道：「並不曾有。」眾囚徒道：「若沒時，寄下這頓棒，不是好意，晚間必

然來結果你！」武松道：「他還是怎地來結果我？」衆囚徒道：「他到晚把兩碗乾黃倉米飯，和些臭鯗魚※6來，與你吃了，趁飽帶你去土牢裏去，把索子綑翻著，一床乾稿薦※7把你捲了，塞住了你七竅，顛倒豎在壁邊，不消半個更次，便結果了你性命。這個喚做盆吊。」武松道：「再有怎地安排我？」衆人道：「再有一樣，也是把你來綑了，卻把一個布袋，盛一袋黃沙，將來壓在你身上，也不消一個更次，便是死的。這個喚土布袋。」◎14武松又問道：「還有甚麼法度害我？」衆人道：「只是這兩件怕人些，其餘的也不打緊。」

衆人說猶未了，只見一個軍人托著一個盒子入來，問道：「那個是新配來的武都頭？」武松答道：「我便是。甚麼話說？」那人答道：「管營叫送點心在這裏。」武松來看時，一大旋酒，一盤肉，一盤子麵，又是一大碗汁。武松尋思道：「敢是把這些點心與我吃了，卻來對付我？我且落得吃了，卻又理會！」武松把那旋酒來一飲而盡，把肉和麵都吃盡了。那人收拾家火回去了。武松坐在房裏尋思，自己冷笑道：「看他怎地來對付我！」看看天色晚來，只見頭先那個人，◎15又頂一個盒子入來，武松問道：「你又來怎地？」那人道：「叫送晚飯在這裏。」擺下幾盤菜蔬，又是一大旋酒，一大盤煎肉，一碗魚羹，一大碗飯。武松見了，暗暗自忖道：「吃了這頓飯食，必然來結果我

註

※4兜拕：背馱的一種木頭架子，犯人挨打的時候放在背上。
※5鈎腸債：比喻常掛心頭的煩惱事。
※6鯗魚：剖開晾乾的魚，或是醃臘的魚。
※7乾稿薦：乾草席。

評點

◎12.凡個中人年貌皆一一寫出。（袁眉）
◎13.管營不以刑加武松，是知人之明。（余評）
◎14.偏有兩樣，寫得其禍不測。（金批）
◎15.竟成常隨，寫得妙極。（金批）

且由他，便死也做個飽鬼！落得吃了，卻再計較！」◎16那人等武松吃了，收拾碗碟回去了。不多時，那個人又和一個漢子兩個來，一個提著浴桶，一個提一大桶湯來，看著武松道：「請都頭洗浴。」武松想道：「不要等我洗浴了來下手？我也不怕他，且落得洗一洗！」那兩個漢子安排傾下湯，武松跳在浴桶裏面，洗了一回，隨即送過浴裙手巾，教武松拭了，穿了衣裳。一個自把殘湯傾了，提了浴桶去。一個便把藤簟、紗帳，將來掛起。鋪了藤簟，放個涼枕，叫了安置，◎17也回去了。武松把門關上，拴了，自在裏面思想道：「這個是甚麼意思？隨他便了，且看如何。」放倒頭，便自睡了，一夜無事◎18。天明起來，才開得房門，只見夜來那個人，提著桶洗面湯進來，教武松洗了面，又取漱口水漱了口，又帶個篦頭待詔來，替武松篦了頭，綰個髻子，裹了巾幘。又是一個人，將個盒子入來，取出菜蔬下飯，一大碗肉湯，一大碗飯。武松想道：「由你走道兒，我且落得吃了！」武松吃罷飯，便是一盞茶。卻纔茶罷，只見送飯的那個人來請道：「這裏不好安歇，請都頭去那壁房裏安歇，搬茶、搬飯卻便當。」武松道：「這番來了！我且跟他去，看如何！」一個便來收拾行李被臥，一個引著武松，離了單身房裏，來到前面一個去處。推開房門來，裏面乾乾淨淨的床帳，兩邊都是新安排的桌凳什物。◎19武松來到房裏看了，存想道：「我只道送我入土牢裏去，卻如何來到這般去處？比單身房好生齊整！」

雞鳴狗盜※8君休笑，曾向函關出孟嘗。

武松在孟州牢房受到了貴賓級的待遇，對比古代牢房就能知道。圖為河北秦皇島老龍頭古代牢房。拍攝時間為2005年8月。（薛強提供）

今日配軍爲上客，孟州贏得姓名揚。

武松坐到日中，那個人又將一個提盒子入來，手裏提著一注子酒，◎20將到房中。打開看時，擺下四般果子，一隻熟雞，又有許多蒸饊兒。那人便把熟雞來撕了，將注子裏好酒篩下，請都頭吃。武松心裏忖道：「畢竟是何如？」到晚又是許多下飯，又請武松洗浴了，乘涼歇息。武松自思道：「衆囚徒也是這般說，我也這般想，卻是怎地這般請我？」到第三日，依前又是如此送飯、送酒。武松那日早飯罷，行出寨裏來閑走，只見一般的囚徒都在那裏，擔水的，劈柴的，做雜工的，卻在晴日頭裏曬著。正是五、六月炎天，那裏去躲這熱。武松卻背叉著手，問道：「你們卻如何在這日頭裏做工？」◎21衆囚徒都笑起來，回說道：「好漢，你自不知。我們撥在這裏做生活時，便是人間天上了！如何敢指望嫌熱坐地？還別有那沒人情的，將去鎖在大牢裏，求生不得生，求死不得死，大鐵鏈鎖著，

讓犯人勞作古來就有，武松在監獄問犯人：「你們卻如何在這日頭裏做工？」顯得十分好笑。勞動改造在現代仍然存在。圖為20世紀初，山西太原監獄（舊監獄）第一工廠帶科作業的囚犯。山西太原監獄，前身為清末太原習藝所，1912年改名太原監獄，1917年改建後稱山西第一監獄，為山西省第一座新式模範監獄，是中華民國北京政府（即北洋軍閥政府）所改建的新式監獄之一，位於太原城東北隅。（孔蘭平提供）

註

※8 雞鳴狗盜：孟嘗君靠著雞鳴狗盜之士逃回了齊國。故事出自《史記・孟嘗君列傳》，比喻偷雞摸狗的人。

評點

◎16.武松見食至，只管顧吃，此英雄之見生死無懼之處。（余評）
◎17.說得如此周至。（袁眉）
◎18.此四字各處有，此卻入妙。（金批）
◎19.送供給處都序得變化，好文字，好文字。（容眉）
◎20.還未歸結，還要寫出許多恭敬來，文情奇肆至此。（金批）
◎21.此語與「何不食肉糜」何異？豈有武二爲此言，只是作者極意挑剔耳。（金批）

也要過哩！」武松聽罷，去天王堂前後轉了一遭，見紙爐邊一個青石墩，有個關眼，是縛竿腳的，好塊大石。武松就石上坐了一會，便回房裏來，坐地了自存想，只見那個人又搬酒和肉來。

話休絮煩。武松自到那房裏，住了數日，每日好酒好食，搬來請武松吃，並不見害他的意，武松心裏正委決不下。當日晌午，那人又搬將酒食來，武松忍耐不住，按定盒子，問那人道：「你是誰家伴當？怎地只顧將酒食來請我？」那人答道：「小人前日已稟都頭說了，[◎22]小人是管營相公家裏梯己[※9]人。」武松道：「我且問你，每日送的酒食，正是誰教你將來請我？吃了怎地？」那人道：「是管營相公家裏的小管營教送與、都頭吃。」武松道：「我是個囚徒，犯罪的人，又不曾有半點好處到管營相公處，他如何送東西與我吃？」那人道：「小人如何省得？小管營分付道，教小人且送半年三個月卻說話。」[◎23]武松道：「卻又作怪！終不成將息得我肥胖了，卻來結果我。這個鳥悶葫蘆，教我如何猜得破？這酒食不明，我如何吃得安穩？你只說與我，你那小管營是甚麼樣人？在那裏曾和我相會？我便吃他的酒食。」那個人道：「便是前日都頭初來時，廳上立的那個白手帕包頭，絡著右手，那人便是小管營。」武松道：「莫不是穿青紗上蓋，立在管營相公身邊的那個人？」那人道：「正是老管營相公兒子。」武松道：「我待吃殺威棒時，敢是他說，救了我是麼？」那人道：「正是。小管營對他父親說了，因此不打都頭。」武松道：「卻又蹺蹊！我自是清河縣人氏，他自是孟州人，自來素不相識，如何這般看覷我，必有個原故。我且問你，那小管營姓甚名誰？」那人道：「姓施名恩，使得好拳棒，人都叫他做金眼彪施恩。」武松聽了，道：「想他必是個好男子，你且去請他出來，和我相見了，這酒食便可吃你的。你若不請他出來和我廝見※10時，我半點兒也不吃！」那人道：「小管營分付小人道，休要說知備細。教小人待半年、三個月方纔說知相見。」武松道：「休要胡說！你只去請小管營出來，和我相會了便罷。」那人害怕，那裏肯去。武松焦躁起來，那人只得去裏面說知。

多時，只見施恩從裏面跑將出來，◎24看著武松便拜。◎25武松慌忙答禮，說道：「小人是個治下的囚徒，自來未曾拜識尊顏，前日又蒙救了一頓大棒，今又蒙每日好酒好食相待，甚是不當。又沒半點兒差遣，正是無功受祿，寢食不安。」施恩答道：「小人久聞兄長大名，如雷灌耳，只恨雲程阻隔，不能夠相見。今日幸得兄長到此，正要拜識威顏，只恨無物款待，因此懷羞，不敢相見。」武松問道：「卻纔聽得伴當所說，且教武松過半年三個月，卻有話說。正是小管營要與小人說甚麼？」施恩道：「村僕不省得事，脫口便對兄長說知道，卻如何造次說得？」武松道：「管營恁地時，卻是秀才耍！倒教武松憋破肚皮，悶了，◎26怎地過得？你且說，正是要我怎地？」施恩道：「既是村仆說出了，小弟只得告訴。因為兄長是個大丈夫、眞男子，有件事欲要相央，除是兄長

註
※9梯己：這裏是心腹、親信的意思，後文第六十二回「來日宋江梯己聊備小酌」的梯己，是私下、私自的意思。
※10廝見：相見。

評點
◎22.寫得半明半滅，妙極。（金批）
◎23.聽如此用飲食，便不是細事，安得不使人感激。（芥眉）
◎24.用多時二字與跑將出來四字，將未敢遽見與急於相見之情隱隱寫出，妙甚。（袁眉）
◎25.武松到此遇施恩，是大幸也。（余評）
◎26.沾著秀才氣便悶人，何以如此？（芥眉）

便行得。只是兄長遠路到此，氣力有虧，未經完足。且請將息半年三、五個月，待兄長氣力完足，那時卻對兄長說知備細。」武松聽了，呵呵大笑道：「管營聽稟，我去年害了三個月瘧疾，景陽岡上，酒醉裏打翻了一隻大蟲，也只三拳兩腳，便自打死了，◎27何況今日！」施恩道：「而今且未可說。且等兄長再將養幾時，待貴體完完備備，那時方敢告訴。」武松道：「只是道我沒氣力了。既是如此說時，我昨日看見天王堂前那個石墩，約有多少斤重？」施恩道：「敢怕有三、五百斤重。」武松道：「我且和你去看一看，武松不知拔得動也不？」施恩道：「請吃罷酒了同去。」武松道：「且去了回來吃未遲。」兩個來到天王堂前，衆因徒見武松和小管營同來，都躬身唱喏。武松把石墩略搖一搖，大笑道：「小人眞個嬌惰了，那裏拔得動！」施恩道：「三、五百斤石頭，如何輕視得他！」武松笑道：「小管營，也信眞個拿不起？你衆人且躲開，看武松拿一拿。」武松便把上半截衣裳脫下來，拴在腰裏，把那個石墩只一抱，輕輕地抱將起來，雙手把石墩只一撇，

❀武松為了顯示自己並沒有因為受傷影響力氣，把天王堂前的大石頭輕輕舉起，震驚了衆人。（朱寶榮繪）

撲地打下地裏一尺來深。◎28眾囚徒見了，盡皆駭然。武松再把右手去地裏一提，提將起來，望空只一擲，擲起去離地一丈來高，武松雙手只一接，接來輕輕地放在原舊安處。回過身來，看著施恩並眾囚徒，武松面上不紅，心頭不跳，口裏不喘。施恩近前抱住武松便拜，道：「兄長非凡人也！眞天神！」眾囚徒一齊都拜道：「眞神人也！」◎29詩曰：

神力驚人心膽寒，皆因義勇氣瀰漫。
掀天揭地英雄手，拔石應宜似弄丸。

施恩便請武松到私宅堂上請坐了。武松道：「小管營今番須用說知，有甚事使令我去？」施恩道：「且請少坐，待家尊出來相見了時，卻得相煩告訴。」武松道：「你要教人幹事，不要這等兒女相，顚倒恁地，不是幹事的人了。便是一刀一割的勾當，武松也替你去幹！若是有些諂佞的，非爲人也！」那施恩叉手不離方寸，才說出這件事來。有分教：武松顯出那殺人的手段，重施這打虎的威風。正是：雙拳起處雲雷吼，飛腳來時風雨驚。畢竟施恩對武松說出甚事來？且聽下回分解。◎30

武松把石頭往天上一扔，扔起一丈多高，然後又輕輕接住。（選自《水滸傳版刻圖錄》，江蘇廣陵古籍刻印社）

評點

◎27.一句言尚不用全力。（金批）
◎28.如此，可謂奇絕矣，卻只是一半，看他再寫出一半。（金批）
◎29.此句即齊和管營下句也。（金批）
◎30.武松一味剛直，那得不使人敬仰；施恩專意款松，那得不爲感激。（袁評）

第二十九回

施恩重霸孟州道　武松醉打蔣門神◎1

話說當時施恩向前說道：「兄長請坐，待小弟備細告訴衷曲之事。」◎2武松道：「小管營，不要文文謅謅，只揀緊要的話直說來。」施恩道：「小弟自幼從江湖上師父學得些小槍棒在身，孟州一境，起小弟一個諢名，叫做金眼彪。小弟此間東門外，有一座市井，地名喚做快活林。但是山東、河北客商們，都來那裏做買賣，有百十處大客店，三、二十處賭坊、兌坊※1。往常時，小弟一者倚仗隨身本事，二者捉著※2營裏有八、九十個拚命囚徒，去那裏開著一個酒肉店，都分與眾店家和賭錢兌坊裏。但有過路妓女之人，到那裏來時，先要來參見小弟，然後許他去趁食※3。那許多去處，每朝每日，都有閑錢，月終也有三、二百兩銀子尋覓，如此賺錢。◎3近來被這本營內張團練新從東路州來，帶一個人到此。那廝姓蔣名忠，有九尺來長身材，因此江湖上起他一個諢名，叫做蔣門神。那廝不特長大，原來有一身好本事，使得好槍棒，拽拳飛腳，相撲爲最。自誇大言道：『三年上泰嶽爭交※4，不曾有對。

武松打虎如此出名，施恩因此特別看重，才會請他打蔣門神。圖為廣東飄色表演「武松打虎」。飄色起源於宋代，是流行於廣東的一項傳統造型表演，以三公分鋼筋作「色梗」支撐裝扮成戲曲人物的兒童演員，以佛山、沙灣最為著名。拍攝時間為1934年。（fotoe提供）

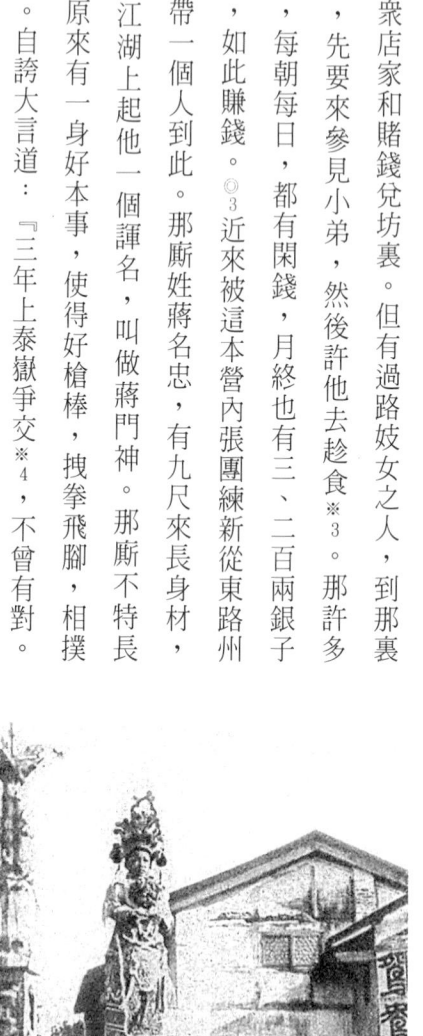

普天之下，沒我一般的了！』因此來奪小弟的道路。小弟不肯讓他，吃那厮一頓拳腳打了，兩個月起不得床。前日兄長來時，兀自包著頭，兜著手，直到如今，瘡痕未消。本待要起人去和他厮打，他卻有張團練那一班兒正軍，若是鬧將起來，和營中先自折理，有這一點無窮之恨，不能報得。久聞兄長是個大丈夫，怎地得兄長與小弟出得這口無窮之怨氣，死而瞑目！◎4只恐兄長遠路辛苦，氣未完，力未足，因此且教將息半年、三月，等貴

註

※1兌坊：兌換店、小押舖。
※2捉著：跟著、帶著的意思。
※3趁食：找飯吃、混飯吃。
※4爭交：摔角的意思。

評點

◎1.嘗怪宋子京官給椽燭修《新唐書》。嗟乎！豈不冤哉！夫修史者，國家之事也：下筆者，文人之事也。國家之事，止於敘事而止，文非其所務也。若文人之事，固當不止敘事而已，必且心以爲經，手以爲緯，躊躇變化，務撰而成絕世奇文焉。如司馬遷之書，其選也。馬遷之傳伯夷也，其事伯夷也，其志不必伯夷也；其傳遊俠貨殖，其事遊俠貨殖，其志不必遊俠貨殖也；進而至於漢武本紀，事誠漢武之事，志不必漢武之志也。惡乎志？文是已。馬遷之書，是馬遷之文也。馬遷書中所敘之事，則馬遷之文之料也，以一代之大事，如朝會之嚴，禮樂之重，戰陳之危，祭祀之愼，會計之繁，刑獄之恤，供其爲絕世奇文之料，而君相不得問者。凡以當其有事，則君相之權也，非儒生之所得議也。若當其操筆而將書之，是文人之權矣；君相雖至尊，其又惡敢置一末喙乎哉！此無他，君相能爲其事，而不能使其所爲之事必壽於世。能使君相所爲之事必壽於世，乃至百世千世以及萬世，而猶歌詠不衰，起敬起愛者，是則絕世奇文之力，而君相之事反若附驥尾而顯矣。是故馬遷之爲文也，吾見其有事之巨者而檃括焉，又見其有事之細者而張惶焉，或見其有事之闕者而附會焉，又見其有事之全者而軼去焉，無非爲文計，不爲事計也。但使吾之文得成絕世奇文，斯吾之文傳而事傳矣。如必欲但傳其事，又令纖悉不失，是吾之文先已拳曲不通，已不得爲絕世奇文，將吾之文既已不傳，而事又烏乎傳耶？蓋孔子亦曰：其事則齊桓晉文，其文則史。其事則齊桓晉文，若是乎事無文也；其文則史，若是乎文無事也。其文則史，而其事亦終不出於齊桓晉文，若是乎文料之說，雖孔子亦早言之也。嗚呼！古之君子，受命載筆，爲一代紀事，而猶能出其珠玉錦繡之心，自成一篇絕世奇文。豈有稗官之家，無事可紀，不過欲成絕世奇文以自娛樂，而必張定是張，李定是李，毫無縱橫曲直，經營慘澹之志者哉？則讀稗官，其又何不讀宋子京《新唐書》也！如此篇武松爲施恩打蔣門神，其事也；武松飲酒，其文也。打蔣門神，其料也；飲酒，其珠玉錦繡之心也。故酒有酒人，景陽岡上打虎好漢，其千載第一酒人也。酒有酒場，出孟州東門，到快活林十四、五里田地，其千載第一酒場也。酒有酒時，炎暑乍消，金風颯起，解開衣襟，微風相吹，其千載第一酒時也。酒有酒令，無三不過望，其千載第一酒令也。酒有酒監，連飲三碗，便起身走，其千載第一酒監也。酒有酒籌，十二、三家賣酒望竿，其千載第一酒籌也。酒有行酒人，未到望邊，先已篩滿，三碗既畢，急急奔去，其千載第一行酒人也。酒有下酒物，忽然想到亡兄而放聲一哭，忽然恨到姦夫淫婦而拍案一叫，其千載第一下酒物也。酒有酒懷，記得宋公明在柴王孫莊上，其千載第一酒懷也。酒有酒風，少間蔣門神無復在孟州道上，其千載第一酒風也。酒有贊酒，「河陽風月」四字，「醉裏乾坤火，壺中日月長」十字，其千載第一酒贊也。酒有酒題，「快活林」其千載第一酒題也。凡若此者，是皆此篇之文也，並非此篇之事也。如以事而已矣，則施恩領卻武松去打蔣門神，一路吃了三十五、六碗酒，只依宋子京例，大書一行足矣，何爲乎又煩耐庵撰此一篇也哉？甚矣，世無讀書之人，吾未如之何也！（金批）

◎2.施恩款待武松之厚，須是知人之明，其中有大事委任，故此云云。（余評）

◎3.一段，寫得此林眞是快活。（金批）

◎4.施恩詳敘蔣忠之事，欲假松力以雪忿耳。（余評）

體氣完力足，方請商議。不期村僕脫口，失言說了，小弟當以實告。」武松聽罷，呵呵大笑，便問道：「那蔣門神還是幾顆頭，幾條臂膊？」施恩道：「也只是一顆頭，兩條臂膊，如何有多？」武松笑道：「我只道他三頭六臂，有哪吒的本事，我便怕他！原來只是一顆頭，兩條臂膊！既然沒哪吒的模樣，卻如何怕他？」施恩道：「只是小弟力薄藝疏，便敵他不過。」武松道：「我卻不是說嘴，憑著我胸中本事，平生只是打天下硬漢，不明道德的人。既是恁地說了，如今卻在這裏做甚麼？有酒時，拿了去路上吃。我如今便和你去，看我把這廝和大蟲一般結果他，拳頭重時打死了，我自償命。」施恩道：「兄長少坐。待家尊出來相見了，當行即行，未敢造次。等明日先使人去那裏探聽一遭，若是本人在家時，後日便去。若是那廝不在家時，卻再理會。空自去打草驚蛇，倒吃他做了手腳，卻是不好。」武松焦躁道：「小管營，你可知※5著他打了！原來不是男子漢做事！◎5去便去，等甚麼今日、明日！要去便走，怕他準備！」正在那裏勸不住，只見屏風背後轉出老管營來，叫道：「義士，老漢聽你多時也！今日幸得相見義士一面，愚男如撥雲見日一般。且請到後堂少敘片時。」武松跟了到裏面，老管營道：「義士且請坐。」武松道：「小人是個囚徒，如何敢對相公坐地？」老管營道：「義士休如此說。愚男萬幸，得遇足下，何故謙讓？」武松聽罷，唱個無禮喏，相對便坐了。施恩卻立在面前。武松道：「小管營如

❀ 宋代的時候，泰嶽大會十分興盛且熱鬧。圖為宋宣和年間重修的泰嶽廟巨型記碑，拍攝時間2006年7月19日。（聶鳴提供）

武松的功夫應該就是中國功夫中的醉拳，越喝酒越有力氣。圖片為福建，醉拳。拍攝時間為1986年。（賴祖銘提供）

何卻立地？」施恩道：「家尊在上相陪，兄長請自尊便。」武松道：「恁地時，小人卻不自在。」老管營道：「既是義士如此，這裏又無外人。」便叫施恩也坐了。僕從搬出酒餚、果品、盤饌之類，老管營親自與武松把盞，說道：「義士如此英雄，誰不欽敬。愚男原在快活林中做些買賣，非為貪財好利，實是壯觀孟州，增添豪俠氣象。◎6不期今被蔣門神倚勢豪強，公然奪了這個去處。非義士英雄，不能報仇雪恨。義士不棄愚男，滿飲此杯，受愚男四拜，拜為長兄，以表恭敬之心。」武松答道：「小人有何才學，◎7如何敢受小管營之禮？枉自折了武松的草料※6！」當下飲過酒，施恩納頭便拜了四拜。武松連忙答禮，結為兄弟。當日武松歡喜飲酒，吃得大醉了，便叫人扶去房中安歇，不在話下。

次日，施恩父子商議道：「武松昨夜痛醉，必然中酒，今日如何敢叫他去？且推道使人探聽來，其人不在家裏，延挨一日，卻再理會。」當日施恩來見武松，說道：「今日且未可去，小弟已使人探知這廝不在家裏。明日飯後，卻請兄長去。」武松道：「明日去時

註

※5可知：當然、無怪其然等意思。

※6折了草料：折壽的意思。迷信的說法，一個人一生食料多少，命中注定；倘若超過了應有的享受、待遇，把注定的食料提前吃完，就要折減壽命。草料，是牲口的食料；稱自己吃草料，客氣話。

評點

◎5.男子漢做事者，閉門如守女，開門如脫兔是也。（金批）
◎6.先把題目較正明白，然後令武松做出文字來。（金批）
◎7.才學二字妙，正與後眞才實學句對。（金批）

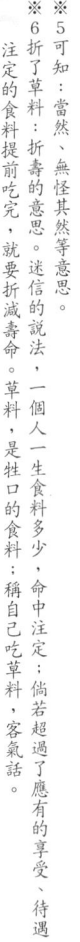

不打緊，今日又氣我一日！」早飯罷，吃了茶，施恩與武松來營前閑走了一遭。回來到客房裏，說些槍法，較量些拳棒。看看晌午，邀武松到家裏，只具數杯酒相待，◎8下飯案酒，不記其數。武松正要吃酒，見他只把案酒添來相勸，心中不快意。吃了晌午飯，起身別了，回到客房裏坐地。只見那兩個僕人，又來伏侍武松洗浴。武松問道：「你家小管營，今日如何只將肉食出來請我，卻不多將些酒出來與我吃，是甚意故？」僕人答道：「不敢瞞都頭說，今早老管營和小管營議論，今日本是要央都頭去，怕都頭夜來酒多，恐今日中酒，怕誤了正事，因此不敢將酒出來。明日正要央都頭去幹正事。」武松道：「恁地時，道我醉了，誤了你大事？」僕人道：「正是這般計較。」當夜武松巴不得天明，早起來洗漱罷，頭上裹了一頂萬字頭巾，身上穿了一領土色布衫，腰裏繫條紅絹膊，下面腿絣護膝※7，八搭麻鞋。討了一個小膏藥，貼了臉上金印。施恩早來請去家裏吃早飯。武松吃了茶飯罷，施恩便道：「後槽有馬，備來騎去。」武松道：「我又不腳小，騎那馬怎地？◎9只要依我一件事。」施恩道：「哥哥但說不妨，小弟如何敢道不依？」武松道：「我和你出得城去，只要還我無三不過望。」◎10施恩道：「兄長，如何是無三不過望？小弟不省其意。」武松笑道：「我說與你，你要打蔣門神時，出得城去，但遇著一個酒店，便請我吃三碗酒，若無三碗時，便不過望子去。這個喚做無三不過望。」施恩聽了，想道：「這快活林離東門去有十四、五里田地，算來賣酒的人家也有十二、三家。若要每戶吃三碗時，恰好有三十五、六碗酒，才到得那裏。恐哥哥醉

了，如何使得？」武松大笑道：「你怕我醉了沒本事，我卻是沒酒沒本事！帶一分酒，便有一分本事，五分酒，五分本事！我若吃了十分酒，這氣力不知從何而來！若不是酒醉後了膽大，景陽岡上如何打得這隻大蟲？◎11那時節我須爛醉了，好下手，又有力，又有勢！」◎12施恩道：「卻不知哥哥是恁地。家下有的是好酒，只恐哥哥醉了失事，因此夜來不敢將酒出來，請哥哥深飲。既是哥哥酒後愈有本事時，恁地先教兩個僕人，自將了家裏的好酒、果品、餚饌，去前路等候，卻和哥哥慢慢地飲將去。」武松道：「恁麼卻纔中我意！去打蔣門神，教我也有些膽量。沒酒時，如何使得手段出來？還你今朝打倒那廝，教衆人大笑一場！」施恩當時打點了，叫兩個僕人先挑食籮、酒擔，拿了些銅錢去了。老管營又暗暗地選揀了一、二十條壯健大漢，慢慢的隨後來接應，都分付下了。

且說施恩和武松兩個，離了安平寨，出得孟州東門外來。行過得三、五百步，只見官道旁邊，早望見一座酒肆，望子挑出在檐前。那兩個挑食擔的僕人，已先在那裏等候。施恩邀武松到裏面坐下，僕人已先安下餚饌，將酒來篩。武松道：「不要小盞兒吃。大碗篩來，只斟三碗。」僕人排下大碗，將酒便斟。武松也不謙讓，連吃了三碗便起身。僕人慌忙收拾了器皿，奔前去了。武松笑道：「卻纔去肚裏發一發！我們去休。」兩個便離了這座酒肆，出得店來。此時正是七月間天氣，炎暑未消，金風乍起。

註
※7護膝：男子所穿的套褲。

評點
◎8.留此酒碗，生出無三不過望來，有情有興。（袁眉）
◎9.此文只寫酒字，故於閑話都一踢踢開去。（金批）
◎10.這學問語句從三碗不過岡來，卻會變用。（袁眉）
◎11.又提打大蟲，卻是在酒上說，才不惹厭。（袁眉）
◎12.此又全學坡公「酒氣沸沸，從十指出」句法，卻更覺精神過之。（金批）

兩個解開衣襟，又行不得一里多路，來到一處，不村不郭，卻早又望見一個酒旗兒，高挑出在樹林裏。來到林木叢中看時，卻是一座賣村醪小酒店。但見：

古道村坊，傍溪酒店。楊柳陰森門外，荷華旖旎池中。飄飄酒斾舞金風，短短蘆簾遮酷日。磁盆架上，白冷冷滿貯村醪；瓦甕竈前，香噴噴初蒸社醞。未必開樽香十里，也應隔壁醉三家。

當時施恩、武松來到村坊酒肆門前，施恩立住了腳問道：「此間是個村醪酒店，哥哥飲麼？」◎13武松道：「遮莫酸鹹苦澀，是酒還須飲三碗。若是無三，不過簾便了。」兩個入來坐下，僕人排了果品、案酒。武松連吃了三碗，便起身走。僕人急急收了家火什物，趕前去了。兩個出得店門來，又行不到一、二里，路上又見個酒店。武松入來，又吃了三碗便走。

話休絮煩。武松、施恩，兩個一處走著，但遇酒店，便入去吃三碗。◎14約莫也吃

❀ 從安平寨到快活林，武松每遇到酒店，就去喝三碗，連續喝了十幾個酒館。（朱寶榮繪）

過十來處好酒肆，施恩看武松時，不十分醉。武松問施恩道：「此去快活林，還有多少路？」施恩道：「沒多了。你在前面遠遠地望見那個林子便是。」武松道：「既是到了，你且在別處等我，我自去尋他。」施恩道：「這話最好。小弟自有安身去處。望兄長在意，切不可輕敵。」武松道：「這個卻不妨，你只要叫僕人送我。前面再有酒店時，我還要吃。」施恩叫僕人仍舊送武松。施恩自去了。武松又行不到三、四里路，再吃過十來碗酒。此時已有午牌時分，天色正熱，卻有些微風。武松酒卻湧上來，把布衫攤開。雖然帶著五、七分酒，卻裝做十分醉的，前顛後偃，東倒西歪。來到林子前，那僕人用手指道：「只前頭丁字路口，便是蔣門神酒店。」武松道：「既是到了，你自去躲得遠著。等我打倒了，你們卻來。」

武松搶過林子背後，見一個金剛來大漢，披著一領白布衫，撒開一把交椅，拿著蠅拂子，坐在綠槐樹下乘涼。◎15武松看那人時，生得如何，但見：

形容醜惡，相貌粗疏。一身紫肉橫鋪，幾道青筋暴起。黃鬚斜捲，唇邊幾陣風生；怪眼圓睜，眉下一雙星閃。眞是神荼鬱壘象，卻非立地頂天人。

這武松假醉佯顛，斜著眼看了一看，心中自忖道：「這個大漢，一定是蔣門神了。」直搶過去。又行不到三、五十步，早見丁字路口一個大酒店，檐前立著望竿，上面掛著一個酒望子，寫著四個大字道：「河陽風月」。轉過來看時，門前一帶綠油欄杆，插著兩把銷金旗，每把上五個金字，寫道：「醉裏乾坤大，壺中日月長。」一壁廂肉案、砧

評點

◎13.有生發，不呆。（袁眉）
◎14.武松每店飲三碗酒，正是古云酒能助興。（余評）
◎15.卻先一現，筆勢奇絕，遂有餓虎當路，奇鬼來瞰之意。（金批）

頭、操刀的家生，一壁廂蒸作饅頭燒柴的廚竈。去裏面一字兒擺著三隻大酒缸，半截埋在地裏，缸裏面各有大半缸酒。正中間裝列著櫃身子，裏面坐著一個年紀小的婦人，◎16正是蔣門神初來孟州新娶的妾，原是西瓦子※8裏唱說諸般宮調的頂老※9。那婦人生得如何？

眉橫翠岫，眼露秋波。櫻桃口淺暈微紅，春筍手輕舒嫩玉。冠兒小明鋪魚魫，掩映烏雲；衫袖窄巧染榴花，薄籠瑞雪。金釵插鳳，寶釧圍龍。盡教崔護※10去尋漿，疑是文君重賣酒。

武松看了，瞅著醉眼，逕奔入酒店裏來，便去櫃身相對一副座頭上坐了。把雙手按著桌子上，不轉眼看那婦人。那婦人瞧見，回轉頭看了別處。◎17武松看那店裏時，也有五、七個當撐的酒保。武松卻敲著桌子叫道：「賣酒的主人家在那裏？」一個當頭的酒保過來，看著武松道：「客人要打多少酒？」武松道：「打兩角酒。先把些來嘗看。」那酒保去櫃上叫那婦人舀兩角酒下來，傾放桶裏，燙一碗過來道：「客人嘗酒。」武松拿起來聞一聞，搖著頭道：「不好，不好，換將來！」酒保見他醉了，將來櫃上道：「娘子，胡亂換些與他。」那婦人接來，傾了那酒；又舀些上等酒下來。酒保將去，又燙一碗過來。武松提起來呷了一口，叫道：「這酒也不好！快換來，便饒你！」酒保忍氣吞聲，拿了酒去櫃邊道：「娘子，胡亂再換些好的與他，休和他一般見識。這客人醉了，只要尋鬧相似，便換些上好的與他罷。」那婦人又舀了一等上色的好酒來與酒保，酒保

評點

◎16.孫二娘後偏又生此一妙人，與上文潘氏激映。（金批）
◎17.偏以此惹事，此作傳行文奇險處。（袁眉）
寫婦人、酒保，筆筆是尋鬧不成，妙妙。（金批）
◎18.看他已逗出許多不堪了，下文卻又收住，妙絕。（金批）
◎19.到此處，不惟酒保、婦人不堪，雖讀者亦不堪矣。（金批）

把桶兒放在面前，又燙一碗過來。武松吃了道：「這酒略有些意思。」問道：「過賣，你那主人家姓甚麼？」酒保答道：「姓蔣。」武松道：「卻如何不姓李？」那婦人聽了道：「這廝那裏吃醉了，來這裏討野火※11麼！」酒保道：「眼見得是個外鄉蠻子，不省得了，休聽他放屁！」◎18武松問道：「你說甚麼？」酒保道：「我們自說話，客人，你休管，自吃酒。」武松道：「過賣，叫你櫃上那婦人下來，相伴我吃酒。」酒保喝道：「休胡說！這是主人家娘子。」武松道：「便是主人家娘子，待怎地？相伴我吃酒也不打緊！」◎19那婦人大怒，便罵道：「殺才！該死的賊！」推開櫃身子，卻待奔出來。武松早把土色布衫脫下，上半截揣在懷裏，便把那桶酒只一潑，潑在地上，搶入櫃身子裏，卻好接著那婦人。武松手硬，那裏掙扎得？被武松一手接住腰胯，一手把冠兒捏做粉碎，揪住雲髻，隔櫃身子提將出來，望渾酒缸裏只一丟，聽得「撲通」的一聲響，可憐這婦人正被直丟在大酒缸裏。武松托地從櫃身前踏將出來。有幾個當撐的酒保，手腳活些個的，都搶來奔武松。武松手到，輕輕地只一

❀武松在快活林大鬧，引出了在一旁乘涼的蔣門神，後者以為是醉漢鬧事，沒想到來了剋星。（選自《水滸傳版刻圖錄》，江蘇廣陵古籍刻印社）

註

※8西瓦子：瓦子就是瓦金舍，爲宋、元、明娛樂與買賣雜貨的市場。西瓦子，某地西邊的瓦舍。
※9頂老：妓女、歌妓。
※10崔護：崔護，字殷功，唐代博陵人。貞元十二年進士及第，官至嶺南節度使。
※11討野火：火，指飯食；討野火，猶如說打野食，就是找便宜的意思。

提，提一個過來，兩手揪住，也望大酒缸裏只一丟，椿※12在裏面。又一個酒保奔來，提著頭只一掠，也丟在酒缸裏。再有兩個來的酒保，一拳一腳，卻被武松打倒了。先頭三個人，在三隻酒缸裏，那裏掙扎得起。後面兩個人，在地上爬不動。◎20這幾個火家搗子，打得屁滾尿流，乖的走了一個。武松道：「那廝必然去報蔣門神來，我就接將去，大路上打倒他好看，教眾人笑一笑。」武松大踏步趕將出來。

那個搗子逕奔去報了蔣門神。蔣門神見說，吃了一驚，踢翻了交椅，丟去蠅拂子，便鑽將來。武松卻好迎著，正在大闊路上撞見。蔣門神雖然長大，近因酒色所迷，淘虛了身子，先自吃了那一驚；奔將來，那步不曾停住，怎地及得武松虎一般似健的人，又有心來算他！◎21蔣門神見了武松，心裏先欺他醉，只顧趕將入來。說時遲，那時快，武松先把兩個拳頭去蔣門神臉上虛影一影，忽地轉身便走。◎22蔣門神大怒，搶將來，被武松一飛腳踢起，踢中蔣門神小腹上，雙手按了，便蹲下去。

❀武松大鬧快活林，把蔣門神的小妾和夥計教訓了一頓。（日版畫，出自《新編水滸畫傳》，葛飾戴斗繪）

武松一踅，踅將過來，那隻右腳早踢起，直飛在蔣門神額角上，踢著正中，望後便倒。武松追入一步，踏住胸脯，提起這醋鉢兒大小拳頭，望蔣門神臉上便打。原來說過的，打蔣門神撲手：◎23先把拳頭虛影一影，便轉身，卻先飛起左腳，踢中了，便轉過身來，再飛起右腳。這一撲有名，喚做玉環步，鴛鴦腳。這是武松平生的眞才實學，非同小可。打得蔣門神在地下叫饒。武松喝道：「若要我饒你性命，只要依我三件事。」蔣門神在地下叫道：「好漢饒我！休說三件，便是三百件，我也依得！」

喝了酒的武松力量更大，打得蔣門神在地下討饒。（朱寶榮繪）

武松指定蔣門神，說出那三件事來。有分教：改頭換面來尋主，剪髮齊眉去殺人。畢竟武松說出那三件事來？且聽下回分解。◎24

註

※12椿：倒栽。

評點

◎20.好看，是何等想頭。（袁眉）
◎21.每於一、二行中破解出許多意思。（袁眉）
◎22.筆翻墨舞，其捷如風。（金批）
◎23.有此一解，卻不嫌前文簡易。（袁眉）
◎24.磨劍問不平，士爲知己死。武松打蔣門神一則，純是意氣用事。（袁評）

第三十回

施恩三入死囚牢　武松大鬧飛雲浦◎1

話說當時武松踏住蔣門神在地下道：「若要我饒你性命，只依我三件事便罷！」蔣門神便道：「好漢但說，蔣忠都依！」武松道：「第一件，要你便離了快活林，將一應家火什物，隨即交還原主金眼彪施恩。誰教你強奪他的？」蔣門神慌忙應道：「依得，依得！」武松道：「第二件，我如今饒了你起來，你便去央請快活林爲頭爲腦的英雄豪傑，都來與施恩陪話。」◎2蔣門神道：「小人也依得。」武松道：「第三件，你從今日交割還了，便要你離了這快活林，連夜回鄉去，不許你在孟州住！在這裏不回去時，我見一遍，打你一遍；我見十遍，打十遍。輕則打你半死，重則結果了你命。你依得麼？」蔣門神聽了，要掙扎性命，連聲應道：「依得，依得！蔣忠都依！」武松就地下提起蔣門神來，看時，打

❀ 武松打了蔣門神，迫使後者讓出霸佔的快活林，還當衆向施恩賠禮道歉。（選自《水滸傳版刻圖錄》，江蘇廣陵古籍刻印社）

得臉青嘴腫，脖子歪在半邊，額角頭流出鮮血來。武松指著蔣門神說道：「休言你這廝鳥蠢漢！景陽岡上那隻大蟲，也只三拳兩腳，我兀自打死了！◎3量你這個，値得甚的！快交割還他！但遲了些個，再是一頓，便一發結果了你這廝！」蔣門神此時方纔知是武松，只得喏喏連聲告饒。正說之間，只見施恩早到，帶領著三、二十個悍勇軍健，都來相幫。卻見武松贏了蔣門神，不勝之喜，團團擁定武松。武松指著蔣門神道：「本主已自在這裏了。你一面便搬，一面快去請人來陪話！」蔣門神答道：「好漢，且請去店裏坐地。」

武松帶一行人都到店裏看時，滿地都是酒漿，那兩個鳥男女，正在缸裏扶墻摸壁掙扎。那婦人方纔從缸裏爬得出來，頭臉都吃磕破了，下半截淋淋漓漓都拖著酒漿。◎4那幾個火家酒保，走得不見影了。武松與衆人入到店裏坐下，喝道：「你等快收拾起身！」一面安排車子，收拾行李，先送那婦人去了。一面叫不著傷的酒保，去鎭上請十數個爲頭的豪傑，都來店裏，替蔣門神與施恩陪話。盡把好酒開了，有的是案酒，都擺列了桌面，請衆人坐地。武松叫施恩在蔣門神上首坐定。各人面前放只大碗，叫把酒只顧篩來。酒至數碗，武松開話道：「衆位高鄰都在這裏。小人武松◎5自從陽谷縣殺了人，配在這裏，便聽得人說道：『快活林這座酒店，原是小施管營造的屋宇

評點

◎1.看他寫快活林，朝蔣暮施，朝施暮蔣，遂令人不敢復做快意之事。稗官有益於世，乃復如此不小。張都監令武松在家出入，所以死武松也，而不知適所以自死。禍福倚伏不測如此，令讀者不寒而慄！看他寫武松殺嫂後，偏寫出他無數風流輕薄，如十字坡、快活林，皆是也。今忽然又寫出張都監家鴛鴦樓下中秋一宴，嬌嬈旖旎，玉繞香圍，乃至寫到許以玉蘭妻之，遂令武大、武二，金蓮、玉蘭宛然成對，文心繡錯，眞稱絕世也。看他寫武松殺四人後，忽用「提刀」「躊躕」四字，眞是善用《莊子》，幾令後人讀之不知《水滸》用《莊子》，《莊子》用《水滸》矣。後文血濺鴛鴦樓，是天翻地覆之事，卻只先寫一句，云「忽然一個念頭起」，神妙之筆，非世所知。（金批）
◎2.此事快絕，寫盡武二胸襟。（金批）
◎3.說出虎頭，露出馬腳。（袁眉）
◎4.好看好看，菜園裏潑皮踢落糞窖，快活林鳥男女丟落酒缸，出家和尚與未出家行者作用相似。（芥眉）
◎5.看他一篇說話，句句用我字起，說得響。（金批）（金本此處爲我武松，故有此批。——編者按）

等項買賣，被這蔣門神倚勢豪強，公然奪了，白白地佔了他的衣飯。』◎6你衆人休猜道是我的主人，他和我並無干涉。我從來只要打天下這等不明道德的人！我若路見不平，眞乃拔刀相助，我便死也不怕！今日我本待把蔣家這廝一頓拳腳打死，就除了一害。我看你衆高鄰面上，權寄下這廝一條性命。只今晚便叫他投外府去。若不離了此間，再撞見我時，景陽岡上大蟲，便是模樣。」衆人才知道他是景陽岡上打虎的武都頭，都起身替蔣門神陪話道：「好漢息怒。教他便搬了去，奉還本主。」那蔣門神吃他一嚇，那裏敢再做聲。◎7施恩便點了家火什物，交割了店肆。蔣門神羞慚滿面，相謝了衆人，自喚了一輛車兒，就裝了行李，起身去了，不在話下。

且說武松邀衆高鄰，直吃得盡醉方休。至晚，衆人散了，武松一覺，直睡到次日辰牌方醒。卻說施老管營聽得兒子施恩重霸得快活林酒店，自騎了馬，直來店裏，相謝武松，連日在店內飲酒作賀。快活林一

武松打虎的情節，不但別人講，武松自己也多次提起。打完蔣門神，自己又提了出來。圖為江蘇揚州冶春園茶館書場，著名評書老藝人的傳人李敬堂在說揚州評書《武松打虎》。拍攝時間為1998年。（鮑昆提供）

境之人，都知武松了得，那一個不來拜見武松。自此重整店面，開張酒肆，老管營自回安平寨理事。施恩使人打聽蔣門神帶了老小，不知去向。這裏只顧自做買賣，且不去理他，就留武松在店裏居住。自此施恩的買賣，比往常加增三、五分利息，各店裏並各賭坊、兌坊，加利倍送閑錢來與施恩。◎8施恩得武松爭了這口氣，把武松似爺娘一般敬重。施恩自此重霸得孟州道快活林，不在話下。正是：

奪人道路人還奪，義氣多時利亦多。
快活林中重快活，惡人自有惡人磨。

荏苒光陰，早過了一月之上。炎威漸退，玉露生涼，金風去暑，已及深秋。有話即長，無話即短。當日施恩正和武松在店裏閑坐說話，論些拳棒槍法，只見店門前兩、三個軍漢，牽著一匹馬，來店裏尋問主人道：「那個是打虎的武都頭？」施恩卻認得是孟州守禦兵馬都監※1張蒙方衙內親隨人。施恩便向前問道：「你等尋武都頭則甚？」那軍漢說道：「奉都監相公鈞旨，聞知武都頭是個好男子，特地差我們將馬來取他，相公有鈞帖在此。」施恩看了，尋思道：「這張都監是我父親的上司官，屬他調遣。今者武松又是配來的囚徒，亦屬他管下，只得教他去。」施恩便對武松道：「兄長，這幾位郎中※2，是張都監相公處差來取你。他既著人牽馬來，哥哥心下如何？」武松是個剛直的

註

※1兵馬都監：南宋初以將要郡守臣帶此職，南宋紹興三年罷帶。其副職兵馬副都監由武臣充任，各掌本處屯駐、兵甲、訓練與差使之事，次淺者爲監押。兵馬都監亦簡稱都監或逐路兵馬都監。
※2郎中：對別的富貴人家親隨的尊稱。

評點

◎6.倜儻剛正，語有筋力。（袁眉）
◎7.武松敗了快活林，威服蔣門神，而孟州人民咸懼也，施恩得人若此。（余評）
◎8.再寫快活林一句，眞快活林不虛也。（金批）

人，不知委曲，便道：「他既是取我，只得走一遭，看他有甚話說。」隨即換了衣裳、巾幘，帶了個小伴當，上了馬，一同衆人投孟州城裏來。到得張都監宅前，下了馬，跟著那軍漢，直到廳前參見那張都監。那張蒙方在廳上，見了武松來，大喜道◎[9]：「教進前來相見。」武松到廳下，拜了張都監，叉手立在側邊。張都監便對武松道：「我聞知你是個大丈夫，男子漢，英雄無敵，敢與人同死同生。我帳前現缺恁地一個人，不知你肯與我做親隨梯己人麼？」武松跪下稱謝道：「小人是個牢城營內囚徒。若蒙恩相擡舉，小人當以執鞭隨鐙，伏侍恩相。」張都監大喜，便叫取果盒、酒出來。張都監親自賜了酒，叫武松吃得大醉。就前廳廊下，收拾一間耳房，與武松安歇。次日，又差人去施恩處，取了行李來，只在張都監家宿歇。早晚都監相公不住地喚武松進後堂與酒與食，放他穿房入戶，把做親人一般看待。◎[10]又叫裁縫與武松徹裏徹外做秋衣。◎[11]武松見了，也自歡喜，心內尋思道：「難得這個都監相公，一力要擡舉我。自從到這裏住了，寸步不離，又沒工夫去快活林與施恩說話。◎[12]雖是他頻頻使人來相看我，多管是不能夠入宅裏來。」武松自從在張都監宅裏相公見愛，但是人有些公事來央浼他的，武松對都監相公說了，無有不依。外人俱送些金銀、財帛、緞匹等件。武松買個柳藤箱子，把這送的東西都鎖在裏面，不在話下。

時光迅速，卻早又是八月中秋。怎見得中秋好景，但見：

玉露泠泠，金風淅淅。井畔梧桐落葉，池中菡萏成房。新雁聲悲，寒蛩韻急

※3。舞風楊柳半摧殘，帶雨芙蓉逞嬌艷。秋色平分催節序，月輪端正照山河。

當時張都監向後堂深處鴛鴦樓下，◎13安排筵宴，慶賞中秋，叫喚武松到裏面飲酒。武松見夫人宅眷都在席上，吃了一杯，便待轉身出來。張都監喚住武松問道：「你那裏去？」武松答道：「恩相在上，夫人宅眷在此飲宴，小人理合迴避。」張都監大笑道：「差了，我敬你是個義士，特地請將你來一處飲酒，如自家一般，何故卻要迴避？」便教坐了。◎14武松道：「小人是個囚徒，如何敢與恩相坐地？」張都監道：「義士，你如何見外？此間又無外人，便坐不妨。」武松三回五次謙讓告辭，張都監那裏肯放，定要武松一處坐地。武松只得唱個無禮喏，遠遠地斜著身坐下。張都監著婭嬛、養娘※4相勸，一杯兩盞，看看飲過五、七杯酒，張都監叫擡上果桌飲酒，又進了一、兩套食，次說些閑話，問了些槍法。張都監道：「大丈夫飲酒，何用小杯！」叫取大銀賞鍾，斟酒與義士吃。連珠箭勸了武松幾鍾。看看月明光彩，照入東窗。武松吃得半醉，卻都忘了禮數，只顧痛飲。張都監叫喚一個心愛的養娘，叫做玉蘭，出來唱曲。那玉蘭生得如何，但見：

臉如蓮萼，唇似櫻桃。兩彎眉畫遠山青，一對眼明秋水潤。纖腰嫋娜，綠羅裙掩映金蓮；素體馨香，絳紗袖輕籠玉笋。鳳釵斜插籠雲髻，象板※5高擎立玳筵。

註

※3寒蛩韻急：蛩，音窮。蟋蟀的意思。
※4養娘：婢女，如婭嬛、乳母之類。
※5象板：亦作「象版」。古時大臣朝見時手執的象牙手板，用以指畫和記事。這裏是象牙拍板，打擊樂器。

評點

◎9.大喜字，與後大怒字前後相照，寫小人面不由衷，真是活畫。（金批）
◎10.一段便寫得與施恩一般。（金批）
無因至前，即用著施恩家法，武松直漢，所以不疑。然後來回味，情皆是詐，恨毒倍深。此文章造事極奇妙處。（袁眉）
◎11.一段便寫得與宋江一般。君子所以不敢輕受人之解衣推食者，其心誠疑之也。（金批）
◎12.都作意中語，便與旁人說事不同，妙妙。（袁夾）
◎13.回映鴛鴦腳，亦是無心之巧。（袁夾）
◎14.如何宅眷亦肯如此，張都監亦是有用之才，可惜錯了。（芥眉）

那張都監指著玉蘭道：「這裏別無外人，只有我心腹之人武都頭在此。你可唱個中秋對月時景的曲兒，教我們聽則個。」玉蘭執著象板，向前各道個萬福，頓開喉嚨，唱一隻東坡學士中秋〈水調歌頭〉，唱道是：

明月幾時有？把酒問青天。不知天上宮闕，今夕是何年？我欲乘風歸去，惟恐瓊樓玉宇，高處不勝寒。起舞弄清影，何似在人間。捲珠簾，低綺户，照無眠。不應有恨，何事常向別時圓？人有悲歡離合，月有陰晴圓缺，此事古難全。但願人長久，萬里共嬋娟※6。

這玉蘭唱罷，放下象板，又各道了一個萬福，立在一邊。張都監又道：「玉蘭，你可把一巡酒。」◎[15]這玉蘭應了，便拿了一副勸盤，婭嬛斟酒，先遞了相公，次勸了夫人，第三便勸武松飲酒。張都監叫斟滿著。武松那裏敢擡頭，起身遠遠地接過酒來，唱了相公、夫人兩個大喏，拿起酒來，一飲而盡，便還了盞子。◎[16]張都監指著玉蘭對武松道：「此女頗有些聰明伶俐，善知音律，極能針指。如你不嫌低微，數

❀張都監表面上對武松恩寵相加，中秋夜舉辦宴會，把自己美麗的養娘玉蘭許配給了武松。（日版畫，出自《新編水滸畫傳》，葛飾戴斗繪）

日之間，擇了良時，將來與你做個妻室。」武松起身再拜道：「量小人何者之人，怎敢望恩相宅眷爲妻？枉自折武松的草料！」張都監笑道：「我既出了此言，必要與你。你休推故阻，我必不負約。」

當時一連又飲了十數杯酒。約莫酒湧上來，恐怕失了禮節，便起身拜謝了相公、夫人，出到前廳廊下房門前。開了門，覺道酒食在腹，未能便睡，去房裏脫了衣裳，除了巾幘，拿條哨棒來廳心裏，月明下使幾回棒，打了幾個輪頭。仰面看天時，約莫三更時分。武松進到房裏，卻待脫衣去睡，只聽得後堂裏一片聲叫起有賊來。武松聽得道：「都監相公如此愛我，他後堂內裏有賊，我如何不去救護？」◎17武松獻勤，提了一條哨棒，逕搶入後堂裏來。只見那個唱的玉蘭，慌慌張張走出來指道：「一個賊奔入後花園裏去了！」武松聽得這話，提著哨棒，大踏步直趕入花園裏去尋時，一周遭不見。復翻身卻奔出來，不提防黑影裏撇出一條板凳，把武松一交絆翻，走出七、八個軍漢，叫一聲：「捉賊！」就地下把武松一條麻索綁了。武松急叫道：「是我！」那衆軍漢那裏容他分說。只見堂裏燈燭熒煌，張都監坐在廳上，一片聲叫道：「拿將來！」衆軍漢把武松一步一棍，打到廳前。武松叫道：「我不是賊，是武松！」張都監看了大怒，變了面皮，喝罵道：「你這個賊配軍！本是個強盜，賊心賊肝的人！◎18我倒要擡舉你一力成人，不曾虧負了你半點兒，卻纔教你一處吃酒，同席坐地，我指望要擡舉與你個官，你

※6 嬋娟：月亮。

評點

◎15.可惜小人只因要陷害人，便將妻妾出來做引子，亦可笑也。（容眉）
◎16.宛然寫出對嫂嫂飲酒時也。（金批）
又用對嫂嫂的吃法。（袁夾）
◎17.入旁斷一句，此文章有提振不傾卸處。（袁眉）
◎18.恩得深，怒得深；恩是假，怒亦非眞，小人變態，全爲他人。（芥眉）

如何卻做這等的勾當？」武松大叫道：「相公，非干我事！我來捉賊，如何倒把我捉了做賊？武松是個頂天立地的好漢，不做這般的事！」張都監喝道：「你這廝休賴！且把他押去他房裏，搜看有無贓物！」眾軍漢把武松押著，逕到他房裏，打開他那柳藤箱子看時，上面都是些衣服，下面卻是些銀酒器皿，約有一、二百兩贓物。武松見了，也自目睜口呆，只叫得屈。眾軍漢把箱子擡出廳前，張都監看了，大罵道：「賊配軍！如此無禮，贓物正在你箱子裏搜出來，如何賴得過！常言道：『眾生好度人難度！』原來你這廝外貌像人，倒有這等賊心賊肝！既然贓證明白，沒話說了。」連夜便把贓物封了，且叫送去機密房裏監收，「天明卻和這廝說話。」武松大叫冤屈，那裏肯容他分說，眾軍漢扛了贓物，將武松送到機密房裏收管了。張都監連夜使人去對知府說了，押司孔目上下都使用了錢。

次日天明，知府方纔坐廳，左右緝捕觀察，把武松押至當廳，贓物都扛在廳上。張都監家心腹人，齎著張都監被盜的文書，呈上知府看了。那知府喝令左右把武松一索綑翻。牢子節級將一束問事獄具放在面前。武松卻待開口分說，知府喝道：「這廝原是遠流配軍，如何不做賊！一定是一時見財起意。既是贓證明白，休聽這廝胡說，只顧與我加力打！」那牢子獄卒，拿起批頭竹片，雨點地打下來。武松情知不是話頭，只得屈招做：「本月十五日，一時見本官衙內許多銀酒器皿，因而起意，至夜乘勢竊取入己。」與了招狀。知府道：「這廝正是見財起意，不必說了，且取枷來釘了監下。」牢子將過長枷，把武松枷了，押下死囚牢裏監禁了。◎19詩曰：

都監貪污實可嗟，出妻獻婢售奸邪。

如何太守心堪買，也把平人當賊拿。

且說武松下到大牢裏，尋思道：「叵耐張都監那廝，安排這般圈套坑陷我。我若能夠掙得性命出去時，卻又理會！」牢子獄卒，把武松押在大牢裏，將他一雙腳晝夜匣著※7；又把木鈕釘住雙手，那裏容他些鬆寬。

話裏卻說施恩已有人報知此事，慌忙入城來和父親商議。◎20老管營道：「眼見得是張團練替蔣門神報仇，買囑張都監，卻設出這條計策陷害武松。必然是他著人去上下都使了錢，受了人情賄賂，眾人以此不由他分說，必然要害他性命。我如今尋思起來，他須不該死罪。只是買求兩院押牢節級，便好可以存他性命。在外卻又別作商議。」施恩道：「現今當牢節級姓康的，和孩兒最過得好。只得去求浼他如何？」老管營道：「他是為你吃官司，你不去救他，更待何時？」施恩將了一、二百兩銀子，◎21逕投康節級，卻在牢未回。施恩教他家著人去牢裏說知。不多時，康節級歸來與施恩相見。施恩把上件事一一告訴了一遍。康節級答道：「不瞞兄長說，此一件事，皆是張都監和張團練兩個，同姓結義做兄弟。現今蔣門神躲在張團練家裏，卻央張團練買囑這張都監，商量設出這條計來。一應上下之人，都是蔣門神用賄賂，我們都接了他錢。廳上知府，一力與

註

※7匣著：夾住、套住的意思。

評點

◎19.何至死囚牢裏，糊塗可笑，今古一轍。（金批）
◎20.此以下寫施恩，與武松文無涉，分別讀之。（金眉）
◎21.寫施恩爲武松使用，都是大銀子，不得不點出。（金批）

他做主，定要結果武松性命，只有當案一個葉孔目不肯，因此不敢害他。◎22這人忠直仗義，不肯要害平人，以此武松還不吃虧。今聽施兄所說了，牢中之事盡是我自維持，如今便去寬他，今後不教他吃半點兒苦。你卻快央人去，只囑葉孔目，要求他早斷出去，便可救得他性命。」施恩取一百兩銀子與康節級。康節級那裏肯受，再三推辭，方纔收了。施恩相別出門來，逕回營裏，又尋一個和葉孔目知契※8的人，送一百兩銀子與他，只求早早緊急決斷。那葉孔目已知武松是個好漢，亦自有心周全他，已把那文案做得活著，只被這知府受了張都監賄賂囑托，不肯從輕。勘來武松竊取人財，又不得死罪，因此互相延挨，只要牢裏謀他性命。今來又得了這一百兩銀子，亦知是屈陷武松，卻把這文案都改得輕了，盡出豁了武松，只待限滿決斷。◎23有詩爲證：

贓吏紛紛據要津※9，公然白日受黃金。
西廳孔目心如水，不把眞心作賊心。

且說施恩於次日安排了許多酒饌，甚是齊備，來央康節級引領，直進大牢裏看視武松，見面送飯。此時武松已自得康節級看覷，將這刑禁都放寬了。施恩又取三、二十兩銀子，分俵※10與衆小牢子。取酒食叫武松吃了，施恩附耳低言道：「這場官司，明明是都監替蔣門神報仇，陷害哥哥。你且寬心，不要憂念。我已央人和葉孔目說通了，甚有周全你的好意。且待限滿決斷你出去，卻再理會。」此時武松得鬆寬了，已有越獄之心，聽得施恩說罷，卻放了那片心。施恩在牢裏安慰了武松，歸到營中。過了兩日，施

在施恩的幫助下，張都監無法用偷盜的罪名定武松死罪，最後武松又被發配。（日版畫，出自《新編水滸畫傳》，葛飾戴斗繪）

恩再備些酒食錢財，又央康節級引領入牢裏，與武松說話。相見了，將酒食管待，又分俵了些零碎銀子與衆人做酒錢。回歸家來，又央浼人上下去使用，催趲打點文書。過得數日，施恩再備了酒肉，做了幾件衣裳，再央康節級維持，相引將來牢裏，請衆人吃酒，買求看覷武松，叫他更換了些衣服，吃了酒食。出入情熟，一連數日，施恩來了大牢裏三次。卻不提防被張團練家心腹人見了，回去報知。◎24那張團練便去對張都監說了其事。張都監卻再使人送金帛來與知府，就說與此事。那知府是個贓官，接受了

註

※8知契：關係好。契，默契、好。
※9要津：重要的位置，尤其指官位。
※10分俵：分散、分配的意思。有時也寫作「俵分」。

評點

◎22.有一人持正，便能生人。（袁夾）
◎23.知府先收張都監賄賂，便要謀殺武松，後復收施恩之禮，便以救他。正是黃金能買命，而知府貪財不仁之人也。（余評）（此處評論混淆了知府和孔目。——編者按）
◎24.又生斷絕的情出來，文字才不一鉬去。（袁眉）

賄賂，便差人常常下牢裏來閘看，但見閑人，便要拿問。施恩得知了，那裏敢再去看覷，武松卻自得康節級和衆牢子自照管他。施恩自此早晚只去得康節級家裏討信，得知長短，都不在話下。

看看前後將及兩月。有這當案葉孔目一力主張，知府處早晚說開就裏。那知府方纔知道張都監接受了蔣門神若干銀子，通同張團練，設計排陷武松，自心裏想道：「你倒賺了銀兩，教我與你害人！」因此心都懶了，不來管看。捱到六十日限滿，牢中取出武松，當廳開了枷。當案葉孔目讀了招狀，就擬下罪名，脊杖二十，刺配恩州牢城，◎25原盜贓物，給還本主。張都監只得著家人當官領了贓物。當廳把武松斷了二十脊杖，刺了金印，取一面七斤半鐵葉盤頭枷釘了，押一紙公文，差兩個壯健公人，防送武松，限了時日要起身。那兩個公人領了牒文，押解了武松出孟州衙門便行。原來武松吃斷棒之時，卻得老管營使錢通了，葉孔目又看覷他，知府亦知他被陷害，不十分來打重，因此斷得棒輕。

武松忍著那口氣，◎26帶上行枷，出得城來，兩個公人監在後面。約行得一里多路，只見官道旁邊酒店裏鑽出施恩來，看著武松道：「小弟在此專等。」武松看施恩時，又包著頭，絡著手臂。◎27武松問道：「我好幾時不見你，如何又做恁地模樣？」施恩答道：「實不相瞞哥哥說，小弟自從牢裏三番相見之後，知府得知了，不時差人下來牢裏點閘，那張都監又差人在牢門口左右兩邊巡看著，因此小弟不能夠再進大牢裏看望兄

長，只到得康節級家裏討信。半月之前，小弟正在快活林中店裏，只見蔣門神那廝又領著一夥軍漢到來廝打。小弟被他又痛打一頓，也要小弟央浼人陪話，卻被他仍復奪了店面，依舊交還了許多家火什物。小弟在家將息未起，今日聽得哥哥斷配恩州，特有兩件綿衣，送與哥哥路上穿著。煮得兩隻熟鵝在此，請哥哥吃了兩塊去。」施恩便邀兩個公人，請他入酒肆，那兩個公人那裏肯進酒店裏去，便發言發語道：「武松這廝，他是個賊漢，不爭我們吃你的酒食，明日官府上須惹口舌。你若怕打，快走開去。」施恩見不是話頭，便取十來兩銀子，送與他兩個公人。那廝兩個那裏肯接，惱忿忿地只要催促武松上路。施恩討兩碗酒，叫武松吃了，把一個包裹拴在武松腰裏，把這兩隻熟鵝掛在武松行枷上。施恩附耳低言道：「包裹裏有兩件綿衣，一帕子散碎銀子，路上好做盤纏。也有兩隻八搭麻鞋在裏面。只是要路上仔細提防，這兩個賊男女不懷好意。」武松點頭道：「不須分付，我已省得了。再著兩個來，也不懼他。你自回去將息。且請放心，我自有措置。」施恩拜辭了武松，哭著去了，不在話下。

武松和兩個公人上路，行不到數里之上，兩個公人悄悄地商議道：「不見那兩個來？」武松聽了，自暗暗地尋思，冷笑道：「沒你娘鳥興，那廝倒來撲復老爺！」武松右手卻吃釘住在行枷上，左手卻散著。武松就枷上取下那熟鵝來，只顧自吃，◎28也不睬那兩個公人。又行了四、五里路，再把這隻熟鵝除來，右手扯著，把左手撕來，只顧自吃。行不過五里路，把這兩隻熟鵝都吃盡了。約莫離城也有八、九里多路，只見前面

評點

◎25.武松反復決配，亦時也，運也，命也。（余評）
◎26.又是一點無窮之氣。（金批）
◎27.不是蔣門神偏打二處，只圖文情絕倒耳。（金批）
◎28.妙心妙筆，寫出妙人妙景。（金批）

路邊，先有兩個人，提著朴刀，各跨口腰刀，先在那裏等候。見了公人監押武松到來，便幫著一路走。武松又見這兩個公人，與那兩個提朴刀的擠眉弄眼，打些暗號。武松早瞭見，自瞧了八分尷尬，只安在肚裏，卻且只做不見。又走不數里多路，只見前面來到一處濟濟蕩蕩魚浦，◎29四面都是野港闊河。五個人行至浦邊一條闊板橋，一座牌樓上有牌額寫著道「飛雲浦」三字。武松見了，假意問道：「這裏地名，喚做甚麼去處？」兩個公人應道：「你又不眼瞎，須見橋邊牌額上寫道『飛雲浦』！」武松站住道：「我要淨手則個。」那兩個提朴刀的走近一步，卻被武松叫聲：「下去！」一飛腳早踢中，翻筋斗踢下水去了。這一個急待轉身，武松右腳早起，撲通地

發配路上，飛雲浦，蔣門神派了兩個徒弟，本想謀害武松，不成，反而被武松先發制人，殺掉了兩個公差和蔣的徒弟。（朱寶榮繪）

也踢下水裏去。那兩個公人慌了，望橋下便走。武松喝一聲：「那裏去！」把枷只一扭，折做兩半個，趕將下橋來。那兩個先自驚倒了一個。武松奔上前去，望那一個走的後心上，只一拳打翻，就水邊拿起朴刀來，趕上去，搠上幾朴刀，死在地下，卻轉身回來，把那個驚倒的，也搠幾刀。這兩個踢下水去的，才掙得起，正待要走，武松追著，又砍倒一個，趕入一步，劈頭揪住一個喝道：「你這廝實說，我便饒你性命！」那人道：「小人兩個是蔣門神徒弟。今被師父和張團練定計，使小人兩個來相幫防送公人，一處來害好漢。」武松道：「你師父蔣門神今在何處？」那人道：「小人臨來時，和張團練都在張都監家裏後堂鴛鴦樓上吃酒，專等小人回報。」武松道：「原來恁地！卻饒你不得！」手起刀落，也把這人殺了。解下他腰刀來，揀好的帶了一把，將兩個屍首都攛在浦裏。◎30又怕那兩個不死，提起朴刀，每人身上又搠了幾刀。立在橋上看了一會，思量道：「雖然殺了四個賊男女，不殺得張都監、張團練、蔣門神，如何出得這口恨氣！」提著朴刀，躊躇了半晌，一個念頭，竟奔回孟州城裏來。不因這番，有分教：武松殺幾個貪夫，出一口怨氣。定教：畫堂※11深處屍橫地，紅燭光中血滿樓。畢竟武松再回孟州城來，怎地結果？且聽下回分解。◎31

註

※11 畫堂：泛指華麗的堂舍。

評點

◎29.作文須作如此語，方是絕妙好辭。（金批）
◎30.此段松殺此四人，見松勇蓋天下。（余評）
◎31.白虎堂寶刀，鴛鴦樓歡宴，小人謀傾義士，同一機局，若看到後來結果，方知傾人者所以自傾也，可不畏哉！（袁評）

第三十一回 張都監血濺鴛鴦樓　武行者夜走蜈蚣嶺◎1

話說張都監聽信這張團練說誘囑托，替蔣門神報仇，要害武松性命。誰想四個人，倒都被武松搠殺在飛雲浦了。當時武松立於橋上，尋思了半晌，躊躇起來，怨恨沖天：「不殺得張都監，如何出得這口恨氣！」便去死屍身邊，解下腰刀，選好的取把，將來跨※1了。◎2揀條好朴刀提著，再逕回孟州城裏來。進得城中，早是黃昏時候，只見家家閉戶，處處關門。但見：

十字街熒煌燈火，九曜寺香靄鐘聲。一輪明月掛青天，幾點疏星明碧漢。六軍營內，嗚嗚畫角※2頻吹；五鼓樓頭，點點銅壺正滴。兩兩佳人歸繡幙，雙雙士子掩書幃。

當下武松入得城來，逕踅去張都監後花園墻外，卻是一個馬院。武松就在馬院邊伏著，聽得那後槽※3卻在衙裏，未曾出來。正看之間，只見呀地角門開，後槽提著個燈籠出來，裏面便關了角門。武松卻躲在黑影裏，聽那更鼓時，早打一更四點。那後槽上了草料，掛起燈籠，鋪開被臥，脫了衣裳，上床便睡。武松卻來門邊挨那門響，後槽喝道：「老爺方纔睡，你要偷我衣裳，也早些哩！」武松把朴刀倚在門邊，卻掣出腰刀在手裏，又「呀呀」地推門。那後槽那裏忍得住，便從床上赤條條地跳將起來，拿了

攪草棍，拔了門，卻待開門，被武松就勢推開去，搶入來，把這後槽擗頭揪住，卻待要叫，燈影下見明晃晃地一把刀在手裏，◎3先自驚得八分軟了，口裏只叫得一聲：「饒命！」武松道：「你認得我麼？」後槽聽得聲音，方纔知是武松，便叫道：「哥哥，不干我事，你饒了我罷！」武松道：「你只實說，張都監如今在那裏？」後槽道：「今日和張團練、蔣門神，他三個吃了一日酒，如今兀自在鴛鴦樓上吃哩。」武松道：「這話是實麼？」後槽道：「小人說謊，就害疔瘡。」武松道：「恁地卻饒你不

註
※1跨：同挎。
※2畫角：古代樂器。竹木或皮革製成，外面繪彩，口細尾大，聲音高亢激厲。
※3後槽：指馬夫。

評點
◎1.我讀至血濺鴛鴦樓一篇，而嘆天下之人磨刀殺人，豈不怪哉！《孟子》曰：「殺人父，人亦殺其父；殺人兄，人亦殺其兄。」我磨刀之時，與人磨刀之時，其間不能以寸，然則非自殺之，不過一間，所謂易刀而殺之也。嗚呼！豈惟是乎！夫易刀而殺之也，是尚以我之刀殺人，以人之刀殺我，雖同歸於一殺，然我猶見殺於人之刀，而不至遂殺於我之刀也。乃天下禍機之發，曾無一格，風霆駭變，不須旋踵，如張都監、張團練、蔣門神三人之遇害，可不爲之痛悔哉！方其授意公人，而復遣兩徒弟往幫之也，豈不嘗殷勤致問：「爾有刀否？」兩人應言：「有刀。」即又殷勤致問：「爾刀好否？」兩人應言：「好刀。」則又殷勤致問：「是新磨刀否？」兩人應言：「是新磨刀。」復又殷勤致問：「爾刀殺得武松一個否？」兩人應言：「再加十四、五個亦殺得，豈止武松一個供得此刀。」當斯時，莫不自謂此刀跨而往，掣而出，飛而起，劈而落，武松之頭斷，武松之血洒，武松之命絕，武松之冤拔，於是拭之，視之，插之，懸之，歸更傳觀之，嘆美之，摩挲之，瀝酒祭之，蓋天下之大，萬家之眾，其快心快事，當更未有過於鴛鴦樓上張都監、張團練、蔣門神之三人者也。而殊不知雲浦淨手，馬院吹燈，刀之去，自前門而去者，刀之歸，已自後門而歸。刀出前門之際，刀尚姓張，刀入後門之時，刀已姓武。於是向之霍霍自磨，惟恐不銛快者，此夜一十九人遂親以頭頸試之。嗚呼！豈忍言哉！夫自買刀，自佩之，佩之多年而未嘗殺一人，則是不如勿買，不如勿佩之爲愈也。自買刀，自佩之，佩之多年而今夜始殺一人，顧一人未殺而刀已反爲所借，而立殺我一十九人。然則買爲自殺而買，佩爲自殺而佩，更無疑也。嗚呼！禍害之伏，祕不得知，及其猝發，疾不得掩，蓋自古至今，往往皆有，乃世之人猶甘蹈之不悟，則何不讀《水滸》二刀之文哉！此文妙處，不在寫武松心粗手辣，逢人便斫，須要細細看他筆致閑處，筆尖細處，筆法嚴處，筆力大處，筆路別處。如馬槽聽得聲音方纔知是武松句，婭嬛罵客人一段酒器皆不曾收句，夫人兀自問誰句，此其筆致之閑也。殺後槽便把後槽屍首踢過句，吹滅馬院燈火句，開角門便掇過門扇句，掩角門便把閂都提過句，婭嬛屍首拖放竈前句，滅了廚下燈火句，走出中門拴前門句，撇了刀鞘句，此其筆尖之細也。前書一更四點，後書四更三點，前插出施恩所送綿衣及碎銀，後插出麻鞋，此其筆法之嚴也。搶入後門殺了後槽，卻又閃出後門拿了朴刀；門扇上爬入角門，卻又開出角門掇過門扇，搶入樓中殺了三人，卻又退出樓梯讓過兩人；重復隨入樓中殺了二人，然後搶下樓來殺了夫人；再到廚房換了朴刀，反出中堂拴了前門；一連共有十數個轉身，此其筆力之大也。一路凡有十一個「燈」字，四個「月」字，此其筆路之別也。鴛鴦樓之立名，我知之矣，殆言得意之事與失意之事相倚相伏，未曾暫離，喻如鴛鴦二鳥雙游也。佛言功德天嘗與黑暗女姐妹相逐，是其義也。武松蜈蚣嶺一段文字，意思暗與魯達瓦罐寺一段相對，亦是初得戒刀，另與喝采一番耳，並不復關武松之事。（金批）
◎2.一路看他寫刀，寫角門，寫燈，寫月。（金眉）
◎3.不見人，單見刀，一者燈下，二者嚇極。（金批）

「血染鴛鴦樓」是武松故事中著名的場景。圖為「血染鴛鴦樓」窗檑木雕畫，廣州市中山七路陳家祠。（劉兆明提供）

得！」手起一刀，把這後槽殺了。一腳踢過屍首，把刀插入鞘裏，就燭影下，去腰裏解下施恩送來的綿衣，◎4將出來，脫了身上舊衣裳，把那兩件新衣穿了；拴縛得緊湊，把腰刀和鞘跨在腰裏，卻把後槽一床單被包了散碎銀兩，入在纏袋裏，卻把來掛在門邊。又將兩扇門立在墻邊，先去吹滅了燈火，卻閃將出來，拿了朴刀，從門上一步步爬上墻來。此時卻有些月光明亮。武松從墻頭上一跳，卻跳在墻裏，便先來開了角門。掇過了門扇，復翻身入來，虛掩上角門，閂都提過了。武松卻望燈明處來，看時，正是廚房裏。只見兩個婭嬛，正在那湯罐邊埋冤，說道：「伏侍了一日，兀自不肯去睡，只是要茶吃！那兩個客人也不識羞恥，噇得這等醉了，也兀自不肯下樓去歇息，只說個不了！」◎5那兩個女使，正口裏喃喃訥訥地怨悵，武松卻倚了朴刀，掣出腰裏那口帶血刀來。把門一推，呀地推開門，搶入來，先把一個女使髽角兒※4揪住，一刀殺了。那一個卻待要走，兩隻腳一似釘住了的，再要叫時，口裏又似啞了的，端的是驚得呆了。休道是兩個婭嬛，便是說話的見了，也驚得口裏半舌

評點

◎4.如此閑暇。（袁眉）
◎5.表出等回話。（金批）
添此句有多少餘音。（袁夾）
◎6.極閑極緊，無限光芒。（袁眉）
◎7.卻不道這早晚已在這裏下手，爲之絕倒。（金批）

不展。◎6武松手起一刀，也殺了。卻把這兩個屍首，拖放竈前，去了廚下燈火，趁著那窗外月光，一步步挨入堂裏來。

武松原在衙裏出入的人，已都認得路數。逕踅到鴛鴦樓胡梯邊來，捏腳捏手，摸上樓來。此時親隨的人，都伏侍得厭煩，遠遠地躲去了。只聽得那張都監、張團練、蔣門神三個說話。武松在胡梯口聽，只聽得蔣門神口裏稱讚不了。只說：「虧了相公與小人報了冤仇！再當重重的報答恩相。」這張都監道：「不是看我兄弟張團練面上，誰肯幹這等的事！你雖費用了些錢財，卻也安排得那廝好。這早晚多是在那裏下手，那廝敢是死了，◎7只教在飛雲浦結果他。待那四人明早回來，便見分曉。」張團練道：「這四個對付他一個，有甚麼不了？再有幾個性命，也沒了！」蔣門神道：「小人也分付徒弟來，只教就那裏下手，結果了，快來回報。」正是：

暗室※5從來不可欺，古今奸惡盡誅夷。
金風※6未動蟬先噪，暗送無常死不知。

武松聽了，心頭那把無明業火，高三千丈，沖破了青天。右手持刀，左手叉開五指，搶入樓中，只見三、五枝

註

※4鬔角兒：髮髻。
※5暗室：黑暗無光的屋子。
※6金風：秋風。

武松潛入鴛鴦樓，在樓外，正聽到張都監、蔣門神等人在吹噓謀害自己的事情。
（日版畫，出自《新編水滸畫傳》，葛飾戴斗繪）

畫燭熒煌，一兩處月光射入，樓上甚是明朗。面前酒器，皆不曾收。蔣門神坐在交椅上，見是武松，吃了一驚，把這心肝五臟，都提在九霄雲外。說時遲，那時快，蔣門神急要掙扎時，武松早落一刀，劈臉剁著，和那交椅都砍翻了。武松便轉身回過刀來，那張都監方纔伸得腳動，被武松當時一刀，齊耳根連脖子砍著，撲地倒在樓板上。兩個都在掙命。這張團練終是個武官出身，雖然酒醉，還有些氣力。見剁翻了兩個，料道走不迭，便提起一把交椅搶將來。武松早接個住，就勢只一推，休說張團練酒後，便清醒白醒時，也近不得武松神力，◎8撲地望後便倒了。武松趕入去，一刀先剁下頭來。◎9蔣門神有力，掙得起來。武松左腳早起，翻筋斗踢一腳，按住也割了頭。轉身來，把張都監也割了頭。見桌子上有酒有肉，武松拿起酒鍾子，一飲而盡。連吃了三、四鍾，便去死屍身上割下一片衣襟來，蘸著血，去白粉壁上大寫下八字道：「殺人者打虎武松也！」◎10把桌子上器皿踏匾了，揣幾件在懷裏。卻待下樓，只聽得樓下夫人聲音叫道：「樓上官人們都醉了，快著兩個上去攙扶。」說猶未了，早有兩個人上樓來。武松卻閃在胡梯邊。看時，卻是兩個自家親隨人，便是前日拿捉武松的。武松在黑處讓他過去，卻攔住去路。兩個入進樓中，見三個屍首橫在血泊裏，驚得面面廝覷，做聲不得，正如

※張團練拿起椅子想要反抗，被武松一把推倒，最終，張團練、張都監以及蔣門神都被武松殺掉。（選自《水滸傳版刻圖錄》，江蘇廣陵古籍刻印社）

「分開八片頂陽骨※7，傾下半桶冰雪水」。急待回身，武松隨在背後，手起刀落，早剁翻了一個。那一個便跪下討饒，武松道：「卻饒你不得！」揪住也砍了頭。殺得血濺畫樓，屍橫燈影。◎11武松道：「一不做，二不休，殺了一百個，也只是這一死！」提了刀，下樓來。夫人問道：「樓上怎地大驚小怪？」武松搶到房前，夫人見條大漢入來，兀自問道：「是誰？」武松的刀早飛起，劈面門剁著，倒在房前聲喚。武松按住，將去割時，刀切頭不入。武松心疑，就月光下看那刀時，已自都砍缺了。武松道：「可知割不下頭來！」便抽身去後門外拿取朴刀，丟了缺刀，復翻身再入樓下來。只見燈明下，前番那個唱曲兒的養娘玉蘭，引著兩個小的，把燈照見夫人被殺死在地下，方纔叫得一聲：「苦也！」武松握著朴刀，向玉蘭心窩裏搠著。兩個小的，亦被武松搠死，一朴刀一個結果了。走出中堂，把門拴了前門。◎12又入來，尋著兩、三個婦女，也都搠死了在房裏。◎13武松道：「我方纔心滿意足，走了罷休！」撇了刀鞘，提了朴刀，出到角門外來，馬院裏除下纏袋來，把懷裏踏匾的銀酒器，都裝在裏面，拴在腰裏。拽開腳步，倒提朴刀便走。到城邊，尋思道：「若等開門，須吃拿了，不如連夜越城走。」便從城邊踏上城來。這孟州城是個小去處，那土城苦不甚高，就女墻※8邊望下，先把朴刀虛按一按，◎14刀尖在上，棒梢向下，托地只一跳，把棒一拄，立在濠塹邊。月明之下，看水時，只有一、二尺深。此時正是十月半天氣，各處水泉皆涸。武松就濠塹邊脫了鞋襪，

註

※7 頂陽骨：天靈蓋。
※8 女墻：城墻上呈凹凸形的矮墻。

評點

◎8.眞正妙筆。（金批）
又跌解一番，妙。（袁夾）
◎9.殺第四個，又割頭，與殺別個不同。（金批）
◎10.百忙裏偏下閑著，才見雄奇。（袁眉）
◎11.此八個字雄奇可驚，冷雋可愛，是絕妙元詞。（袁眉）
◎12.忽然又出前門去。拴得妙。（金批）
◎13.只合殺三個正身，其餘都是多殺的。（容眉）
◎14.寫跳城，便眞寫出跳城來，眞是才子。（金批）

解下腿絣護膝，抓扎起衣服，從這城濠裏走過對岸。卻想起施恩送來的包裹裏有雙八搭麻鞋，取出來穿在腳上。聽城裏更點時，已打四更三點。武松道：「這口鳥氣，今日方纔出得鬆籐※9。『梁園雖好，不是久戀之家』，只可撒開。」提了朴刀，投東小路便走。詩曰：

只圖路上開刀，還喜樓中飲酒。
一人害卻多人，殺心慘於殺手。
不然冤鬼相纏，安得抽身便走。

走了一五更，天色朦朦朧朧，尚未明亮。武松一夜辛苦，身體困倦，棒瘡發了又疼，◎15那裏熬得過？望見一座樹林裏，一個小小古廟，武松奔入裏面，把朴刀倚了，解下包裹來做了枕頭，撲翻身便睡。卻待合眼，只見廟外邊探入兩把撓鈎，把武松搭住。兩個人便搶入來，將武松按定，一條繩索綁了，那四個男女道：「這鳥漢子卻肥，好送與大哥去！」武松那裏掙扎得脫，被這四個人奪了包裹朴刀，卻似牽羊的一般，◎16腳不點地，拖到村裏來。這四個男女，於路上自言自說道：「看這漢子一身血跡，卻是那裏來？莫不做賊著了手來？」武松只不做聲，由他們自說。行不到三、五里路，早到一所草屋內，把武松推將

武松殺死張都監等人後，用人血在墻上寫下了「殺人者打虎武松也」八個大字。（朱寶榮繪）

進去。側首一個小門裏面，尚點著碗燈，四個男女將武松剝了衣裳，綁在亭柱上。武松看時，見竈邊梁上，掛著兩條人腿。武松自肚裏尋思道：「卻撞在橫死神手裏，死得沒了分曉！早知如此時，不若去孟州府裏首告了，便吃一刀一剮，卻也留得一個清名於世。」正是：

殺盡奸邪恨始平，英雄逃難不逃名。
千秋意氣生無愧，七尺身軀死不輕。

那四個男女，提著那包裹，口裏叫道：「大哥、大嫂，快起來！我們張得一頭好行貨在這裏了！」只聽得前面應道：「我來也！你們不要動手，我自來開剝。」沒一盞茶時，只見兩個人入屋後來。武松看時，前面一個婦人，背後一個大漢。兩個定睛看了武松，那婦人便道：「這個不是叔叔武都頭！」◎17那大漢道：「快解了我兄弟！」武松看時，那大漢不是別人，卻正是菜園子張青，這婦人便是母夜叉孫二娘。這四個男女吃了一驚，便把索子解了，將衣服與武松穿了。頭巾已自扯碎，且拿個毡笠子與他戴上。原來這張青十字坡店面作

※9鬆臊：輕鬆、舒服、痛快的意思。

《水滸》中多樹林等自然場所，與當時的地理氛圍有關。現在很多森林都變成了平原。（美工圖書社：中國圖片大系提供）

評點

◎15.此時才知痛，好點染。（袁眉）
◎16.醉能打虎，困似牽羊，可以慷慨，可以墮淚。（袁眉）
◎17.妙絕，一篇十來卷文字，回環踢跳，無句不鈎，無字不鎖。（金批）

坊，卻有幾處，所以武松不認得。張青即便請出前面客席裏，敘禮罷，張青大驚，連忙問道：「賢弟如何恁地模樣？」武松答道◎18：「一言難盡！自從與你相別之後，到得牢城營裏，得蒙施管營兒子，喚做金眼彪施恩，一見如故，每日好酒好肉管顧我。爲是他有一座酒肉店，在城東快活林內，甚是趁錢，卻被一個張團練帶來的蔣門神那廝，倚勢豪強，公然白白地奪了。施恩如此告訴，我卻路見不平，醉打了蔣門神，復奪了快活林，施恩以此敬重我。後被張團練買囑張都監，定了計謀，取我做親隨，設智陷害，替蔣門神報仇。八月十五日夜，只推有賊，賺我到裏面，卻把銀酒器皿，預先放在我箱籠內，拿我解送孟州府裏，強扭做賊，打招了，監在牢裏。卻得施恩上下使錢透了，不曾受害。又得當案葉孔目仗義疏財，不肯陷害平人。又得當牢一個康節級，與施恩最好。兩個一力維持，待限滿脊杖，轉配恩州。昨夜出得城來，叵耐張都監設計，教蔣門神使兩個徒弟和防送公人相幫，就路上要結果我。到得飛雲浦僻靜去處，正欲要動手，先被我兩腳，把兩個徒弟踢下水裏去。趕上這兩個鳥公人，也是一朴刀一個搠死了，都撇在水裏。思量這口氣怎地出得，因此再回孟州城裏去。一更四點，進去馬院裏，先殺了一個養馬的後槽，爬入牆內，去就廚房裏殺了兩個婭嬛，直上鴛鴦樓上，把張都監、張團練、蔣門神三個都殺了，又砍了兩個親隨。下樓來，又把他老婆、兒女、養娘都戳死了。四更三點，跳城出來。走了一五更路，◎19一時困倦，棒瘡發了又疼，因行不得，投一小廟裏權歇一歇，卻被這四個綁縛將來。」

評點

◎18.看他一路細細敘述，不省一字，顯出大筆力。（金眉）
◎19.前正傳是第一遍，此敘述是第二遍。（金批）
◎20.武松到此地位，又將銀子賞此四人，何重義之若此也。（余評）

那四個搗子便拜在地下道：「我們四個都是張大哥的火家。因爲連日賭錢輸了，去林子裏尋些買賣。卻見哥哥從小路來，身上淋淋漓漓都是血跡，卻在土地廟裏歇，我四個不知是甚人。早是張大哥這幾時分付道：『只要捉活的。』因此我們只拿撓鈎套索出去，不分付時，也壞了大哥性命。正是『有眼不識泰山』！一時誤犯著哥哥，恕罪則個！」張青夫妻兩個笑道：「我們因有掛心，這幾時只要他們拿活的行貨。他這四個，如何省得我心裏事？若是我這兄弟不困乏時，不說你這四個男女，更有四十個，也近他不得。」那四個搗子只顧磕頭。武松喚起他來道：「既然他們沒錢去賭，我賞你些。」◎20便把包裹打開，取十兩銀子，把與四人將去分。那四個搗子拜謝武松。張青看了，也取三、二兩銀子，賞與他們四個，自去分了。張青道：「賢弟不知我心。從你去後，我只怕你有些失支脫節，或早或晚回來，因此上分付這幾個男女，但凡拿得行貨，只要活的。那廝們慢仗些的趁活捉了，敵他不過的，必致殺

❀ 武松走累了，在一個古廟中休息，恰好被張青的四個夥計捉拿，送到張青酒店裏。
（日版畫，出自《新編水滸畫傳》，葛飾戴斗繪）

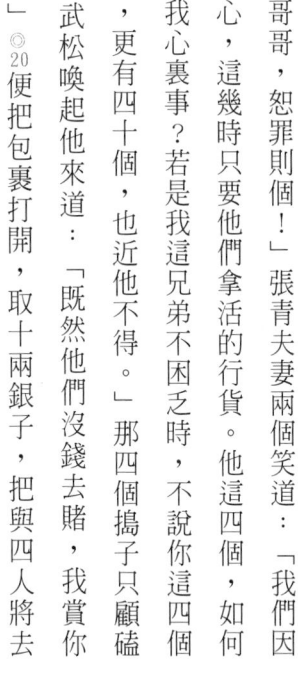

害；以此不教他們將刀仗出去，只與他撓鈎套索。方纔聽得說，我便心疑，連忙分付等我自來看，誰想果是賢弟！」孫二娘道：「只聽得叔叔打了蔣門神，又是醉了贏他，那一個來往人不吃驚！◎21有在快活林做買賣的客商，常說到這裏，卻不知向後的事。叔叔困倦，且請去客房裏將息，卻再理會。」張青引武松去客房裏睡了。兩口兒自去廚下安排些佳餚美饌酒食，管待武松。不移時，整治齊備，專等武松起來相敘。有詩爲證：

金寶昏迷刀劍醒，天高帝遠總無靈。
如何廊廟多凶曜，偏是江湖有救星。

卻說孟州城裏張都監衙內，也有躲得過的，直到五更才敢出來。衆人叫起裏面親隨，外面當值的軍牢，都來看視，聲張起來，街坊鄰舍，誰敢出來？捱到天明時分，◎22卻來孟州府裏告狀。知府聽說罷大驚。火速差人下來，檢點了殺死人數，行凶人出沒去處，塡畫了圖樣、格目，回府裏稟覆知府道：「先從馬院裏入來，就殺了養馬的後槽一人，有脫下舊衣二件。次到廚房裏竈下，殺死兩個婭嬛，後門邊遺下行凶缺刀一把。樓上殺死張都監一員並親隨二人。外有請到客官張團練與蔣門神二人。白粉壁上，衣襟蘸血，大寫八字道：『殺人者打虎武松也！』樓下搠死夫人一口，在外搠死玉蘭並奶娘二

❀ 武松殺人時，鴛鴦樓其他人嚇得大氣不敢出，直到天明，才敢出來。多場景版畫，圖上方武松殺人，下面的人縮在房間中猜測。（選自《水滸傳版刻圖錄》，江蘇廣陵古籍刻印社）

口，兒女三口。共計殺死男女一十五名，擄掠去金銀酒器六件。」知府看罷，便差人把住孟州四門，點起軍兵並緝捕人員，城中坊廂里正，逐一排門搜捉凶人武松。◎23次日，飛雲浦地里保正人等告稱：「殺死四人在浦內，見有殺人血痕在飛雲浦橋下，屍首俱在水中。」知府接了狀子，當差本縣縣尉下來。一面著人打撈起四個屍首，都檢驗了。兩個是本府公人，兩個自有苦主，各備棺木盛殮了屍首，盡來告狀，催促捉拿凶首償命。城裏閉門三日，家至戶到，逐一挨查，五家一連，十家一保，那裏不去搜尋？知府押了文書，委官下該管地面，各鄉、各保、各都、各村，盡要排家搜捉，緝捕凶首。寫了武松鄉貫、年甲、貌相、模樣，畫影圖形，出三千貫信賞錢。如有人知得武松下落，赴州告報，隨文給賞；如有人藏匿犯人在家宿食者，事發到官，與犯人同罪。遍行鄰近州府，一同緝捕。

且說武松在張青家裏，將息了三、五日，打聽得事務篾刺※10一般緊急，紛紛攘攘，有做公人出城來各鄉村緝捕。張青知得，只得對武松說道：「二哥，不是我怕事，不留你久住，如今官司搜捕得緊急，排門挨戶，只恐明日有些疏失，必須怨恨我夫妻兩個。我卻尋個好安身去處與你，在先也曾對你說來，◎24只不知你心中肯去也不？」武松道：「我這幾日也曾尋思，想這事必然要發，如何在此安得身牢？只有一個哥哥，又被嫂嫂不仁害了。甫能來到這裏，又被人如此陷害。祖家親戚都沒了。◎25今日若得哥哥有這好

註
※10 篾刺：形容事情又多又難。

評點
◎21.只一句便將前一篇，重複出色加染。（金批）
◎22.妙絕妙絕，遂令讀者疑字縫裏或有武松劈面直跳出來。（金批）
◎23.遲了，所謂賊出關門，今之事多如此。（容眉）
◎24.張青夫妻一片之心。（金批）
◎25.無家之痛，此日最深。不仁二字，雅馴之極，卻已斷盡淫婦姦夫矣，妙絕。（金批）

去處，叫武松去，我如何不肯去？只不知是那裏地面？」張青道：「是青州管下一座二龍山寶珠寺。花和尚魯智深和一個青面獸好漢楊志，在那裏打家劫舍，霸著一方落草。青州官軍捕盜，不敢正眼覷他。賢弟只除那裏去安身，方纔免得，若投別處去，終久要吃拿了。他那裏常常有書來取我入夥，我只爲戀土難移，不曾去的。我寫一封書，備細說二哥的本事，於我面上，如何不著你入夥？」武松道：「大哥也說得是。我也有心，恨時辰未到，緣法不能湊巧。今日既是殺了人，事發了沒潛身處，此爲最妙。大哥，你便寫書與我去，只今日便行。」張青隨即取幅紙來，備細寫了一封書，把與武松，安排酒食送路。只見母夜叉孫二娘指著張青說道：「你如何便只這等叫叔叔去，前面定吃人捉了。」◎26武松道：「阿嫂，你且說我怎地去不得？如何便吃人捉了？」孫二娘道：「阿叔，如今官司遍處都有了文書，出三千貫信賞錢，畫影圖形，明寫鄉貫、年甲，到處張掛。阿叔臉上，現今明明地兩行金印，走到前路，須賴不過。」張青道：「臉上貼了兩個膏藥便了。」孫二娘笑道：「天下只有你乖，你說這痴話，這個如何瞞得過做公的？我卻有個道理，只怕叔叔依不得。」武松道：「我既要逃災避難，如何依不得？」孫二娘大笑道：「我說出來，阿叔卻不要嗔怪。」武松道：「阿嫂但說的便依。」◎27孫二娘道：「二年前，有個頭陀打從這裏過，吃我放翻了，把來做了幾日饅頭餡。卻留得他一個鐵界箍，一身衣服，一領皀布直裰，一條雜色短繐絛，一本度牒，一串一百單八顆人頂骨數珠，一個沙魚皮鞘子，插著兩把雪花鑌鐵打成的戒刀。這刀如常半夜裏嗚嘯

評點

◎26.獨表孫二娘能。（金批）
◎27.妙筆，令人忽然想到暮雪房中，不覺失笑。（金批）
◎28.武松爲行者，乃勢出不得已，後殺死飛天蜈蚣，除一害也。（余評）

的響，叔叔前番也曾看見。今既要逃難，只除非把頭髮剪了，做個行者，須遮得額上金印。又且得這本度牒做護身符，年甲、貌相，又和叔叔相等，卻不是前緣前世？阿叔便應了他的名字，前路去，誰敢來盤問？這件事好麼？」張青拍手道：「二娘說得是，我倒忘了這一著。」正是：

緝捕急如星火，顛危好似風波。
若要免除災禍，且須做個頭陀。

張青道：「二哥，你心裏如何？」武松道：「這個也使得，只恐我不像出家人模樣。」張青道：「我且與你扮一扮看。」孫二娘去房中取出包裹來打開，將出許多衣裳，教武松裏外穿了。武松自看道：「卻一似與我身上做的。」著了皂直裰，繫了縧，把毡笠兒除下來，解開頭髮，折疊起來，將界箍兒箍起，掛著數珠。張青、孫二娘看了，兩個喝采道：「卻不是前生注定！」武松討面鏡子照了，也自哈哈大笑起來。張青道：「二哥為何大笑？」武松道：「我照了自也好笑，我也做得個行者！◎28大哥，便與我剪了頭髮。」張青拿起剪刀，替武松把前後頭髮都剪了。詩曰：

打虎從來有李忠，武松綽號尚懸空。
幸有夜叉能說法，頓教行者顯神通。

❀ 張青和孫二娘替武松裝扮了之後，武松自己對著鏡子看了半天，不禁開口大笑。（選自《水滸傳版刻圖錄》，江蘇廣陵古籍刻印社）

武松見事務看看緊急，便收拾包裹要行。張青又道：「二哥，你聽我說，不是我要便宜，你把那張都監家裏的酒器，留下在這裏，我換些零碎銀兩，與你路上去做盤纏，萬無一失。」武松道：「大哥見得分明。」盡把出來與了張青，換了一包散碎金銀，都拴在纏袋內，繫在腰裏。武松飽吃了一頓酒飯，拜辭了張青夫妻二人，腰裏跨了這兩口戒刀，當晚都收拾了。孫二娘取出這本度牒，就與他縫個錦袋盛了，教武松掛在貼肉胸前。武松拜謝了他夫妻兩個。臨行，張青又分付道：「二哥於路小心在意，凡事不可托大。酒要少吃，休要與人爭鬧，也做些出家人行徑。諸事不可躁性，省得被人看破了。◎29如到了二龍山，便可寫封回信寄來。我夫妻兩個在這裏，也不是長久之計，敢怕隨後收拾家私，也來山上入夥。二哥保重保重，千萬拜上魯、楊二頭領。」武松辭了出門，插起雙袖，搖擺著便行。張青夫妻看了，喝采道：「果然好個行者！」但見：

前面髮掩映齊眉，後面髮參差際頸。皂直裰好似烏雲遮體，雜色絛如同花蟒纏身。額上界箍兒燦爛，依稀火眼金睛；身間布衲襖斑斕，彷彿銅筋鐵骨。戒刀兩口，擎來殺氣橫秋；頂骨百顆，念處悲風滿路。啖人羅剎須拱手，護法金剛也皺眉。

當晚武行者辭了張青夫妻二人，離了大樹十字坡，便落路走。此時是十月間天氣，日正短，轉眼便晚了。約行不到五十里，早望見一座高嶺。武行者趁著月明，一步步上嶺來，料道只是初更天色。武行者立在嶺頭上看時，見月從東邊上來，照得嶺上草木光輝。正看之間，只聽得前面林子裏，有人笑聲，武行者道：「又來作怪！這般一條淨蕩蕩高嶺，有甚麼人笑語？」走過林子那邊去打一看，只見松樹林中，傍山一座墳庵，約有十數間草屋，推開著兩扇小窗，一個先生摟著一個婦人，在那窗前看月戲笑。武行者看了，怒從心上起，惡向膽邊生，便想道：「這是山間林下，出家人卻做這等勾當！」便去腰裏掣出那兩口爛銀也似戒刀來，在月光下看了道：「刀卻是好，到我手裏不曾發市※11，且把這個鳥先生試刀！」◎30手腕上懸了一把，再將這把插放鞘內，把兩隻直裰袖結起在背上，竟來到庵前敲門。那先生聽得，便把後窗關上。

武行者拿起塊石頭，便去打門。只見呀地側首門開，走出一個道童來，喝道：「你是甚人，如何敢半夜三更，大驚小怪，敲門打戶做甚麼？」武行者睜圓怪眼，大喝一聲：「先把這鳥道童祭刀！」說猶未了，手起處，錚地一聲響，道童的頭落在一邊，倒在地下。只見庵裏那個先生大叫道：「誰敢殺我道童！」托地跳將出來。那先生手掄著兩口寶劍，竟奔武行者。武松大笑道：「我的本事，不要箱兒裏去取！正是撓著我的癢處！」便去鞘裏，再拔了那口戒刀，掄起雙戒刀來，迎那先生。兩個就月明之下，一來一往，一去一回，兩口劍寒光閃閃，雙戒刀冷氣森森。鬥了良久，渾如飛鳳迎鸞；戰不多時，好似角鷹拿兔。兩個鬥了十數合，只聽得山嶺旁邊一聲響亮，兩個裏倒了一個。但見寒光影裏人頭落，殺氣叢中血雨噴。畢竟兩個裏廝殺，倒了一個的是誰？且聽下回分解。◎31

註

※11發市：買賣開張。

評點

◎29.細細零零，吐出結義心腸，十分珍重，可以落淚出涕。（袁眉）
◎30.先生字上加鳥字，下加試刀字，千載奇語。（金批）
◎31.此一段殺，說得燈月與刀光歷亂，使靜人儒士亦能憤雄。（袁評）

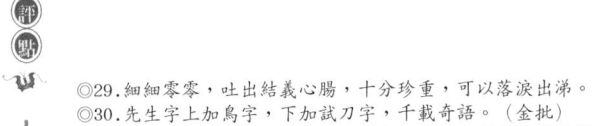

當時兩個鬥了十數合，那先生被武行者賣個破綻，讓那先生兩口劍斫將入來，被武行者轉過身來，看得親切，只一戒刀，那先生的頭滾落在一邊，屍首倒在石上。武行者大叫：「庵裏婆娘出來，我不殺你，只問你個原故。」只見庵裏走出那個婦人來，倒地便拜。武行者道：「你休拜我！你且說，這裏是甚麼去處？那先生卻是你的甚麼人？」那婦人哭著道：「奴是這嶺下張太公家女兒。這庵是奴家祖上墳庵。這先生不知是那裏人，來我家裏投宿，言說善習陰陽，能識風水。我家爹娘不合留他在莊上，因請他來這裏墳上觀看地理，被他說誘，又留他住了幾日。那廝一日見了奴家，便不肯去了。住了三、兩個月，把奴家爹、娘、哥、嫂都害了性命，卻把奴家強騙在此墳庵裏住。◎2這個道童也是別處擄掠來的。這嶺喚做蜈蚣嶺。這先生見這條嶺好風水，以此他便自號飛天蜈蚣※1王道人。」武行者道：「你還有親眷麼？」那婦人道：「親戚自有幾家，都是莊農之人，誰敢和他爭論？」武行者道：「這廝有些財帛麼？」◎3婦人道：「他也積蓄得一、二百兩金銀。」武行者道：「有時，你快去收拾。我便要放火燒庵也！」那婦人問道：「師父，你要酒肉吃麼？」武行者道：「有時，將來請我。」那婦人道：「請師父進庵裏去吃。」武行者道：「怕別有人暗算我麼？」那婦人道：「奴有幾顆頭，敢賺得師父？」武行者隨那婦人入到庵裏，見小窗邊桌子上，擺著酒肉。武行者討大碗，吃了一回。那婦人收拾得金銀財帛已了，武行者便就裏面放起火來。那婦人捧著一包金銀，獻與武行者，乞性命。武行者道：「我不要你的，你自將去養身。快走！快走！」◎4那婦人拜謝了，自下嶺去。武行者把那兩個屍首，都攛在火裏燒了，插了戒刀，連夜自過嶺來，迤邐取路，望著青州地面來。

又行了十數日，但遇村坊道店，市鎮鄉城，果然都有榜文張掛在彼處，捕獲武松。到處雖有榜文，武松已自做了行者，於路卻沒人盤詰他。時遇十一月間，天色好生嚴寒。當日武行者一路上買酒買肉吃，只是敵不過寒威。上得一條土岡，早望見前面有一座高山，生得十分嶮峻。◎5武行者下土岡子來，走得三、五里路，早見一個酒店。門前一道清溪，屋後都是顛石亂山。看那酒店時，卻是個村落小酒肆。但見：

門迎溪澗，山映茅茨。疏籬畔梅開玉蕊，小窗前松偃蒼龍。烏皮※2桌椅，盡列著瓦缽磁甌；黃土墻垣，都畫著酒仙詩客。一條青斾舞寒風，兩句詩詞招過客。端的是走驃騎聞香須住馬，使風帆知味也停舟。

註
※1飛天蜈蚣：原本是草的名，可以攀附到樹上，因此名飛天。這裏道士以草名為外號。
※2烏皮：黑皮。

評點
◎1.此回完武松，入宋江，只是交代文字，故無異樣出奇之處。然我觀其寫武松酒醉一段，又何其寓意深遠也。蓋上文武松一傳，共有十來卷文字，始於打虎，終於打蔣門神。其打虎也，因「三碗不過岡」五字，遂至大醉，大醉而後打虎，甚矣，醉之為用大也！其打蔣門神也，又因「無三不過望」五字，至於大醉，大醉而後打蔣門神，又甚矣，醉之為用大也！雖然古之君子，才不可以終恃，力不可以終恃，權勢不可終恃，恩寵不可終恃：蓋天下之大，曾無一事可以終恃，斷斷如也。乃今武松一傳，偏獨始於大醉，終於大醉，將毋教天下以大醉獨可終恃乎哉？是故怪力可以徒搏大蟲，而有時亦失手於黃狗；神威可以單奪雄鎮，而有時亦受縛於寒溪。蓋借事以深戒後世之人，言天人如武松，猶尚無十分滿足之事，奈何紜紜者，曾不一慮之也！下文將入宋江傳矣。夫江等之終皆不免於竄聚水泊者，有迫之必入水泊者也。若江等生平一片之心，則固皎然如冰在玉壺，千世萬世，莫不共見。故作者特於武松落草處順手表暴一通，凡以深明彼江等一百八人，皆有大不得已之心，而不必其後文之必應之也。乃後之手閑面厚之徒，無端便因此等文字，遽續一部，唐突才子，人之無良，於斯極矣！（金批）
◎2.風水先生害人者不止於此。（容眉）
◎3.財帛酒肉分口說，妙。（袁眉）
◎4.既不貪財，又不好色，武行者非聖人而何？（容眉）
◎5.先敘白虎山。古云「行人如在畫圖中」，今日筆墨都入畫圖中也。（金批）

武行者過得那土岡子來，逕奔入那村酒店裏坐下，便叫道：「店主人家，先打兩角酒來，肉便買些來吃。」店主人應道：「實不瞞師父說，酒卻有些茅柴白酒，肉卻都賣沒了。」武行者道：「且把酒來擋寒。」店主人便去打兩角酒，大碗價篩來，教武行者吃，將一碟熟菜，與他過口。片時間，吃盡了兩角酒，又叫再打兩角酒來，店主人又打了兩角酒，大碗篩來。武行者只顧吃。比及過岡子時，先有三、五分酒了。一發吃過這四角酒，又被朔風一吹，酒卻湧上。武松卻大呼小叫道：「主人家，你眞個沒東西賣？你便自家吃的肉食，也回些※3與我吃了，◎6一發還你銀子。」店主人笑道：「也不曾見這個出家人，酒和肉只顧要吃，卻那裏去取？師父，你也只好罷休！」武行者道：「我又不白吃你的，如何不賣與我？」店主人道：「我和你說過，只有這些白酒，那得別的東西賣？」正在店裏論口，只見外面走入一條大漢，引著三、四個人入店裏來。武行者看那大漢時，但見：

頂上頭巾魚尾赤，身上戰袍鴨頭綠。腳穿一對踢土靴，腰繫數尺紅膳膊。面圓

武松殺死飛天蜈蚣，救了被拐騙的婦女，並將惡道所積攢的財物送給婦人，後者跪下謝恩。（朱寶榮繪）

耳大，唇闊口方。長七尺以上身材，有二十四五年紀。相貌堂堂強壯士，未侵女色少年郎。

那條大漢引著衆人入進店裏，主人笑容可掬迎接著：「大郎請坐。」那漢道：「我分付你的，安排也未？」店主人答道：「雞與肉，都已煮熟了，◎7只等大郎來。」那漢道：「我那青花甕酒在那裏？」◎8店主人道：「在這裏。」那漢引了衆人，便向武行者對席上頭坐了，那同來的三、四人，卻坐在肩下。店主人卻捧出一樽青花甕酒來，開了泥頭，傾在一個大白盆裏。武行者偷眼看時，卻是一甕窨下的※4好酒，被風吹過酒的香味來。武行者聞了那酒香味，喉嚨癢將起來，恨不得鑽過來搶吃。只見店主人又去廚下，把盤子托出一對熟雞、一大盤精肉來，放在那漢面前，便擺了菜蔬，用杓子※5舀酒去燙。武行者看了自己面前，只是一碟兒熟菜，不由的不氣。◎9正是眼飽肚中飢，武行者酒又發作，恨不得一拳打碎了那桌子，大叫道：「主人家，你來！你這廝好欺負客人！」店主人連忙來問道：「師父，休要焦躁。要酒便好說。」武行者睜著雙眼喝道：「你這廝好不曉道理！

武松走了十數日，路邊見到一個酒店，酒店前有松樹，梅花開得正妍。古代小說特別注重情景的渲染。圖為梅花。（富爾特影像提供）

註

※3回些：賣些。宋代買賣稱爲回賣。
※4窨下的：窨，音印。在地窨裏收藏的。
※5杓子：一種湯勺。

評點

◎6.想到自吃的肉，一發挑動下文。（金批）
◎7.不但肉，又有雞；不但有，又已熟。忽然寫得馨香滿鼻，絕妙文情。（金批）
◎8.酒字上，又加青花甕三字，寫得分外入耳。（金批）
◎9.寫得饞，自不必說，其實又惱又羞。（金批）

這青花甕酒和雞肉之類，如何不賣與我？我也一般還你銀子。」店主人道：「青花甕酒和雞肉，都是那大郎家裏自將來的，只借我店裏坐地吃酒。」武行者心中要吃，那裏聽他分說，一片聲喝道：「放屁！放屁！」店主人道：「也不曾見你這個出家人，恁地蠻法！」◎10武行者喝道：「怎地是老爺蠻法？我白吃你的！」那店主人道：「我倒不曾見出家人自稱老爺！」武行者聽了，跳起身來，叉開五指望店主人臉上只一掌，把那店主人打個踉蹌，直撞過那邊去。那對席的大漢見了大怒。看那店主人時，打得半邊臉都腫了，半日掙扎不起。◎11那大漢跳起身來，指定武松道：「你這個鳥頭陀，好不依本分！卻怎地便動手動腳！卻不道是：『出家人勿起嗔心※6！』」武行者道：「我自打他，干你甚事！」那大漢怒道：「我好意勸你，你這鳥頭陀，敢把言語傷我！」武行者聽得大怒，便把桌子推開，走出來喝道：「你那廝說誰！」那大漢笑道：「你這鳥頭陀，要和我廝打，正是來太歲頭上動土！」那大漢便點手※7叫道：「你這賊行者，出來和你說話！」武行者喝道：「你道我怕你，不敢打你！」一搶搶到門邊，那大漢便閃出門外去。武行者趕到門外，◎12那大漢見武松長壯，那裏敢輕敵？便做個門戶等著他。武行者搶入去，接住那漢手。那大漢卻待用力跌武松，怎禁得他千百斤神力，就手一扯，扯入懷來，只一撥，撥將去，恰似放翻小孩子的一般，那裏做得半分手腳？那三、四個村漢看了，手顫腳麻，那裏敢上前來？武行者踏住那大漢，提起拳頭來，只打實落處；打了二、三十拳，就地下提起來，望門外溪裏只一

評點

◎10.只管將出家人三字挑門榜文捕獲，有銅山東崩，洛鍾西應之巧。（金批）
◎11.寫那漢大怒，卻不便來發作，卻又去看店主人，然後跳起身來。如畫之筆。（金批）
◎12.又一個出門。一路看他寫兩個硬漢各不相下。（金眉）
◎13.救上溪來，捉上溪來，不意寒溪有此妙事。（金批）
◎14.無端忽想出一隻黃狗，文心千奇百怪，真乃意想不到。（金批）
◎15.畫醉景亦好。（容眉）
此一段畫出村犬，畫出醉漢，畫出寒溪，真而有趣。（袁眉）
◎16.此段不止活畫醉人而已，喻言君子用世，每每一蹶之後，不能再振，所以深望其慎也。（金批）

丟。那三、四個村漢叫聲苦，不知高低，都下溪裏來救起那大漢，◎13自攙扶著投南去了。這店主人吃了這一掌，打得麻了，動彈不得，自入屋後去躲避了。

武行者道：「好呀！你們都去了，老爺卻吃酒肉！」把個碗去白盆內舀那酒來，只顧吃。桌子上那對雞，一盤子肉，都未曾吃動。武行者且不用箸，雙手扯來任意吃。沒半個時辰，把這酒肉和雞都吃個八分。武行者醉飽了，把直裰袖結在背上，便出店門，沿溪而走。卻被那北風捲將起來，武行者捉腳不住，一路上搶將來。離那酒店走不得四、五里路，旁邊土墻裏走出一隻黃狗，看著武松叫。◎14武行者看時，一隻大黃狗趕著吠。武行者大醉，正要尋事，恨那隻狗趕著他只管吠，便將左手鞘裏掣出一口戒刀來，大踏步趕。那隻黃狗繞著溪岸叫。武行者一刀斫將去，卻斫個空，使得力猛，頭重腳輕，翻筋斗倒撞下溪裏去，卻起不來。◎15冬月天道，溪水正涸，雖是只有一、二尺深淺的水，卻寒冷的當不得。爬起來，淋淋的一身水，卻見那口戒刀浸在溪裏。武行者便低頭去撈那刀時，撲地又落下去了，只在那溪水裏滾。◎16岸上側首

武松醉得腳步不穩，一刀砍空落入溪裏。（日版畫，出自《新編水滸畫傳》，葛飾戴斗繪）

註
※6 嗔心：憤怒的心。
※7 點手：招手。

牆邊，轉出一夥人來，當先一個大漢頭戴氈笠子，身穿鵝黃紵絲衲襖，手裏拿著一條哨棒，背後十數個人跟著，都拿木杷白棍。數內一個指道：「這溪裏的賊行者，便是打了小哥哥的！如今小哥哥尋不見大哥哥，自引了二、三十個莊客，逕奔酒店裏捉他去了。他卻來到這裏。」說猶未了，只見遠遠地那個吃打的漢子，換了一身衣服，手裏提著一條朴刀，背後引著三、二十個莊客，都是有名的漢子。怎見的，正是叫做：

長王三、矮李四、急三千、慢八百、笆上糞、屎裏蛆、米中蟲、飯內屁、鳥上刺、沙小生、木伴哥、牛筋等。

這一、二十個盡是爲頭的莊客，餘者皆是村中搗子，都拖槍拽棒，跟著那個大漢，吹風胡哨來尋武松。趕到牆邊，見了，指著武松，對那穿鵝黃襖子的大漢道：「這個賊頭陀，正是打兄弟的！」那個大漢道：「且捉這廝，去莊裏細細拷打！」那漢喝聲：「下手！」三、四十人一發上。可憐武松醉了，掙扎不得，急要爬起來，被衆人一齊下手，橫拖倒拽，捉上溪來。轉過側首牆邊一所大莊院，兩下都是高牆粉壁，垂柳喬松，圍繞著牆院。衆人把武松推搶入去，剝了衣裳，奪了戒刀、包裹，揪過來綁在大柳樹上，◎17教取一束藤條來，細細的打那廝。卻纔打得三、五下，只見莊裏走出一個人來問道：「你兄弟兩個，又打甚麼人？」只見這兩個大漢叉手道：「師父聽稟：兄弟今日和鄰莊三、四個相識，去前面小路店裏吃三杯酒，叵耐這個賊行者倒來尋鬧，把兄弟痛打了一頓，又將來攛在水裏，頭臉都磕破了，險些凍死，卻得相識救了回來。歸家換了

衣服，帶了人，再去尋他。那廝把我酒肉都吃了，卻大醉倒在門前溪裏，因此捉拿在這裏，細細的拷打。看起這賊頭陀來，也不是出家人，臉上現刺著兩個金印，這賊卻把頭髮披下來遮了，必是個避罪在逃的囚徒。問出那廝根原，解送官司理論。」這個吃打傷的大漢道：「問他做甚麼！這禿賊打得我一身傷損，不著一、兩個月，將息不起。不如把這禿賊一頓打死了，一把火燒了罷，才與我消得這口恨氣！」說罷，拿起藤條，恰待又打，只見出來的那人說道：「賢弟，且休打，待我看他一看，這人也像是一個好漢。」◎18

此時武行者心中已自酒醒了，理會得，只把眼來閉了，由他打，只不做聲。那個人先去背上看了杖瘡，便道：「作怪！這模樣想是決斷不多時的疤痕。」轉過面前看了，便將手把武松頭髮揪起來，◎19定睛看了，叫道：「這個不是我兄弟武二郎！」武行者方纔閃開雙眼，看了那人道：「你不是我哥哥！」那人喝叫：「快與我解下來！這是我的兄弟！」那穿鵝黃襖子的並吃打的盡皆吃驚，連忙問道◎20：「這個行者，如何卻是師父的兄弟？」那人便道：「他便是我時常和你們說的那景陽岡上打虎的武松。我也不知他如今怎地做了行者？」那弟兄兩個聽了，慌忙解下武松來，便討幾件乾衣服與他穿了，便扶入草堂裏來。武松便要下拜，那個人驚喜相半，扶住武松道：「兄弟酒還未醒，且坐一坐說話。」武松見了那人，歡喜上來，酒早醒了五分。討些湯水洗漱了，吃些醒酒之物，便來拜了那人，相敘舊話。那人不是別人，正是鄆城縣人氏，姓宋名江，表字公

評點

◎17.武松若非醉酒，眾莊客不能綁捉。（余評）
◎18.偏他出來便會著眼，氣誼所感，安能不皈服。（袁眉）
「也像是」三字妙絕。可見連日說好漢也，可見連日說武松也。（金批）
◎19.方纔看正面，便有酣筆飽墨之致也。（金批）
◎20.看他寫四個人都無名字。（金眉）

明。武行者道：「只想哥哥在柴大官人莊上，卻如何來在這裏？兄弟莫不是和哥哥夢中相會麼？」宋江道：「我自從和你在柴大官人莊上分別之後，我卻在那裏住得半年。不知家中如何，恐父親煩惱，先發付兄弟宋清歸去。◎21後卻收拾得家中書信，說道：『官司一事，全得朱、雷二都頭氣力，已自家中無事，只要緝捕正身。因此，已動了個海捕文書，各處追獲。』這事已自慢了。卻有這裏孔太公屢次使人去莊上問信。後見宋清回家，說道宋江在柴大官人莊上。因此，特地使人直來柴大官人莊上，取我在這裏。此間便是白虎山，這莊便是孔太公莊上。恰纔和兄弟相打的，便是孔太公小兒子。因他性急，好與人廝鬧，到處叫他做獨火星孔亮。這個穿鵝黃襖子的，便是孔太公大兒子，人都叫他做毛頭星孔明。因他兩個好習槍棒，卻是我點撥他些個，以此叫我做師父。我在此間住半年了。◎22我如今正欲要上清風寨走一遭，這兩日方欲起身。我在柴大官人莊上時，只聽得人傳說兄弟在景陽岡上打了大蟲，又聽知你在陽谷縣做了都頭，又聞鬥殺了西門慶。向後不知你配到何處去？兄弟如何做了行者？」武松答道：「小弟自從柴大官人莊上別了哥哥，去到得景陽岡上打了大蟲，送去陽谷縣，知縣就擡舉我做了都頭。後因嫂嫂不仁，與西門慶通姦，藥死了我先兄武大，被武松把兩個都殺了，自首告到本縣，轉發東平府。後得陳府尹一力救濟，斷配孟州……」至十字坡，怎生遇見張青、孫二娘；到孟州，怎地會施恩，怎地打了蔣門神，如何殺了張都監一十五口，又逃在張青家，「母夜叉孫二娘教我做了頭陀行者」的原故；過蜈蚣嶺試刀，殺了王道人；至村店吃酒，醉打了孔兄。把自家的事，從頭備細告訴了宋江一遍。孔明、孔亮兩個聽了大驚，撲翻身便拜。武松慌忙答禮道：「卻纔甚是衝撞，休怪，休怪！」孔明、孔亮道：「我弟兄兩個『有眼不識泰山』，萬望恕罪！」武行者道：「既然二位相覷武松時，卻是與我烘焙度牒、書信，並行李、衣服，不可失落了那兩口戒刀、這串數珠。」孔明道：「這個不須足下掛心。小弟已自著人收拾去了，整頓端正拜還。」武行者拜謝了。宋江請出孔太公，◎23都相見了。孔太公置酒設席管待，不在話下。

當晚宋江邀武松同榻，敘說一年有餘的事，◎24宋江心內喜悅。武松次日天明起來，都洗漱罷，出到中堂相會，吃早飯。孔明自在那裏相陪。孔亮捱著痛疼，也來管待。孔太公便叫殺羊宰豬，安排筵宴。是日，村中有幾家街坊親戚，都來相探。又有幾個門下人，亦來謁見。宋江心中大喜。當日筵宴散了，宋江問武松道：「二哥，今欲往何處安身？」武松道：「昨夜已對哥哥說了，菜園子張青寫書與我，著兄弟投二龍山寶珠寺花和尚魯智深那裏入夥。他也隨後便上山來。」宋江道：「也好。我不瞞你說，我家近日有書來，說道清風寨知寨小李廣花榮，他知道我殺了閻婆惜，每每寄書來與我，千萬教我去寨裏住幾時。此間又離清風寨不遠，我這兩日正待要起身去，因見天氣陰晴不定，未曾起程。早晚要去那裏走一遭，不若和你同往如何？」武松道：「哥哥怕不是好情分，帶攜兄弟投那裏去住幾時。只是武松做下的罪犯至重，遇赦不宥，◎25因此發心，只是投二龍山落草避難。亦且我又做了頭陀，難以和哥哥同往。路上被人設疑，倘或有些

評點

◎21.便帶出三十四回來。（金批）（此處三十四回，爲本書第三十五回。——編者按）
◎22.是打蔣門神，殺張都監，再遇張青時也。（金批）
◎23.竟是哥哥身分，妙。寫得宋江亦有誇耀武松之意，妙妙。（金批）
◎24.我於世間無所愛，正獨愛此一句耳。我二、三同學人，亦同此癖也，武松之入玄中，宜哉！（金批）
◎25.度量自己，轉及宋江，又轉及花榮，情文俱妙。（袁眉）

決撒了，須連累了哥哥。便是哥哥與兄弟同死同生，也須累及了花榮山寨不好。只是由兄弟投二龍山去了罷。天可憐見，異日不死，受了招安，那時卻來尋訪哥哥未遲！」宋江道：「兄弟既有此心歸順朝廷，皇天必佑。◎26若如此行，不敢苦勸，你只相陪我住幾日了去。」自此，兩個在孔太公莊上，一住過了十日之上。宋江與武松要行，孔太公父子那裏肯放。又留住了三、五日，宋江堅持要行，孔太公只得安排筵席送行，管待一日了。次日，將出新做的一套行者衣服，皀布直裰，並帶來的度牒、書信、界箍、數珠、戒刀、金銀之類，交還武松。又各送銀五十兩，權爲路費。宋江推卻不受，孔太公父子那裏肯，只顧將來拴縛在包裹裏。宋江整頓了衣服、器械；武松依前穿了行者的衣裳，帶上鐵界箍，掛了人頂骨數珠，跨了兩口戒刀，收拾了包裹，拴在腰裏。宋江提了朴刀，懸口腰刀，帶上毡笠子，辭別了孔太公。孔明、孔亮叫莊客背了行李，弟兄二人直送了二十餘里路，拜辭了宋江、武行者兩個。宋江自把包裹背了，說道：「不須莊客遠送，我自和武兄弟去。」孔明、孔亮相別，自和莊客歸家，不在話下。

只說宋江和武松兩個，在路上行著，於路說此閑話，走到晚，歇了一宵。次日早起，打火又行。兩個吃罷飯，又走了四、五十里，卻來到一市鎮上，地名喚做瑞龍鎮，卻是個三岔路口。宋江借問那裏人道：「小人們欲投二龍山、清風鎮上，不知從那條路去？」那鎮上人答道：「這兩處不是一條路去了。這裏要投二龍山去，只是投西落路；若要投清風鎮去，須用投東落路，過了清風山便是。」宋江聽了備細，便道：「兄弟，

我和你今日分手，就這裏吃三杯相別。」◎27詞寄〈浣溪沙〉，單題別意：

握手臨期話別難，山林景物正闌珊，壯懷寂寞客囊殫。　旅次愁來魂欲斷，郵亭宿處鋏空彈，獨憐長夜苦漫漫。

武行者道：「我送哥哥一程，方卻回來。」◎28宋江道：「不須如此。自古道：『送君千里，終有一別。』兄弟，你只顧自己前程萬里，早早的到了彼處。入夥之後，少戒酒性。如得朝廷招安，你便可攛掇魯智深、楊志投降了。日後但是去邊上一刀一槍，博得個封妻蔭子，久後青史上留一個好名，也不枉了爲人一世。我自百無一能，雖有忠心，不能得進步。兄弟，你如此英雄，決定做得大事業，可以記心。聽愚兄之言，圖個日後相見。」武行者聽了，酒店上飲了數杯，還了酒錢。二人出得店來，行到市鎮梢頭，三岔路口，武行者下了四拜。宋江洒淚，不忍分別，又分付武松道：「兄弟，休忘了我的言語，少戒酒性。保重，保重！」武行者自投西去了。看官牢記話頭，武行者自來二龍山投魯智深、楊志入夥了，不在話下。◎29

且說宋江自別了武松，轉身望東，投清風山路上來，於路只憶武行者。又自行了幾日，卻早遠遠的望見清風山。看那山時，但見：

八面嵯峨，四圍險峻。古怪喬松盤鶴蓋，杈枒老樹掛藤蘿。瀑布飛流，寒氣逼人毛髮冷；綠陰散下，清光射目夢魂驚。澗水時聽，樵人斧響；峰巒特起，山鳥聲哀。麋鹿成群，穿荊棘往來跳躍；狐狸結隊，尋野食前後呼號。若非佛祖

評點

◎26.看他便著實讚嘆，全是一片權詐。（金批）
◎27.觀宋江與武松分別，各有難捨之意，惺惺惜惺惺云耳。（余評）
◎28.眞正哥哥既死，且把認義哥哥遠送，所謂雖無老成人，尚有典型也。（金批）
◎29.武松與宋江參差相接，文緒甚清。（袁眉）

修行處，定是強人打劫場。

宋江看見前面那座高山，生得古怪，樹木稠密，心中歡喜，觀之不足。貪走了幾程，不曾問得宿頭。看看天色晚了，宋江心內驚慌，肚裏尋思道：「若是夏月天道，胡亂在林子裏歇一夜；卻恨又是仲冬天氣，風霜正冽，夜間寒冷，難以打熬。倘或走出一個毒蟲虎豹來時，如何抵當？卻不害了性命！」只顧望東小路裏撞將去。約莫走了也是一更時分，心裏越慌，看不見地下，躧了一條絆腳索。樹林裏銅鈴響，走出十四、五個伏路小嘍囉來，發聲喊，把宋江捉翻，一條麻索縛了，奪了朴刀、包裹，吹起火把，將宋江解上山來。◎30宋江只得叫苦，卻早押到山寨裏。宋江在火光下看時，四下裏都是木柵，當中一座草廳，廳上放著三把虎皮交椅，後面有百十間草房。小嘍囉把宋江綑做粽子相似，將來綁在將軍柱上，有幾個在廳上的小嘍囉說道：「大王方纔

❀ 宋江拜訪花榮，踏上清風山強盜的鈎索，被小嘍囉拿了起來。
（日版畫，出自《新編水滸畫傳》，葛飾戴斗繪）

睡，且不要去報。等大王酒醒時，卻請起來，剖這牛子心肝做醒酒湯，我們大家吃塊新鮮肉！」宋江被綁在將軍柱上，心裏尋思道：「我的造物只如此偃蹇※8！◎31只爲殺了一個煙花婦人，變出得如此之苦！誰想這把骨頭，卻斷送在這裏！」只見小嘍囉點起燈燭熒煌。宋江已自凍得身體麻木了，動彈不得，只把眼來四下裏張望，低了頭嘆氣。

約有二、三更天氣，只見廳背後走出三、五個小嘍囉來叫道：「大王起來了。」便去把廳上燈燭剔得明亮。宋江偷眼看時，只見那個出來的大王頭上綰著鵝梨角兒，一條紅絹帕裹著，身上披著一領棗紅紵絲衲襖，便來坐在當中虎皮交椅上。看那大王時，生得如何，但見：

赤髮黃鬚雙眼圓，臂長腰闊氣沖天。
江湖稱作錦毛虎，好漢原來卻姓燕。

那個好漢，祖貫山東萊州人氏，姓燕名順，綽號錦毛虎。原是販羊馬客人出身，因爲消折了本錢，流落在綠林叢內打劫。那燕順酒醒起來，坐在中間交椅上，問道：「孩兒們那裏拿得這個牛子？」小嘍囉答道：「孩兒們正在後山伏路，只聽得樹林裏銅鈴響。原來這個牛子獨自個背些包裹，撞了繩索，一跤絆翻，因此拿得來。獻與大王做醒酒湯。」燕順道：「正好！快去與我請得二位大王來同吃。」小嘍囉去不多時，只見廳側兩邊走上兩個好漢來。左邊一個，五短身材，一雙光眼。怎生打扮，但見：

※8造物偃蹇：偃蹇，困頓、失志。造物，指運氣、造化。造物偃蹇，就是運氣不好，造化低，猶如說倒楣。

評點

◎30.即晚間心中歡喜，觀之不足之山也。（金批）
◎31.造物代命字，妙。（袁眉）

天青衲襖錦繡補，形貌崢嶸性粗鹵。
貪財好色最強梁，放火殺人王矮虎。

這個好漢，祖貫兩淮人氏，姓王名英，爲他五短身材，江湖上叫他做矮腳虎。原是車家出身，爲因半路裏見財起意，就勢劫了客人，事發到官，越獄走了，上清風山，和燕順佔住此山，打家劫舍。右邊這個，生的白淨面皮，三牙掩口髭鬚，瘦長膀闊，清秀模樣，也裹著頂絳紅頭巾。怎地結束，但見：

衲襖銷金油綠，狼腰緊繫征裙。
山寨紅巾好漢，江湖白面郎君。

這個好漢，祖貫浙西蘇州人氏，姓鄭雙名天壽，爲他生得白淨俊俏，人都號他做白面郎君。原是打銀爲生，因他自小好習槍棒，流落在江湖上，因來清風山過，撞著王矮虎，和他鬥了五、六十合，不分勝敗。因此燕順見他好手段，留在山上，坐了第三把交椅。當下三個頭領坐下，王矮虎便道：「孩兒們，正好做醒酒湯！快動手！取下這牛子心肝來，造三分醒酒酸辣湯來。」只見一個小嘍囉掇一大銅盆水來，放在宋江面前。又一個

宋江被綑綁在柱子上，一個小嘍囉拿著刀子，準備挖心，宋江感嘆：「可惜宋江死在這裏！」（朱寶榮繪）

小嘍囉捲起袖子，手中明晃晃拿著一把剜心尖刀。那個掇水的小嘍囉，便把雙手潑起水來，澆那宋江心窩裏。原來但凡人心，都是熱血裹著，把這冷水潑散了熱血，取出心肝來時，便脆了好吃。◎32那小嘍囉把水直潑到宋江臉上，宋江嘆口氣道：「可惜宋江死在這裏！」燕順親耳聽得「宋江」兩字，便喝住小嘍囉道：「且不要潑水！」燕順問道：「他那廝說甚麼『宋江』？」小嘍囉答道：「這廝口裏說道：『可惜宋江死在這裏！』」燕順便起身來問道：「兀那漢子，你認得宋江？」宋江道：「只我便是宋江。」燕順走近跟前，又問道：「你是那裏的宋江？」◎33宋江答道：「我是濟州鄆城縣做押司的宋江。」燕順道：「你莫不是山東及時雨宋公明，殺了閻婆惜，逃出在江湖上的宋江麼？」宋江道：「你怎得知？我正是宋三郎。」燕順聽罷，吃了一驚，便奪過小嘍囉手內尖刀，把麻索都割斷了。便把自身上披的棗紅紵絲衲襖脫下來，裹在宋江身上，抱在中間虎皮交椅上，喚起王矮虎、鄭天壽快下來，三人納頭便拜。宋江滾下來答禮，問道：「三位壯士，何故不殺小人，反行重禮？此意如何？」亦拜在地。那三個好漢一齊跪下，燕順道：「小弟只要把尖刀剜了自己的眼睛！原來不識好人！◎34一時間見不到處，少問個緣由，爭些兒壞了義士！若非天幸，使令仁兄自說出大名來，我等如何得知仔細！小弟在江湖上綠林叢中，走了十數年，聞得賢兄仗義疏財，濟困扶危的大名，只恨緣分淺薄，不能拜識尊顏。今日天使相會，眞乃稱心滿意！」宋江答道：「量宋江有何德能，教足下如此掛心錯愛。」燕順道：「仁兄禮賢下士，結納豪傑，名聞寰

評點

◎32.從何處得來？（袁夾）
◎33.天下豈有兩宋江耶？妙妙。（金批）
◎34.若今人都如此剜起眼睛來，當成一片鼓世界。（容眉）

海，誰不欽敬！梁山泊近來如此興旺，四海皆聞。曾有人說道，盡出仁兄之賜。不知仁兄獨自何來？今卻到此？」宋江把救晁蓋一節，殺閻婆惜一節，卻投柴進同孔太公許多時，並今次要往清風寨尋小李廣花榮這幾件事，一一備細說了。三個頭領大喜，隨即取套衣服，與宋江穿了。一面叫殺羊宰馬，連夜筵席，當夜直吃到五更，叫小嘍囉伏侍宋江歇了。次日辰牌起來，訴說路上許多事務，又說武松如此英雄了得。三個頭領跌腳懊恨道：「我們無緣，若得他來這裏，十分是好，卻恨他投那裏去了。」話休絮煩。宋江自到清風山，住了五、七日，每日好酒好食管待，不在話下。

時當臘月初旬，山東人年例，臘日上墳。◎35只見小嘍囉山下報上來說道：「大路上有一乘轎子，七、八個人跟著，挑著兩個盒子，去墳頭化紙。」王矮虎是個好色之徒，見報了，想此轎子必是個婦人，點起三、五十小嘍囉，便要下山。宋江、燕順那裏攔當得住。綽了槍刀，敲一棒銅鑼，下山去了。宋江、燕順、鄭天壽三人，自在寨中飲酒。那王矮虎去了約有三、兩個時辰，遠探小嘍囉報將來，說道：「王頭領直趕到半路裏，七、八個軍漢都走了，拿得轎子裏擡著的一個婦人。只有一個銀香盒，別無物件財物。」燕順問道：「那婦人如今擡到那裏？」小嘍囉道：「王頭領已自擡在山後房中去了。」燕順大笑。宋江道：「原來王英兄弟要貪女色，不是好漢的勾當！」燕順道：「這個兄弟，諸般都肯向前，只是有這些毛病。」宋江道：「二位和我同去勸他。」燕順、鄭天壽便引了宋江，直來到後山王矮虎房中，推開房門，只見王矮虎正摟住那婦人

評點

◎35.時候風俗，無不寫眞。（袁眉）
◎36.凭空設幻，疑其筆尖有五鬼搬運之符也。（金批）

求歡。見了三位入來，慌忙推開那婦人，請三位坐。宋江看那婦人時，但見：

身穿縞素，腰繫孝裙。不施脂粉，自然體態妖嬈；懶染鉛華※9，生定天姿秀麗。雲含春黛，恰如西子顰眉；雨滴秋波，渾似驪姬垂涕。

宋江看見那婦人，便問道：「娘子，你是誰家宅眷？這般時節出來閑走，有甚麼要緊？」那婦人含羞向前，深深地道了三個萬福，便答道：「侍兒是清風寨知寨的渾家※10。◎36為因母親棄世，今得小祥※11，特來墳前化紙。那裏敢無事出來閑走？告大王垂救性命！」宋江聽罷，吃了一驚，肚裏尋思道：「我正來投奔花知寨，莫不是花榮之妻？我如何不救？」宋江問道：「你丈夫花知寨，如何不同你出來上墳？」那婦人道：「告大王，侍兒不是花知寨的渾家。」宋江道：「你恰

註

※9鉛華：亦作「鉛花」，婦女化妝用的鉛粉。
※10渾家：妻子。
※11小祥：死人的周年祭。

王矮虎好色，擄了一個女人便帶入房中，燕順、鄭天壽和宋江覺得這不是好漢的作為，便一起去勸他，恰好看到前者正抱著該女子。
（選自《水滸傳版刻圖錄》，江蘇廣陵古籍刻印社）

纔說是清風寨知寨的恭人※12。」那婦人道：「大王不知，這清風寨如今有兩個知寨，一文一武。武官便是知寨花榮；文官便是侍兒的丈夫，知寨劉高。」宋江尋思道：「他丈夫既是和花榮同僚，我不救時，明日到那裏，須不好看。」宋江便對王矮虎說道：「小人有句話說，不知你肯依麼？」王英道：「哥哥有話，但說不妨。」宋江道：「但凡好漢犯了『溜骨髓』※13三個字的，好生惹人耻笑。我看這娘子說來，是個朝廷命官的恭人，怎生看在下薄面，並江湖上『大義』兩字，放他下山回去，教他夫妻完聚如何？」王英道：「哥哥聽稟，王英自來沒個押寨夫人做伴。況兼如今世上都是那大頭巾※14弄得歹了，哥哥管他則甚？◎37胡亂容小弟這些個。」宋江便跪一跪道：「賢弟若要押寨夫人時，日後宋江揀一個停當好的，在下納財進禮，娶一個伏侍賢弟。只是這個娘子，是小人友人同僚正官之妻，怎地做個人情，放了他則個。」燕順、鄭天壽一齊扶住宋江道：「哥哥且請起來，這個容易。」宋江又謝道：「恁的時，重承不阻。」燕順見宋江堅意要

廣東省德慶縣龍母祖廟脊飾，其陶塑為佛山石灣老藝人作品，取材於《封神榜》和《水滸傳》108將。（宋布軍提供）

救這婦人，因此不顧王矮虎肯與不肯，喝令轎夫擡了去。那婦人聽了這話，插燭也似拜謝宋江，一口一聲叫道：「謝大王！」宋江道：「恭人你休謝我，我不是山寨裏大王，我自是鄆城縣客人。」那婦人拜謝了下山，兩個轎夫也得了性命，擡著那婦人下山來，飛也似走，只恨爺娘少生了兩隻腳。這王矮虎又羞又悶，◎38只不做聲，被宋江拖出前廳勸道：「兄弟，你不要焦躁。宋江日後好歹要與兄弟完娶一個，教你歡喜便了。小人並不失信。」燕順、鄭天壽都笑起來。王矮虎一時被宋江以禮義縛了，◎39雖不滿意，敢怒而不敢言，只得陪笑。自同宋江在山寨中吃筵席，不在話下。

轎子是古代人出行的重要工具。劉知寨夫人即乘此出行。圖為浙江寧波雕花萬工轎。（香港中國旅遊出版社提供）

註

※12恭人：皇帝給官吏老婆封號的一種，一般用作對婦人的一種尊稱。
※13溜骨髓：「好色」的隱語。
※14大頭巾：指做官的。

評點

◎37.罵世語，竟似李贄惡習矣，然偶然一見即不妨，但不得通身學李贄，便殊累盛德也。（金批）
◎38.又羞又悶，只四字見盡情事。（袁眉）
◎39.禮義可以縛人，乃至可以縛王矮虎，而何世之不用之也？（金批）

且說清風寨軍人，一時間被擄了恭人去，只得回來，到寨裏報與劉知寨，說道：「恭人被清風山強人擄去了。」劉高聽了大怒，喝罵去的軍人不了事，如何撇了恭人，大棍打那去的軍漢。眾人分說道：「我們只有五、七個，他那裏三、四十人，如何與他敵得！」劉高喝道：「胡說！你們若不去奪得恭人回來時，我都把你們下在牢裏問罪。」那幾個軍人吃逼不過，沒奈何，只得央浼本寨內軍健七、八十人，各持槍棒，用意來奪。不想來到半路，正撞見兩個轎夫，擡得恭人飛也似來了。眾軍漢接見恭人問道：「怎地能夠下山？」那婦人道：「那廝捉我到山寨裏，見我說道是劉知寨的夫人，唬得那廝慌忙拜我，便叫轎夫送我下山來。」眾軍漢道：「恭人，可憐見我們！只對相公說我們打奪得恭人回來，權救我眾人這頓打！」那婦人道：「我自有道理說便了。」眾軍漢拜謝了，簇擁著轎子便行。眾人見轎夫走得快，便說道：「你兩個閑常在鎭上擡轎時，只是鵝行鴨步，如今卻怎地這等走的快？」那兩個轎夫應道：「本是走不動，卻被背後老大栗暴打將來。」眾人笑道：「你莫不見鬼，背後那得人？」轎夫方纔敢回頭，看了道：「哎也！是我走得慌了，腳後跟直打著腦杓子！」眾人都笑。簇著轎子，回到寨中。劉知寨見了大喜，便問恭人道：「你得誰人救了你回來？」那婦人道：「便是那廝們擄我去，不從奸騙，正要殺我。見我說是知寨的恭人，不敢下手，慌忙拜我，卻得這許多人來搶奪得我回來。」◎40劉高聽了這話，便叫取十瓶酒，一口豬，賞了眾人，不在話下。

且說宋江自救了那婦人下山，又在山寨中住了五、七日，思量要來投奔花知寨，當時作別要下山。三個頭領苦留不住，做了送路筵席餞行，各送些金寶與宋江，打縛在包裹裏。當日宋江早起來，洗漱罷，吃了早飯，拴束了行李，作別了三位頭領下山。那三個好漢將了酒果餚饌，直送到山下二十餘里官道旁邊，把酒分別。三人不捨，叮囑道：「哥哥去清風寨回來，是必再到山寨相會幾時。」宋江背上包裹，提了朴刀，說道：「再得相見。」唱個大喏，分手去了。若是說話的同時生，並肩長，攔腰抱住，把臂拖回，便不使宋江要去投奔花知寨，險些兒死無葬身之地。正是：遭逢坎坷皆天數，際會風雲豈偶然。畢竟宋江來尋花知寨，撞著甚人？且聽下回分解。◎41

評點

◎40.如此婦人，只好做強盜婆子。（容眉）
◎41.公明與武行者臨別洒淚，叮嚀數語，丈夫意氣相期，眞切懇摯，然亦惟公明能如此眞切懇摯也。（袁評）

第三十三回

宋江夜看小鰲山※1　花榮大鬧清風寨◎1

話說這清風山離青州不遠，只隔得百里來路。這清風寨卻在青州三岔路口，地名清風鎮。因爲這三岔路上，通三處惡山，因此特設這清風寨在這清風鎮上。那裏也有三、五千人家，卻離這清風山只有一站多路，當日三位頭領自上山去了。只說宋公明獨自一個，背著些包裹，迤邐來到清風鎮上，便借問花知寨住處。那鎮上人答道：「這清風寨衙門在鎮市中間。南邊有個小寨，是文官劉知寨住宅。◎2北邊那個小寨，正是武官花知寨住宅。」宋江聽罷，謝了那人，便投北寨來。到得門首，見有幾個把門軍漢，問了姓名，入去通報。只見寨裏走出那個少年的軍官來，拖住宋江便拜。那人生得如何，但見：

齒白唇紅雙眼俊，兩眉入鬢常清，細腰寬膀似猿形。能騎乖劣馬※2，愛放海東青※3。百步穿楊神臂健，弓開秋月分明，雕翎箭發迸寒星。人稱小李廣，將種是花榮。

出來的年少將軍不是別人，正是清風寨武知寨小李廣花榮。那花榮怎生打扮，但見：

身上戰袍金翠繡，腰間玉帶嵌山犀。滲青巾幘雙環小，文武花靴抹綠低。

花榮鎮守山東青州的清風寨，位於現在山東青州的附近。青州是個歷史名城，圖為山東青州東關老街元代的真教寺，古意盎然。拍攝時間2002年。（馬岡提供）

花榮見宋江拜罷，喝叫軍漢接了包裹、朴刀、腰刀，扶住宋江，直到正廳上，便請宋江當中涼床※4上坐了。花榮又納頭拜了四拜，起身道：「自從別了兄長之後，屈指又早五、六年矣，常常念想。聽得兄長殺了一個潑煙花，官司行文書各處追捕。小弟聞得，如坐針毡，連連寫了十數封書去貴莊問信，不知曾到也不？今日天賜，幸得哥哥到此，相見一面，大慰平生！」說罷又拜。宋江扶住道：「賢弟休只顧講禮。請坐了，聽在下告訴。」花榮斜坐著。宋江把殺閻婆惜一事，和投奔柴大官人，並孔太公莊上遇見武松，清風山上被捉遇燕順等事，細細地都說了一遍。花榮聽罷，答道：「兄長如此多磨難！今日幸得仁兄到此，且住數年，卻又理會。」宋江道：「若非兄弟宋清寄書來孔太公莊上時，在下也特地要來賢弟這裏走一遭。」花榮便請宋江去後堂裏坐，喚出渾家崔氏，來拜伯伯。拜罷，花榮又叫妹子出來拜了哥哥。◎3便請宋江更換衣裳鞋襪，香湯沐浴，在後堂安排筵席洗塵。當日筵宴上，宋江把救了劉知寨恭人的事，備細對花榮說了一遍。花榮聽罷，皺了雙眉說道：「兄長沒來由，救那婦人做甚麼？正好教滅這廝的口！」宋江道：「卻又作怪！我聽得說是清風寨知寨的恭人，因此把做賢弟同僚面上，特地不顧王矮虎相怪，一力要救他下山。你卻如何恁的說？」花榮道：「兄長不知。不是小弟說口，這清風寨是青州緊要去處，若還是小弟獨自在這裏守把時，遠近強人，怎

註

※1鰲山：把燈彩堆座山，搭成傳說中的鰲魚形狀。
※2劣馬：烈馬。
※3海東青：一種凶猛而珍貴的鳥，屬鵰類，產於黑龍江下游及附近海島。
※4涼床：供納涼用的床，多用竹子製成。

評點

◎1.文章家有過枝接葉處，每每不得與前後大篇一樣出色。然其敘事潔淨，用筆明雅，亦殊未可忽也。譬諸遊山者遊過一山，又問一山，當斯之時，不無借徑於小橋曲岸，淺水平沙。然而前山未遠，魂魄方收，後山又來，耳目又費，則雖中間少有不稱，然政不致遂敗人意。又況其一橋一岸，一水一沙，乃殊非七十回後一望荒屯絕徼之比。想復晚涼新浴，豆花棚下，搖蕉扇，說曲折，興復不淺也。看他寫花榮，文秀之極，傳武松後定少不得此人，可謂矯矯虎臣，翩翩儒將，分之兩雋，合之雙璧矣。（金批）
◎2.問花知寨，偏先答劉寨，行文有犬牙交錯之法。（金批）
◎3.何等交情，即親骨肉，不過如此。（袁眉）

敢把青州攪得粉碎！近日除※5將這個窮酸餓醋來做個正知寨，這廝又是文官，又沒本事，自從到任，把此鄉間些少上戶詐騙，亂行法度，無所不爲。小弟是個武官副知寨，每每被這廝慪氣，恨不得殺了這濫污賊禽獸。兄長卻如何救了這廝的婦人？打緊這婆娘極不賢，只是調撥他丈夫行不仁的事，殘害良民，貪圖賄賂，◎4正好叫那賤人受些玷辱。兄長錯救了這等不才的人！」宋江聽了，便勸道：「賢弟差矣！自古道：『冤仇可解不可結。』他和你是同僚官，雖有些過失，你可隱惡而揚善。賢弟休如此淺見。」花榮道：「兄長見得極明。◎5來日公廨※6內見劉知寨時，與他說過救了他老小之事。」宋江道：「賢弟若如此，也顯你的好處。」花榮夫妻幾口兒，朝暮臻臻至至，獻酒供食，伏侍宋江。當晚安排床帳，在後堂軒下請宋江安歇。次日，又備酒食筵宴管待。

話休絮煩。宋江自到花榮寨裏，吃了四、五日酒。花榮手下有幾個梯己人，一日換一個，撥些碎銀子在他身邊，每日教相陪宋江去清風鎮街上，觀看市井喧嘩，村落宮觀寺院，閑走樂情。自那日爲始，這梯己人相陪著閑走，邀宋江去市井上閑頑。那清風鎮上也有幾座小勾欄，並茶坊、酒肆，自不必說得。當日宋江與這梯己人，在小勾欄裏閑看了一回，又去近村寺院道家宮觀遊賞一回，請去市鎮上酒肆中飲酒。臨起身時，那梯己人取銀兩還酒錢。宋江那裏肯要他還錢，卻自取碎銀還了。宋江歸來，又不對花榮說。那個同飲的人歡喜，又落得銀子，又得身閑，自此每日撥一個相陪，和宋江去閑走。每日又只是宋江使錢。自從到寨裏，無一個不敬愛他的。宋江在花榮寨裏，◎6住了

山東青州古城北門。拍攝時間1929年。（fotoe提供）

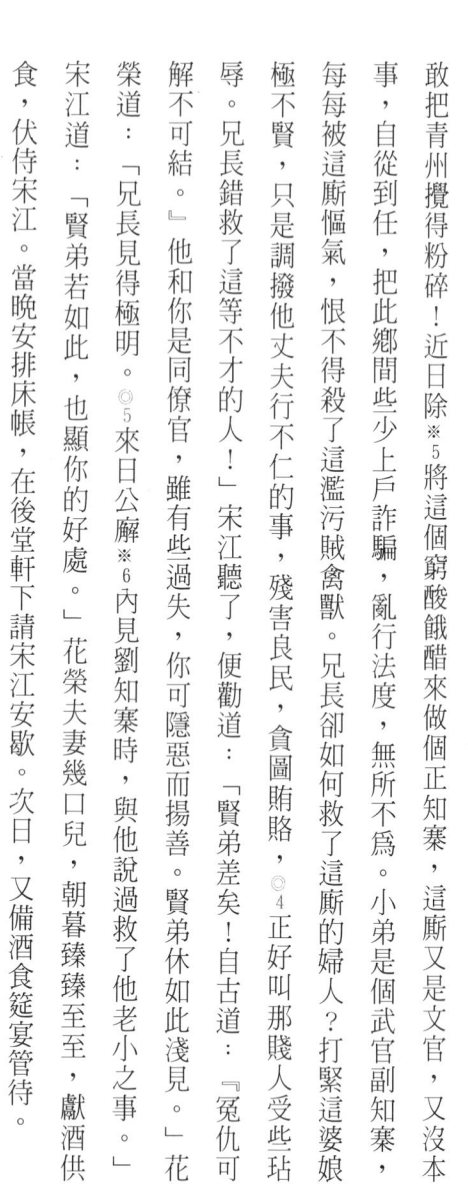

將及一月有餘，看看臘盡春回，又早元宵節近。

且說這清風寨鎮上居民，商量放燈一事，準備慶賞元宵。科斂錢物，去土地大王廟前扎縛起一座小鰲山，上面結彩懸花，張掛五、六百碗花燈。土地大王廟內，逞賽諸般社火※7。家家門前，扎起燈棚，賽懸燈火。市鎮上，諸行百藝都有。雖然比不得京師，只此也是人間天上。當下宋江在寨裏和花榮飲酒，正值元宵。是日晴明得好，花榮到巳牌前後，上馬去公廨內點起數百個軍士，教晚間去市鎮上彈壓。又點差許多軍漢，分頭去四下裏守把柵門。未牌時分回寨來，邀宋江吃點心。宋江對花榮說道：「聽聞此間市鎮上今晚點放花燈，我欲去看看。」◎7花榮答道：「小弟本欲陪侍兄長，奈緣我職役在身，不能夠閑步同往。今夜兄長自與家間二、三人去看燈，早早的便回。小弟在家專待家宴三杯，以慶佳節。」宋江道：「最好。」卻早天色向夜，東邊推出那輪明月上來。

正是：

玉漏銅壺且莫催，星橋火樹徹明開。

鰲山高聳青雲上，何處遊人不看來！

當晚宋江和花榮家親隨梯己人兩、三個，跟隨著緩步徐行。到這清風鎮上看燈時，只見家家門前，搭起燈棚，懸掛花燈，燈上畫著許多故事，也有剪彩飛白牡丹花燈，並

註

※5除：任命。
※6公廨：舊時稱官署。
※7社火：這裏是指各種遊藝節目，後文第五十八回「必然是社火中人故舊交友」的社火，指同行、同業的行會組織。

評點

◎4.貪污官，不賢婦，原是一類，罵得痛快。（芥眉）
◎5.宋江肯直說，花榮能受言，眞如朋友。（袁眉）
◎6.既道話休絮煩，緣何反絮煩起來。（容眉）
◎7.宋江看燈，乃惹禍漸在此矣。（余評）

芙蓉荷花異樣燈火。四、五個人，手廝挽著，來到大王廟前，看那小鰲山時，但見：

山石穿雙龍戲水，雲霞映獨鶴朝天。金蓮燈，玉梅燈，晃一片琉璃；荷花燈，芙蓉燈，散千團錦繡。銀蛾鬥彩，雙雙隨繡帶香球；雪柳爭輝，縷縷拂華旛翠幙。村歌社鼓，花燈影裏競喧闐；織婦蠶奴，畫燭光中同賞頑。雖無佳麗風流曲，盡賀豐登大有年。

當下宋江等四人在鰲山前看了一回，迤邐投南走。不過五、七百步，只見前面燈燭熒煌，一夥人圍住在一個大墻院門首熱鬧。鑼聲響處，衆人喝采。宋江看時，卻是一夥舞鮑老※8的。宋江矮矬，人背後看不見。那相陪的梯己人，卻認得社火隊裏，便教分開衆人，讓宋江看。那跳鮑老的身軀扭得村村勢勢※9的，宋江看了，呵呵大笑。只見這墻院裏面，卻是劉知寨夫妻兩口兒，和幾個婆娘在裏面看。◎8聽得宋江笑聲，那劉知寨的老婆，於燈下卻認得宋江，便指與丈夫道：「兀那個黑矮漢子，便是前日清風山搶擄下我的賊頭！」劉知寨聽了，吃一驚，便喚親隨六、七人，叫捉那個笑的黑漢子。宋江聽得，回身便走。走不過十餘家，衆軍漢趕上，把宋江捉住，拿了來，恰似皂鵰

清風寨過元宵，花榮值班，讓手下陪著宋江去看花燈。土地廟前扎起了一座小山，掛著數百只燈籠。（朱寶榮繪）

劉知寨夫妻兩個看花燈，他的婆娘對丈夫說，正在看花燈的黑胖子——宋江——是土匪的頭。圖左邊是劉知寨夫妻，中間是跳鮑老的，右面則是宋江。（選自《水滸傳版刻圖錄》，江蘇廣陵古籍刻印社）

追紫燕，正如猛虎啖羊羔。拿到寨裏，用四條麻索綁了，押至廳前。那三個梯己人，見捉了宋江去，自跑回來報與花榮知道。

且說劉知寨坐在廳上，叫解過那廝來，眾人把宋江簇擁在廳前跪下。劉知寨喝道：「你這廝是清風山打劫強賊，如何敢擅自來看燈！今被擒獲，有何理說？」宋江告道：「小人自是鄆城縣客人張三，◎9與花知寨是故友。來此間多日了，從不曾在清風山打劫。」劉知寨老婆卻從屛風背後轉將出來，喝道：「你這廝兀自賴哩！你記得教我叫你做大王時？」宋江告道：「恭人差矣！那時小人不對恭人說來：『小人自是鄆城縣客人，亦被擄掠在此間，不能夠下山去。』」劉知寨道：「你既是客人，被擄劫在那裏，今日如何能夠下山來，卻到我這裏看燈？」那婦人便說道：「你這廝在山上時，大剌剌的坐在中間交椅上，由我叫大王，那裏睬人！」◎10宋江道：「恭人，全不記我一力救你下山，如何今

※8鮑老：一種戴面具的滑稽舞。
※9村村勢勢：猶如現在說土頭土腦。

評點

◎8.武知寨便上馬去彈壓，文知寨便和婆娘看燈，往往如是矣。（金批）
◎9.卻巧冒著張三，正供出此人令受此苦。（袁眉）
◎10.婦人嘴惡，使人恨極。（芥眉）

日倒把我強扭做賊！」那婦人聽了大怒，指著宋江罵道：「這等賴皮賴骨，不打如何肯招！」劉知寨道：「說得是。」喝叫取過批頭來打那廝。一連打了兩料※10，打得宋江皮開肉綻，鮮血迸流。便叫把鐵鎖鎖了，明日合個囚車，把鄆城虎張三解上州里去。

卻說相陪宋江的梯己人，慌忙奔回來報知花榮。花榮聽罷大驚，連忙寫一封書，差兩個能幹親隨人，去劉知寨處取。親隨人齎了書，急忙到劉知寨門前。把門軍士入去報覆道：「花知寨差人在門前下書。」劉高叫喚至當廳。那親隨人將書呈上，劉高拆開封皮讀道：

花榮拜上僚兄相公座前：所有薄親劉丈，近日從濟州來，因看燈火，誤犯尊威，萬乞情恕放免，自當造謝。草字不恭，煩乞照察不宣。

劉高看了大怒，把書扯得粉碎，大罵道：「花榮這廝無禮！你是朝廷命官，如何卻與強賊通同，也來瞞我！這賊已招是鄆城縣張三，你卻如何寫道是劉丈？俺須不是你侮弄的。你寫他姓劉，是和我同姓，恁的我便放了他！」◎11喝令左右把下書人推將出去。那親隨人被趕出寨門，急急歸來，稟覆花榮知道。花榮聽了，只叫得：「苦了哥哥！快備我的馬來！」花榮披掛，拴束了弓箭，綽槍上馬，帶了三、五十名軍漢，都拖槍拽棒，直奔到劉高寨裏來。把門軍人見了，那裏敢攔當。見花榮頭勢不好，盡皆吃驚，都四散走了。花榮搶到廳前，下了馬，手中拿著槍，那三、五十人，都擺在廳前。花榮口裏叫道：「請劉知寨說話。」劉高聽得，驚得魂飛魄散，懼怕花榮是個武官，那裏敢出來相

評點

◎11.文官徒知此耳。（金批）
也說得是。（容眉）
◎12.到底有些武氣。（容眉）
◎13.劉高原來奪人也是。（容眉）

見。花榮見劉高不出來，立了一回，喝叫左右去兩邊耳房裏搜人。那三、五十軍漢一齊去搜時，早從廊下耳房裏尋見宋江，被麻索高吊起在梁上，又使鐵索鎖著，兩腿打得肉綻。幾個軍漢便把繩索割斷，鐵鎖打開，救出宋江。◎12花榮便叫軍士先送回家裏去。花榮上了馬，綽槍在手，口裏發話道：「劉知寨，你便是個正知寨，待怎地奈何了花榮！誰家沒個親眷！你卻甚麼意思？我的一個表兄，直拿在家裏，強扭做賊。好欺負人！明日和你說話。」花榮帶了眾人，自回到寨裏來看視宋江。

卻說劉知寨見花榮救了人去，急忙點起一、二百人，也叫來花榮寨奪人。◎13那二百人內，新有兩個教頭。為首的教頭，雖然了得些槍刀，終不及花榮武藝。不敢不從劉高，只得引了眾人，奔花榮寨裏來。把門軍士入去報知花榮。此時天色未甚明亮，那二百來人擁在門首，誰敢先入去，都懼怕花榮了得。看看天大明了，卻見兩扇大門不關，只見花知寨在正廳上坐著，左手拿著弓，右手挽著箭。眾人都擁在門前，花榮豎起弓，大喝道：「你這軍士

劉高抓住宋江，認定他是土匪頭，宋江不招認，便被吊起來抽打。
（日版畫，出自《新編水滸畫傳》，葛飾戴斗繪）

註

※10料：量詞。打了兩料，就是打了兩遍。

們，不知冤各有頭，債各有主。劉高差你來，休要替他出色※11。你那兩個新參教頭，還未見花知寨的武藝，今日先教你衆人看花知寨弓箭，然後你那廝們要替劉高出色，不怕的入來。看我先射大門上左邊門神的骨朵頭！」搭上箭，拽滿弓，只一箭，喝聲：「著！」正射中門神骨朵頭。衆人看了，都吃一驚。花榮又取第二枝箭，大叫道：「你們衆人，再看我這第二枝箭，要射右邊門神的頭盔上朱纓！」颼的又一箭，不偏不斜，正中纓頭上。那兩枝箭卻射定在兩扇門上。花榮再取第三枝箭，喝道：「你衆人看我第三枝箭，要射你那隊裏穿白的教頭心窩！」◎14那人叫聲：「哎呀！」便轉身先走。衆人發聲喊，一齊都走了。

花榮且叫閉上寨門，卻來後堂看覷宋江。花榮說道：「小弟誤了哥哥，受此之苦！」宋江答道：「我卻不妨，只恐劉高那廝，不肯和你干休。我們也要計較個常便※12。」花榮道：「小弟捨著棄了這道官誥※13，和那廝理會。」宋江道：「不想那婦人將恩作怨，教丈夫

⊗ 劉高派人來搶宋江，花榮揚言第三箭要射前面的教頭，後者轉身就逃，衆人跟著一哄而散。
（日版畫，出自《新編水滸畫傳》，葛飾戴斗繪）

花榮帶兵去搶宋江，發現宋江被吊在廊下耳房內，雙腿打得皮開肉綻，鮮血淋漓，花榮慌忙放下宋江。（朱寶榮繪）

打我這一頓。我本待自說出眞名姓來，卻又怕閻婆惜事發，因此只說鄆城客人張三。叵耐劉高無禮，要把我做鄆城虎張三，解上州去，合個囚車盛我。要做清風山賊首時，頃刻便是一刀一剮！不得賢弟自來力救，便有銅唇鐵舌，也和他分辯不得！」花榮道：「小弟尋思，只想他是讀書人，須念同姓之親，因此寫了『劉丈』，◎15不想他直恁沒些人情。如今既已救了來家，且卻又理會。」宋江道：「賢弟差矣。既然仗你豪勢，救了人來，凡事要三思。自古道：『吃飯防噎，行路防跌。』他被你公然奪了人來，急使人來搶，又被你一嚇，盡都散了，我想他如何肯干罷，必然要和你動文書。今晚我先走上清風山去躲避，你明日卻好和他白賴，終久只是文武不和相毆的官司。我若再被他拿出去時，你便和他分說不過。」花榮道：「小弟只是一勇之夫，卻無兄長的高明遠見。只恐兄長傷重

註

※11出色：賣力。

※12常便：長遠而穩妥的打算。後文第四十回中「問你個常便備細」，是原委的意思。也寫作「長便」。

※13官誥：皇帝給予官吏的文作憑、證件。

評點

◎14.總束一句，有力有采。（袁眉）

◎15.花知寨差矣，越是讀書人，越把同姓痛惡，越是同姓，越爲讀書人痛惡耳。讀至此處，我將聽普天下慨嘆之聲。（金批）

了，走不動。」宋江道：「不妨。事急難以耽擱，我自捱到山下便了。」當日敷貼了膏藥，吃了些酒肉，把包裹都寄在花榮處。黃昏時分，便使兩個軍漢，送出柵外去了。宋江自連夜捱去，不在話下。

再說劉知寨見軍士一個個都散回寨裏來，說道：「花知寨十分英勇了得！誰敢去近前當他弓箭！」兩個教頭道：「著他一箭時，射個透明窟窿，卻是都去不得！」劉高那廝，終是個文官，意思深狠，有些算計，當下尋思起來：「想他這一奪去，必然連夜放他上清風山去了，明日卻來和我白賴。便爭競到上司，也只是文武不和鬥毆之事，我卻如何奈何得他？◎16我今夜差二、三十軍漢去五里路頭等候。倘若天幸捉著時，將來悄悄的關在家裏，卻暗地使人連夜去州里，報知軍官下來取，就和花榮一發拿了，都害了他性命。那時我獨自霸著這清風寨，◎17省得受那廝們的氣。」當晚點了二十餘人，各執槍棒，連夜去了。約莫有二更時候，去的軍漢背剪綁得宋江到來。劉知寨見了，大喜道：「不出吾之所料。且與我囚在後院裏，休教一個人得知！」連夜便寫了實封申狀，差兩個心腹之人，星夜來青州府飛報。次日，花榮只道宋江上清風山去了，坐視在家，心裏自道：「我且看他怎地！」竟不來睬著。劉高也只做不知，兩下都不說著。

且說這青州府知府，正值升廳公座。那知府複姓慕容，雙名彥達，是今上徽宗天子慕容貴妃之兄。倚托妹子的勢，要在青州橫行，殘害良民，欺罔僚友，無所不爲。正欲回衙早飯，只見左右公人，接上劉知寨申狀，飛報賊情公事。知府接來，看了劉高的

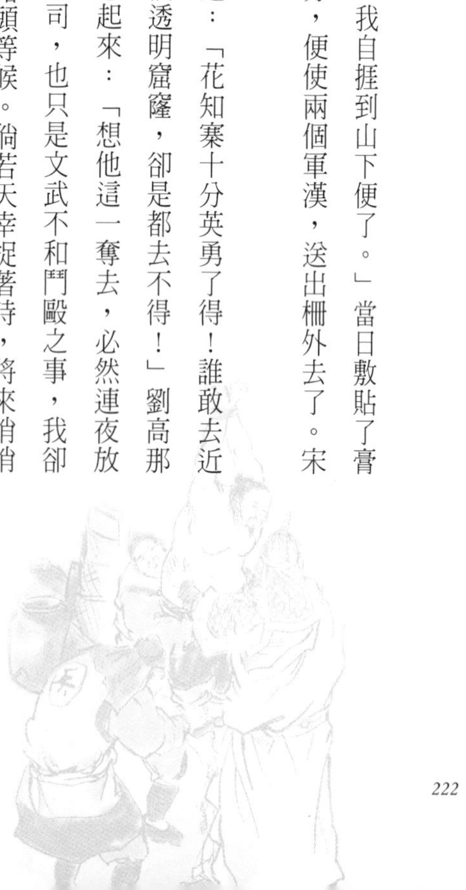

文書，吃了一驚，便道：「花榮是個功臣之子，如何結連清風山強賊？這罪犯非小！未委虛的。」便教喚那本州兵馬都監，來到廳上，分付他去。原來那個都監姓黃名信，爲他本身武藝高強，威鎭青州，因此稱他爲鎭三山。那青州地面，所管下有三座惡山：第一便是清風山，第二便是二龍山，第三便是桃花山，這三處都是強人草寇出沒的去處。黃信卻自誇要捉盡三山人馬，因此喚做鎭三山。這兵馬都監黃信上廳來，領了知府的言語，出來點起五十個壯健軍漢，披掛了衣甲，馬上擎著那口喪門劍，連夜便下清風寨來，逕到劉高寨前下馬。劉知寨出來接著，請到後堂，敘禮罷，一面安排酒食管待，一面犒賞軍士。後面取出宋江來，教黃信看了。黃信道：「這個不必問了。連夜合個囚車，把這廝盛在裏面。」頭上抹了紅絹，插一個紙旗，上寫著「清風山賊首鄆城虎張三」。宋江那裏敢分辯，只得由他們安排。黃信再問劉高道：「你拿得張三時，花榮知也不知？」◎18劉高道：「小官夜來二更拿了他，悄悄的藏在家裏，花榮只道去了，安坐在家。」黃信道：「既是恁的，卻容易。明早安排一副羊酒，去大寨裏公廳上擺著，卻教四下裏埋伏下三、五十人，預備著。我卻自去花榮家請得他來，只推道：『慕容知府聽得你文武不和，因此特差我來置酒勸諭。』賺到公廳，只看我擲盞爲號，就下手拿住了，一同解上州裏去。此計如何？」◎19劉高喝采道：「還是相公高見！此計大妙！卻似『甕中捉鼈，手到拿來』！」

當夜定了計策，次日天曉，先去大寨左右兩邊帳幕裏，預先埋伏了軍士，廳上虛

評點

◎16.劉高又賊。（金批）
嫌太猜得著，左傳之病亦同此。（袁夾）
◎17.單單爲此，便起惡心。（袁夾）
◎18.此下一段專爲黃信。（金眉）
黃信亦有智略，並計捉花榮，波瀾又闊。（袁眉）
◎19.好，好，有算計。（容眉）

設著酒食筵宴。早飯前後，黃信上了馬，只帶三、兩個從人，來到花榮寨前。軍人入去傳報，花榮問道：「來做甚麼？」軍漢答道：「只聽得教報道黃都監特來相探。」花榮聽罷，便出來迎接。黃信下馬，花榮請至廳上，敘禮罷，便問道：「都監相公，有何公幹到此？」黃信道：「下官蒙知府呼喚，發落道：爲是你清風寨內文武官僚不和，未知爲甚緣由。知府誠恐二位因私仇而誤公事，特差黃某齎到羊酒前來，與你二位講和。已安排在大寨公廳上，便請足下上馬同往。」花榮笑道：「花榮如何敢欺罔劉高？他又是個正知寨。只是本人累累要尋花榮的過失，不想驚動知府，有勞都監下臨草寨，花榮將何以報？」黃信附耳低言道：「知府只爲足下一人。倘有些刀兵動時，他是文官，做得何用？你只依著我行。」花榮道：「深謝都監過愛。」黃信便邀花榮同出門首上馬。花榮道：「且請都監少敘三杯了去。」黃信道：「待說開了，暢飲何妨。」花榮只得叫備馬。當時兩個並馬而行，直來到大寨，下了馬，黃信攜著花榮的手，同上公廳來，只見劉高已自先在公廳上。三個人都相見了。黃信叫取酒來，從人已自先把花榮的馬牽將出去，閉了寨門。花榮不知是計，只想黃信是一般武官，必無歹意。黃信擎一盞酒來，先勸劉高道：「知府爲因聽得你文武二官同僚不和，好生憂心。今日特委黃信到來，與你二公陪話。煩望只以報答朝廷爲重，再後有事，和同商議。」劉高答道：「量劉高不才，頗識些理法，直教知府恩相如此掛心。我二人也無甚言語爭執，此是外人妄傳。」黃信大笑道：「妙哉！」劉高飲過酒，黃信又斟第二杯酒，來勸花榮道：「雖然是劉知

寨如此說了，想必是閑人妄傳，故是如此，且請飲一杯。」花榮接過酒吃了，劉高拿副臺盞，斟一盞酒回勸黃信道：「動勞都監相公降臨敝地，滿飲此杯。」黃信接過酒來，拿在手裏，把眼四下一看，有十數個軍漢簇上廳來。黃信把酒盞望地下一擲，只聽得後堂一聲喊起，兩邊帳幕裏走出三、五十個壯健軍漢，一發上，把花榮拿倒在廳前。◎20黃信喝道：「綁了！」花榮一片聲叫道：「我得何罪？」黃信大笑，喝道：「你兀自敢叫哩！你結連清風山強賊，一同背反朝廷，當得何罪！我念你往日面皮，不去驚動拿你家老小！」◎21花榮叫道：「也須有個證見！」黃信道：「還你一個證見，教你看眞贓眞賊，我不屈你。左右，與我推將來！」無移時，一輛囚車，一個紙旗兒，一條紅抹額，從外面推將入來。花榮看時，卻是宋江。目睜口呆，面面廝覷，做聲不得。黃信喝道：「這須不干我事，現有告人劉高在此。」花榮道：「不妨，不妨！這是我的親眷。他自是鄆城縣人，你要強扭他做賊，到上司自有分辯處。」黃信道：「你既然如此說時，我只解你上州裏，你自去分辯。」便叫劉知寨點起一百寨兵防送。花榮便對黃信說道：「都監賺我來，雖然捉了我，便到朝廷，和他還有分辯。◎22可看我和都監一般武職官面，休去我衣服，◎23容我坐在囚車裏。」黃信道：「這一件容易，便依著你。就叫劉知寨一同去州裏折辯明白，休要枉害人性命。」◎24當時黃信與劉高都上了馬，監押著兩輛囚車，並帶三、五十軍士、一百寨兵，簇擁著車子，取路奔青州府來。有分教：火焰堆裏，送數百間屋宇人家；刀斧叢中，殺一、二千殘生性命。正是：生事事生君莫怨，害人人害汝休嗔。畢竟解宋江投青州來，怎地脫身？且聽下回分解。◎25

評點

◎20.花榮爲宋江而後入清風山，乃劉高、黃信激之也。（余評）
◎21.此卻不是黃信交情，正是文章要著。（金批）
◎22.上司朝廷有可分辯處，便是太平世界。（袁眉）
◎23.此亦不是花榮愛好，正是文章要著。（金批）
◎24.此卻不是黃信公道，正是文章要著，入下回便知。（金批）
◎25.恩將仇報，世上多有此事，只看劉知寨妻認公明爲賊，眞使人恨極。（袁評）

第三十四回

鎮三山大鬧青州※1道　霹靂火夜走瓦礫場◎1

話說那黃信上馬，手中橫著這口喪門劍；劉知寨也騎著馬，身上披掛些戎衣，手中拿一把叉。◎2那一百四、五十軍漢寨兵，各執著纓槍、棍棒，腰下都帶短刀、利劍，兩下鼓，一聲鑼，解宋江和花榮望青州來。衆人都離了清風寨，行不過三、四十里路頭，前面見一座大林子。正來到那山嘴邊，前頭寨兵指道：「林子裏有人窺望。」都立住了腳。黃信在馬上問道：「爲甚不行？」軍漢答道：「前面林子裏有人窺看。」黃信喝道：「休睬他，只顧走！」

看看漸近林子前，只聽得噹噹的二、三十面大鑼，一齊響起來。那寨兵人等，都慌了手腳，只待要走。黃信喝道：「且住！都與我擺開！」叫道：「劉知寨，你壓著囚車。」劉高在馬上，死應不得，只口裏唸道：「救苦救難天尊※2！」便許下十萬卷經、三百座寺，救一救！驚得臉如成精的東瓜，青一回，黃一回。◎3這黃信是個武官，終有些膽量，便拍馬向前看時，只見林子四邊齊齊的分過

黃信提著一口劍，帶領一百多軍漢，押解宋江和花榮望青州來，卻被燕順等三人打得狼狽而逃。（選自《水滸傳版刻圖錄》，江蘇廣陵古籍刻印社）

三、五百個小嘍囉來，一個個身長力壯，都是面惡眼凶，頭裹紅巾，身穿衲襖，腰懸利劍，手執長槍，早把一行人圍住。林子中跳出三個好漢來，一個穿青，一個穿綠，一個穿紅，都戴著一頂銷金萬字頭巾，各跨一口腰刀，又使一把朴刀，當住去路。中間是錦毛虎燕順，上首是矮腳虎王英，下首是白面郎君鄭天壽。三個好漢大喝道：「來往的到此當住腳！留下三千兩買路黃金，任從過去！」黃信在馬上大喝道：「你那廝們，不得無禮，鎮三山在此！」三個好漢睜著眼，大喝道：「你便是鎮萬山，也要三千兩買路黃金！沒時，不放你過去！」黃信說道：「我是上司取公事的都監，有甚麼買路錢與你？」那三個好漢笑道：「莫說你是上司一個都監，便是趙官家駕過，也要三千貫買路錢。若是沒有，且把公事人※3當※4在這裏，待你取錢來贖！」黃信大怒，罵道：「強賊，怎敢如此無禮！」喝叫左右擂鼓鳴鑼。黃信拍馬舞劍，直奔燕順。三個好漢一齊挺起朴刀，來戰黃信。黃信見三個好漢都來☒他，奮力在馬上鬥了十合，怎地當得他三個住？

註

※1青州：州名，今天山東省益都。
※2天尊：道教對所奉天神中最高貴者的尊稱。
※3公事人：這裏指的是犯人。
※4當：抵押。

評點

◎1.吾觀元人雜劇，每一篇爲四折，每折止用一人獨唱，而同場諸人，僅以科白從旁挑動承接之。此無他，蓋昔者之人，其胸中自有一篇一篇絕妙文字，篇各成文，文各有意，有起有結，有開有闔，有彼有應，有頓有跌，特無所附麗，則不能以空中抒寫，故不得已旁托古人生死離合之事，借題作文。彼其意，期於後世之人，見吾之文而止，初不取古人之事得吾之文而見也。自雜劇之法壞，而一篇之事乃有四十餘折，一折之辭乃用數人同唱，於是辭煩節促，比於蛙鼓；句斷字歇，有如病夫。又一似古人之事全賴後人傳之，而文章在所不問也者。而冬烘學究，乳臭小兒，咸搖筆洒墨來作傳奇矣。稗官亦然。稗官固效古史氏法也，雖一部前後必有數篇，一篇之中凡有數事，然但有一人必爲一人立傳，若有十人必爲十人立傳。夫人必立傳者，史氏一定之例也。而事則通長者，文人聯貫之才也。故有某甲、某乙共爲一事，而實書在某甲傳中，斯與某乙無與也。又有某甲、某乙不必共爲一事，而於某甲傳中忽然及於某乙，此固作者心愛某乙，不能暫忘，苟有便可以及之，輒遂及之，是又與某甲無與。故曰：文人操管之際，其權爲至重也。夫某甲傳中忽及某乙者，如宋江傳中再述武松，是其例也。書在甲傳，乙則無與者，如花榮傳中不重宋江，是其例也。夫一人有一人之傳，一傳有一篇之文，一文有一端之指，一指有一定之歸。世人不察，乃又搖筆洒墨，紛紛來作稗官，何其游手好閑一至於斯也！古本《水滸》寫花榮，便寫到宋江悉爲花榮所用。俗本只落一、二字，其醜遂不可當。不知何人所改，既不可致詰，故特取其例一述之。（金批）
◎2.說劉知寨裝束，字中有眼，妙。（芥眉）
◎3.絕倒。亦是奇語。（金批）

亦且劉高是個文官，又向前不得，見了這般勢頭，只等要走。黃信怕吃他三個拿了，壞了名聲，只得一騎馬，撲喇喇跑回舊路。三個頭領挺著朴刀趕將來。黃信那裏顧得衆人，獨自飛馬奔回清風鎮去了。衆軍見黃信回馬時，已自發聲喊，撇了囚車，都四散走了。只剩得劉高，◎4見勢頭不好，慌忙勒轉馬頭，連打三鞭。那馬正待跑時，被那小嘍囉拽起絆馬索，早把劉高的馬掀翻，倒撞下來。衆小嘍囉一發向前，拿了劉高，搶了囚車，打開車輛。花榮已把自己的囚車掀開了，便跳出來，將這縛索都掙斷了，卻打碎那個囚車，救出宋江來。自有那幾個小嘍囉，已自反剪※5了劉高，又向前去搶得他騎的馬，亦有三匹駕車的馬。卻剝了劉高的衣服，與宋江穿了，把馬先送上山去。這三個好漢一同花榮並小嘍囉，把劉高赤條條的綁了押回山寨來。◎5原來這三位好漢，爲因不知宋江消息，差幾個能幹的小嘍囉下山，直來清風鎮上探聽，聞人說道：「都監黃信擲盞爲號，拿了花知寨並宋江，陷車囚了，解投青州來。」因此報與三個好漢得知，帶了人馬，大寬轉兜出大路來，

黃信見賊人勢力大，打馬便跑，燕順等便救出了囚車中的宋江和花榮。（朱寶榮繪）

預先截住去路，小路裏亦差人伺候。因此救了兩個，拿得劉高，都回山寨裏來。

當晚上得山時，已是二更時分，都到聚義廳上相會。請宋江、花榮當中坐定，三個好漢對席相陪，一面且備酒食管待。燕順分付，叫孩兒們各自都去吃酒。花榮在廳上稱謝三個好漢，說道：「花榮與哥哥皆得三位壯士救了性命，報了冤仇，此恩難報。只是花榮還有妻小、妹子在清風寨中，必然被黃信擒捉，卻是怎生救得？」燕順道：「知寨放心，料應黃信不敢便拿恭人。若拿時，也須從這條路裏經過。◎6我明日弟兄三個下山，去取恭人和令妹還知寨。」便差小嘍囉下山，先去探聽。花榮謝道：「深感壯士大恩！」宋江便道：「且與我拿過劉高那廝來。」燕順便道：「把他綁在將軍柱上，割腹取心，與哥哥慶喜。」花榮道：「我親自下手割這廝！」宋江罵道：「你這廝，我與你往日無冤，近日無仇，你如何聽信那不賢的婦人害我！今日擒來，有何理說？」花榮道：「哥哥問他則甚？」把刀去劉高心窩裏只一剜，那顆心獻在宋江面前，◎7小嘍囉自把屍首拖在一邊。宋江道：「今日雖殺了這廝濫污匹夫，只有那個淫婦不曾殺得，未出那口大氣！」

宋代的軍隊訓練、裝備均十分精良，缺點則在於對軍官防備太多，且地位低下。圖為重慶合川釣魚城遺址仿宋朝的軍旗。（魏德智提供）

註

※5反剪：將雙手反綁於背後。

評點

◎4.寫得好。讀至此，始知前文要劉高同來對理之妙。不然，則重要到鎮捉劉高也。（金批）

◎5.宋江、花榮得燕順之救，乃天使之然也。既而劉高被害，亦爲不賢之婦所招也。（余評）

◎6.讀至此，始知前文黃信許花榮不拿家小之妙。（金批）

◎7.花榮文甚。不是花榮説，便要寫劉高許多搖尾乞命之話，汚筆壞紙極矣。（金批）

王矮虎便道：「哥哥放心，我明日自下山去，拿那婦人，今番還我受用。」衆皆大笑。當夜飲酒罷，各自歇息。次日起來，商議打清風寨一事。燕順道：「昨日孩兒們走得辛苦了，今日歇他一日，明日早下山去也未遲。」宋江道：「也見得是，正要將息人強馬壯，不在促忙。」

不說山寨整點軍馬起程，且說都監黃信一騎馬奔回清風鎮上大寨內，便點寨兵人馬，緊守四邊柵門。黃信寫了申狀，叫兩個教軍頭目，飛馬報與慕容知府。知府聽得飛報軍情緊急公務，連夜升廳，看了黃信申狀：「反了花榮，結連清風山強盜，時刻清風寨不保，事在告急，早遣良將保守地方！」知府看了大驚，便差人去請青州指揮司總管本州兵馬秦統制，急來商議軍情重事。那人原是山後開州※6人氏，姓秦諱個明字，因他性格急燥，◎8聲若雷霆，以此人都呼他做霹靂火秦明。祖是軍官出身，使一條狼牙棒，有萬夫不當之勇。那人聽得知府請喚，逕到府裏來見知府，各施禮罷。那慕容知府將出那黃信的飛報申狀來，教秦統制看了，秦明大怒道：「紅頭子※7敢如此無禮！不須公祖憂心，不才便起軍馬，不拿了這賊，誓不再見公祖！」慕容知府道：「將軍若是遲慢，恐這廝們去打清風寨。」秦明答道：「此事如何敢遲誤？只今連夜便去點起人馬，來日早行。」知府大喜，忙叫安排酒肉乾糧，先去城外等候賞軍。秦明見說反了花榮，怒忿忿地上馬，奔到指揮司裏，便點起一百馬軍、四百步軍，先叫出城去取齊，擺佈了起身。卻說慕容知府先在城外寺院裏蒸下饅頭，擺了大碗，燙下酒，每一個人三碗酒、

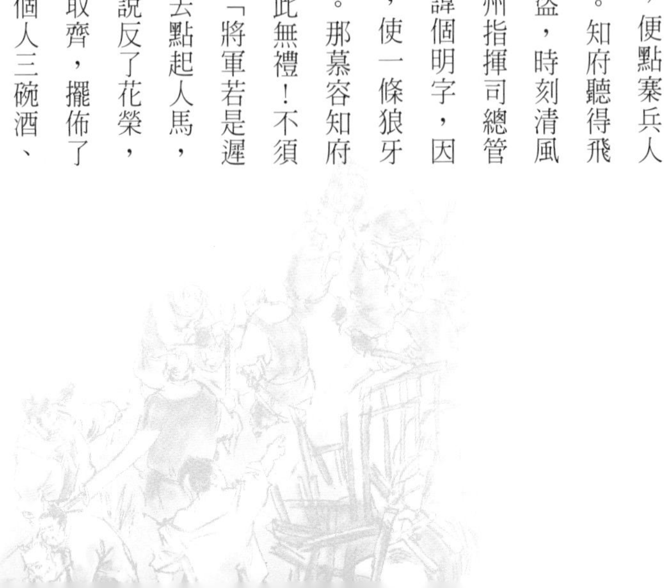

兩個饅頭、一斤熟肉。◎9方纔備辦得了，卻望見軍馬出城，看那軍馬時，擺得整齊。但見：

烈烈旌旗似火，森森戈戟如麻。陣分八卦擺長蛇，委實神驚鬼怕。槍見綠沉紫焰，旗飄繡帶紅霞，馬蹄來往亂交加。乾坤※8生殺氣，成敗屬誰家。

當日清早，秦明擺佈軍馬，出城取齊，引軍紅旗上大書「兵馬總管秦統制」，領兵起行。慕容知府看見秦明全副披掛了出城來，果是英雄無比。但見：

盔上紅纓飄烈焰，錦袍血染猩猩，連環鎖甲砌金星。雲根靴抹綠，龜背鎧堆銀。坐下馬如同獬豸※9，狼牙棒密嵌銅釘，怒時兩目便圓睜。性如霹靂火，虎將是秦明。

當下霹靂火秦明在馬上出城來，見慕容知府在城外賞軍，慌忙叫軍漢接了軍器，下馬來和知府相見，施禮罷，知府把了盞，將些言語囑付總管道：「善覷方便，早奏凱歌。」賞軍已罷，放起信炮，秦明辭了知府，飛身上馬，擺開隊伍，催趲軍兵，大刀闊斧，逕奔清風寨來。◎10原來這清風鎮卻在青州東南上，從正南取清風山較近，可早到山北小路。◎11卻說清風山寨裏這小嘍囉們探知備細，報上山來。山寨裏衆好漢正待要打清風寨去，只聽得報道：「秦明引兵馬到來！」都面面廝覷，俱各駭然。花榮便道：「你

註

※6開州：今天河南濮陽縣。
※7紅頭子：強盜。
※8乾坤：天地。
※9獬豸：古代傳說中的異獸，能辨曲直，見有人爭鬥就用角去頂壞人。

評點

◎8.或曰當作躁，不知燥字乃妙。（袁夾）
◎9.須知此非閑筆，蓋因知府賞軍，便得先見秦統制一番軍容，先見一番軍容，便令後文宋江定計，不寫已見。（金批）
◎10.秦明湧湧離府而捉花榮，比劉高心膽大矣。（余評）
◎11.有此句，便令在前不礙不收花家老小，在後不礙單騎來說黃信也。（金批）

衆位俱不要慌。自古兵臨告急，必須死敵！教小嘍囉飽吃了酒飯，只依著我行。先須力敵，後用智取，如此如此，好麼？」宋江道：「好計！正是如此行！」當日宋江、花榮先定了計策，便叫小嘍囉各自去準備。花榮自選了一騎好馬、一副衣甲、弓箭、鐵槍，都收拾了等候。

再說秦明領兵來到清風山下，離山十里，下了寨柵。次日五更造飯，軍士吃罷，放起一個信炮，直奔清風山來。揀空闊去處，擺開人馬，發起擂鼓，只聽見山上鑼聲震天響，飛下一彪人馬出來。秦明勒住馬，橫著狼牙棒，睜著眼看時，卻見衆小嘍囉簇擁著小李廣花榮下山來。到得山坡前，一聲鑼響，列成陣勢，花榮在馬上擎著鐵槍，朝秦明聲個喏。秦明大喝道：「花榮！你祖代是將門之子，朝廷命官，教你做個知寨，掌握一境地方，食祿於國，有何虧你處？卻去結連賊寇，反背朝廷。我今特來捉你，會事的※10下馬受縛，免得腥手污腳。」花榮陪著笑道◎12：「總管容覆聽稟，量花榮如何肯反背朝廷？實被劉高這廝無中生有，官報私仇，逼迫得花榮有家難奔，有國難投，權且躲避在此，望總管詳察救解。」秦明道：「你兀自不下馬受縛，更待何時？剗地花言巧語，煽惑軍心！」喝叫左右兩邊擂鼓。秦明掄動狼牙棒，直奔花榮。花榮大笑道：

漢代騎兵俑。騎馬作戰移動速度快，機動性亦提高不少。

評點

◎12.看他一個只是笑，一個只是怒，一個儒雅，一個性急，各各如畫。（金批）
◎13.花榮、秦明相鬥不分勝敗，此棋逢敵手之說。（余評）

「秦明，你這廝原來不識好人饒讓！我念你是個上司官，你道俺眞個怕你！」便縱馬挺槍，來戰秦明。兩個就清風山下廝殺，眞乃是棋逢敵手難藏幸，將遇良才好用功。這兩個將軍比試，但見：

一對南山猛虎，兩條北海蒼龍。龍怒時頭角崢嶸，虎鬥處爪牙獰惡。爪牙獰惡，似銀鉤不離錦毛團；頭角崢嶸，如銅葉振搖金色樹。翻翻覆覆，點鋼槍沒半米放閑；往往來來，狼牙棒有千般解數。狼牙棒當頭劈下，離頂門只隔分毫；點鋼槍用力刺來，望心坎微爭半指。使點鋼槍的壯士，威風上逼斗牛寒；舞狼牙棒的將軍，怒氣起如雲電發。一個是扶持社稷天蓬將，一個是整頓江山黑煞神。

當下秦明和花榮兩個交手，鬥到四、五十合，不分勝敗。◎13花榮連鬥了許多合，賣個破綻，撥回馬望山下

註

※10 會事的：懂事的。

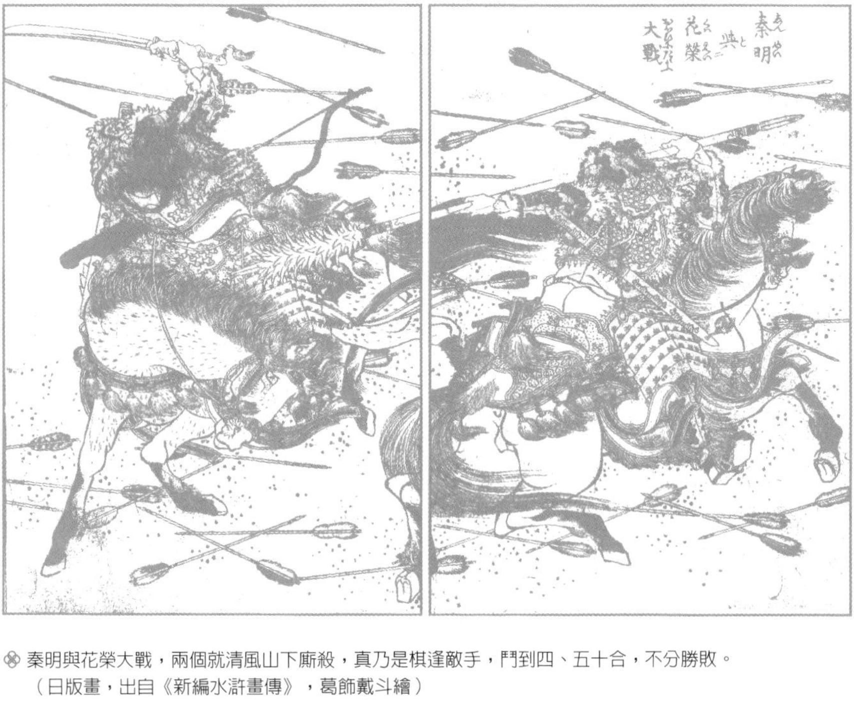

秦明與花榮大戰，兩個就清風山下廝殺，眞乃是棋逢敵手，鬥到四、五十合，不分勝敗。
（日版畫，出自《新編水滸畫傳》，葛飾戴斗繪）

小路便走。秦明大怒，趕將來。花榮把槍去了事環上帶住，把馬勒個定，左手拈起弓，右手拔箭，拽滿弓，扭過身軀，望秦明盔頂上只一箭，正中盔上，射落斗來大那顆紅纓，卻似報個信與他。秦明吃了一驚，不敢向前追趕，霍地撥回馬，恰待趕殺，衆小嘍囉一哄地都上山去了。花榮自從別路，也轉上山寨去了。秦明見他都走散了，心中越怒道：「叵耐這草寇無禮！」喝叫鳴鑼擂鼓，取路上山。衆軍齊聲吶喊，步軍先上山來。轉過三、兩個山頭，只見上面擂木、炮石、灰瓶、金汁，從險峻處打將下來。向前的退步不迭，早打倒三、五十個，只得再退下山來。

秦明是個性急的人，心頭火起，那裏按捺得住。帶領軍馬，繞山下來，尋路上山。尋到午牌時分，只見西山邊鑼響，樹林叢中閃出一對紅旗軍來。秦明引了人馬，趕將去時，鑼也不響，紅旗都不見了。◎14秦明看那路時，又沒正路，都只是幾條砍柴的小路，卻把亂樹折木，交叉當了路口，又不能上去得。正待差軍漢開路，只見軍漢來報道：「東山邊鑼響，一陣紅旗軍出來。」秦明引了人馬，飛也似奔過東山邊來看時，鑼也不鳴，紅旗也不見了。秦明縱馬去四下裏尋路時，都是亂樹折木，塞斷了砍柴的路徑。只見探事的又來報道：「西邊山上鑼又響，紅旗軍又出來了。」秦明拍馬再奔來西山邊，看時，又不見一個人，紅旗也沒了。秦明是個急性的人，◎15恨不得把牙齒都咬碎了。正在西山邊氣忿忿的，又聽得東山邊鑼聲震地價響，急帶了人馬，又趕過來東山邊看時，又不見有一個賊漢，紅旗都不見了。秦明氣滿胸脯，又要趕軍漢上山尋路，只聽

得西山邊又發起喊來。秦明怒氣衝天，大驅兵馬，投西山邊來，山上山下看時，並不見一個人。秦明喝叫軍漢，兩邊尋路上山，數內有一個軍人稟說道：「這裏都不是正路，只除非東南上有一條大路，可以上去。若是只在這裏尋路上去時，惟恐有失。」秦明聽了，便道：「既有那條大路時，連夜趕將去！」便驅一行軍馬奔東南角上來。看看天色晚了，又走得人困馬乏。巴得到那山下時，正欲下寨造飯，只見山上火把亂起，鑼鼓亂鳴。秦明轉怒，引領四、五十馬軍跑上山來。只見山上樹林內亂箭射將下來，又射傷了些軍士，秦明只得回馬下山，且教軍士只顧造飯。恰纔舉得火著，只見山上有八、九十把火光，呼風唿哨下來。秦明急待引軍趕時，火把一齊都滅了。當夜雖有月光，亦被陰雲籠罩，不甚明朗。◎16秦明怒不可當，便叫軍士點起火把，燒那樹木，只聽得山嘴上鼓笛之聲。秦明縱馬上來看時，見山頂上點著十餘個火把，照見花榮陪侍著宋江在上面飲酒。秦明看了，心中沒出氣處，勒著馬，在山下大罵。花榮回言道：「秦統制，你不必焦躁，且回去將息著，我明日和你併個你死我活的輸贏便罷。」秦明大叫道：「反賊，你便下來，我如今和你併個三百合，卻再做理會！」花榮笑道：「秦總管，你今日勞困了，我便贏得你，也不爲強。你且回去，明日卻來。」秦明越怒，只管在山下罵，本待尋路上山，卻又怕花榮的弓箭，因此只在山坡下罵。正叫罵之間，只聽得本部下軍馬發起喊來。秦明急回到山下看時，只見這邊山上，火炮火箭，一齊燒將下來。背後二、三十個小嘍囉做一群，把弓弩在黑影裏射人。衆軍馬發喊，一齊都擁過那邊山側深坑裏

評點

◎14.是個奈何性急人的法兒。（袁眉）
◎15.看他用許多怒字，寫秦明性急，皆太史法。（金眉）（金聖歎本、百回本此處均爲秦明怒壞，故有此評。——編者按）
◎16.找上一句好，便先爲假秦明留一地也。（金批）

去躲。此時已有三更時分，衆軍馬正躲得弩箭時，只叫得苦，上溜頭滾下水來，一行人馬卻都在溪裏，各自掙扎性命。爬得上岸的，盡被小嘍囉撓鈎搭住，活捉上山去了。爬不上岸的，盡渰死在溪裏。且說秦明此時怒氣衝天，腦門粉碎，卻見一條小路在側邊，秦明把馬一撥，搶上山來。走不到三、五十步，和人連馬攧下陷坑裏去。兩邊埋伏下五十個撓鈎手，把秦明搭將起來，剝了渾身戰襖、衣甲、頭盔、軍器，拿條繩索綁了，把馬也救起來，都解上清風山來。

原來這般圈套，都是花榮和宋江的計策。◎17先使小嘍囉或在東，或在西，引誘得秦明人困馬乏，策立不定；預先又把這土布袋塡住兩溪的水，等候夜深，卻把人馬逼趕溪裏去，上面卻放下水來。那急流的水都結果了軍馬。你道秦明帶出的五百人馬，一大半渰死在水中，都送了性命；生擒活捉得一百五、七十人，奪了七、八十匹好馬，不曾逃得一個回去。次後陷馬坑裏活捉了秦明。當下一行小嘍囉捉秦明到山寨裏，早是天明時候。五位好漢坐在聚義廳上，小嘍囉縛綁秦明解在廳前。花榮見了，連忙跳離交椅，接下廳來，親自解了繩索，扶上廳來，納頭拜在地下。秦明慌忙答禮，便道：「我是被擒之人，由你們碎屍而死，何故卻來拜我？」花榮跪下道：「小嘍囉不識尊卑，誤有冒瀆，切乞恕罪！」隨即便取衣服與秦明穿了。秦明問花榮道：「這位爲頭的好漢，卻是甚人？」花榮道：「這位是花榮的哥哥，鄆城縣宋押司宋江的便是。這三位是山寨之主，燕順、王英、鄭天壽。」秦明道：「這三位我自曉得，這宋押司莫不是喚做山東及

時雨宋公明麼？」宋江答道：「小人便是。」秦明連忙下拜道：「聞名久矣！不想今日得會義士！」宋江慌忙答禮不迭。秦明見宋江腿腳不便，問道：「兄長如何貴足不便？」宋江卻把自離鄆城縣起頭，直至劉知寨拷打的事故，從頭對秦明說了一遍。秦明只把頭來搖道：「若聽一面之詞，誤了多少原故！容秦明回州去對慕容知府說知此事。」燕順相留且住數日，隨即便叫殺牛宰馬，安排筵席飲宴。拿上山的軍漢，都藏在山後房裏，也與他酒食管待。秦明吃了數杯，起身道：「眾位壯士，既是你們的好情分，不殺秦明，還了我盔甲、馬匹、軍器，◎18回州去。」燕順道：「總管差矣！你既是引了青州五百兵馬，都沒了，如何回得州去？慕容知府如何不見你罪責？不如權在荒山草寨住幾時。本不堪歇馬，權就此間落草，論秤分金銀，整套穿衣服，不強似受那大頭巾的氣？」◎19秦明聽罷，便下廳道：「秦明生是大宋人，死是大宋鬼。朝廷教我做到兵馬總管，兼受統制使官職，又不曾虧了秦明，我如何肯做強人，背反朝廷？你們眾位要殺時，便殺了我，◎20休想我隨順你們。」花榮趕下廳來拖住道：「秦兄長息怒，聽小弟一言。我也是朝廷命官之子，無可奈何，被逼迫得如此。總管既是不肯落草，如何相逼得你隨順？只且請少坐，席終了時，小弟討衣甲、頭盔、鞍馬、軍器還兄長去。」秦明那裏肯坐。◎21花榮又勸道：「總管夜來勞神費力了一日一夜，人也尚自當不得，那匹馬如何不喂得他飽了去？」秦明聽了，肚內尋思：也說得是。再上廳來，坐了飲酒。那五位好漢輪番把盞，陪話勸酒。秦明一則軟困，二乃吃眾好漢勸不過，開懷吃得醉了，扶

評點

◎17.計出花榮，只是個知彼。（袁眉）
◎18.妙筆，令我讀之而笑。（金批）
◎19.大頭巾爲人所厭惡如此。（容眉）
◎20.是個忠義漢子。（容夾）
◎21.此段只寫下廳上廳，又許多光景。（袁眉）

入帳房睡了。這裏眾人自去行事，不在話下。

且說秦明一覺直睡到次日辰牌方醒，跳將起來，洗漱罷，便要下山。眾好漢都來相留道：「總管，且吃早飯動身，送下山去。」秦明性急的人，便要下山。眾人慌忙安排些酒食管待了，取出頭盔、衣甲，與秦明披掛了，牽過那匹馬來，並狼牙棒，先叫人在山下伺候。五位好漢都送秦明下山來，相別了，交還馬匹軍器。秦明上了馬，拿著狼牙棒，趁天色大明，離了清風山，取路飛奔青州來。到得十里路頭，恰好巳牌前後，遠遠地望見煙塵亂起，並無一個人來往。秦明見了，心中自有八分疑忌，到得城外看時，原來舊有數百人家，卻都被火燒做白地，一片瓦礫場上，橫七豎八，殺死的男子、婦人不計其數。◎22秦明看了大驚，打那匹馬在瓦礫場上，跑到城邊，大叫開門時，只見門邊吊橋高拽起了，都擺列著軍士、旌旗、擂木、炮石。秦明勒著馬大叫：「城上放下吊橋，度我入城！」城上早有人看見是秦明，便擂起鼓來，吶著喊。秦明叫道：「我是秦總管，如何不放我入城？」只見慕容知府立在城上女墻邊大喝道：「反賊！你如何不識羞恥！昨夜引人馬來打城子，把許多好百姓殺了，又把許多房屋燒了。今日兀自又來賺哄城門！朝廷須不曾虧負了你，你這廝倒如何行此不仁！已自差人奏聞朝廷去了，早晚拿住你時，把你這廝碎屍萬段！」秦明大叫道：「公祖差矣！秦明因折了人馬，又被這廝們捉了上山去，方纔得脫，昨夜何曾來打城子？」知府喝道：「我如何不認得你這廝的馬匹、衣甲、軍器、頭盔，城上眾人明明地見你指撥紅頭子殺人放火，你如何賴得過？

評點

◎22.這計忒恶了，眞強盜，眞強盜。（容眉）
◎23.秦明到城見知府，聽其所言，使秦明屈淚難存，進退無門。（余評）
◎24.妙絕。花榮此處便不出頭也。人但知宋江服秦明，不知花榮用宋江也。（金批）

便做你輸了被擒，如何五百軍人沒一個逃得回來報信？你如今指望賺開城門取老小？你的妻子今早已都殺了。你若不信，與你頭看！」◎23軍士把槍將秦明妻子首級挑起在槍上，教秦明看。秦明是個性急的人，看了渾家首級，氣破胸脯，分說不得，只叫得苦屈。城上弩箭如雨點般射將下來，秦明只得迴避，看見遍野處火焰尚兀自未滅。

秦明回馬在瓦礫場上，恨不得尋個死處，肚裏尋思了半晌，縱馬再回舊路。行不得十來里，只見林子裏轉出一夥人馬來，當先五匹馬上五個好漢，不是別人，宋江、花榮、燕順、王英、鄭天壽，隨從一、二百小嘍囉。宋江在馬上欠身道：「總管何不回青州？獨自一騎投何處去？」秦明見問，怒氣道：「不知是那個天不蓋、地不載、該剮的賊，裝做我去打了城子，壞了百姓人家房屋，殺害良民，倒結果了我一家老小！閃得我如今上天無路，入地無門！我若尋見那人時，直打碎這條狼牙棒便罷！」宋江便道◎24：「總管息怒，既然沒了夫人，不妨，小人自當與總管做媒。我有個好見識，請總管回去，這裏難說。且請到山寨裏告稟，一同便往。」秦明只

秦明打馬回城，沒想到看到城頭上懸掛自己老婆、孩子的首級，慕容知府還罵他背叛朝廷。（選自《水滸傳版刻圖錄》，江蘇廣陵古籍刻印社）

得隨順，再回清風山來。於路無話，早到山亭前下馬，衆人一齊都進山寨內，小嘍囉已安排酒果餚饌在聚義廳上，五個好漢，邀請秦明上廳，都讓他中間坐定。五個好漢齊齊跪下，秦明連忙答禮，也跪在地。宋江開話道：「總管休怪。昨日因留總管在山，堅意不肯，卻是宋江定出這條計來，◎[25]叫小卒似總管模樣的，卻穿了足下的衣甲、頭盔，騎著那馬，橫著狼牙棒，直奔青州城下，點撥紅頭子殺人。燕順、王矮虎帶領五十餘人助戰，只做總管去家中取老小。因此殺人放火，先絕了總管歸路的念頭。今日衆人特地請罪！」秦明見說了，怒氣攢心，欲待要和宋江等廝併，卻又自肚裏尋思。一則是上界星辰契合；二乃被他們軟困，以禮待之；三則又怕鬥他們不過。因此只得納了這口氣，便說道：「你們弟兄雖是好意，要留秦明，只是害得我忒毒些個，斷送了我妻小一家人口！」宋江答道◎[26]：「不恁地時，兄長如何肯死心塌地？若是沒了嫂嫂夫人，宋江恰知得花知寨有一妹，甚是賢慧，宋江情願主婚，陪備財禮，與總管爲室如何？」秦明見衆人如此相敬相愛，方纔放心歸順。衆人都讓宋江在居中坐了，秦明上首，花榮肩下，三位好漢依次而坐，大吹大擂飲酒，商議打清風寨一事。秦明道：「這事容易，不須衆弟兄費心。黃信那人，亦是治下，二者是秦明教他的武藝，三乃和我過的最好。明日我便先去叫開柵門，一席話，說他入夥投降，就取了花知寨寶眷，◎[27]拿了劉高的潑婦，與仁兄報仇雪恨，作進見之禮如何？」宋江大喜道：「若得總管如此慨然相許，卻是多幸，多幸！」當日筵席散了，各自歇息。次日早起來，吃了早飯，都各各披掛了。秦明上馬，先下山來，拿了狼牙棒，飛奔清風鎮來。

卻說黃信自到清風鎮上，發放鎮上軍民，點起寨兵，曉夜提防，牢守柵門，又不敢出戰，累累使人探聽，不見青州調兵策應。當日只聽得報道：「柵外有秦統制獨自一騎馬到來，叫開柵門。」黃信聽了，便上馬飛奔門邊看時，果是一人一騎，又無伴當。黃信便叫開柵門，放下吊橋，迎接秦總管入來，直到大寨公廳前下馬，請上廳來，敘禮罷，黃信便問道：「總管緣何單騎到此？」秦明當下先說了損折軍馬等情，後說：「山東及時雨宋公明疏財仗義，結識天下好漢，誰不欽敬他？如今現在清風山上，我今次也在山寨入了夥。你又無老小，何不聽我言語，也去山寨入夥，免受那文官的氣？」黃信答道：「既然恩官在彼，黃信安敢不從？只是不曾聽得說有宋公明在山上，今次卻說及時雨宋公明，自何而來？」秦明笑道：「便是你前日解去的鄆城虎張三便是，他怕說出眞名姓，惹起自己的官司，以此只認說是張三。」黃信聽了，跌腳道：「若是小弟得知是宋公明時，路上也自放了他！◎28 一時見不到處，只聽了劉高一面之詞，險不壞了他性命！」秦明、黃信兩個正在公廨內商量起身，只見寨兵報道：「有兩路軍馬，鳴鑼擂鼓，殺奔鎮上來！」秦明、黃信聽得，都上了馬，前來迎敵。軍馬到得柵門邊望時，只見塵土蔽日，殺氣遮天，兩路軍兵投鎮上，四條好漢下山來。畢竟秦明、黃信怎地迎敵？且聽下回分解。◎29

評點

◎25.宋江用此計順秦明，此處見宋江不惜人之處，而可恨矣，而可惡矣。（余評）
◎26.宋公明此等事都惡毒，如何信得。他是好人，只是多智耳。（容眉）
◎27.偏與上句連說，獨不爲王英地乎？（金批）
◎28.一個宋公明，何至如此欽重，須識其故。（芥眉）
◎29.計捉秦明，變幻極矣，出奇制勝，酷似諸葛武侯七擒孟獲手段，讀此可以知兵法。（袁評）

第三十五回

石將軍村店寄書　小李廣梁山射雁◎1

當下秦明和黃信兩個到柵門外看時，望見兩路來的軍馬，卻好都到。◎2一路是宋江、花榮，一路是燕順、王矮虎，各帶一百五十餘人。黃信便叫寨兵放下吊橋，大開寨門，迎接兩路人馬都到鎮上。宋江早傳下號令，休要害一個百姓，休傷一個寨兵。叫先打入南寨，把劉高一家老小盡都殺了。王矮虎自先奪了那個婦人。小嘍囉盡把應有家私、金銀、財物、寶貨之資，都裝上車子。再有馬匹牛羊，盡數牽了。花榮自到家中，將應有的財物等項，裝載上車，搬取妻小、妹子。內有清風鎮上人數，都發還了。◎3衆多好漢收拾已了，一行人馬離了清風鎮，都回到山寨裏來。車輛人馬，都到山寨，鄭天壽迎接向聚義廳上相會。黃信與衆好漢講禮罷，坐於花榮肩下。宋江叫把花榮老小安頓一所歇處，將劉高財物分賞與衆小嘍囉。王矮虎拿得那婦人，將去藏在自己房內。燕順便問道：「劉高的妻，今在何處？」王矮虎答道：「今番須與小弟做個押寨夫人。」燕順道：「與卻與你。且喚他出來，我有一句話說。」宋江便道：「我正要問他。」王矮虎便喚到廳前，那婆娘哭著告饒。宋江喝道：「你這潑婦！我好意救你下山，念你是個命官的恭人，你如何反將冤報？今日擒來，有何理說？」燕順跳起身來便道：「這等淫婦，問他則甚？」拔出腰刀，一刀揮爲兩段。◎4王矮虎見砍了這婦人，心中大怒，奪過一把朴刀，便要和燕順交併。宋江等起身來勸住。宋江便道：「燕順殺了這婦人也是。兄弟，你看我這等一力救了他下山，教他夫妻團圓完聚，尙兀自轉過臉來，叫丈夫害我。賢弟，你留在身邊，久後有損無益。宋江日後別娶一個好的，教賢弟滿意。」燕順道：「兄弟便是這等尋思，不殺了，久後必被他害了。」王矮虎被衆人勸了，默默無言。燕順喝叫小嘍囉打掃過屍首血跡，且排筵席慶賀。

次日，宋江和黃信主婚；燕順、王矮虎、鄭天壽做媒說合，要花榮把妹子嫁與秦明。一應禮物，都是宋江和燕順出備。◎5吃了三、五日筵席。自成親之後，又過了五、七日，小嘍囉探得事情，上山來報到：「打聽得青州慕容知府申將文書，去中書省奏說，反了花榮、秦明、黃信，要起大軍來征剿，掃蕩清風山。」衆好漢聽罷，商量道：「此間小寨，不是久戀之地。倘或大軍到來，四面圍住，如何迎敵？」宋江道：「小可有一計，不知中得諸位心否？」當下衆好漢都道：「願聞良策。」宋江道：「自這南方有個去處，地名喚做梁山泊，方圓八百餘里，中間宛子城、蓼兒窪，晁天王聚集著三、五千軍馬，把住著水泊，官兵捕盜，不敢正眼覷他。我等何不收拾起人馬，去那裏入夥？」◎6秦明道：「既然有這個去處，

評點

◎1.此回篇節至多，如清風寨起行是一節，對影山遇呂方、郭盛是一節，酒店遇石勇是一節，宋江得家書是一節，宋江奔喪是一節，山泊關防嚴密是一節，宋江歸家是一節。讀清風寨起行一節，要看他將軍數、馬數、人數通計一遍，分調一遍，分明是一段《史記》。讀對影山鬥戟一節，要看他忽然變作極耀艷之文。蓋寫少年將軍，定當如此。讀酒店遇石勇一節，要看他寫得石將軍如猛虎當路，直是撩撥不得。只是認得兩位豪傑，其顧盼雄毅便乃如此；何況身爲豪傑者，其於天下人當如何也！讀宋江得家書一節，要看他寫石勇不便將家書出來，又不甚曉得家中事體，偏用筆筆捺住法；寫得宋江大喜，便又敘話飲酒，直待盡情盡致了，然後開出書來；卻又不便說書中之事，再寫一句封皮逆封，又寫一句無「平安」字，皆用極奇拗之筆。讀宋江奔喪一節，要看他活畫出奔喪人來。至如麻鞋句，短棒句，馬句，則又分外妙筆也。讀水泊一節，要看他設置雄麗，要看他號令精嚴，要看他謹守定規，要看他深謀遠慮，要看他盤詰詳審，要看他開誠布忠，要看他不昵所親之言，要看他不敢慢於遠方之人，皆作者極意之筆。讀歸家一節，要看他忽然生一張社長作波，卻恐疑其單薄，又反生一王社長陪之：可見行文要相形勢也。（金批）
◎2.此回篇節至多，須一一分別觀之。（金眉）
◎3.閑心細筆，文所本無，事所必有。（金批）
◎4.須有此手段，再遲回一些不得。（袁眉）
◎5.王矮虎要眼熱。（容眉）
◎6.一段大書宋江倡衆落草，以正其罪也。（金批）

卻是十分好。只是沒人引進，他如何肯便納我們？」宋江大笑，卻把這打劫生辰綱金銀一事，直說到：「劉唐寄書，將金子謝我，因此上殺了閻婆惜，逃去在江湖上。」秦明聽了大喜道：「恁地，兄長正是他那裏大恩人。事不宜遲，可以收拾起快去。」只就當日商量定了，便打併起十數輛車子，把老小並金銀財物、衣服、行李等件，都裝載車子上，共有三、二百匹好馬。小嘍囉們有不願去的，齎發他些銀兩，任從他下山去投別主；◎7有願去的，編入隊裏，就和秦明帶來的軍漢，通有三、五百人。宋江教分作三起下山，只做去收捕梁山泊的官軍。山上都收拾得停當，裝上車子，放起火來，把山寨燒作光地，分爲三隊下山。宋江便與花榮引著四、五十人，三、五十騎馬，簇擁著五、七輛車子，老小隊仗先行。秦明、黃信引領八、九十匹馬，和這應用車子，作第二起。後面便是燕順、王矮虎、鄭天

❀ 城寨在古代比較普遍，清風寨就是其中之一。圖為河南葉縣保安鎮黃城山闖王寨古城堡水井遺址。黃城山古堡位於葉縣保安鎮西北一公里伏牛山餘脈，當地人根據山頂古寨城牆石料在陽光照耀下發出黃色反光而稱其為黃城山，傳說明末李自成率軍曾駐扎在山寨裏，百姓也稱其為「闖王寨」。拍攝時間為2007年3月6日。（聶鳴提供）

壽三個，引著四、五十匹馬。一、二百人離了清風山，取路投梁山泊來。於路中見了這許多軍馬，旗號上又明明寫著收捕草寇官軍，因此無人敢來阻當。在路行五、七日，離得青州遠了。

且說宋江、花榮兩個騎馬在前頭，背後車輛載著老小，與後面人馬只隔著二十來里遠近。前面到一個去處，地名喚對影山，兩邊兩座高山，一般形勢，中間卻是一條大闊驛路。兩個在馬上正行之間，只聽得前山裏鑼鳴鼓響。◎8花榮便道：「前面必有強人！」把槍帶住，取弓箭來整頓得端正，再插放飛魚袋內，一面叫騎馬的軍士催趲後面兩起軍馬上來，且把車輛人馬扎住了。宋江和花榮兩個引了二十餘騎軍馬，向前探路。至前面半里多路，早見一簇人馬，約有一百餘人，前面簇擁著一個年少的壯士。怎生打扮，但見：

頭上三叉冠，金圈玉鈿；身上百花袍，織錦團花。甲披千道火龍鱗，帶束一條紅瑪瑙。騎一匹胭脂抹就如龍馬，使一條朱紅畫桿方天戟。背後小校，盡是紅衣紅甲。

那個壯士，橫戟立馬，在山坡前大叫道：「今日我和你比試，分個勝敗，見個輸贏！」◎9只見對過山岡子背後早擁出一隊人馬來，也有百十餘人，前面也擁著一個穿白年少的壯士。怎生模樣，但見：

頭上三叉冠，頂一團瑞雪；身上鑌鐵甲，披千點寒霜。素羅袍光射太陽，銀花

評點

◎7.閑筆，卻少不得。（金批）
◎8.爲是強賊，爲是官軍？讀至下，卻都不是，始信山名對影，都有爲也。（金批）
◎9.此一節是呂方、郭盛鬥戟，特表花榮神箭。（金眉）

帶色欺明月。坐下騎一匹征宛玉獸，手中掄一枝寒戟銀絞。背後小校，都是白衣白甲。

這個壯士，手中也使一枝方天畫戟。這邊都是素白旗號，那壁都是絳紅旗號。只見兩邊紅白旗搖，震地花腔鼓擂。那兩個壯士更不打話，各挺手中畫戟，縱坐下馬，兩個就中間大闊路上交鋒，比試勝敗。花榮和宋江見了，勒住馬看時，果然是一對好廝殺。但見：

旗仗盤旋，戰衣飄颻。絳霞影裏，捲幾片拂地飛雲；白雪光中，滾數團燎原烈火。故園冬暮，山茶和梅蕊爭輝；上苑春濃，李粉共桃脂鬥彩。這個按南方丙丁火，似焰摩天上走丹爐；那個按西方庚辛※1金，如泰華峰頭翻玉井。宋無忌※2忿怒，騎火騾子奔走霜林；馮夷神※3生嗔，跨玉狻

呂方和郭盛為了分出勝負，在對影山前相鬥，兩人的兵器纏在一起，花榮一箭射開。（日版畫，出自《新編水滸畫傳》，葛飾戴斗繪）

猊※4縱橫花界。

兩個壯士各使方天畫戟，鬥到三十餘合，不分勝敗。花榮和宋江兩個在馬上看了喝采。花榮一步步趲馬向前看時，只見那兩個壯士鬥到深澗裏。這兩枝戟上，一枝是金錢豹子尾，一枝是金錢五色旛，卻攪做一團，上面絨縧結住了，那裏分拆得開。花榮在馬上看見了，便把馬帶住，左手去飛魚袋內取弓，右手向走獸壺中拔箭，搭上箭，拽滿弓，覷著豹尾絨縧較親處，「颼」的一箭，恰好正把絨縧射斷。只見兩枝畫戟分開做兩下。◎10那二百餘人一齊喝聲采。那兩個壯士便不鬥，都縱馬跑來，直到宋江、花榮馬前，就馬上欠身聲喏，都道：「願求神箭將軍大名！」花榮在馬上答道：「我這個義兄，乃是鄆城縣押司、山東及時雨宋公明；我便是清風鎮知寨小李廣花榮。」那兩個壯士聽罷，扎住了戟，便下馬推金山，倒玉柱，都拜道：「聞名久矣！」宋江、花榮慌忙下馬，扶起那兩位壯士道：「且請問二位壯士高姓大名？」那個穿紅的說道：「小人姓呂，名方，祖貫潭州人氏。平昔愛學呂布爲人，因此習學這枝方天畫戟，人都喚小人做小溫侯※5呂方。因販生藥到山東，消折了本錢，不能夠還鄉，權且佔住這對影山打家劫舍。近日走這個壯士來，要奪呂方的山寨，和他各分一山他又不肯，因此每日下山廝殺。不想原來

註

※1庚辛：古代代表西方方位名，主金。
※2宋無忌：稱竈神爲火精宋無忌。
※3馮夷神：河伯馮夷，古代水神。
※4狻猊：傳說似獅子的猛獸。
※5溫侯：即呂布，字奉先，東漢末五原郡九原人，擅長騎射，膂力過人，號爲飛將。

評點

◎10.絨縧箭射得斷，壯士反分拆不開，此難信之法，只取巧而言。（芥眉）

緣法注定，今日得遇尊顏。」宋江又問這穿白的壯士高姓，那人答道：「小人姓郭，名盛，祖貫西川嘉陵人氏。因販水銀貨賣，黃河裏遭風翻了船，回鄉不得。原在嘉陵學得本處兵馬張提轄的方天戟，向後使得精熟，人都稱小人做賽仁貴※6郭盛。◎11江湖上聽得說對影山有個使戟的佔住了山頭，打家劫舍，因此一逕來比併※7戟法。連連戰了十數日，不分勝敗。不期今日得遇二公，天與之幸！」

宋江把上件事都告訴了，便道：「既幸相遇，就與二位勸和如何？」兩個壯士大喜，都依允了。

詩曰：

銅鏈勸刀猶易事，箭鋒勸戟更稀奇。
須知豪傑同心處，利斷堅金不用疑。

後隊人馬已都到了，一個個都引著相見了。呂方先請上山，殺牛宰馬筵會。次日，卻是郭盛置酒設席筵宴。宋江就說他兩個撞籌入夥，◎12湊隊上梁山泊去，投奔晁蓋聚義。那兩個歡天喜地，都依允

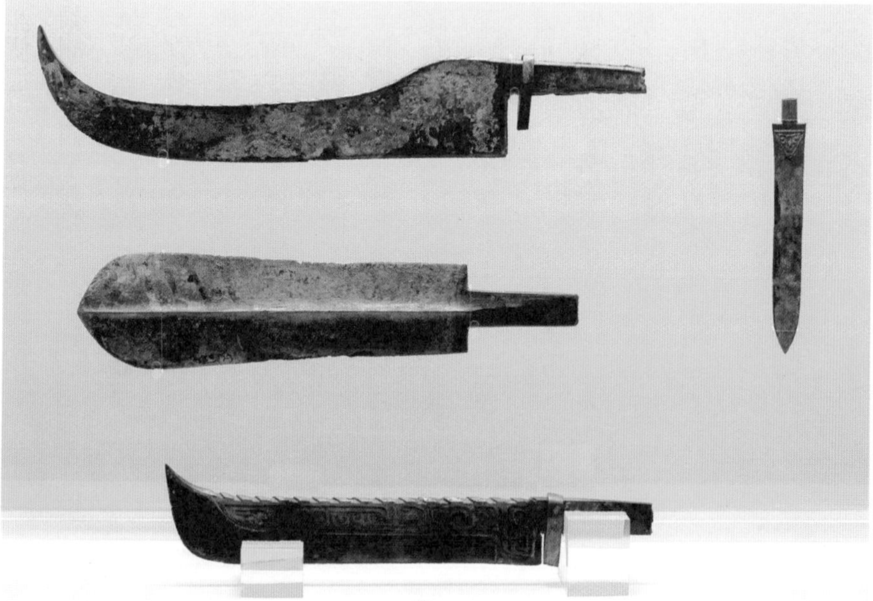

《水滸》中，刀已經成為好漢經常攜帶的武器。圖之左上和左下為商代短柄翹首銅刀，是象徵持有者社會地位和階級特權的禮器。江西省博物館藏。拍攝時間2006年6月14日。（聶鳴提供）

了。◎13便將兩山人馬點起，收拾了財物，待要起身。宋江便道：「且住！非是如此去。假如我這裏有三、五百人馬投梁山泊去，他那裏亦有探細的人在四下裏探聽，倘或只道我們眞是來收捕他，不是要處。等我和燕順先去報知了，你們隨後卻來，還做三起而行。」花榮、秦明道：「兄長高見，正是如此計較，陸續進程。兄長先行半日，我等催督人馬，隨後起身來。」

且不說對影山人馬陸續登程，只說宋江和燕順各騎了馬，帶領隨行十數人，先投梁山泊來。在路上行了兩日，當日行到晌午時分，正走之間，只見官道旁邊一個大酒店。宋江看了道：「孩兒們走得困乏，都叫買些酒吃了過去。」當時宋江和燕順下了馬，入酒店裏來。◎14叫孩兒們鬆了馬肚帶，都入酒店裏坐。宋江和燕順先入店裏來看時，只有三副大座頭，小座頭不多幾副。只見一副大座頭上，先有一個在那裏佔了。宋江看那人時，怎生打扮，但見：

> 裹一頂豬嘴頭巾，腦後兩個太原府金不換紐絲銅環。上穿一領皀袖衫，腰繫一條白搭膊。下面腿絣護膝，八答麻鞋。桌子邊倚著短棒，橫頭上放著個衣包。

那人生得八尺來長，淡黃骨查臉※8，一雙鮮眼※9，沒根髭髯。宋江便叫酒保過來說道：「我的伴當人多，我兩個借你裏面坐一坐，你叫那個客人移換那副大座頭與我伴當

註

※6仁貴：薛仁貴（西元六一四～六八三年），唐朝名將。名禮，龍門（今山西河津）人。
※7比併：比試、拼鬥。
※8骨查臉：瘦長臉，顴骨露出的臉。
※9鮮眼：魚眼睛。鮮，魚的意思。

評點

◎11.又一個古人，兩異名又是一聯。三個古人，一般絕技，文心妙絕。（金批）
◎12.宋江到此又遇呂方、郭盛，隨勸二人入夥，亦星宿之一會也。（余評）
◎13.此二少年上山，讀之眞有芝蘭玉樹，生於庭階之樂。（金批）
◎14.此一節是酒店遇石勇。（金眉）

們坐地吃些酒。」酒保應道：「小人理會得。」宋江與燕順裏面坐了，先叫酒保：「打酒來，大碗先與伴當，一人三碗，有肉便買些來，與他衆人吃，◎15卻來我這裏斟酒。」酒保又見伴當們都立滿在爐邊，酒保卻去看著那個公人模樣的客人道：「有勞上下※10，挪借這副大座頭與裏面兩個官人的伴當坐一坐。」那漢嗔怪呼他做上下，便焦躁道：「也有個先來後到。甚麼官人的伴當，要換座頭！老爺不換！」燕順聽了，對宋江道：「你看他無禮麼！」宋江道：「由他便了，你也和他一般見識！」卻把燕順按住了。只見那漢轉頭看了宋江、燕順冷笑。酒保又陪小心道：「上下，周全小人的買賣，換一換有何妨。」那漢大怒，拍著桌子道：「你這鳥男女，好不識人，欺負老爺獨自一個，要換座頭！便是趙官家，老爺也鷩鳥不換。高則聲，大脖子拳不認得你。」酒保道：「小人又不曾說甚麼！」那漢喝道：「量你這廝敢說甚麼！」燕順聽了，那裏忍耐得住，便說道：「兀那漢子，你也鳥強！不換便罷，沒可得鳥嚇他。」那漢便跳起來，綽了短棒在手裏，便應道：「我自罵他，要你多管！老爺天下只讓得兩個人，其餘的都把來做腳底下的泥！」燕順焦躁，便提起板凳，卻待要打將去。

宋江因見那人出語不俗，橫身在裏面勸解：「且都不要鬧。我且請問你，你天下只讓得那兩個人？」那漢道：「我說與你，驚得你呆了！」◎16宋江道：「願聞那兩個好漢大名。」那漢道：「一個是滄州橫海郡柴世宗的孫子，喚做小旋風柴進柴大官人。」宋江暗暗地點頭，又問道：「那一個是誰？」那漢道：「這一個又奢遮！是鄆城縣押司山東及時雨呼保義宋公明！」宋江看了燕順暗笑，燕順早把板凳放下了。那漢又道：「老爺只除了這兩個，便是大宋皇帝，也不怕他！」宋江道：「你且住，我問你。你既說起這兩個人，我卻都認得。你在那裏與他兩個廝會？」那漢道：「你既認得，我不說謊。三年前在柴大官人莊上住了四個月有餘，只不曾見得宋公明。」宋江道：「你便要認黑三郎麼？」那漢道：「我如今正要去尋他。」宋江問道：「誰教你尋他？」那漢道：「他的親兄弟鐵扇子宋清教我寄家書去尋他。」宋江聽了大喜，◎17向前拖住道：「『有緣千里來相會，無緣對面不相逢』！只我便是黑三郎宋江。」那漢相了一面，便拜道：「天幸使令小弟得遇哥哥！爭些兒錯過，空去孔太公那裏走一遭！」宋江便把那漢拖入裏面問道：「家中近日沒甚事？」◎18那漢道：「哥哥聽稟，小人姓石名勇，原是大名府人氏，日常只靠放賭爲生，本鄉起小人一個異名，喚做石將軍。爲因賭博上一拳打死了個人，逃走在柴大官人莊上。多聽得往來江湖上人說哥哥大名，因此特去鄆城縣投奔哥哥，卻又聽得說道爲事出外。因見四郎，聽得小人說起柴大官人來，卻說哥哥在白虎山孔太公莊上。因小弟要拜識哥哥，四郎特寫這封家書，與小人寄來孔太公莊上。如尋見哥哥時，可叫兄長作急回來。」宋江見說，心中疑惑，便問道：「你到我莊上住了幾日？曾見我父親麼？」石勇道：「小人在彼只住得一夜便來了，不曾得見太公。」宋江把上梁山泊一節都對石勇說了。石勇道：「小人自離了柴大官人莊上，江湖中只聞得哥

※10上下：宋代一種對人不太客氣的稱呼語。

評點

◎15.既見照顧從人，又使酒保著急。（袁眉）
◎16.猶言腳底下泥曾何足以知之，妙絕。（金批）
◎17.此一節是宋江得書。（金眉）
　　宋江此處得父弟家書，不勝之喜，豈知回而受苦。（余評）
◎18.看他問得對針，對得偏不對針，頓挫入妙。（金批）

哥大名，疏財仗義，濟困扶危。如今哥哥既去那裏入夥，是必攜帶。」宋江道：「這不必你說，何爭你一個人！◎19且來和燕順廝見。」叫酒保且來這裏斟酒三杯。酒罷，石勇便去包裹內取出家書，慌忙遞與宋江。宋江接來看時，封皮逆封著，又沒「平安」二字。宋江心內越是疑惑，連忙扯開封皮，從頭讀至一半，後面寫道：

父親於今年正月初頭因病身故，現今停喪在家，專等哥哥來家遷葬。千萬，千萬！切不可誤！弟清泣血奉書。

宋江讀罷，叫聲苦，不知高低，自把胸脯捶將起來，自罵道：「不孝逆子！做下非爲，老父身亡，不能盡人子之道，畜生何異！」自把頭去壁上磕撞，大哭起來。燕順、石勇拘住。宋江哭得昏迷，半晌方纔甦醒。燕順、石勇兩個勸道：「哥哥且省煩惱。」宋江便分付燕順道：「不是我寡情薄意，其實只有這個老父記掛，今已沒了，只得星夜趕歸

去梁山泊的路上，宋江和燕順在客店中遇到石勇，雙方起了言語衝突。宋江勸解。（朱寶榮繪）

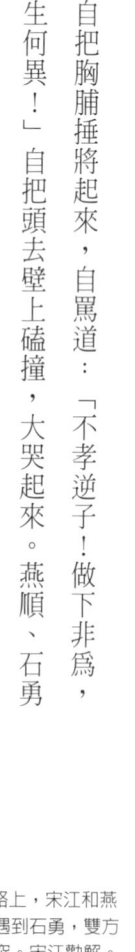

去，教兄弟們自上山則個。」◎20燕順勸道：「哥哥，太公既已沒了，便到家時，也不得見了。世上人無有不死的父母，且請寬心，引我們弟兄去了。那時小弟卻陪侍哥哥歸去奔喪，未為晚矣。自古道：『蛇無頭而不行。』若無仁兄去時，他那裏如何肯收留我們？」◎21宋江道：「若等我送你們上山去時，誤了我多少日期，卻是使不得。我只寫一封備細書札，都說在內，就帶了石勇一發入夥，等他們一處上山。我如今不知便罷，既是天教我知了，正是度日如年，燒眉之急。我馬也不要，從人也不帶一個，連夜自趕回家！」燕順、石勇那裏留得住。宋江問酒保借筆硯，討了一幅紙，一頭哭著，一面寫書，再三叮嚀在上面。寫了，封皮不粘，交與燕順收了。討石勇的八答麻鞋穿上，◎22取了些銀兩藏放在身邊，跨了一口腰刀，就拿了石勇的短棒，酒食都不肯沾唇，便出門要走。燕順道：「哥哥也等秦總管、花知寨都來，相見一面了，去也未遲。」宋江道：「我不等了。我的書去，並無阻滯。石家賢弟自說備細，可為我上覆眾兄弟們，可憐見宋江奔喪之急，休怪則個！」宋江恨不得一步跨到家中，飛也似獨自一個去了。

且說燕順同石勇只就那店裏吃了些酒食、點心，還了酒錢，卻教石勇騎了宋江的馬，◎23帶了從人，只離酒店三、五里路，尋個大客店歇了等候。次日辰牌時分，全夥都到。燕順、石勇接著，備細說宋江哥哥奔喪去了。眾人都埋怨燕順道：「你如何不留他一留？」石勇分說道：「他聞得父親沒了，恨不得自也尋死，如何肯停腳？巴不得飛到家裏。寫了一封備細書札在此，教我們只顧去，他那裏看了書，並無阻滯。」花榮與

評點

◎19.反寫宋江只管說閑話，妙妙。（金批）
◎20.此一節是宋江奔喪。（金眉）
◎21.寫燕順留宋江，定少不得，不然，便上文都成浪筆矣。（金批）
◎22.妙絕。眞正才子有此曲心曲筆，俗筆夢想不到。（金批）
◎23.與短棒相易，亦有致。（袁夾）

秦明看了書，與眾人商議道：「事在途中，進退兩難，回又不得，散了又不成。只顧且去，還把書來封了，都到山上看，那裏不容，卻別作道理。」九個好漢併作一夥，帶了三、五百人馬，漸進梁山泊，來尋大路上山。一行人馬正在蘆葦中過，只見水面上鑼鼓振響。眾人看時，漫山遍野，都是雜彩旗旛，◎24水泊中棹出兩隻快船來。當先一隻船上，擺著三、五十個小嘍囉，船頭上中間坐著一個頭領，乃是豹子頭林沖。背後那隻哨船上，也是三、五十個小嘍囉，船頭上也坐著一個頭領，乃是赤髮鬼劉唐。前面林沖在船上喝問道：「汝等是甚麼人？那裏的官軍？敢來收捕我們？◎25教你人人皆死，個個不留，你也須知俺梁山泊的大名！」花榮、秦明等都下馬，立在岸邊答應道：「我等眾人非是官軍，有山東及時雨宋公明哥哥書札在此，特來相投大寨入夥。」林沖聽了道：「既有宋公明兄長的書札，且請過前面，到朱貴酒店裏，先請書來看了，卻來相請廝會。」船上把青旗只一招，蘆葦裏棹出一隻小船，內有三個漁人，一個看船，兩個上岸來說道：「你們眾位將軍都跟我來。」水面上見兩隻哨船，一隻船上把白旗招動，銅鑼響處，兩隻哨船一齊去了。一行眾人看了，都驚呆了，說道：「端的此處，官軍誰敢侵傍？我等山寨如何及得？」眾人跟著兩個漁人，從大寬轉直到旱地忽律朱貴酒店裏。朱貴見說了，迎接眾人，都相見了。便叫放翻兩頭黃牛，散了分例酒食，討書札看了。先向水亭上放一枝響箭，射過對岸蘆葦中，早搖過一隻快船來。朱貴便喚小嘍囉分付罷，叫把書先齎上山去報知，一面店裏殺宰豬羊，管待九個好漢，把軍馬屯住在四散歇了。

第二日辰牌時分，只見軍師吳學究自來朱貴酒店裏迎接衆人，一個個都相見了。敘禮罷，動問備細，早有二、三十隻大白棹船來接。吳用、朱貴邀請九位好漢下船，老小車輛，人馬行李，亦各自都搬在各船上，前望金沙灘來。上得岸，松樹徑裏，衆多好漢隨著晁頭領，全副鼓樂來接。晁蓋爲頭，與九個好漢相見了，迎上關來。各自乘馬坐轎，直到聚義廳上，一對對講禮罷。◎26左邊一帶交椅上，卻是晁蓋、吳用、公孫勝、林沖、劉唐、阮小二、阮小五、阮小七、杜遷、宋萬、朱貴、白勝。那時白日鼠白勝，數月之前，已從濟州大牢裏越獄逃走，到梁山上入夥，皆是吳學究使人去用度，救得白勝脫身。右邊一帶交椅上，卻是花榮、秦明、黃信、燕順、王英、鄭天壽、呂方、郭盛、石勇。列兩行坐下，中間焚起一爐香來，各設了誓。當日大吹大擂，殺牛宰馬筵宴。一面叫新到夥伴廳下參拜了，自和小頭目管待筵席。◎27收拾了後山房舍，教搬老小家眷都安頓了。秦明、花榮在席上稱讚宋公明許多好處，清風山報冤相殺一事，衆頭領聽了大喜。後說呂方、郭盛兩個比試戟法，花榮一箭射斷絨縧，分開畫戟。晁蓋聽罷，意思不信，口裏含糊應道：「直如此射得親切，改日卻看比箭。」當日酒至半酣，食供數品，衆頭領都道：「且去山前閑頑一回，再來赴席。」當下衆頭領相謙相讓，下階閑步樂情，觀看山景。行至寨前第三關上，只聽得空中數行賓鴻※11嘹亮。花榮尋思道：「晁蓋卻纔意思不信我射斷絨縧，何不今日就此施逞些手段，教他們衆人看，日後敬伏我？」

注

※11賓鴻：鴻雁。鴻雁是候鳥，秋來春去，並不長住，像賓客一樣，所以叫做賓鴻。

評點

◎24.寫得精嚴之極。（金批）
◎25.仍應宋江前言，不說泊中先計。（袁眉）
◎26.晁蓋一見便以收留，此處英雄功業漸漸而成。（余評）
◎27.何等精嚴，何等富貴。（金批）

把眼一觀，隨行人伴數內卻有帶弓箭的，花榮便問他討過一張弓來，在手看時，卻是一張泥金鵲畫細弓，◎28正中花榮意，急取過一枝好箭，便對晁蓋道：「恰纔兄長見說花榮射斷絨縧，眾頭領似有不信之意，遠遠的有一行雁來，花榮未敢誇口，這枝箭要射雁行內第三隻雁的頭上。射不中時，眾頭領休笑。」花榮搭上箭，拽滿弓，覷得親切，望空中只一箭射去。但見：

鵲畫弓彎滿月，鵰翎箭迸飛星。挽手既強，離弦甚疾。雁排空如張皮鵠，人發矢似展膠竿。影落雲中，聲在草內。天漢雁行驚折斷，英雄雁序喜相聯。

當下花榮一箭，果然正中雁行內第三隻，直墜落山坡下。急叫軍士取來看時，那枝箭正穿在雁頭上。◎29晁蓋和眾頭領看了，盡皆駭然，都稱花榮做神臂將軍。吳學究稱讚

花榮見晁蓋不相信自己的箭術，恰好看到遠處飛來一行大雁，便說自己要射第三隻雁的腦袋。圖為花榮借弓正要射雁。（朱寶榮繪）

花榮一箭射去，第三隻直墜山坡。軍士取來一看，正穿在雁頭上。晁蓋和衆頭領十分駭然，此後，花榮被稱作神臂將軍。（選自《水滸傳版刻圖錄》，江蘇廣陵古籍刻印社）

道：「休言將軍比小李廣，便是養由基※12也不及神手，眞乃是山寨有幸！」自此梁山泊無一個不欽敬花榮。衆頭領再回廳上筵會，到晚各自歇息。次日，山寨中再備筵席，議定坐次。本是秦明才及花榮，因為花榮是秦明大舅，衆人推讓花榮在林沖肩下，坐了第五位，秦明坐第六位，劉唐坐第七位，黃信坐第八位，三阮之下，便是燕順、王矮虎、呂方、郭盛、鄭天壽、石勇、杜遷、宋萬、朱貴、白勝，一行共是二十一個頭領。坐定，慶賀筵宴已畢，山寨中添造大船、屋宇、車輛、什物，打造槍刀、軍器、鎧甲、頭盔，整頓旌旗、袍襖、弓弩、箭矢，準備抵敵官軍，不在話下。

註

※12養由基：養由基（又作養遊基），字叔，他和潘黨都是春秋時期楚國著名的神射手。有一次養由基和潘黨比箭，他們在柳樹葉子上做了記號，然後到百步之外去射。養由基每一箭都能射中，被人們稱讚「百發百中」。

評點

◎28.倉卒說弓箭，亦不苟。（袁眉）
◎29.次找完前之半句，看他隨手小文，皆有次第。（金批）

卻說宋江自離了村店，連夜趕歸。當日申牌時候，奔到本鄉村口張社長※13酒店裏暫歇一歇。那張社長卻和宋江家來往得好。張社長見了宋江容顏不樂，眼淚暗流。張社長動問道：「押司有年半來不到家中，今日且喜歸來，如何尊顏有些煩惱，心中爲甚不樂？且喜官事已遇赦了，必是減罪了。」◎30宋江答道：「老叔自說得是。家中官事且靠後，只有一個生身老父歿了，如何不煩惱？」張社長大笑道：「押司眞個也是作耍？令尊太公卻纔在我這裏吃酒了回去，只有半個時辰來去，如何卻說這話？」宋江道：「老叔休要取笑小侄。」便取出家書，教張社長看了。「兄弟宋清明寫道父親於今年正月初頭歿了，專等我歸來奔喪。」張社長看罷，說道：「呸，那得這般事！只午時前後，和東村王太公在我這裏吃酒了去，我如何肯說謊？」宋江聽了，心中疑影，◎31沒做道理處。尋思了半晌，只等天晚，別了社長，便奔歸家。入得莊門看時，沒些動靜。莊客見了宋江，都來參拜，宋江便問道：「我父親和四郎在麼？」莊客道：「太公每日望得押司眼穿，今得歸來，卻是歡喜。方纔和東村里王社長在村口張社長店裏吃酒了回來，睡在裏面房內。」宋江聽了大驚，撇了短棒，逕入草堂上來，只見宋清迎著哥哥便拜。宋江見了兄弟不戴孝，心中十分大怒，便指著宋清罵道：「你這忤逆畜生，是何道理！父親見今在堂，如何卻寫書來戲弄我？教我兩、三遍自尋死處，一哭一個昏迷！你做這等不孝之子！」宋清卻待分說，只見屏風背後轉出宋太公來◎32叫道：「我兒不要焦躁，這個不干你兄弟之事。是我每日思量要見你一面，因此教四郎只寫道我歿了，你便歸得

快。我又聽得人說，白虎山地面多有強人，又怕你一時被人攛掇落草去了，做個不忠不孝的人，爲此急急寄書去喚你歸家。又得柴大官人那裏來的石勇，寄書去與你。這件事盡都是我主意，不干四郎之事，你休埋怨他。我恰纔在張社長店裏回來，睡在房裏，聽得是你歸來了。」宋江聽罷，納頭便拜太公，憂喜相伴。◎33宋江又問父親道：「不知近日官司如何？已經赦宥，必然減罪。適間張社長也這般說了。」宋太公道：「你兄弟宋清未回之先，多得朱仝、雷橫的氣力，向後只動了一個海捕文書，再也不曾來勾擾。我如今爲何喚你歸來？近聞朝廷冊立皇太子，已降下一道赦書，應有民間犯了大罪，盡減一等科斷，俱已行開各處施行。便是發露到官，也只該個徒流之罪，不到得害了性命。且由他，卻又別作道理。」宋江又問道：「朱、雷二都頭曾來莊上麼？」宋清說道：「我前日聽得說來，這兩個都差出去了，朱仝差往東京去，雷橫不知差到那裏去了。如今縣裏卻是新添兩個姓趙的勾攝※14公事。」宋太公道：「我兒遠路風塵，且去房裏將息幾時。」合家歡喜，不在話下。

天色看看將晚，玉兔東生，約有一更時分，莊上人都睡了，只聽得前後門發喊起來，看時，四下裏都是火把，團團圍住宋家莊，一片聲叫道：「不要走了宋江！」太公聽了，連聲叫苦。不因此起，有分教：大江岸上，聚集好漢英雄；鬧市叢中，來顯忠肝義膽。畢竟宋公明在莊上怎地脫身？且聽下回分解。◎34

註

※13社長：一社之長。古代以社爲基層地方組織，選年老曉農事者任社長。
※14勾攝：拘捕，傳拿。

評點

◎30.不惟無憂，反報一喜，妙。（金批）
◎31.前文疑惑，是從大喜漸變到哭；此文疑影，是從大哭漸變到喜。（金批）
◎32.明明假計，乃我讀至此句，始覺如夢忽醒，蓋於前文一路，所感者深矣。（金批）
◎33.相伴妙，知作半字者呆矣。（袁眉）
◎34.卓吾曰：此回文字不可及處，只在石勇寄書一節。若無此段，一同到梁山泊來，只是做強盜耳，有何波瀾，有何變幻。眞是不可思議文字。（容評）

第三十六回

梁山泊吳用舉戴宗　揭陽嶺宋江逢李俊◎1

話說當時宋太公掇個梯子上牆來看時，只見火把叢中約有一百餘人，當頭兩個，便是鄆城縣新參的都頭，卻是弟兄兩個，一個叫做趙能，一個叫做趙得。兩個便叫道：「宋太公，你若是曉事的，便把兒子宋江獻將出來，我們自將就他。若是不教他出官※1時，和你這老子一發捉了去。」宋太公道：「宋江幾時回來？」趙能道：「你便休胡說！有人在村口見他從張社長家店裏吃了酒歸來，亦有人跟到這裏。你如何賴得過？」宋江在梯子邊說道：「父親，你和他論甚口！孩兒便挺身出官也不妨。縣裏府上都有相識，況已經赦宥的事了，必當減罪。求告這廝們做甚麼？趙家那廝是個刁徒，如今暴得做個都頭，知道甚麼義理。◎2他又和孩兒沒人情，空自求他。」宋太公哭道：「是我苦了孩兒。」宋江道：「父親休煩惱，官司見了，倒是有幸。明日孩兒躲在江湖上，撞了一班兒殺人放火的弟兄們，打在網裏，如何能夠見父親面？便斷配在他州外府，也須有程限，日後歸來，也得早晚伏侍父親終身。」宋太公道：「既是孩兒恁的說時，我自來上下使用，買個好去處。」宋江便上梯來叫道：「你們且不要鬧。我的罪犯今已赦宥，定是不死。且請二位都頭進敝莊少敘三杯，明日一同見官。」趙能道：「你休使見識，賺我入來！」宋江道：「我如何連累父親、兄弟？你們只顧進家裏來。」宋江便下梯子來，開了莊門，請兩個都頭到莊裏

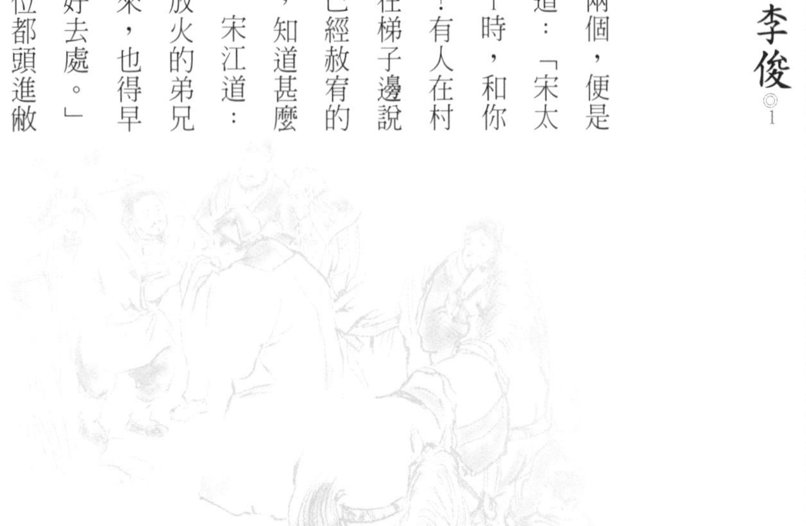

堂上坐下，連夜殺雞宰鵝，置酒相待。那一百士兵人等，都與酒食管待，送些錢物之類。取二十兩花銀，把來送與兩位都頭做好看錢◎3。正是：

都頭見錢便好，無錢惡眼相看。
因此錢名好看，只錢無法無官。

當夜兩個都頭在宋江莊上歇了。次早五更，同到縣前等待。天明解到縣裏來時，知縣才出升堂。見都頭趙能、趙得押解宋江出官，知縣時文彬見了大喜，責令宋江供狀。當下宋江一筆供招：

不合於前年秋間典贍※2到閻婆惜爲妾，爲因不良，一時恃酒爭論鬥毆，致被誤殺身死，一向避罪在逃。今蒙緝捕到官，取勘前情，所供甘服罪無詞。

知縣看罷，且叫收禁牢裏監候。滿縣人見說拿得宋江，誰不愛惜他，都替他去知縣處告說討饒，備說宋江平日的好處。知縣自心裏也有八分開豁他，◎4當時依准了供狀，免上長枷手杻※3，只散禁在牢裏。宋太公自來買上告下，使用錢帛。那時閻婆已自身故了半年，沒了苦主。這張三又沒了粉頭※4，不來做甚冤家。縣裏疊成文案，待六十日限滿，結解上濟州聽斷。

註

※1出官：自首。
※2典贍：謂買妾並贍養其家。
※3手杻：即手銬，械手的刑具。
※4粉頭：妓女。

評點

◎1.一部書中寫一百七人最易，寫宋江最難；故讀此一部書者，亦讀一百七人傳最易，讀宋江傳最難也。蓋此書寫一百七人處，皆直筆也，好即眞好，劣即眞劣。若寫宋江則不然，驟讀之而全好，再讀之而好劣相半，又再讀之而好不勝劣，又卒讀之而全劣無好矣。夫讀宋江一傳，而至於再，而至於又再，而至於又卒，而誠有以知其全劣無好，可不謂之善讀書人哉！然吾又謂由全好之宋江而讀至於全劣也猶易，由全劣之宋江而寫至於全好也實難。乃今讀其傳，跡其言行，抑何寸寸而求之，莫不宛然忠信篤敬君子也？篇則無累於篇耳，節則無累於節耳，句則無累於句耳，字則無累於字耳。雖然，誠如是者，豈將以宋江眞遂爲仁人孝子之徒哉？《史》不然乎？記漢武初未嘗有一字累漢武也，然而後之讀者莫不洞然明漢武之非，是則是褒貶固在筆墨之外也。嗚呼！稗官亦與正史同法，豈易作哉，豈易作哉！（金批）
◎2.凡小人得志皆如此。（袁眉）
◎3.只三字，便勝過一篇錢神論。人之所以必要錢者，以錢能使人好看也。人以錢爲命，而亦有時以錢與人者，既要好看，便不復顧錢也。乃世又有受錢成害，而不要好看者，斯又一類也矣。（金批）
◎4.數語皆爲迭配作地，不重在寫宋江生平。（金批）

本州府尹看了申解情由，赦前恩宥之事，已成減罪，把宋江脊杖二十，刺配江州牢城。本州官吏亦有認得宋江的，更兼他又有錢帛使用，名喚做斷杖刺配，又無苦主執證，衆人維持下來，都不甚深重。當廳帶上行枷，押了一道牒文，差兩個防送公人，無非是張千、李萬。當下兩個公人領了公文，監押宋江到州衙前，宋江的父親宋太公同兄弟宋清，都在那裏等候，置酒管待兩個公人，齎發了些銀兩。教宋江換了衣服，打拴了包裹，穿上麻鞋。宋太公喚宋江到僻靜處叮囑道：「我知江州※5是個好地面，魚米之鄉，特地使錢買將那裏去。你可寬心守耐，我自使四郎來望你，盤纏有便人常常寄來。你如今此去，正從梁山泊過，倘或他們下山來劫奪你入夥，切不可依隨他，教人罵做不忠不孝。此一節，牢記於心。◎5孩兒，路上慢慢地去，天可憐見，早得回來，父子團圓，兄弟完聚。」宋江洒淚拜辭了父親，兄弟宋清送一程路。宋江臨別時囑付兄弟道：「我此去不要你們憂心。只有父親年紀高大，我又累被官司纏擾，背井離鄉而去。兄弟，你早晚只在家侍奉，休要為我到江州來，棄撇父親，無人看顧。◎6我自江湖上相識多，見的那一個不相助，盤纏自有對付處。天若見憐，有一日歸來也！」宋清洒淚拜辭了，自回家中去侍奉父親宋太公，不在話下。

只說宋江和兩個公人上路，那張千、李萬已得了宋江銀兩，又因他是個好漢，因此於路上只是伏侍宋江。三個人上路行了一日，到晚投客店安歇了，打火做些飯吃，又買些酒肉請兩個公人。宋江對他說道：「實不瞞你兩個說，我們今日此去，正從梁山泊

評點

◎5.宋江盡有家教。（芥眉）
◎6.前豎此掃，便省後來糾議。（袁眉）
◎7.宋江對公人言若去梁山過之言，可見公明從父命而忠孝兩全也。（余評）
◎8.語情輕捷，使人莫測，妙。（袁眉）

邊過。山寨上有幾個好漢，聞我的名字，怕他下山來奪我，枉驚了你們。我和你兩個明日早起些，只揀小路裏過去，◎7寧可多走幾里不妨。」兩個公人道：「押司，你不說，俺們如何得知？我們自認得小路過去，定不得撞著他們。」當夜計議定了，次日起個五更來打火。兩個公人和宋江離了客店，只從小路裏走。約莫也走了三十里路，只見前面山坡背後轉出一夥人來。宋江看了，只叫得苦！來的不是別人，爲頭的好漢，正是赤髮鬼劉唐，將領著三、五十人，便來殺那兩個公人。這張千、李萬諕做一堆兒，跪在地下。宋江叫道：「兄弟，你要殺誰？」劉唐道：「哥哥，不殺了這兩個男女，等甚麼？」宋江道：「不要你污了手，把刀來我殺便了。」◎8兩個人只叫得苦：「今番倒不好了。」劉唐把刀遞與宋江，詩曰：

有罪當官不肯逃，逢人救解愈堅牢。
存心厚處生機巧，不殺公人卻借刀。

宋江接過，問劉唐道：「你殺公人何意？」劉唐說道：

※5江州：今江西省九江市。

宋江發配路過梁山泊，劉唐截住去路，宋江跪下請求不要殺掉公差。（日版畫，出自《新編水滸畫傳》，葛飾戴斗繪）

「奉山上哥哥將令，特使人打聽得哥哥吃官司，直要來鄆城縣劫牢，卻知道哥哥不曾在牢裏，不曾受苦。今番打聽得斷配江州，只怕路上錯了路道，教大小頭領分付去四路等候，迎接哥哥，便請上山。這兩個公人不殺了如何？」宋江道：「這個不是你們弟兄擡舉宋江，倒要陷我於不忠不孝之地。若是如此來挾我，只是逼宋江性命，我自不如死了。」把刀望喉下自刎。◎9劉唐慌忙攀住胳膊道：「哥哥，且慢慢地商量。」就手裏奪了刀。宋江道：「你弟兄們若是可憐見宋江時，容我去江州牢城聽候限滿回來，那時卻待與你們相會。」劉唐道：「哥哥這話，小弟不敢主張。前面大路上有軍師吳學究同花知寨在那裏專等，迎迓哥哥。容小弟著小校請來商議。」宋江道：「我只是這句話，由你們怎地商量。」小嘍囉去報不多時，只見吳用、花榮兩騎馬在前，後面數十騎馬跟著，飛到面前。下馬敘禮罷，花榮便道：「如何不與兄長開了枷？」宋江道：「賢弟，是甚麼話！此是國家法度，如何敢擅動！」吳學究笑道：「我知兄長的意了。這個容易，只不留兄長在山寨便了。◎10晁頭領多時不曾得與仁兄相會，今次也正要和兄長說幾句心腹的話。略請到山寨少敘片時，便送登程。」宋江聽了道：「只有先生便知道宋江的意。」扶起兩個公人來，宋江道：「要他

宋江為了不被留在梁山泊，堅持不卸掉行枷，即使花榮和吳用前來迎接，仍然戴著行枷。（朱寶榮繪）

兩個放心，寧可我死，不可害他。」兩個公人道：「全靠押司救命。」

一行人都離了大路，來到蘆葦岸邊，已有船隻在彼。當時載過山前大路，卻把山轎教人擡了，直到斷金亭上歇了。叫小嘍囉四下裏去請衆頭領都來聚會，迎接上山，到聚義廳上相見。晁蓋說道：「自從鄆城救了性命，兄弟們到此，無日不想大恩。前者又蒙引薦諸位豪傑上山，光輝草寨，恩報無門。」宋江答道：「小可自從別後，殺死淫婦，逃在江湖上，去了年半。本欲上山相探兄長一面，偶然村店裏遇得石勇，捎寄家書，只說父親棄世。不想卻是父親恐怕宋江隨衆好漢入夥去了，◎11因此詐寫書來喚我回家。雖然明吃官司，多得上下之人看覷，不曾重傷。今配江州，亦是好處。適蒙呼喚，不敢不至。今來既見了尊顏，奈我限期相逼，不敢久住，只此告辭。」晁蓋道：「直如此忙！且請少坐。」兩個中間坐了，宋江便叫兩個公人只在交椅後坐，與他寸步不離。◎12晁蓋叫許多頭領都來參拜了宋江，分兩行坐下，小頭目一面斟酒。先是晁蓋把盞了，向後軍師吳學究、公孫勝起，至白勝，把盞下來。酒至數巡，宋江起身相謝道：「足見弟兄們相愛之情。宋江是個得罪囚人，不敢久停，只此告辭。」晁蓋道：「仁兄直如此見怪！雖然賢兄不肯要壞兩個公人，多與他些金銀，發付他回去，只說我梁山泊搶擄了去，不到得治罪於他。」宋江道：「兄這話休題！這等不是擡舉宋江，◎13明明的是苦我。家中上有老父在堂，宋江不曾孝敬得一日，如何敢違了他的教訓，負累了他？前者一時乘興，與衆位來相投，天幸使令石勇在村店裏撞見在下，指引回家。父親說出這個原故，

評點

◎9.到底此人有些賊智。（容眉）
◎10.寫宋江假殺，出不得吳用圈繢。看他只一笑字，便已算定不是今日之事。（金批）
◎11.緊提此句，是不留根本。（袁夾）
◎12.也是吳用不下手，若要殺時，那怕你寸步不離。（芥眉）
◎13.看他此時只稱宋江、小可、在下，並不言及兄弟字眼，何等卑切。（袁眉）

情願教小可明吃了官司，急斷配出來，又頻頻囑付。臨行之時，又千叮萬囑，教我休爲快樂，苦害家中，免累老父愴惶驚恐。因此父親明明訓教宋江，小可不爭隨順了，便是上逆天理，下違父教，做了不忠不孝的人，在世雖生何益？如不肯放宋江下山，情願只就衆位手裏乞死。」說罷，淚如雨下，便拜倒在地。晁蓋、吳用、公孫勝一齊扶起。衆人道：「既是哥哥堅意欲往江州，今日且請寬心住一日，明日早送下山。」三回五次留得宋江就山寨裏吃了一日酒。教去了枷，也不肯除，只和兩個公人同起同坐。當晚住了一夜，次日早起來，堅心要行。吳學究道：「兄長聽稟，◎14吳用有個至愛相識，現在江州充做兩院押牢節級，姓戴名宗，本處人稱爲戴院長。爲他有道術，一日能行八百里，人都喚他做神行太保。此人十分仗義疏財。夜來小生修下一封書在此，與兄長去，到彼時可和本人做個相識。但有甚事，可教衆兄弟知道。」衆頭領挽留不住，安排筵宴送行，取出一盤金銀，送與宋江。又將二十兩銀子送與兩個公人。就與宋江挑了包裹，都送下山來，一個個都作別了。吳學究和花榮直送過渡，到大路二十里外。◎15衆頭領回上山去。

只說宋江自和兩個防送公人取路投江州來，那個公人見了山寨裏許多人馬，衆頭領一個個都拜宋江，又得他那裏若干銀兩，一路上只是小心伏侍宋江。三個人在路約行了

吳用等人看留不住宋江，便送宋江和兩個公人下山，臨別還送了大量金銀。（選自《水滸傳版刻圖錄》，江蘇廣陵古籍刻印社）

半月之上，早來到一個去處，望見前面一座高嶺。兩個公人說道：「好了，過得這條揭陽嶺，便是潯陽江，到江州卻是水路，相去不遠。」宋江道：「天色暄暖，趁早走過嶺去，尋個宿頭。」公人道：「押司說得是。」三個人廝趕著奔過嶺來。行了半日，巴過嶺頭，早看見嶺腳邊一個酒店，背靠顛崖，門臨怪樹，前後都是草房。去那樹蔭之下，挑出一個酒旆兒來。宋江見了，心中歡喜，便與公人道：「我們肚裏正飢渴哩！原來這嶺上有個酒店，我們且買碗酒吃再走。」三個人入酒店來，兩個公人把行李歇了，將水火棍靠在壁上。宋江讓他兩個公人上首坐定，宋江下首坐了。半個時辰不見一個人出來，宋江叫道：「怎地不見有主人家？」只聽得裏面應道：「來也！來也！」側首屋下走出一個大漢來，◎16怎生模樣：

赤色虯鬚亂撒，紅絲虎眼睜圓。
揭嶺殺人魔祟，酆都催命判官。

那人出來，頭上一頂破頭巾，身穿一領布背心，露著兩臂，下面圍一條布手巾，看著宋江三個人唱個喏道：「客人，打多少酒？」宋江道：「我們走得肚飢，你這裏有甚麼肉賣？」那人道：「只有熟牛肉和渾白酒。」宋江道：「最好。你先切二斤熟牛肉來，打一角酒來。」那人道：「客人休怪說！我這裏嶺上賣酒，只是先交了錢，方纔吃酒。」宋江道：「倒是先還了錢吃酒，我也喜歡。等我先取銀子與你。」宋江便去打開包裹，取出些碎銀子。那人立在側邊偷眼睃著，見他包裹沉重，有些油水，心內自有八分歡喜。接了宋江的銀子，便去裏面舀一桶酒，切一盤牛肉出來。放下三隻大碗，三雙箸，

評點

◎14.吳用更不留，眞知己。（袁眉）
◎15.遠送的亦是吳用、花榮，便與同死相呼應。（袁眉）
◎16.未便出，突如其來，此人乃活現。（袁眉）

一面篩酒。三個人一頭吃，一面口裏說道：「如今江湖上歹人，多有萬千好漢著了道兒的。酒肉裏下了蒙汗藥，麻翻了，劫了財物，人肉把來做饅頭餡子。我只是不信，那裏有這話！」◎17那賣酒的人笑道：「你三個說了，不要吃，我這酒和肉裏面都有了麻藥。」宋江笑道：「這個大哥瞧見我們說著麻藥，便來取笑。」兩個公人道：「大哥，熱吃一碗也好。」那人道：「你們要熱吃，我便將去燙來。」那人燙熱了，將來篩做三碗。正是飢渴之中，酒肉到口，如何不吃？三人各吃了一碗下去，只見兩個公人瞪了雙眼，口角邊流下涎水來，你揪我扯，望後便倒。宋江跳起來道：「你兩個怎地吃得一碗，便恁醉了？」向前來扶他，◎18不覺自家也頭暈眼花，撲地倒了，光著眼，都面面廝覷，麻木了，動彈不得。酒店裏那人道：「慚愧！◎19好幾日沒買賣，今日天送這三頭行貨來與我。」先把宋江倒拖了，入去山岩邊人肉作房裏，放在剝人凳上；又來把這兩個公人也拖了入去。那人再來，卻把包裹行李都提在後屋內。解開看時，都是金銀，那人自道：「我開了許多年酒店，不曾遇著這等一個囚徒。量這等一個罪人，怎地有許多財物？卻不是從天降下，賜與我的！」那人看罷包裹，卻再包了，且去門前，望幾個火家歸來開剝。

立在門前看了一回，不見一個男女歸來，只見嶺下這邊三個人奔上嶺來。◎20那人卻認得，慌忙迎接道：「大哥，那裏去來？」那三個內一個大漢應道：「我們特地上嶺來

宋江在揭陽嶺被李立麻翻，文中揭陽並非現在廣東揭陽市，位置應該在現在的九江廬山附近。圖為廬山風景。（美工圖書社：中國圖片大系提供）

接一個人，料道是來的程途日期了。我每日出來，只在嶺下等候，不見到，正不知在那裏耽擱了。」◎21那人道：「大哥卻是等誰？」那大漢道：「等個奢遮的好男子。」那人問道：「甚麼奢遮的好男子？」那大漢答道：「你敢也聞他的大名，便是濟州鄆城縣宋押司宋江。」那人道：「莫不是江湖上說的山東及時雨宋公明？」那大漢道：「正是此人。」那人又問道：「他卻因甚打這裏過？」那大漢道：「我本不知。近日有個相識從濟州來，說道：『鄆城縣宋押司宋江，不知爲甚麼事發在濟州府，斷配江州牢城。』我料想他必從這裏過來，別處又無路。他在鄆城縣時，我尚且要去和他廝會，今次正從這裏經過，如何不結識他？因此在嶺下連日等候，接了他四、五日，並不見有一個囚徒過來。我今日同這兩個兄弟信步踱上山嶺，◎22來你這裏買碗酒吃，就望你一望。近日你店裏買賣如何？」那人道：「不瞞大哥說，這幾個月裏好生沒買賣，今日謝天地，捉得三個行貨，又有些東西。」那大漢慌忙問道：「三個甚樣人？」那人道：「兩個公人，和一個罪人。」那漢失驚道：「這囚徒莫不是黑矮肥胖的人？」那人應道：「眞個不十分長大，面貌紫棠色。」那大漢連忙問道：「不曾動手麼？」那人答道：「方纔拖進作房去，等火家未回，不曾開剝。」那大漢道：「等我認他一認。」當下四個人進山岩邊人肉作房裏，只見剝人凳上挺著宋江和兩個公人，顛倒頭放在地下。那大漢看見宋江，卻又不認得。相他臉上金印，又不分曉。沒可尋思處，猛想起道：「且取公人的包裹來，我看他公文便知。」那人道：「說得是。」便去房裏取過公人的包裹打開，見了一錠大

評點

◎17.專結識江湖上好漢，卻說江湖上多歹人，豈歹者自歹，好者即用蒙汗藥亦好耶？（袁眉）
◎18.三個人，偏留一個人再作一縱。（金批）
◎19.以幸得爲慚愧，妙。（袁眉）
◎20.徒接奇文，有怪峰飛來之勢。（金批）
◎21.遠不千里，近只目前，讀之絕倒。（金批）
◎22.忽然說開去，妙。（袁夾）

銀，上有若干散碎銀兩，解開文書袋※6來，看了差批，衆人只叫得：「慚愧！」那大漢便道：「天使令我今日上嶺來，早是不曾動手，爭些兒誤了我哥哥性命。」正是：

冤仇還報難迴避，機會遭逢莫遠圖。
踏破鐵鞋無覓處，得來全不費工夫。

那大漢便叫那人：「快討解藥來，先救起我哥哥。」那人也慌了，連忙調了解藥，便和那大漢去作房裏，先開了枷，扶將起來，把這解藥灌將下去。四個人將宋江扛出前面客位裏，◎23那大漢扶住著，漸漸醒來，光著眼，看了衆人立在面前，又不認得，只見那大漢教兩個兄弟扶住了宋江，納頭便拜。◎24宋江問道：「是誰？我不是夢中麼？」只見賣酒的那人也拜。宋江答禮道：「兩位大哥請起。這裏正是那裏？不敢動問二位高姓？」那大漢道：「小弟姓李，名俊，祖貫廬州人氏，專在揚子江中撐船艄公爲生，能識水性，人都呼小弟做混江龍李俊便是。這個賣酒的，是此間揭陽嶺人，只靠做私商道路，人盡呼他做催命判官李立。這兩個兄弟，是此間潯陽江邊人，專販私鹽來這裏貨賣，卻是投奔李俊家安身。大江中伏得水，駕得船。是弟兄兩個，一個喚做出洞蛟童威，一個叫做翻江蜃童猛。」兩個也

宋江在揭陽嶺被麻翻，脫光衣服，馬上要開膛破肚，幸虧李俊前來查看，透過公文看到犯人是宋江，這才解救了他。（選自《水滸傳版刻圖錄》，江蘇廣陵古籍刻印社）

拜了宋江四拜。宋江問道：「卻纔麻翻了宋江，如何卻知我姓名？」李俊道：「小弟有個相識，近日做買賣從濟州回來，說起哥哥大名，爲事發在江州牢城。李俊往常思念，只要去貴縣拜識哥哥，只爲緣分淺薄，不能夠去。今聞仁兄來江州，必從這裏經過，小弟連連在嶺下等接仁兄五、七日了，不見來。今日無心，天幸使令李俊同兩個弟兄上嶺來，就買杯酒吃，遇見李立，說將起來。因此小弟大驚，慌忙去作房裏看了，卻又不認得哥哥。猛可思量起來，取討公文看了，才知道是哥哥。不敢拜問仁兄，聞知在鄆城縣做押司，不知爲何事配來江州？」◎25宋江把這殺了閻婆惜，直至石勇村店寄書，回家事發，今次配來江州，備細說了一遍，四人稱嘆不已。李立道：「哥哥何不只在此間住了，休上江州牢城去受苦。」宋江答道：「梁山泊苦死相留，我尚兀自不肯住，恐怕連累家中老父。此間如何住得？」李俊道：「哥哥義士，必不肯胡行，你快救起那兩個公人來。」李立連忙叫了火家，已都歸來了，便把公人扛出前面客位裏來，把解藥灌將下去，救得兩個公人起來，面面廝覷※7道：「我們想是行路辛苦，恁地容易得醉！」衆人聽了都笑。當晚李立置酒管待衆人，在家裏過了一夜。次日，又安排酒食管待，送出包裹，還了宋江並兩個公人。當時相別了，宋江自和李俊、童威、童猛、兩個公人下嶺來，逕到李俊家歇下。置備酒食，殷勤相待，結拜宋江爲兄，留住家裏過了數日。宋江要行，李俊留不住，取些銀兩齎發兩個公人。宋江再帶上行枷，◎26收拾了包裹行李，辭

註

※6文書袋：類似今天的公事包。
※7廝覷：相看。廝，互相；覷，看。

評點

◎23.四個人自扛宋江，火家歸來扛公人，有輕重貴賤之分。（金批）
◎24.李俊救了宋江，則江湖好人無不仰其德矣。（余評）
◎25.應前不知爲甚事句。（金批）
◎26.朝廷法度擅動，宋江不問，何也？（金批）

別李俊、童猛、童威，離了揭陽嶺下，取路望江州來。

三個人行了半日，早是未牌時分，行到一個去處，只見人煙輳集，井市喧嘩。正來到市鎮上，只見那裏一夥人圍住著看。宋江分開人叢，挨入去看時，卻原來是一個使槍棒賣膏藥的。宋江和兩個公人立住了腳，看他使了一回槍棒。那教頭放下了手中槍棒，又使了一回拳，宋江喝采道：「好槍棒拳腳！」那人卻拿起一個盤子來，口裏開科道：「小人遠方來的人，投貴地特來就事，雖無驚人的本事，全靠恩官作成，遠處誇稱，近方賣弄。如要筋骨膏藥，當下取贖。如不用膏藥，可煩賜些銀兩銅錢齎發，休教空過了。」那教頭把盤子掠※8了一遭，沒一個出錢與他。那漢又道：「看官高擡貴手！」又掠了一遭，眾人都白著眼看，又沒一個出錢賞他。宋江見他惶恐，掠了兩遭，沒人出錢，便叫公人取出五兩銀子來。◎27宋江叫道：「教頭，我是個犯罪的人，沒甚與你。這五兩白銀，權表薄意，休嫌輕微！」那漢子得了這五兩白銀，托在手裏，便收科道：「恁地一個有名的揭陽鎮上，沒一個曉事的好漢擡舉咱家！難得這位恩官，本身現自為事在官，又是過往此間，顛倒齎發五兩白銀。正是：◎28『當年卻笑鄭元和※9，只向青樓※10買笑歌。慣使不論家

揚子江即長江別名，右圖為長江三峽的第一峽瞿塘峽口。
（美工圖書社：中國圖片大系提供）

宋江發配路上，見到一名漢子賣藝，無人給賞錢，宋江看不過眼，給了五兩銀子。（日版畫，出自《新編水滸畫傳》，葛飾戴斗繪）

豪富，風流不在著衣多。』這五兩銀子強似別的五十兩。自家拜揖，願求恩官高姓大名，使小人天下傳揚。」宋江答道：「教師，量這些東西值得幾多，不須致謝。」正說之間，只見人叢裏一條大漢分開人衆，搶近前來，大喝道：「兀那廝是甚麼鳥漢？那裏來的囚徒？敢來滅俺揭陽鎭上威風！」搦※11著雙拳來打宋江。不因此起相爭，有分教：潯陽江上，聚數籌攪海蒼龍的好漢；梁山泊中，添一夥爬山猛虎的英雄。畢竟那漢爲甚麼要打宋江？且聽下回分解。◎29

註

※8 掠：這裏是走的意思。

※9 鄭元和：明《繡襦記》的主人公。鄭元和上京赴考，在京城結識名妓李亞仙，二人相愛。後來鄭元和揮霍無度，鴇母設計瞞過李亞仙，拋棄了鄭元和。亞仙悲痛欲絕，從此閉門謝客。鄭元和貧病交加，淪爲乞兒。後亞仙認出元和，迎進家門，激勵他讀書應試博取功名，元和終於得中狀元。

※10 青樓：妓院。

※11 搦：音諾。握、捏的意思。

評點

◎27.喝采處是眞愛他，出錢處是眞酬他，非是作意捨錢，好做好漢。（芥眉）

◎28.此正是二字連詩，皆似出此人口中，下文如藕絲相續，此又一變文。（袁眉）

◎29.公明只以忠孝兩字爲重，說到逆天理，違父教，便淚如雨下，似曾讀書識字過來，可敬可畏。（袁評）

第三十七回　沒遮攔追趕及時雨　船火兒大鬧潯陽江◎1

話說當下宋江不合將五兩銀子齎發了那個教師，只見這揭陽鎮上衆人叢中鑽過這條大漢，睜著眼喝道：「這廝那裏學得這些鳥槍棒，來俺這揭陽鎮上逞強！我已分付了衆人休睬他，你這廝如何賣弄有錢，把銀子賞他，滅俺揭陽鎮上的威風！」宋江應道：「我自賞他銀兩，卻干你甚事？」那大漢揪住宋江喝道：「你這賊配軍敢回我話？」宋江道：「做甚麼不敢回你話？」那大漢提起雙拳，劈臉打來，宋江躲個過。那大漢又趕入一步來，宋江卻待要和他放對，◎2只見那個使槍棒的教頭從人背後趕將來，一隻手揪住那大漢頭巾，一隻手提住腰胯，望那大漢肋骨上只一兜，踉蹌一交，顛翻在地。◎3那大漢卻待掙扎起來，又被這教頭只一腳踢翻了。兩個公人勸住教頭，那大漢從地下爬將起來，看了宋江和教頭說道：「使得使不得！叫你兩個不要慌！」一直望南去了。宋江且請問：「教頭高

薛永本是江湖藝人，靠舞槍棒賣藥謀生。圖為17世紀描繪中國江湖藝人生活的版畫。荷蘭旅行家傑 紐爾華夫遊記中的插圖，他在1650年代到過中國。（fotoe提供）

姓？何處人氏？」教頭答道：「小人祖貫河南洛陽人氏，姓薛名永，祖父是老種經略相公帳前軍官，爲因惡了同僚，不得升用，子孫靠使槍棒賣藥度日，江湖上但呼小人病大蟲薛永。不敢拜問恩官高姓大名？」宋江道：「小可姓宋名江，祖貫鄆城縣人氏。」薛永道：「莫非山東及時雨宋公明麼？」宋江道：「小可便是。」薛永聽罷便拜，宋江連忙扶住道：「少敘三杯如何？」薛永道：「好。正要拜識尊顏，小人卻無門得遇兄長。」慌忙收拾起槍棒和藥囊，同宋江便往鄰近酒肆內去吃酒。只見酒家說道：「酒肉自有，只是不敢賣與你們吃。」宋江問道：「緣何不賣與我們吃？」酒家道：「卻纔和你們廝打的大漢，已使人分付了，若是賣與你們吃時，把我這店子都打得粉碎。我這裏卻是不敢惡他。這人是此間揭陽鎭上一霸，誰敢不聽他說？」宋江道：「既然恁

評點

◎1.此書寫一百七人，都有一百七人行徑心地，然曾未有如宋江之權詐不定者也。其結識天下好漢也，初無青天之曠蕩，明月之皎潔，春雨之太和，夏霆之逕直，惟一銀子而已矣。以銀子爲之張本，而於是自言孝父母，斯不畏天下之人不信其孝父母也；自言敬天地，斯不畏天下之人不信其敬天地也；自言尊朝廷，斯不畏天下之人不信其尊朝廷也；自言惜朋友，斯不畏天下之人不信其惜朋友也。鳴呼！天下之人，而至於惟銀子是愛，而不覺出其根底，盡爲宋江所窺，因而並其性格，亦遂盡爲宋江之所提起放倒，陰變陽易，是固天下之人之醜事。然宋江以區區猾吏，而徒以銀子一物買遍天下，而遂欲自稱於世爲孝義黑三，以陰圖他日晁蓋之一席。此其醜事，又曷可耐乎？作者深惡世間每有如是之人，於是旁借宋江，特爲立傳，而處處寫其單以銀子結人，蓋是誅心之筆也。天下之人，莫不自親於宋江，然而親之至者，花榮其尤著也。然則花榮迎之，宋江宜無不來；花榮留之，宋江宜無不留；花榮要開枷，宋江宜無不開耳。乃宋江者，方且上援朝廷，下申父訓，一時遂若百花榮曾不得勸宋江暫開一枷也者。而於是山泊諸人，遂眞信爲宋江之枷，必至江州牢城方始開放矣。作者惡之，故特於揭陽嶺上，書曰：「先開了枷」；於別李立時，書曰：「再帶上枷」；於穆家門房裏書曰：「這裏又無外人，一發除了行枷」，又書曰：「宋江道：『說得是。』當時去了行枷」；於逃走時，書曰：「宋江自提了枷」；於張橫口中，書曰：「卻又項上不帶行枷」；於穆弘叫船時，書曰：「眾人都在江邊，安排行枷」；於江州上岸時，書曰：「宋江方纔帶上行枷」；於蔡九知府口中，書曰：「你爲何枷上沒了封皮」；於點視廳前，書曰：「除了行枷」。凡九處，特書行枷，悉與前文花榮要開一段遙望擊應。嗟乎！以親如花榮而尚不得宋江之眞心，然則如宋江之人，又可與之一朝居乎哉！此篇節節生奇，層層追險。節節生奇，奇不盡不止；層層追險，險不絕必追。眞令讀者到此，心路都休，目光盡滅，有死之心，無生之望也。如投宿店不得，是第一追；尋著村莊，卻正是冤家家裏，是第二追；掇壁逃走，乃是大江截住，是第三追；沿江奔去，又值橫港，是第四追；甫下船，追者亦已到，是第五追；岸上人又認得艄公，是第六追；艎板下摸出刀來，是最後一追，第七追也。一篇眞是脫一虎機，踏一虎機，令人一頭讀，一頭嚇，不惟讀亦讀不及，雖嚇亦嚇不及也。此篇於宋江恪遵父訓，不住山泊後，忽然閑中寫出一句不滿其父語，一句悔不住在山泊語，皆作者用筆極冷，寓意極嚴處，處處不得漏過。（金批）

◎2.寫宋江要放對，下卻不必宋江放對，筆路活泛。（金批）

◎3.偏寫顛得不甚費力，與揭陽鎭上威風句擊應。（金批）

地，我們去休，那廝必然要來尋鬧。」薛永道：「小人也去店裏算了房錢還他，一、兩日間，也來江州相會。兄長先行。」宋江又取一、二十兩銀子與了薛永，◎4辭別了自去。宋江只得自和兩個公人也離了酒店，又自去一處吃酒，那店家說道：「小郎已自都分付了，我們如何敢賣與你們吃？你枉走，甘自費力，不濟事。」宋江和兩個公人都做聲不得。連連走了幾家，都是一般話說。三個來到市梢盡頭，見了幾家打火小客店，正待要去投宿，卻被他那裏不肯相容。宋江問時，都道：「他已著小郎連連分付去了，不許安著你們三個。」當下宋江見不是話頭，三個便拽開腳步，望大路上走著，看見一輪紅日低墜，天色昏暗。但見：

暮煙迷遠岫，寒霧鎖長空。群星拱皓月爭輝，綠水共青山鬥碧。疏林

❀ 宋江等三人見不是話頭，連忙趕路，黃昏的時候，眼望著夕陽西墜，終於看到前方樹林中似乎有人家。圖為高空落日的餘暉。（美工圖書社：中國圖片大系提供）

古寺，數聲鐘韻悠揚；小浦※1漁舟，幾點殘燈明滅。枝上子規※2啼夜月，園中粉蝶宿花叢。

宋江和兩個公人見天色晚了，心裏越慌。三個商量道：「沒來由看使槍棒，惡了這廝！如今閃得前不巴村，後不著店，卻是投那裏去宿是好？」只見遠遠地小路上望見隔林深處射出燈光來。宋江見了道：「兀那裏燈光明處，必有人家，遮莫怎地陪個小心，借宿一夜，明日早行。」公人看了道：「這燈光處又不在正路上。」◎5宋江道：「沒奈何。雖然不在正路上，明日多行三、二里，卻打甚麼不緊。」三個人當時落路來，行不到二里多路，林子背後閃出一座

宋江和兩個公人在揭陽鎮上惹了禍，不想正躲在對頭的家裏。當晚，他們從房裏挖開屋後一堵牆，趁星月昏暗，望林木深處小路上走。（朱寶榮繪）

註

※1小浦：小碼頭。
※2子規：杜鵑鳥。

評點

◎4.一路寫宋江好處，只是使銀撒漫，更無他長，是作者筆法嚴冷處。（金批）
◎5.再插一句不是正路，務與江岸相引。（金批）

大莊院來。宋江和兩個公人來到莊院前敲門，莊客聽得，出來開門道：「你是甚人？黃昏半夜來敲門打戶？」宋江陪著小心答道：「小人是個犯罪配送江州的人，今日錯過了宿頭，無處安歇，欲求貴莊借宿一宵，來早依例拜納房金。」莊客道：「既是恁地，你且在這裏少待，等我入去報知莊主太公，可容即歇。」莊客入去通報了，復翻身出來說道：「太公相請。」宋江和兩個公人到裏面草堂上參見了莊主太公，太公分付，教莊客領去門房裏安歇，就與他們些晚飯吃。◎6莊客聽了，引去門首草房下，點起一碗燈，教三個歇定了，取三分飯食、羹湯、菜蔬，教他三個吃了。莊客收了碗碟，自入裏面去。兩個公人道：「押司，這裏又無外人，一發除了行枷，快活睡一夜，明日早行。」宋江道：「說得是。」當時去了行枷，和兩個公人去房外淨手，看見星光滿天，又見打麥場邊屋後，是一條村僻小路，宋江看在眼裏。三個淨了手，入進房裏，關上門去睡。宋江和兩個公人說道：「也難得這個莊主太公留俺們歇這一夜。」正說間，聽得莊裏有人點火把來打麥場上，一到處照看。宋江在門縫裏張時，見是太公引著三個莊客，把火一到處照看。宋江對公人道：「這太公和我父親一般，件件都要自來照管。這早晚也未曾去睡，一地裏親自點看。」◎7

正說之間，只聽得外面有人叫開莊門，莊客連忙來開了門，放入五、七個人來，爲頭的手裏拿著朴刀，背後的都拿著稻叉棍棒。火把光下，宋江張看時，「那個提朴刀的，正是在揭陽鎮上要打我們的那漢。」◎8宋江又聽得那太公問道：「小郎，你那裏去來？和甚人廝打？日晚了，拖槍拽棒？」那大漢道：「阿爹不知，哥哥在家裏麼？」太公道：「你哥哥吃得醉了，去睡在後面亭子上。」那漢道：「我自去叫他起來，我和他趕人。」太公道：「你又和誰合口※3，叫起哥哥來時，他卻不肯干休。你且對我說這原故。」那漢道：「阿爹，你不知，今日鎮上一個使槍棒賣藥的漢子，叵耐那廝不先來見我弟兄兩個，便去鎮上撇科賣藥，教使槍棒。被我都分付了鎮上的人，分文不要與他賞錢。不知那裏走一個囚徒來，那廝做好漢出尖※4，把五兩銀子賞他，滅俺揭陽鎮上威風。我正要打那廝，堪恨那賣藥的腦揪翻我，打了一頓，又踢了我一腳，至今腰裏還疼。我已教人四下裏分付了酒店、客店，不許著這廝們吃酒安歇，先教那廝三個今夜沒存身處。隨後吃我叫了賭房裏一夥人，趕將去客店裏，拿得那賣藥的來，盡氣力打了一頓，如今把來吊在都頭家裏。明日送去江邊，綑做一塊，拋在江裏，出那口鳥氣。卻只趕這兩個公人押的囚徒不著，前面又沒客店，竟不知投那裏去宿了。我如今叫起哥哥來，分投趕去，捉拿這廝。」◎9太公道：「我兒休恁地短命相！他自有銀子賞那賣藥的，卻干你甚事！你去打他做甚麼？可知道著他打了，也不曾傷重。快依我口便罷，休教哥哥得知。你吃人打了，他肯干罷？又是去害人性命！你依我說，且去房裏睡了。半夜三更，莫去敲門打戶，激惱村坊。你也積些陰德。」那漢不顧太公說，拿著朴刀，逕入莊內去了。◎10太公隨後也趕入去。宋江聽罷，對公人說道：「這般不巧的事，怎生是

註

※3合口：同第七回作爭吵、鬥嘴。
※4出尖：出風頭。

評點

◎6.有太公的，遇著太公都是好的。（芥眉）
◎7.脫空處插入，情事語言，種種逼眞。（袁眉）
◎8.再看方看出來。險絕之想，奇絕之筆。（金批）
◎9.宋江投入莊院，心悅得其所巢，又聽外面告太公之言，此猶驅羊觸虎。（余評）
◎10.文情險怪之極，讀之如逢奇鬼。（金批）

好？卻又撞在他家投宿，我們只宜走了好。倘或這廝得知，必然吃他害了性命。便是太公不說，莊客如何敢瞞？」兩個公人都道：「說得是，事不宜遲，及早快走。」宋江道：「我們休從大路出去，掇開屋後一堵壁子出去罷。」兩個公人挑了包裹，宋江自提了行枷，便從房裏挖開屋後一堵壁子，三個人便趁星月之下，望林木深處小路上只顧走。正是慌不擇路，走了一個更次，望見前面滿目蘆花，一派大江，滔滔浪滾，正來到潯陽江邊。有詩為證：

撞入天羅地網來，宋江時蹇實堪哀。
才離黑煞凶神難，又遇喪門白虎災。

只聽得背後喊叫，火把亂明，吹風胡哨趕將來。宋江只叫得苦道：「上蒼救一救則個！」三人躲在蘆葦叢中，望後面時，那火把漸近，三人心裏越慌，腳高步低，在蘆葦裏撞。前面一看，不到天盡頭，早到地盡處。定目一觀，看見大江攔截，側邊又是一條闊港。宋江仰天嘆道：「早知如此的苦，權且在梁山泊也罷。◎11誰想直斷送在這裏！」宋江正在危急之際，只見蘆葦叢中悄悄地忽然搖出一隻船來。宋江見了，便叫：「艄

三人慌不擇路，走到絕路，來到了滔滔浪滾的潯陽江邊，江邊一旁蘆葦蕩。後有追兵，前是大江，三人一片絕望。（選自《水滸傳版刻圖錄》，江蘇廣陵古籍刻印社）

公，且把船來救我們三個，俺與你幾兩銀子。」那梢公在船上問道：「你三個是甚麼人？卻走在這裏來？」宋江道：「背後有強人打劫我們，一味地撞在這裏。你快把船來渡我們，我多與你些銀兩。」◎12那梢公聽得多與銀兩，把船便放攏來。三個連忙跳上船去，一個公人便把包裹丟下艙裏，一個公人便將水火棍捵※5開了船。那梢公一頭搭上櫓，一面聽著包裹落艙有些好響聲，心裏暗歡喜。◎13把櫓一搖，那隻小船早蕩在江心裏去。

岸上那夥趕來的人，早趕到灘頭，有十數個火把，為頭兩個大漢，各挺著一條朴刀，隨後有二十餘人，各執槍棒，口裏叫道：「你那梢公，快搖船攏來！」宋江和兩個公人做一塊兒伏在船艙裏，說道：「梢公，卻是不要攏船，我們自多與你些銀子相謝。」那梢公點頭，只不應岸上的人，把船望上水咿咿啞啞的搖將去。◎14那岸上這夥人大喝道：「你那梢公，不搖攏船來，教你都死！」那梢公冷笑幾聲，也不應。岸上那夥人又叫道：「你是那個梢公？直恁大膽！不搖攏來！」那梢公冷笑應道：「老爺叫做張梢公，你不要咬我鳥！」岸上火把叢中那個長漢說道：「原來是張大哥，你見我弟兄兩個麼？」那梢公應道：「我又不瞎，做甚麼不見你？」那長漢道：「你既見我時，且搖攏來和你說話。」那梢公道：「有話明朝來說，趁船※6的要去得緊。」那長漢道：「我弟兄兩個正要捉這趁船的三個人。」那梢公道：「趁船的三個都是我家親眷，衣食父

註

※5捵：音嗔。撐、推。
※6趁船：坐船。

評點

◎11.在宋江是急時眞話，在作者是閑中冷筆。（金批）
◎12.一路寫宋江只是以銀子出色，是此回一篇之眼，不得不與標出。（金批）
◎13.前跌猶輕，後跌至重。奇文險筆，使讀者吃嚇不盡。（金批）
◎14.試問看官，將謂是救，將謂是跌？眞是推測不出。（金批）

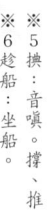

母，請他歸去吃碗板刀麵了來。」那長漢道：「你且搖攏來和你商量。」那艄公又道：「我的衣飯，倒搖攏來把與你，倒樂意！」那長漢道：「張大哥，不是這般說，我弟兄只要捉這囚徒，你且攏來。」那艄公一頭搖櫓，一面說道：「我自好幾日接得這個主顧，卻是不搖攏來，倒吃你接了去！◎16你兩個只得休怪，改日相見。」宋江不曉得艄公話裏藏鬮，在船艙裏悄悄的和兩個公人說：「也難得這個艄公救了我們三個性命。又與他分說，不要忘了他恩德。卻不是幸得這隻船來渡了我們。」卻說那艄公搖開船去，離得江岸遠了，三個人在艙裏望岸上時，火把也自去蘆葦中明亮。宋江道：「慚愧！正是『好人相逢，惡人遠離』。且得脫了這場災難。」只見那艄公搖著櫓，口裏唱起湖州歌來。唱道：

老爺生長在江邊，不怕官司不怕天。
昨夜華光※7來趁我，臨行奪下一金磚。

宋江和兩個公人聽了這首歌，都酥軟了。宋江又想道：「他是唱耍。」三個正在那裏議論未了，只見那艄公放下櫓，說道：「你這個撮鳥，兩個公人，平日最會詐害做私商的人，今日卻撞在老爺手裏！你三個卻是要吃板刀麵？卻是要吃餛飩？」宋江道：「家長休要取笑！怎地喚做板刀麵？怎地是餛飩？」那艄公睜著眼道：「老爺和你耍甚鳥！若還要吃板刀麵時，俺有一把潑風也似快刀在這艎板底下，我不消三刀五刀，我只一刀一個，都剁你三個人下水去。你若要吃餛飩時，你三個快脫了衣裳，都赤條條地跳下

江裏自死。」宋江聽罷，扯定兩個公人說道：「卻是苦也！正是『福無雙至，禍不單行』。」那艄公喝道：「你三個好好商量，快回我話。」宋江答道：「艄公不知，我們也是沒奈何，犯下了罪，迭配江州的人，你如何可憐見饒了我三個！」那艄公喝道：「你說甚麼閑話！◎17饒你三個？我半個也不饒你！老爺喚做有名的狗臉張爺爺，來也不認得爹，去也不認得娘。你便都閉了鳥嘴，快下水裏去！」宋江又求告道：「我們都把包裹內金銀、財帛、衣服等項，盡數與你，只饒了我三人性命。」那艄公便去艎板底下摸出那把明晃晃板刀來，大喝道：「你三個要怎地？」宋江仰天嘆道：「為因我不敬天地，不孝父母，犯下罪責，連累了你兩個。」◎18那兩個公人也扯著宋江道：「押司，罷，罷！我們三個一處死休。」那艄公又喝道：「你三個好好快脫了衣裳，跳下江去。跳便跳，不跳時，老爺便剁下水裏去。」宋江和那兩個公人抱做一塊，恰待要跳水，◎19只見江面上咿咿啞啞櫓聲響。宋江探頭看時，一隻快船飛也似從上水頭搖將下來。船上有三個人，一條大漢手裏橫著托叉，立在船頭上。艄頭兩個後生搖著兩把快櫓，星光之下，早到面前。那船頭上橫叉的大漢便喝道：「前面是甚麼艄公，敢在當港行事？船裏貨物，見者有分。」這船艄公回頭看了，慌忙應道：「原來卻是李大哥，我只道是誰來。大哥又去做買賣？只是不曾帶挈兄弟。」大漢道：「張家兄弟，你在這裏又弄這一手！船裏甚麼行貨？有些油水麼？」艄公答道：「教你得知好笑。我這幾日沒道路，又

註

※7華光：神話傳說：有一妖神，名叫華光，他使用的法寶（武器）是金磚。

評點

◎15.此句分明說不要你衣飯，單要你囚徒。（金批）
◎16.決不搖攏來矣，雖然，讀者眞駭絕也。（金批）
◎17.臨死討饒，謂之閑話，可發一笑。（金批）
◎18.臨危自懺，眞盛德人。（芥眉）
◎19.公明等遇張橫逼罵，哭，欲跳水而死，忽遇童威等到此，否極泰來，天使其至，一義士安能如此死於非命者哉！（余評）

賭輸了，沒一文，正在沙灘上悶坐，岸上一夥人趕著三頭行貨來我船裏。卻是兩個鳥公人，解一個黑矮囚徒，正不知是那裏人。他說道：『迭配江州來的。』卻又項上不帶行枷。◎20趕來的岸上一夥人，卻是鎮上穆家哥兒兩個，定要討他，我見有些油水吃，我不還他。」船上那大漢道：「咄！莫不是我哥哥宋公明？」宋江聽得聲音廝熟，便船裏叫道：「船上好漢是誰？救宋江則個！」那大漢失驚道：「眞個是我哥哥！◎21早不做出來！」宋江鑽出船上來看時，星光明亮，那立在船頭上的大漢，不是別人，正是：

家住潯陽江浦上，最稱豪傑英雄。眉濃眼大面皮紅，髭鬚垂鐵線，語話若銅鐘。凜凜身軀長八尺，能揮利劍霜鋒，衝波躍浪立奇功。廬州生李俊，綽號混江龍。

那船頭上立的大漢，正是混江龍李俊。◎22背後船艄上兩個搖櫓的，一個是出洞蛟童威，一個是翻江蜃童猛。這李俊聽得是宋公明，便跳過船來，口裏叫苦道：「哥哥驚恐！若

艄公手拿刀刃，說道：「若還要吃板刀麵時，我一刀一個，剁你三個人下水去；你若要吃餛飩時，你三個快脫了衣裳，都赤條條地跳下江裏自死。」（朱寶榮繪）

江西鄱陽湖風景。（美工圖書社：中國圖片大系提供）

是小弟來得遲了些個，誤了仁兄性命。今日天使李俊在家坐立不安，棹船出來江裏，趕些私鹽。不想又遇著哥哥在此受難！」那艄公呆了半晌，做聲不得，方纔問道：「李大哥，這黑漢便是山東及時雨宋公明麼？」李俊道：「可知是哩！」那艄公便拜道：「我那爺，你何不早通個大名，省得著我做出歹事來，爭些兒傷了仁兄。」宋江問李俊道：「這個好漢是誰？高姓何名？」李俊道：「哥哥不知，這個好漢卻是小弟結義的兄弟，原是小孤山下人氏，姓張名橫，綽號船火兒，專在此潯陽江做這件穩善的道路。」◎23宋江和兩個公人都笑起來。當時兩隻船并著搖奔灘邊來，纜了船，艙裏扶宋江並兩個公人上岸。李俊又與張橫說道：「兄弟，我常和你說，天下義士，只除非山東及時雨鄆城宋押司，今日你可仔細認看。」張橫敲開火石，點起燈來，照著宋江，撲翻身，又在沙灘上拜道：「望哥哥恕兄弟罪過！」宋江

◎20.處處寫出宋江不帶行枷，與山泊欺花榮一段擊應。（金批）
◎21.兩次叫我哥哥，親兄有如此熱絡否？救親兄有如此激切否？（芥眉）
◎22.宋江到此危厄之地，又遇李俊，是天使之遇也。（余評）
◎23.極險惡事，卻稱穩善，奇絕，安得不笑。（袁眉）

看那張橫時，但見：

七尺身軀三角眼，黃鬚※8赤髮紅睛，潯陽江上有聲名。衝波如水怪，躍浪似飛鯨；惡水狂風都不懼，蛟龍見處魂驚。天差列宿害生靈。小孤山下住，船火號張橫。

張橫拜罷問道：「義士哥哥爲何事配來此間？」李俊便把宋江犯罪的事說了，今來迭配江州。張橫聽了說道：「好教哥哥得知，小弟一母所生的親弟兄兩個，長的便是小弟。我有個兄弟卻又了得，渾身雪練也似一身白肉，沒※9得四、五十里水面，水底下伏得七日七夜，水裏行一似一根白條，更兼一身好武藝，因此人起他一個異名，喚做浪裏白跳張順。當初我弟兄兩個，只在揚子江邊做一件依本分的道路。」宋江道：「願聞則個。」張橫道：「我弟兄兩個，但賭輸了時，我便先駕一隻船渡在江邊淨處做私渡。有那一等客人貪省貫百錢的，又要快，◎24便來下我船。等船裏都坐滿了，卻教兄弟張順也扮做單身客人，背著一個大包，也來趁船。我把船搖到半江裏，歇了櫓，拋了碇，插一把板刀，卻討船錢。本合五百足錢一個人，我便定要他三貫。卻先問兄弟討起，教他假意不肯還我，我便把他來起手，一手揪住他頭，一手提定腰胯，撲通地攛下江裏，排頭兒定要三貫。一個個都驚得呆了，把出來不迭。都斂得足了，卻送他到僻淨處上岸。我那兄弟自從水底下走過對岸，等沒了人，卻與兄弟分錢去賭。◎25那時我兩個只靠這件道路過日。」宋江道：「可知江邊多有主顧來尋你私渡！」李俊等都笑起來。張橫又道：

「如今我弟兄兩個都改了業，我便只在這潯陽江裏做些私商※10。兄弟張順，他卻如今自在江州做賣魚牙子。如今哥哥去時，小弟寄一封書去，只是不識字，寫不得。」◎26李俊道：「我們去村裏央個門館先生來寫。」留下童威、童猛看船。三個人跟了李俊，張橫提了燈，投村裏來。

走不過半里路，看見火把還在岸上明亮。張橫說道：「他弟兄兩個還未歸去。」李俊道：「你說兀誰弟兄兩個？」張橫道：「便是鎭上那穆家哥兒兩個。」李俊道：「一發叫他兩個來拜見哥哥。」宋江連忙說道：「使不得，他兩個趕著要捉我。」李俊道：「仁兄放心，他弟兄不知是哥哥。他亦是我們一路人。」李俊用手一招，胡哨了一聲，只見火把、人伴都飛奔將來。◎27看見李俊、張橫都恭奉著宋江做一處說話，那弟兄二人大驚道：「二位大哥如何與這三人廝熟？」李俊大笑道：「你道他是兀誰？」那二人道：「便是不認得。只見他在鎭上出銀兩賞那使槍棒的，滅俺鎭上威風，正待要捉他。」李俊道：「他便是我日常和你們說的山東及時雨鄆城宋押司公明哥哥！你兩個還不快拜？」那弟兄兩個撇了朴刀，撲翻身便拜道：「聞名久矣！不期今日方得相會。卻纔甚是冒瀆，犯傷了哥哥，望乞憐憫恕罪。」宋江扶起二位道：「壯士，願求大名。」李俊便道：「這弟兄兩個富戶，是此間人。姓穆名弘，綽號沒遮攔※11；兄弟穆春，喚做

註

※8髯：兩腮的鬍子，亦泛指鬍子。
※9沒：同「泬」，在水裏游。
※10私商：這裏指做強盜，劫財害命。
※11沒遮攔：沒有阻擋。

評點

◎24.便是現䏍公設法，可以爲戒。（袁夾）
◎25.一篇大文中，忽然插入一篇小文，奇筆。（金批）
◎26.眞豪傑。（容夾）
◎27.於前火把飛奔，是一是二，皆空中結撰，成此奇筆。（金批）

小遮攔，是揭陽鎮上一霸。我這裏有三霸，哥哥不知，一發說與哥哥知道。揭陽嶺上嶺下，便是小弟和李立一霸。揭陽鎮上，是他弟兄兩個一霸。潯陽江邊做私商的，卻是張橫、張順兩個一霸。◎28以此謂之三霸。」宋江答道：「我們如何省得？既然都是自家弟兄情分，望乞放還了薛永。」穆弘笑道：「便是使槍棒的那廝？哥哥放心，隨即便教兄弟穆春去取來還哥哥。我們且請仁兄到敝莊伏禮請罪。」李俊說道：「最好！最好！便到你莊上去。」穆弘叫莊客著兩個去看了船隻，就請童威、童猛一同都到莊上去相會。一面又著人去莊上報知，置辦酒食，殺羊宰豬，整理筵宴。一行衆人等了童威、童猛，一同取路投莊上來。卻好五更天氣，都到莊裏，請出穆太公來相見了，就草堂上分賓主坐下。宋江看那穆弘時，端的好表人物。但見：

面似銀盆身似玉，頭圓眼細眉單，威風凜凜逼人寒。靈官離斗府，佑聖下天關。武藝高強心膽大，陣前不肯空還，攻城野戰奪旗幡。穆弘眞壯士，人號沒遮攔。

宋江與穆太公對坐。說話未久，天色明朗，穆春已取到病大蟲薛永進來，一處相會了。穆弘安排筵席，管待宋江等衆位飲宴，至晚都留在莊上歇宿。次日，宋江要行，穆弘那裏肯放，把衆人都留莊上，陪侍宋江去鎮上閑頑，觀看揭陽市村景致。又住了三日，宋江怕違了限次※12，堅意要行。穆弘並衆人苦留不住，當日做個送路筵席。次日早起來，宋江作別穆太公並衆位好漢，臨行分付薛永，且在穆弘處住幾時，卻來江州，再

得相會。◎29穆弘道：「哥哥但請放心，我這裏自看顧他。」取出一盤金銀，送與宋江，又齎發兩個公人些銀兩。臨動身，張橫在穆弘莊上央人修了一封家書，央宋江付與張順，當時宋江收放包裹內了。一行人都送到潯陽江邊。穆弘叫隻船來，取過先頭行李下船。衆人都在江邊，安排行枷，◎30取酒食上船餞行，當下衆人灑淚而別。李俊、張橫、穆弘、穆春、薛永、童威、童猛一行人，各自回家，不在話下。

只說宋江自和兩個公人下船投江州來。這艄公非比前番，拽起一帆風篷，早送到江州上岸。宋江依前帶上行枷，兩個公人取出文書，挑了行李，直至江州府前來，正值府尹升廳。原來那江州知府，姓蔡，雙名得章，是當朝蔡太師蔡京的第九個兒子，因此江州人叫他做蔡九知府。那人爲官貪濫，作事驕奢。爲這江州是個錢糧浩大的去處，抑且人廣物盈，因此太師特地教他來做個知府。當時兩個公人當廳下了公文，押宋江投廳下。蔡九知府看見宋江一表非俗，便問道：「你爲何枷上沒了本州的封皮？」兩個公人告道：「於路上春雨淋漓，卻被水濕壞了。」知府道：「快寫個帖來，便送下城外牢城營裏去，本府自差公人押解下去。」這兩個公人就送宋江到牢城營內交割。當時江州府公人齎了文帖，監押宋江並同公人出州衙，前來酒店裏買酒吃。宋江取三兩來銀子，與了江州府公人，當討了收管，將宋江押送單身房裏聽候。那公人先去對管營、差撥處替宋江說了方便，交割，討了收管，自回江州府去了。這兩個公人也交還了宋江包裹行

註 ※12限次：期限。

評點

◎28.觀三霸如此，乃星宿之相等耳。（余評）
◎29.寫宋江權術。（金批）
◎30.處處寫宋江行枷不在頸上，筆法嚴冷。（金批）

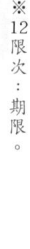

李，千酬萬謝，相辭了入城來。兩個自說道：「我們雖是吃了驚恐，卻賺得許多銀兩。」自到州衙府裏伺候，討了回文，兩個取路往濟州去了。

話裏只說宋江又自央浼人情，差撥到單身房裏，送了十兩銀子與他，管營處又自加倍送十兩並人事，營裏管事的人並使喚的軍健人等，都送些銀兩與他們買茶吃。因此無一個不歡喜宋江。◎31少刻引到點視廳前，除了行枷，參見管營，爲得了賄賂，在廳上說道：「這個新配到犯人宋江聽著：先朝太祖武德皇帝聖旨事例，但凡新入流配的人，須先吃一百殺威棒，左右與我捉去背起來！」宋江告道：「小人於路感冒風寒時症，至今未曾痊可。」管營道：「這漢端的似有病的，不見他面黃肌瘦，有些病症？且與他權寄下這頓棒。此人既是縣吏出身，著他本營抄事房做個抄事。」就時立了文案，便教發去抄事。宋江謝了，去單身房取了行李，到抄事房安頓了。衆囚徒見宋江有面目，都買酒來與

宋江到達牢城營，很快和管營等人關係火熱，卻一直沒有理睬節級戴宗。
（日版畫，出自《新編水滸畫傳》，葛飾戴斗繪）

他慶賀。次日，宋江置備酒食，與衆人回禮。不時間，又請差撥、牌頭遞杯，管營處常常送禮物與他。宋江身邊有的是金銀財帛，自落得結識他們。◎32住了半月之間，滿營裏沒一個不歡喜他。自古道：「世情看冷暖，人面逐高低。」

宋江一日與差撥在抄事房吃酒，那差撥說與宋江道：「賢兄，我前日和你說的那個節級常例人情，如何多日不使人送去與他？今已一旬之上了。他明日下來時，須不好看。」宋江道：「這個不妨。那人要錢，不與他。若是差撥哥哥但要時，只顧問宋江取不妨。那節級要時，一文也沒！等他下來，宋江自有話說。」差撥道：「押司，那人好生利害，更兼手腳了得。倘或有些言語高低，吃了他些羞辱，卻道我不與你通知。」宋江道：「兄長由他，但請放心，小可自有措置。敢是送些與他，也不見得。他有個不敢要我的，也不見得。」正恁的說未了，只見牌頭來報道：「節級下在這裏了，正在廳上大發作，罵道：『新到配軍，如何不送常例錢來與我！』」差撥道：「我說是麼，那人自來，連我們都怪。」宋江笑道：「差撥哥哥休罪，不及陪侍，改日再得作杯。小可且去和他說話。」差撥也起身道：「我們不要見他。」宋江別了差撥，離了抄事房，自來點視廳上，見這節級。不是宋江來和這人廝見，有分教：江州城裏，翻爲虎窟狼窩；十字街頭，變作屍山血海。直教：撞破天羅歸水滸，掀開地網上梁山。畢竟宋江來與這個節級怎麼相見？且聽下回分解。◎33

評點

◎31.銀子有效如此，若是個窮宋江，雖欲爲及時雨，得乎？雖然，世上有銀子的，偏作密雲不雨，苦處亦不肯用錢，又豈能潤及一物乎？（芥眉）
◎32.寫宋江出色，只是金銀財帛，更不見有他長，處處皆下特筆。（金批）
◎33.李和尚曰：宋公明每至盡頭處，便有救星，的是眞命強盜。（容評）

第三十八回 及時雨會神行太保　黑旋風鬥浪裏白跳◎1

話說當時宋江別了差撥，出抄事房來，到點視廳上看時，見那節級掇條凳子坐在廳前，◎2高聲喝道：「那個是新配到囚徒？」牌頭指著宋江道：「這個便是。」那節級便罵道：「你這黑矮殺才！倚仗誰的勢要，不送常例錢來與我？」宋江道：「『人情，人情，在人情願。』你如何逼取人財？好小哉相！」兩邊看的人聽了，倒捏兩把汗。那人大怒，喝罵：「賊配軍！安敢如此無禮！顛倒說我小哉！那兜馱的，與我背起來，且打這廝一百訊棍※1。」兩邊營裏眾人都是和宋江好的，見說要打他，一哄都走了，只剩得那節級和宋江。◎3那人見眾人都散了，肚裏越怒，拿起訊棍，便奔來打宋江。宋江說道：「節級，你要打我，我得何罪？」那人大喝道：「你這賊配軍，是我手裏行貨！輕咳嗽便是罪過！」宋江道：「你便尋我過失，也不到得該死。」那人怒道：「你說不該死，我要結果你也不難，只似打殺一個蒼蠅！」宋江冷笑道：「我因不送得常例錢便該死時，結識梁山泊吳學究的，卻該怎地？」那人聽了這話，慌忙丟了手中訊棍，便問道：「你說甚麼？」宋江又答道：「自說那結識軍師吳學究的，你

宋江與戴宗到潯陽（現在的九江）酒樓喝酒。圖為江西九江琵琶亭。為紀念唐代偉大詩人白居易而建。始建於唐代，原在九江城西長江之濱，即白居易送客之處。但歷代屢經興廢，多次移址。清代乾隆年間（1736～1795年）重建，至咸豐年間（1851～1861年）又遭兵毀。1988年3月，新琵琶亭建於九江長江大橋東側，亭高二十公尺，雙層重檐。拍攝時間2007年5月17日。（稅曉潔提供）

問我怎地？」那人慌了手腳，拖住宋江問道：「你正是誰？那裏得這話來？」宋江笑道：「小可便是山東鄆城縣宋江。」那人聽了大驚，連忙作揖◎4說道：「原來兄長正是及時雨宋公明。」宋江道：「何足掛齒！」那人便道：「兄長，此間不是說話處，未敢下拜。同往城裏敘懷，請兄長便行。」宋江道：「好。節級少待，容宋江鎖了房門便來。」宋江慌忙到房裏取了吳用的書，自帶了銀兩，出來鎖上房門，分付牌頭看管，便和那人離了牢城營內，奔入江州城裏來，去一個臨街酒肆中樓上坐下。那人問道：「兄長何處見吳學究來？」宋江懷中取出書來，遞與那人。那人拆開封皮，從頭讀了，藏在袖內，起身望著宋江便拜。◎5宋江慌忙答禮道：「適間言語衝撞，休怪，休怪！」那人道：「小弟只聽得說有個姓宋的發下牢城營裏來。往常時，但是發來的配軍，常例送銀五兩，今番已經十數日，不見送來，今日是個閑暇日頭，因此下來取討，不想卻是仁兄。恰纔在營內，甚是言語冒瀆了哥哥，萬望恕罪！」宋江道：「差撥亦曾常對小可說起大名。宋江有心要拜識尊顏，又不知足下住處，亦無因入城，特地只等尊兄下來，要與足下相會一面，以此耽誤日久。不是爲這五兩銀子不捨得送

※1 訊棍：官吏用來打罪犯逼供的棍子。

評點

◎1.寫宋江以銀子爲交遊後，忽然接寫一鐵牛李大哥。妙哉用筆，眞令宋江有珠玉在前之愧，勝似罵，勝似打，勝似殺也。看他要銀子賭，便向店家借；要魚請人，便向漁户討。一若天地間之物，任凭天地間之人公同用之。不惟不信世有慳吝之人，亦並不信世有慷慨之人；不惟與之銀子不以爲恩，又並不與銀子不以爲怨。夫如是，而宋江之權術獨遇斯人而窮矣。宋江與之銀子，彼亦不過謂是店家漁户之流，適值其有之時也；店家不與銀子，漁户不與鮮魚，彼亦不過謂即宋江之流適值其無之時也。夫宋江之以銀子與人也，夫固欲人之感之也；宋江之不敢不以銀子與人也，夫固畏人之怨之也。今彼亦何感？彼亦何怨？無宋江可騙，則自有店家可借；無店家可借，則自有賭房可搶；無賭房可搶，則自有江州城裏城外執塗之人無不可討。使必恃有結識好漢之宋江，而後李逵方得銀子使用，然則宋江未配江州之前，彼將不吃酒不吃肉，小張乙賭房中亦復不去賭錢耶？通篇寫李逵浩浩落落處，全是激射宋江，絕世妙筆。處處將戴宗反襯宋江，遂令宋江愈慷慨愈出醜。皆屬作者匠心之筆。寫李逵粗直不難，莫難於寫粗直人處處使乖說謊也。彼天下使乖說謊之徒，卻處處假作粗直，如宋江其人者，能不對此而羞死乎哉！（金批）

◎2.如畫。掇條凳子便算官長，可發一笑。（金批）

◎3.好關目。（袁夾）

◎4.寫戴宗拜，獨與他人異，有情有文之筆。（金批）

◎5.見書才拜，戴宗腳快心鈍，在宋江夥內只是走卒之才。（袁眉）

來，只想尊兄必是自來，故意延挨。今日幸得相見，以慰平生之願。」說話的，那人是誰？便是吳學究所薦的江州兩院押牢節級戴院長戴宗。◎6那時，故宋時，金陵一路節級都稱呼「家長」；湖南一路節級都稱呼做「院長」。原來這戴院長有一等驚人的道術，但出路時，齎書飛報緊急軍情事，把兩個甲馬※2拴在兩隻腿上，作起神行法來，一日能行五百里，把四個甲馬拴在腿上，便一日能行八百里。因此人都稱做神行太保戴宗。有〈臨江仙〉爲證：

面闊唇方神眼突，瘦長清秀人材，皂紗巾畔翠花開。黃旗書令字，紅串映宣牌※3。健足欲追千里馬，羅衫常惹塵埃，神行太保術奇哉。程途八百里，朝去暮還來。

當下戴院長與宋公明說罷了來情去意，戴宗、宋江俱各大喜。兩個坐在閣子裏，叫那賣酒的過來，安排酒果、餚饌、菜蔬來，就酒樓上兩個飲酒。宋江訴說一路上遇見許多好漢，衆人相會的事務，戴宗也傾心吐膽，把和這吳學究相交來往的事，告訴了一遍。兩個正說到心腹相愛之處，才飲得兩、三杯酒，只聽樓下喧鬧起來。過賣連忙走入閣子來，對戴宗說道：「這個人只除非是院長說得他下。沒奈何，煩院長去解拆則個。」戴宗問道：「在樓下作鬧的是誰？」◎7過賣道：「便是時常同院長走的那個喚做鐵牛李大哥，在底下尋主人家借錢。」戴宗笑道：「又是這廝在下面無禮，我只道是甚麼人。兄長少坐，我去叫了這廝上來。」戴

民間紙馬：路神。紙馬又稱「甲馬」或「甲馬紙」，實質是木刻黑白版畫。為戴宗神行的必備之物。（fotoe提供）

宗便起身下去，不多時，引著一個黑凜凜大漢上樓來。宋江看見，吃了一驚，便問道：「院長，這大哥是誰？」戴宗道：「這個是小弟身邊牢裏一個小牢子，姓李名逵，祖貫是沂州沂水縣百丈村人氏。本身一個異名，喚做黑旋風※4李逵。他鄉中都叫他做李鐵牛。因爲打死了人，逃走出來，雖遇赦宥，流落在此江州，不曾還鄉。爲他酒性不好，多人懼他。能使兩把板斧，及會拳棍，現今在此牢裏勾當。」有詩爲證：

家住沂州翠嶺東，殺人放火恣行凶。
不搽煤墨渾身黑，似著朱砂兩眼紅。
閑向溪邊磨巨斧，悶來岩畔斫喬松。
力如牛猛堅如鐵，撼地搖天黑旋風。

李逵看著宋江問戴宗道：「哥哥，這黑漢子是誰？」戴宗對宋江笑道：「押司，你看這廝恁麼粗鹵，全不識些體面。」李逵便道：「我問大哥，怎地是粗鹵？」◎8戴宗道：「兄弟，你便請問這位官人是誰便好，你倒卻說『這黑漢子是誰』，這不是粗鹵，卻是甚麼？我且與你說知，這位仁兄，便是閑常你要去投奔他的義士哥哥。」李逵道：「莫不是山東及時雨黑宋江？」戴宗喝道：「咄！你這廝敢如此犯上，直言叫喚，全不識些高低。兀自不快下拜等幾時？」李逵道：「若眞個是宋公明，我便下拜。若是閑

註

※2甲馬：一種畫有神佛圖像的紙。第五十四回「宋江陣上雖有甲馬」的「甲馬」，指披甲的戰馬。
※3宣牌：宋代，諸王、節度、觀察使、州府、軍、監、縣印，皆有銅牌，謂之「宣牌」。由朝廷授給，以證明官職身分。元代略同。
※4黑旋風：威猛如旋風。

評點

◎6.問訊出姓名，解釋出職分，都見靈活。（袁眉）
◎7.自此去入李逵傳。（金眉）
◎8.連粗鹵也不知是何語，方是眞人，凡顧體面者，皆假也。（袁眉）

人，我卻拜甚鳥！節級哥哥，不要瞞我拜了，你卻笑我！」宋江便道：「我正是山東黑宋江。」◎9李逵拍手叫道：「我那爺！你何不早說些個，也教鐵牛歡喜！」撲翻身軀便拜。宋江連忙答禮，說道：「壯士大哥請坐。」戴宗道：「兄弟，你便來我身邊坐了吃酒。」李逵道：「不耐煩小盞吃，換個大碗來篩。」宋江便問道：「卻纔大哥為何在樓下發怒？」李逵道：「我有一錠大銀，解※5了十兩小銀使用了，◎10卻問這主人家挪借十兩銀子，去贖那大銀出來，便還他，自要些使用。叵耐這鳥主人不肯借與我！卻待要和那廝放對，打得他家粉碎，卻被大哥叫了我上來。」宋江道：「只用十兩銀子去取，再要利錢麼？」李逵道：「利錢已有在這裏了，只要十兩本錢去討。」宋江聽罷，便去身邊取出一個十兩銀子，把與李逵，說道：「大哥，你將去贖來用度。」戴宗要阻當時，◎11宋江已把出來了。李逵接得銀子，便道：「卻是好也！兩位哥哥只在這裏等我一等，贖了銀子便來送還，就和宋哥哥去城外吃碗酒。」宋江道：「且坐一坐，吃幾碗了去。」李逵道：「我去了便來。」推開簾子，下樓去了。戴宗道：「兄長休借這銀與他便好，卻纔小弟正欲要阻，兄長已

宋江、戴宗正在喝酒，李逵在下面吵鬧，戴宗把李逵介紹給宋江，李逵想請宋江喝酒，沒有銀子，便撒謊說自己有一錠大銀，解了十兩小銀使用了，因此要挪借十兩銀子，實際上是想賭錢。（朱寶榮繪）

把在他手裏了。」宋江道：「卻是爲何？」戴宗道：「這廝雖是耿直，只是貪酒好賭。他卻幾時有一錠大銀解了！兄長吃他賺漏了這個銀去。他慌忙出門，必是去賭。若還贏得時，便有的送來還哥哥；若是輸了時，那裏討這十兩銀來還兄長？戴宗面上須不好看。」宋江笑道：「院長尊兄何必見外，量這些銀兩，何足掛齒？由他去賭輸了罷。◎12我看這人倒是個忠直漢子。」戴宗道：「這廝本事自有，只是心粗膽大不好。在江州牢裏，但吃醉了時，卻不奈何罪人，只要打一般強的牢子。我也被他連累得苦。專一路見不平，好打強漢，◎13以此江州滿城人都怕他。」詩曰：

賄賂公行法枉施，罪人多受不平虧。
以強凌弱眞堪恨，天使拳頭付李逵。

宋江道：「俺們再飲兩杯，卻去城外閑頑一遭。」戴宗道：「小弟也正忘了和兄長去看江景則個。」宋江道：「小可也要看江州的景致，如此最好。」

且不說兩個再飲酒，只說李逵得了這個銀子，尋思道：「難得宋江哥哥，又不曾和我深交，便借我十兩銀子，果然仗義疏財，名不虛傳！如今來到這裏，卻恨我這幾日賭輸了，沒一文做好漢請他。◎14如今得他這十兩銀子，且將去賭一賭，倘或贏得幾貫錢來，請他一請也好看。」當時李逵慌忙跑出城外小張乙賭房裏來，便去場上，將這十兩銀子撇在地下，叫道：「把頭錢※6過來我博！」那小張乙得知李逵從來賭直，便

註

※5解：這裏作抵押、典當解釋。後文第六十一回「解庫」，就是押鋪、當鋪。
※6頭錢：一種賭具。攤若干錢在手掌上，向外簸出，看有幾個正面、幾個背面，以定輸贏，那錢就叫做「頭錢」。

評點

◎9.便寫出宋江喜之至，敬之至。（金批）
宋江急自認，亦妙。（袁夾）
◎10.第一句討大腕，第二句便說謊，寫得奇絕奇絕。（金批）
◎11.寫戴宗又是另一色人。（金眉）
◎12.寫宋江好處只如此。（金批）
◎13.皆戴宗所不如，是駁是贊。（袁眉）
◎14.沒錢做不得好漢，眞、眞、眞。然有錢的又不肯做好漢，嗟哉！（袁眉）

道：「大哥且歇這一博，下來便是你博。」李逵道：「我要先賭這一博。」小張乙道：「你便傍猜也好。」李逵道：「我不傍猜，只要博這一博！五兩銀子做一注！」有那一般賭的，卻待要博，被李逵搿手奪過頭錢來，便叫道：「我博兀誰？」小張乙道：「便博我五兩銀子。」李逵叫一聲「快！」※7，肐膊地博一個叉※8。小張乙便拿了銀子過來，李逵叫道：「我的銀子是十兩！」小張乙道：「你再博我五兩，快，便還了你這錠銀子。」李逵又拿起頭錢，叫聲：「快！」肐膊的又博個叉。小張乙笑道：「我叫你休搶頭錢，且歇一博，不聽我口，如今一連博上兩個叉。」李逵道：「我這銀子是別人的。」◎15小張乙道：「遮莫※9是誰的，也不濟事了！你既輸了，卻說甚麼？」李逵道：「沒奈何，且借我一借，明日便送來還你。」小張乙道：「說甚麼閑話？自古賭錢場上無父子！你明明地輸了，如何倒來革爭？」李逵把布衫拽起在前面，口裏喝道：「你們還我也不還？」小張乙道：「李大哥，你閑常最賭的直，今日如何恁麼沒出豁？」李逵也不答應他，便就地下擄了銀子，又搶了別人賭的十來兩銀子，都摟在布衫兜裏，睁起雙眼，就道：「老爺閑常賭直，今日權且不直一遍！」小張乙急待向前奪時，被李逵一指一交。十二、三個賭博的一齊上，要奪那銀子，被李逵指東打西，指南打北。李逵把這夥人打得沒地躲處，便出到門前，把門的問道：「大郎那裏去？」被李逵提在一邊，一腳踢開了門，◎16便走。那夥人隨後趕將出來，都只在門前叫道：「李大哥，你恁地沒道理，都搶了我們衆人的銀子去！」只在門前叫喊，沒一個敢近前來討。

詩曰：

世人無事不嬲帳，直道只用在賭上。
李逵不直亦不妨，又爲賭賊作榜樣。

李逵正走之時，聽得背後一人趕上來，扳住肩臂喝道：「你這廝如何卻搶擄別人財物？」李逵口裏應道：「干你鳥事！」回過臉來看時，卻是戴宗，背後立著宋江。李逵見了，惶恐滿面，便道：「哥哥休怪，鐵牛閑常只是賭直，今日不想輸了哥哥的銀子，又沒得些錢來相請哥哥，喉急了，時下做出這些不直來。」◎17宋江聽了，大笑道：「賢弟但要銀子使用，只顧來問我討。今日既是明明地輸與他了，快把來還他。」李逵只得從布衫兜裏取出來，都遞在宋江手裏。宋江便叫過小張乙前來，都付與他。小張乙接過來說道：「二位官人在上，小人只拿了自己的，這十兩原銀，雖是李大哥兩博輸與小人，如今小人情願不要他的，省得記了冤仇。」宋江道：「你只顧將去，不要記懷。」小張乙那裏肯。宋江便道：「他不曾打傷了你們麼？」小張乙道：「討頭的※10，拾錢的，和那把門的，都被他打倒在裏面。」宋江道：「既是恁的，就與他衆人做將息錢※11，◎18兄弟自不敢來了，我自著他去。」小張乙收了銀子，拜謝了回去。

宋江道：「我們和李大哥吃三杯去。」戴宗道：「前面靠江有那琵琶亭酒館，是唐

註

※7快：頭錢全是背面，叫做「快」。
※8叉：頭錢全是正面，叫做「叉」。
※9遮莫：不管。
※10討頭的：賭場中向贏錢的人抽取一定比例的利頭，收取利錢的人叫討頭。
※11將息錢：平息紛爭的錢。

評點

◎15.鐵牛作此軟語，越可憐，越無理，越好笑，越嫵媚。（金批）
◎16.一手兜銀，一手提人，便一腳踢門矣，活畫出此時李大哥來。（金批）
◎17.說眞話才是直。（袁眉）
◎18.宋江只如此。（金批）
如此等處亦不輕易過去，便見處事之妙。（袁眉）

朝白樂天※12古跡。我們去亭上酌三杯，就觀江景則個。」宋江道：「可於城中買些餚饌之物將去。」◎19戴宗道：「不用，如今那亭上有人在裏面賣酒。」宋江道：「恁的時卻好。」當時三人便望琵琶亭上來。到得亭子上看時，一邊靠著潯陽江，一邊是店主人家房屋。琵琶亭上有十數副座頭，戴宗便揀一副乾淨座頭，讓宋江坐了頭位，戴宗坐在對席，肩下便是李逵。三個坐定，便叫酒保鋪下菜蔬、果品、海鮮、案酒之類，酒保取過兩樽玉壺春酒，此是江州有名的上色好酒，開了泥頭。宋江縱目觀看那江時，端的是景致非常。但見：

雲外遙山聳翠，江邊遠水翻銀。隱隱沙汀，飛起幾行鷗鷺。悠悠小蒲，撐回數隻漁舟。翻翻雪浪拍長空，拂拂涼風吹水面。紫霄峰上接穹蒼，琵琶亭半臨江岸。四圍空闊，八面玲瓏。欄杆影浸玻璃，窗外光浮玉壁。昔日樂天聲價重，當年司馬淚痕多。

當時三人坐下，李逵便道：「酒把大碗來篩，不耐煩小盞價吃！」戴宗喝道：「兄弟好村！你不要做聲，只顧吃酒便了。」宋江分付酒保道：「我兩個面前放兩隻盞子，這位大哥面前放個大碗。」酒保應了，下去取隻碗來，放在李逵面前，一面篩酒，一面鋪下餚饌。李逵笑道：「眞個好個宋哥哥，人說不差了！便知做兄弟的性格。◎20結拜得這位哥哥，也不枉了！」酒保斟酒，連篩了五、七遍。宋江因見了這兩人，心中歡喜，吃了幾杯，忽然心裏想要魚辣湯吃，便問戴宗道：「這裏有好鮮魚麼？」戴宗笑道：「兄

評點

◎19.是未來人語。（袁夾）
◎20.李逵只說出八個字，而千載已無合式中選之人矣，何可勝嘆！（金批）
◎21.偏寫得與李逵不稱。（金批）
瑣細處都點綴得妙。（袁夾）
◎22.四字問得妙，眞是令人應接不暇。（金批）
◎23.買與我吃，則我吃矣，問固不差，不問更不差也。（金批）（金本此處爲「李逵見了，也不更問」。——編者按）

長，你不見滿江都是漁船，此間正是魚米之鄉，如何沒有鮮魚？」宋江道：「得些辣魚湯醒酒最好。」戴宗便喚酒保，教造三分加辣點紅白魚湯來。頃刻造了湯來，宋江看見道：「美食不如美器，雖是個酒肆之中，端的好整齊器皿。」◎21拿起箸來，相勸戴宗、李逵吃，自也吃了些魚，呷了幾口湯汁。李逵也不使箸，便把手去碗裏撈起魚來，和骨頭都嚼吃了。宋江看見，忍笑不住，呷了兩口汁，便放下箸不吃了。戴宗道：「兄長，一定這魚醃了，不中仁兄吃。」宋江道：「便是不才酒後，只愛口鮮魚湯吃，這個魚眞是不甚好。」戴宗應道：「便是小弟也吃不得，是醃的，不中吃。」李逵嚼了自碗裏魚，便道：「兩位哥哥都不吃，我替你們吃了。」便伸手去宋江碗裏撈將過來吃了，又去戴宗碗裏也撈過來吃了，滴滴點點淋一桌子汁水。宋江見李逵把三碗魚湯和骨頭都嚼吃了，便叫酒保來分付道：「我這大哥想是肚飢，你可去大塊肉切二斤來與他吃，少刻一發算錢還你。」酒保道：「小人這裏只賣羊肉，卻沒牛肉，要肥羊盡有。」李逵聽了，便把魚汁劈臉潑將去，淋那酒保一身。戴宗喝道：「你又做甚麼！」◎22李逵應道：「叵耐這廝無禮，欺負我只吃牛肉，不賣羊肉與我吃！」酒保道：「小人問一聲，也不多話。」宋江道：「你去只顧切來，我自還錢。」酒保忍氣吞聲去切了二斤羊肉，做一盤，將來放在桌子上。李逵見了，也不謙讓，◎23大把價揸來只顧吃，拈指間把這二斤羊肉都吃了。宋江看了道：「壯哉！眞好漢也！」李逵道：「這宋大哥便知我的鳥

註

※12 白樂天：即白居易，唐代著名詩人。

長江三峽西陵峽風光。
（美工圖書社：中國圖片大系提供）

意，吃肉不強似吃魚！」◎24戴宗叫酒保來問道：「卻纔魚湯，家生甚是整齊，魚卻腌了不中吃。別有甚好鮮魚時，另造些辣湯來，與我這位官人醒酒。」酒保答道：「不敢瞞院長說，這魚端的是昨夜的。今日的活魚還在船內，等魚牙主人不來，未曾敢賣動，因此未有好鮮魚。」李逵跳起來道：「我自去討兩尾活魚來與哥哥吃。」戴宗道：「你休去，只央酒保去回幾尾來便了。」李逵道：「船上打魚的，不敢不與我，值得甚麼！」戴宗攔當不住，李逵一直去了。戴宗對宋江說道：「兄長休怪小弟引這等人來相會，全沒些個體面，羞辱殺人！」宋江道：「他生性是恁的，如何教他改得？我倒敬他眞實不假。」兩個自在琵琶亭上笑語說話取樂。詩曰：

湓江煙景出塵寰，江上峰巒擁髻鬟。
明月琵琶人不見，黃蘆苦竹暮潮還。

卻說李逵走到江邊看時，見那漁船一字排著，約有八、九十隻，都纜繫在綠楊樹下。船上漁人，有斜枕著船梢睡的，有在船頭上結網的，也有在水裏洗浴的。此時正是五月半天氣，一輪紅日，將及沉西，不見主人來開艙賣魚。李逵走到船邊，喝一聲道：「你們船上活魚把兩尾來與我。」那漁人應道：「我們等不見漁牙主人來，不敢開艙。你看，那行販都在岸上坐地。」李逵道：「等甚麼鳥主人！先把兩尾魚來與我。」◎25那漁人又答道：「紙也未曾燒，如何敢開艙？那裏先拿魚與你？」李逵見他衆人不肯拿魚，便跳上一隻船去，漁人那裏攔當得住。李逵不省得船上的事，只顧便把竹笆篾一

評點

◎24.語妙，魚肉相接更妙，又遙對美食不如美器。（袁眉）
◎25.眞是天不能蓋，地不能載，王化不能服語，可駭可笑。（金批）
◎26.李逵欲打店主，奪賭銀，打漁夫，見李逵禮義俱無。（余評）

拔，漁人在岸上只叫得：「罷了！」李逵伸手去艎板底下一絞摸時，那裏有一個魚在裏面？原來那大江裏漁船，船尾開半截大孔，放江水出入，養著活魚，卻把竹笆篾攔住，以此船艙裏活水往來，養放活魚，因此江州有好鮮魚。這李逵不省得，倒先把竹笆篾提起了，將那一艙活魚都走了。李逵又跳過那邊船上去拔那竹篾，那七、八十漁人都奔上船，把竹篙來打李逵。李逵大怒，焦躁起來，便脫下布衫，裏面單繫著一條棋子布手巾兒，見那亂竹篙打來，兩隻手一駕，早搶了五、六條在手裏，一似扭葱般都扭斷了。◎26漁人看見，盡吃一驚，卻都去解了纜，把船撐開去了。李逵忿怒，赤條條地拿兩截折竹篙，上岸來趕打，行販都亂紛紛地挑了擔走。正熱鬧裏，只見一個人從小路裏走出來，衆人看見叫道：「主人來了，這黑大漢在此搶魚，都趕散了漁船。」那人道：「甚麼黑大漢，敢如此無禮！」衆人把手指道：「那廝兀自在岸邊尋人廝打。」那人搶將過去，喝道：「你這廝吃了豹子心大蟲膽，也不敢來攪亂

❀ 李逵到江邊買魚，魚牙不在，沒有人敢賣，李逵發怒，把衆漁夫打了一頓。
（日版畫，出自《新編水滸畫傳》，葛飾戴斗繪）

老爺的道路！」李逵看那人時，六尺五、六身材，三十二、三年紀，三柳掩口黑髯，頭上裹頂青紗萬字巾，掩映著穿心紅一點鬏兒，上穿一領白布衫，腰繫一條絹搭膊，下面青白裊腳，多耳麻鞋，手裏提條行秤。那人正來賣魚，見了李逵在那裏橫七豎八打人，便把秤遞與行販接了，趕上前來大喝道：「你這廝要打誰？」李逵也不回話，掄過竹篙卻望那人便打。◎27那人搶入去，早奪了竹篙，李逵便一把揪住那人頭髮，那人便奔他下三面，要跌李逵。怎敵得李逵水牛般氣力？直推將開去，不能夠攏身※13，那人便望肋下擢得幾拳，李逵那裏著在意裏。那人又飛起腳來踢，被李逵直把頭按將下去，提起鐵鎚般大小拳頭，去那人脊梁上擂鼓也似打。那人怎生掙扎？李逵正打哩，一個人在背後劈腰抱住，一個人便來幫住手，喝道：「使不得，使不得！」李逵回頭看時，卻是宋江、戴宗。李逵便放了手，那人略得脫身，一道煙走了。

戴宗埋冤李逵道：「我教你休來討魚，又在這裏和人廝打。倘或一拳打死了人，你不去償命坐牢？」李逵應道：「你怕我連累你，我自打死了一個，我自去承當。」宋江便道：「兄弟，休要論口，拿了布衫，且去吃酒。」李逵向那柳樹根頭拾起布衫，搭在胳膊上，跟了宋江、戴宗便走。行不得十數步，只聽得◎28背後有人叫罵道：「黑殺才！今番來和你見個輸贏！」李逵回轉頭來看時，便是那人，脫得赤條條地，匾扎起一條水裩兒，露出一身雪練也似白肉，頭上除了巾幘，顯出那個穿心一點紅俏鬏兒來，在江邊獨自一個把竹篙撐著一隻漁船趕將來，口裏大罵道：「千刀萬剮的黑殺才！老

張順脫得赤條條，露出一身雪練也似白肉，在江邊獨自一個把竹篙撐著一隻漁船趕將來，口裏大罵道：「千刀萬剮的黑殺才，老爺怕你的，不算好漢！走的，不是好男子！」（選自《水滸傳版刻圖錄》，江蘇廣陵古籍刻印社）

爺怕你的，不算好漢！走的，不是好男子！」◎29李逵聽了大怒，吼了一聲，撇了布衫，搶轉身來。那人便把船略攏來，湊在岸邊，一手把竹篙點定了船，口裏大罵著。李逵也罵道：「好漢便上岸來！」那人把竹篙去李逵腿上便搠，撩撥得李逵火起，托地跳在船上。說時遲，那時快，那人只要誘得李逵上船，便把竹篙望岸邊一點，雙腳一蹬，那隻漁船一似狂風飄敗葉，箭也似投江心裏去了。李逵雖然也識得水，卻不甚高，當時慌了手腳。那個人也不叫罵，撇了竹篙，叫聲：「你來！今番和你定要見個輸贏！」便把李逵肐膊拿住，口裏說道：「且不和你廝打，先教你吃些水。」兩隻腳把船只一晃，船底朝天，英雄落水，兩個好漢撲通地都翻筋斗撞下江裏去。宋江、戴宗急趕至岸邊，那隻船已翻在江裏，兩個只在岸上叫苦。江岸邊早擁上三、五百人，在柳蔭樹下看，都道：「這黑大漢

註

※13攏身：近身。

評點

◎27.無理之極。奇文。（金批）
◎28.前忽然用半路一頓，至此重復湧坌而起，文格奇絕。（金批）
◎29.此一段那人主，李逵賓。（金眉）

今番卻著道兒，便掙扎得性命，也吃了一肚皮水。」宋江、戴宗在岸邊看時，只見江面開處，那人把李逵提將起來，又渰將下去，兩個正在江心裏面清波碧浪中間，一個顯渾身黑肉，一個露遍體霜膚。兩個打做一團，絞做一塊，江岸上那三、五百人沒一個不喝采。但見：

一個是沂水縣成精異物，一個是小孤山作怪妖魔。這個是酥團結就肌膚，那個如炭屑湊成皮肉。一個是馬靈官白蛇托化，一個是趙元帥黑虎投胎。這個似萬萬錘打就銀人，那個如千千火煉成鐵漢。一個是五臺山銀牙白象，一個是九曲河鐵甲老龍。這個如布漆羅漢顯神通，那個似玉碾金剛施勇猛。一個盤旋良久，汗流遍體迸真珠；一個揪扯多時，水浸渾身傾墨汁。那個學華光教主，向碧波深處顯形骸；這個像黑煞天神，在雪浪堆中呈面目。正是玉龍攪暗天邊日，黑鬼掀開水底天。

當時宋江、戴宗看見李逵被那人在水裏揪住，浸得眼白，又提起來，又納下去，何止渰了數十遭，正是：

舟行陸地力能為，拳到江心無可施。
真是黑風吹白浪，鐵牛兒作水牛兒。◎30

宋江見李逵吃虧，便叫戴宗央人去救。戴宗問眾人道：「這白大漢是誰？」有認得的說道：「這個好漢便是本處賣魚主人，喚做張順。」宋江聽得，猛省道：「莫不是綽號浪裏白跳的張順？」衆人道：「正是，正是！」宋江對戴宗說道：「我有他哥哥張橫的家書在營裏。」戴宗聽了，便向岸邊高聲叫道：「張二哥不要動手，有你令兄張橫家書在此。這黑大漢是俺們兄弟，你且饒了他，上岸來說話。」張順在江心裏見是戴宗叫他，卻也時常認得，便放了李逵，赴到岸邊，爬上岸來，看著戴宗唱個喏道：「院長休怪小人無禮。」戴宗道：「足下可看我面，且去救了我這兄弟上來，卻教你相會一個人。」張順再跳下水裏，赴將開去，李逵正在江裏探頭探腦，假掙扎汲水。張順早汲到分際，帶住了李逵一隻手，自把兩條腿踏著水浪，如行平地，那水浸不過他肚皮，淹著臍下，擺了一隻手，直托李逵上岸來，江邊看的人個個喝采。宋江看得呆了。半晌，張順、李逵都到岸上，李逵喘做一團，口裏只吐白水。戴宗道：「且都請你們到琵琶亭上說話。」張順討了布衫穿著，李逵也穿了布衫，◎31四個人再到琵琶亭上來。戴宗便對張順道：「二哥，你認得我麼？」張順道：「小人自識得院長，只是無緣，不曾拜會。」戴宗指著李逵問張順道：「足下日常曾認得他麼？今日倒衝撞了你。」張順道：「小人如何不認得李大哥？只是不曾交手。」李逵道：「你也淹得我夠了。」張順道：「你也打得我好了。」戴宗道：「你兩個今番卻做個至交的弟兄。常言道：『不打不成相識。』」李逵道：「你路上休撞著我。」張順道：「我只在水裏等你便了。」四人都笑起來，大家唱個無禮喏。

戴宗指著宋江對張順道：「二哥，你曾認得這位兄長麼？」張順看了道：「小人卻

評點

◎30.鐵牛遂作水牛，奇文絕倒。（金批）
◎31.前只一領布衫，此忽變出兩領布衫，妙。（金批）

不認得，這裏亦不曾見。」李逵跳起身來道：「這哥哥便是黑宋江。」◎32張順道：「莫非是山東及時雨鄆城宋押司？」戴宗道：「正是公明哥哥。」張順納頭便拜道：「久聞大名，不想今日得會！多聽得江湖上來往的人說兄長清德，扶危濟困，仗義疏財。」宋江答道：「量小可何足道哉！前日來時，揭陽嶺下混江龍李俊家裏住了幾日。後在潯陽江上，因穆弘相會，得遇令兄張橫，修了一封家書，寄來與足下，放在營內，不曾帶得來。今日便和戴院長並李大哥來這裏琵琶亭吃三杯，就觀江景。宋江偶然酒後思量些鮮魚湯醒酒，怎當得他定要來討魚，我兩個阻他不住。只聽得江岸上發喊熱鬧，叫酒保看時，說道是黑大漢和人廝打，我兩個急急走來勸解，不想卻與壯士相會。今日宋江一朝得遇三位豪傑，豈非天幸！且請同坐，再酌三杯。」再喚酒保重整杯盤，再備餚饌。張順道：「既然哥哥要好鮮魚吃，兄弟去取幾尾來。」宋江道：「最好。」李逵道：「我和你去討。」戴宗喝道：「又來了！你還吃得水不快活？」張順笑將起來，綰了李逵手說道：「我今和你去討魚，看別人怎地！」◎33正是：

上殿相爭似虎，落水鬥亦如龍。
果然不失和氣，斯為草澤英雄。

兩個下琵琶亭來，到得江邊，張順略哨一聲，只見江上漁船都撐攏來到岸邊，張順問道：「那個船裏有金色鯉魚？」只見這個應道：「我船上來。」那個應道：「我船裏有。」一霎時，卻湊攏十數尾金色鯉魚來。張順選了四尾大的，把柳條穿了，先教李逵

評點

◎32.司馬君實僕，蘇東坡教得壞；李逵，戴宗教不壞，看他依舊直言叫喚也。活寫出他得意來。（金批）
◎33.情分語言，都臻絕妙，又眞好張順也。（金批）
◎34.不表李逵不近女色，正識三人不覺露其本色也。（金批）
◎35.黑旋風稟忠直之性，即一味莽撞，大有可用處。好打強漢，都是快人。（袁評）

將來亭上整理。張順自點了行販，分付小牙子去把秤賣魚。張順卻自來琵琶亭上陪侍宋江。宋江謝道：「何須許多，但賜一尾，也十分夠了。」張順答道：「些小微物，何足掛齒！兄長食不了時，將回行館做下飯。」兩個序齒，李逵年長，坐了第三位，張順坐第四位。再叫酒保討兩樽玉壺春上色酒來，並些海鮮、案酒、果品之類。張順分付酒保，把一尾魚做辣湯，用酒蒸，一尾叫酒保切鱠※14。四人飲酒中間，各敘胸中之事，正說得入耳，只見一個女娘，年方二八，穿一身紗衣，來到跟前，深深的道了四個萬福，頓開喉音便唱。李逵正待要賣弄胸中許多豪傑的事務，卻被他唱起來一攪，三個且都聽唱，打斷了他的話頭。◎34李逵怒從心起，跳起身來，把兩個指頭去那女娘子額上一點，那女子大叫一聲，驀然倒地。衆人近前看時，只見那女娘桃腮似土，檀口無言。那酒店主人一發向前攔住四人，要去經官告理。正是：憐香惜玉無情緒，煮鶴焚琴惹是非。畢竟宋江等四人在酒店裏怎地脫身？且聽下回分解。◎35

註

※14鱠：音快，指的是魚片。

李逵等四人飲酒談話，正說得入耳，來了一個女娘賣唱。李逵嫌女娘攪了自己說話，怒從心起，兩個指頭在女娘子額上一點，那女子大叫一聲，驀然倒地。
（日版畫，出自《新編水滸畫傳》，葛飾戴斗繪）

第三十九回 潯陽樓宋江吟反詩　梁山泊戴宗傳假信◎1

話說當下李逵把指頭捺倒了那女娘，酒店主人攔住說道：「四位官人如何是好？」主人心慌，便叫酒保、過賣都向前來救他，就地下把水噴噀，看看甦醒，扶將起來。看時，額角上抹脫了一片油皮，因此那女子暈昏倒了，救得醒來，千好萬好。他的爹娘聽得說是黑旋風，先是驚得呆了半晌，那裏敢說一言。看那女子，已自說得話了，娘母取個手帕，自與他包了頭，收拾了釵環。宋江問道：「你姓甚麼？那裏人家？」那老婦人道：「不瞞官人說，老身夫妻兩口兒，姓宋，◎2原是京師人。只有這個女兒，小字玉蓮，他爹自教得他幾個曲兒，胡亂叫他來這琵琶亭上賣唱養口。為他性急，不看頭勢，不管官人說話，只顧便唱。今日這哥哥失手，傷了女兒些個，終不成經官動詞，連累官人？」宋江見他說得本分，便道：「你著甚人跟我到營裏，我與你二十兩銀子，將息女兒，日後嫁個良人，免在這裏賣唱。」那夫妻兩口兒便拜謝道：「怎敢指望許多！」宋江道：「我說一句是一句，並不會說謊。你便叫你老兒自跟我去討與他。」那夫妻二人拜謝道：「深感官人救濟。」戴宗埋怨李逵道：「你這廝要便與人合口，又教哥哥壞了許多銀子。」◎3李逵道：「只指頭略擦得一擦，他自倒了，不曾見這般鳥女子恁地嬌嫩。你便在我臉上打一百拳，也不妨。」宋江等衆人都笑起來。張順便叫酒保去說，這席酒錢我自還他。酒保聽得道：「不妨，不妨！只顧去。」宋江那裏肯，便道：「兄弟，我勸二位來吃酒，倒要你還錢！」張順苦死要還，說道：「難得哥哥會面，仁兄在山東時，小弟哥兒兩個也兀自要來投奔哥哥，今日天幸得識尊顏，權表薄意，非足爲禮。」戴宗道：「公明兄長，既然是張二哥相敬之心，只得曲允。」宋江道：「既然兄弟還了，改日卻另置杯復禮。」張順大喜，就將了兩尾鯉魚，和戴宗、李逵帶了這個宋老兒，都送宋江離了琵琶亭，來到營裏，五個人都進抄事房裏坐下。宋江先取兩錠小銀二十兩，與了宋老兒，◎4那老兒拜謝了去，不在話下。天色已晚，張順送了魚，宋江取出張橫書，付與張順，相別去了。宋江又取出五十兩一錠大銀對李逵道：「兄弟，你將去使用。」戴宗、李逵也自作別，趕入城去了。◎5

只說宋江把一尾魚送與管營，留一尾自吃。宋江因見魚鮮，貪愛爽口，多吃了些，至夜四更，肚裏絞腸刮肚價疼。天明時，一連瀉了二十來遭，昏暈倒了，睡在房中。宋江爲人最好，營裏衆人都來煮粥燒湯，看覷伏侍他。次日，張順因見宋江愛魚吃，又將得好金色大鯉魚兩尾送來，就謝宋江寄書之義，卻見宋江破腹※1，瀉倒在床，衆囚徒都在房裏看視。張順見了，要請醫人調治。宋江道：「自貪口腹，吃了些鮮魚，壞了肚腹，你只與我贖一貼止瀉六和湯※2來吃便好了。」叫張順

註

※1破腹：拉肚子、腹瀉。
※2六和湯：漢方名稱，主治飲食不調以及霍亂吐瀉等症狀。

評點

◎1.此回止黃通判讀反詩一段，錯落扶疏之極，其餘止看其敘事明淨逕捷耳。潯陽樓飲酒後，忽寫宋江腹瀉，是作者慘澹經營之筆。蓋不因此事，便要仍復入城尋彼三人，則筆墨殊費；不復入城尋彼三人，即又嫌新交冷落也。此正與林沖氣悶，連日不上街來同法。寫宋江問三個人住處，凡三樣答法，可謂極盡筆墨之巧。至行入正庫，飲酒吟詩，便純用「月明星稀，鳥鵲南飛」筆氣，讀之令人慷慨。篇首女娘暈倒一段，只是吃魚後借作收科，更無別樣照應。（金批）
◎2.這個婆子委是姓宋，與花榮以宋公明姓劉的不同。（容眉）
◎3.非寫戴宗小哉相，正藉以反襯宋江耳。（金批）
◎4.把這二十兩銀子與他三人看樣，賊，賊。（容眉）
寫宋江只如此。（金批）
◎5.神妙之筆，並不寫李逵謝，亦不寫李逵別。（金批）

把這兩尾魚，一尾送與王管營，一尾送與趙差撥。張順送了魚，就贖了一貼六和湯藥來與宋江了，自回去，不在話下。營內自有眾人煎藥伏侍。次日，戴宗、李逵備了酒肉，逕來抄事房看望宋江。只見宋江暴病才可，吃不得酒肉，兩個自在房面前吃了，直至日晚，相別去了，◎6亦不在話下。

只說宋江自在營中將息了五、七日，覺得身體沒事，病症已痊，思量要入城中去尋戴宗。又過了一日，不見他一個來。次日早膳罷，辰牌前後，揣了些銀子，鎖上房門，離了營裏。信步出街來，逕走入城，去州衙前左邊尋問戴院長家。有人說道：「他又無老小，只止本身在城隍廟間壁觀音庵裏歇。」宋江聽了，尋訪直到那裏，已自鎖了門出去了。卻又來尋問黑旋風李逵時，多人說道：「他是個沒頭神，又無家室，只在牢裏安身。沒地裏的巡檢，東邊歇兩日，西邊歪幾時，正不知他那裏是住處。」宋江又尋問賣魚牙子張順時，亦有人說道：「他自在城外村裏住，便自賣魚時，也只在城外江邊，只除非討賒錢入城來。」宋江聽罷，又尋出城來，◎7直要問到那裏。獨自一個悶悶不已，信步再出城外來，看見那一派江景非常，觀之不足。正行到一座酒樓前過，仰面看時，旁邊豎著一根望竿，懸掛著一個青布酒旆子，上寫道：「潯陽江正庫※3」。雕檐外一面牌額，上有蘇東坡※4大書「潯陽樓」三字。宋江看了，便道：「我在鄆城縣時，只聽得說江州好座潯陽樓，原來卻在這裏。我雖獨自一個在此，不可錯過，◎8何不且上樓去自己看頑一遭？」宋江來到樓前看時，只見門邊朱紅華表，柱上兩面白粉牌，各有五個大

評點

◎6.寫三人不復敘，只各自來，各自去，妙絕。（金批）
◎7.五字一頓，妙絕，遂若此日已畢，不復有事者。（金批）
◎8.世間無不愛山水的英雄。（袁眉）

字，寫道：「世間無比酒，天下有名樓。」宋江便上樓來，去靠江佔一座閣子裏坐了。凭欄舉目看時，端的好座酒樓。但見：

雕檐映日，畫棟飛雲。碧闌干低接軒窗，翠簾幕高懸戶牖。消磨醉眼，倚青天萬疊雲山；勾惹吟魂，翻瑞雪一江煙水。白蘋渡口，時聞漁父鳴榔※5；紅蓼灘頭，每見釣翁擊楫。樓畔綠槐啼野鳥，門前翠柳繫花驄。

宋江看罷，喝采不已。酒保上樓來問道：「官人還是要待客？只是自消遣？」宋江道：「要待兩位客人，未見來，你且先取一樽好酒，果品、肉食只顧賣來，魚便不要。」酒保聽了，便下樓去。少時，一托盤把上樓來，一樽藍橋風月美酒，擺下菜蔬、時新果品、案酒，列幾般肥羊、嫩雞、釀鵝、精肉，盡使朱紅盤碟。宋江看了，心中暗喜，自誇道：「這般整齊餚饌，濟楚器皿，端的是好個江州。我雖是犯罪遠流到此，卻也看了些眞山眞水。我那裏雖有幾座名山古跡，卻無此等景致。」獨

古代不但詩歌愛用典故，小說也常用，這裏的故事很容易讓人想起〈琵琶行〉。《潯陽琵琶圖》，明代仇英繪。（fotoe提供）

註

※3潯陽江正庫：庫，宋代酒樓名。相當於現在的潯陽江大酒樓。
※4蘇東坡：本名蘇軾，北宋文學家、書畫家。字子瞻，號東坡居士，眉州眉山（今屬四川）人。
※5鳴榔：敲擊船舷使作聲。用以驚魚，使入網中，或爲歌聲之節。

自一個，一杯、兩盞，倚欄暢飲，不覺沉醉，猛然驀上心來，思想道：「我生在山東，長在鄆城，學吏出身，結識了多少江湖好漢，雖留得一個虛名，目今三旬之上，名又不成，功又不就，倒被文了雙頰，配來在這裏。我家鄉中老父和兄弟，如何得相見？」不覺酒湧上來，潸然淚下，臨風觸目，感恨傷懷。◎9忽然做了一首西江月詞，便喚酒保索借筆硯來。起身觀頑，見白粉壁上多有先人題咏，宋江尋思道：「何不就書於此？倘若他日身榮，再來經過，重睹一番，以記歲月，想今日之苦。」乘著酒興，磨得墨濃，蘸得筆飽，去那白粉壁上揮毫便寫道：

自幼曾攻經史，長成亦有權謀。恰如猛虎臥荒丘，潛伏爪牙忍受。不幸刺文雙頰，那堪配在江州。他年若得報冤仇，血染潯陽江口。◎10

宋江寫罷，自看了大喜大笑。一面又飲了數杯酒，不覺歡喜，自狂蕩起來，手舞足蹈，又拿起筆來，去那西江月後再寫下四句詩，道是：

心在山東身在吳，飄蓬江海謾嗟吁。他時若遂凌雲志，敢笑黃巢不丈夫！

宋江寫罷詩，又去後面大書五字道：「鄆城宋江作。」寫罷，擲筆在桌上，又自歌了一回。再飲過數杯酒，不覺沉醉，力不勝酒，便喚酒保計算了，取些銀子算還，多的都賞了酒保，拂袖下樓來。踉踉蹌蹌，取路回營裏來。開了房門，便倒在床上，一覺直睡到五更。酒醒時，全然不記得昨日在潯陽江樓上題詩一節。◎11當時害酒，自在房裏睡臥，不在話下。

且說這江州對岸，另有個城子，喚做無為軍，卻是個野去處。城中有個在閑通判，姓黃，雙名文炳。這人雖讀經書，卻是阿諛諂佞之徒，◎12心地匾窄，只要嫉賢妒能，勝如己者害之，不如己者弄之，專在鄉里害人。聞知這蔡九知府是當朝蔡太師兒子，每每來浸潤※6他，時常過江來謁訪知府，指望他引薦出職，再欲做官。也是宋江命運合當受苦，撞了這個對頭。當日這黃文炳在私家閑坐，無可消遣，帶了兩個僕人，買了些時新禮物，自家一隻快船渡過江來，逕去府裏探望蔡九知府。恰恨撞著府裏公宴，不敢進去。卻再回船，正好那隻船僕人已纜在潯陽樓下。黃文炳因見天氣暄熱，且去樓上閑頑一回。信步入酒庫裏來，看了一遭。轉到酒樓上，凭欄消遣，觀見壁上題咏甚多，也有做得好的，亦有歪談亂道的。◎13黃文炳看了冷笑。正看到宋江題西江月詞，並所吟四句詩，大驚道：「這個不是反詩？誰寫在此？」後面卻書道「鄆城宋江作」五個大字。黃文炳再讀道：「自幼曾攻經史，長成亦有權謀。」冷笑道：「這人自負不淺。」又讀道：「恰如猛虎臥荒丘，潛伏爪牙忍受。」黃文炳道：「那廝也是個不依本分的人。」又讀：「不幸刺文雙頰，那堪配在江州。」黃文炳道：「也不是個高尚其志的人，看來只是個配軍。」又讀道：「他年若得報冤仇，血染潯陽江口。」黃文炳道：「這廝報仇兀誰？卻要在此間生事！量你是個配軍，做得甚用！」又讀詩道：「心在山東身在吳，飄蓬江海謾嗟吁。」黃文炳道：「這兩句兀自可恕。」又讀道：「他時若遂凌雲

※6浸潤：用讒言討好的意思，是說時讒言逐漸讓別人聽信，如同把東西逐漸浸濕一樣。

評點

◎9.千載有生氣，千載有淚痕。（袁眉）
◎10.觀此可知宋公明眞品格矣。（容夾）
宋江詞語志氣非凡，意味爽人。（余評）
寫宋江心事，令人不可解。既不知其冤仇爲誰，又不知其何故乃在潯陽江上也。（金批）
◎11.宋江權術人，何至有漏，特補一筆，甚妙。（金批）
◎12.如今讀經書的，那一個不是阿諛諂佞之徒？（容眉）
◎13.還是歪談亂道的多。（容夾）

志，敢笑黃巢不丈夫！」黃文炳搖著頭道：「這廝無禮，他卻要賽過黃巢，不謀反待怎地？」再看了「鄆城宋江作」。黃文炳道：「我也多曾聞這個名字，那人多管是個小吏。」◎14便喚酒保來問道：「作這兩篇詩詞，端的是何人題下在此？」酒保道：「夜來一個人獨自吃了一瓶酒，醉後疏狂，寫在這裏。」黃文炳道：「約莫甚麼樣人？」酒保道：「面頰上有兩行金印，多管是牢城營內人。生得黑矮肥胖。」黃文炳道：「是了。」就借筆硯取幅紙來抄了，藏在身邊，分付酒保休要刮去了。

黃文炳下樓，自去船中歇了一夜。次日飯後，僕人挑了盒仗，一逕又到府前，正值知府退堂在衙內，使人入去報覆。多樣時，蔡九知府遣人出來，邀請在後堂。蔡九知府卻出來與黃文炳敘罷寒溫已畢，送了禮物，分賓主坐下。黃文炳稟說道：「文炳夜來渡江到府拜望，聞知公宴，不敢擅入，今日重復拜見恩相。」蔡九知府道：「通判乃是心腹之交，逕入來同坐何妨！下官有失迎迓。」左右執事人獻茶。茶罷，黃文炳道：「相公在上，不敢拜問，不知近日尊府太師恩相曾使人來否？」◎15知府道：「前日才

宋江在潯陽樓喝醉酒，乘著酒興，再加上感懷身世，在酒樓的白粉壁上寫下了強烈反叛意味的詩句。（朱寶榮繪）

有書來。」黃文炳道：「不敢動問，京師近日有何新聞？」知府道：「家尊寫來書上分付道：近日太史院司天監奏道，夜觀天象，罡星照臨吳、楚，敢有作耗※7之人，隨即體察剿除。更兼街市小兒謠言四句道：『耗國因家木，刀兵點水工。縱橫三十六，播亂在山東。』◎16因此囑付下官，緊守地方。」黃文炳尋思了半晌，笑道：「恩相，事非偶然也！」黃文炳袖中取出所抄之詩，呈與知府道：「不想卻在此處！」蔡九知府看了道：「這是個反詩，通判那裏得來？」黃文炳道：「小生夜來不敢進府，回至江邊，無可消遣，卻去潯陽樓上避熱閑頑，觀看前人吟咏，只見白粉壁上，新題下這篇。」知府道：「卻是何等樣人寫下？」黃文炳回道：「相公，上面明題著姓名，道是『鄆城宋江作』。」知府道：「這宋江卻是甚麼人？」◎17黃文炳道：「他分明寫著『不幸刺文雙頰，那堪配在江州』。眼見得只是個配軍，牢城營犯罪的囚徒。」知府道：「量這個配軍，做得甚麼！」黃文炳道：「相公不可小覷了他。恰纔相公所言尊府恩相家書說小兒謠言，正應在本人身上。」知府道：「何以見得？」黃文炳道：「『耗國因家木』，耗散國家錢糧的人，必是『家』頭著個『木』字，明明是個『宋』字。第二句『刀兵點水

古人特別注重自然徵兆——天象，因此宋江的詩才引起重視。圖為渾天儀模型。（美工圖書社：中國圖片大系提供）

註

※7作耗：作亂、作祟。

評點

◎14.逐句詳味一番，當年看詩情景活現。（袁眉）
◎15.心上正經語，卻又宛然接入新聞，妙甚。（金批）
◎16.觀謠言如此，須是明指山東宋江，亦天造定，非人得而爲之也。（余評）
◎17.數日前曾問枷上無封皮，數日後已懵懵不知，公子官活畫。（金批）

工』，興起刀兵之人，水邊著個『工』字，明是個『江』字。這個人姓宋名江，又作下反詩，明是天數，萬民有福。」知府又問道：「何謂『縱橫三十六，播亂在山東』？」黃文炳答道：「或是六六之年，或是六六之數。『播亂在山東』，今鄆城縣正是山東地方。這四句謠言，已都應了。」知府又道：「不知此間有這個人麼？」黃文炳回道：「小生夜來問那酒保時，說道這人只是前日寫下了去。這個不難，只取牢城營文冊一查，便見有無。」知府道：「通判高見極明。」便喚從人叫庫子取過牢城營裏文冊簿來看。當時從人於庫內取至文冊，蔡九知府親自檢看，見後面果有五月間新配到囚徒一名「鄆城縣宋江」。黃文炳看了道：「正是應謠言的人，非同小可。如有遲緩，誠恐走透了消息，可急差人捕獲，下在牢裏，卻再商議。」知府道：「言之極當。」隨即升廳，叫喚兩院押牢節級過來。廳下戴宗聲喏。知府道：「你與我帶了做公的人，快下牢城營裏，捉拿潯陽樓吟反詩的犯人鄆城縣宋江來，不可時刻違誤。」戴宗聽罷，吃了一驚，◎18心裏只叫得苦。隨即出府來，點了眾節級牢子，都叫各去家裏取了各人器械：「來我下處間壁城隍廟裏取齊。」戴宗分付了眾人，各自歸家去。戴宗卻自作起神行法，先來到牢城營裏，逕入抄事房，推開門看時，宋江正在房裏，見是戴宗入來，慌忙迎接，便道：「我前日入城來，那裏不尋遍。因賢弟不在，獨自無聊，自去潯陽樓上飲了一瓶酒。這兩日迷迷不好，正在這裏害酒。」戴宗道：「哥哥，你前日卻寫下甚言語在樓上？」宋江道：「醉後狂言，誰個記得！」戴宗道：「卻纔知府喚我當廳發落，叫多帶

從人，『拿捉潯陽樓上題反詩的犯人鄆城縣宋江正身赴官。』兄弟吃了一驚，先去穩住衆做公的在城隍廟等候。如今我特來先報知哥哥，卻是怎地好？如何解救？」宋江聽罷，搔頭不知癢處，◎19只叫得苦：「我今番必是死也。」戴宗道：「我教仁兄一著解手※8，未知如何？如今小弟不敢耽擱，回去便和人來捉你，你可披亂了頭髮，把尿屎潑在地上，就倒在裏面，詐作風魔。我和衆人來時，你便口裏胡言亂語，只做失心風※9便好，我自去替你回覆知府。」宋江道：「感謝賢弟指教，萬望維持則個。」

戴宗慌忙別了宋江，回到城裏，逕來城隍廟，喚了衆做公的，一直奔入牢城營裏來，假意喝問：「那個是新配來的宋江？」牌頭引衆人到抄事房裏，只見宋江披散頭髮，倒在尿屎坑裏滾。見了戴宗和做公的人來，便說道：「你們是甚麼鳥人？」戴宗假意大喝一聲：「捉拿這廝！」宋江白著眼，卻亂打將來，口裏亂道：「我是玉皇大帝的女婿。丈人教我領十萬天兵來殺你江州人，閻羅大王做先鋒，五道將軍做合後，與我一顆金印，重八百餘斤，殺你這般鳥人！」衆做公的道：「原來是個失心風的漢子，我們拿他去何用？」戴宗道：「說得是。我們且去回話，要拿時再來。」衆人跟了戴宗回到州衙裏，蔡九知府在廳上專等回報。戴宗和衆做公的在廳下回覆知府道：「原來這宋江是個失心風的人。尿屎穢污全不顧，口裏胡言亂語，渾身臭糞不可當，因此不敢拿來。」蔡九知府正待要問原故時，黃文炳早在屏風背後轉將出來，對知府道：「休信這

註

※8解手：這裏指解決危難、轉危爲安的辦法。

※9失心風：亦作「失心瘋」，神經錯亂，精神失常。

評點

◎18.戴宗聞知府之言大驚，見宗義心之處。（余評）

◎19.偏寫宋江用不著權詐，妙絕。（金批）

話！本人作的詩詞，寫的筆跡，不是有風症的人，其中有詐。好歹只顧拿來。便走不動，扛也扛將來。」蔡九知府道：「通判說得是。」便發落戴宗：「你們不揀怎地，只與我拿得來。」戴宗領了鈞旨，只叫得苦！再將帶了眾人下牢城營裏來，對宋江道：「仁兄，事不諧矣！兄長只得去走一遭。」便把一個大竹籮扛了宋江，直擡到江州府裏，當廳歇下。知府道：「拿過這廝來！」眾做公的把宋江押於階下。宋江那裏肯跪，睜著眼，見了蔡九知府道：「你是甚麼鳥人，敢來問我！我是玉皇大帝的女婿。丈人教我引十萬天兵，殺你江州人，閻羅大王做先鋒，五道將軍做合後，有一顆金印，重八百餘斤。你也快躲了我，不時，教你們都死。」[20]蔡九知府看了，沒做理會處。黃文炳又對知府道：「且喚本營差撥並牌頭來問，這人來時有風，近日卻纔風？若是來時風，便是眞症候；若是近日才風，必是詐風。」知府道：「言之極當。」[21]便差人喚到管營、差撥，問他兩個時，那裏敢隱瞞，只得直說道：「這人來時不見有風病，敢只是近日舉發此症。」知府聽了，大怒，喚過牢子獄卒，把宋江綑翻，一連打上五十下，打得宋江一佛出世，二佛涅槃，皮開肉綻，鮮血淋漓。戴宗看了，只叫得苦，又沒做道理救他處。宋江初時也胡

眾人把一個大竹籮扛了宋江，直擡到江州府裏，當廳歇下。知府道：「拿過這廝來！」眾做公的把宋江押於階下。（朱寶榮繪）

言亂語，次後吃拷打不過，只得招道：「自不合一時酒後，誤寫反詩，別無主意。」蔡九知府即取了招狀，將一面二十五斤死囚枷枷了，推放大牢裏收禁。宋江吃打得兩腿走不動，當廳釘了，直押赴死囚牢裏來。卻得戴宗一力維持，分付了衆小牢子，都教好覷此人。戴宗自安排飯食，供給宋江，不在話下。

再說蔡九知府退廳，邀請黃文炳到後堂稱謝道：「若非通判高明遠見，下官險些兒被這廝瞞過了。」黃文炳又道：「相公在上，此事也不宜遲。只好急急修一封書，便差人星夜上京師，報與尊府恩相知道，顯得相公幹了這件國家大事。◎22就一發稟道：『若要活的，便著一輛陷車解上京；如不要活的，恐防路途走失，就於本處斬首號令，以除大害。』便是今上得知必喜。」蔡九知府道：「通判所言有理，下官即日也要使人回家，書上就薦通判之功，使家尊面奏天子，早早升授富貴城池，去享榮華。」黃文炳拜謝道：「小生終身皆依托門下，自當銜環背鞍之報。」◎23黃文炳就攛掇蔡九知府寫了家書，印上圖書※10。黃文炳問道：「相公差那個心腹人去？」知府道：「本州自有個兩院節級，喚做戴宗，會使神行法，一日能行八百里路程，只來早便差此人逕往京師，只消旬日，可以往回。」黃文炳道：「若得如此之快，最好，最好！」蔡九知府就後堂置酒，管待了黃文炳，次日相辭知府，自回無為軍去了。

且說蔡九知府安排兩個信籠，打點了金珠寶貝玩好之物，上面都貼了封皮。次日早

※10圖書：圖章。

評點

◎20.小計較如何使得。（容眉）
◎21.但云言之極當，通判說得是，蔡九全無主見，顯得純是黃文炳挑唆。（袁眉）
◎22.只說顯得相公，便已顯得自家，小人機智，明捷如此。（金批）
◎23.通判此時快活不可言，只怕未必。（容眉）

晨，喚過戴宗到後堂囑付道：「我有這般禮物，一封家書，要送上東京太師府裏去，慶賀我父親六月十五日生辰。日期將近，只有你能幹去得。你休辭辛苦，可與我星夜去走一遭，討了回書便轉來，我自重重的賞你。你的程途，都在我心上。我已料著你神行的日期，專等你回報。切不可沿途耽擱，有誤事情。」戴宗聽了，不敢不依。只得領了家書、信籠，便拜辭了知府，挑回下處安頓了，卻來牢裏對宋江說道：「哥哥放心，知府差我上京師去，只旬日之間便回。就太師府裏使些見識，解救哥哥的事。◎24每日飯食，我自分付在李逵身上，委著他安排送來，不教有缺。仁兄且寬心守耐幾日。」宋江道：「望煩賢弟救宋江一命則個。」戴宗叫過李逵，當面分付道：「你哥哥誤題了反詩，在這裏吃官司，未知如何。我如今又吃差往東京去，早晚便回。哥哥飯食，朝暮全靠著你看覷他則個。」李逵應道：「吟了反詩，打甚麼鳥緊！萬千謀反的，倒做了大官。你自放心東京去，牢裏誰敢奈何他！好便好，不好，我使老大斧頭砍他娘。」戴宗臨行又囑付道：「兄弟小心，不要貪酒，失誤了哥哥飯食。休得出去噇醉了，餓著哥哥。」李逵道：「哥哥，你自放心去。若是這等疑忌時，兄弟從今日就斷了酒，待你回來卻開。早晚只在牢裏伏侍宋江哥哥，有何不可？」戴宗聽了，大喜道：「兄弟若得如此發心※11，堅意守看哥哥更好。」當日作別自去了。李逵眞個不吃酒，早晚只在牢裏伏侍宋江，◎25寸步不離。◎26

不說李逵自看覷宋江，且說戴宗回到下處，換了腿絣、護膝、八答麻鞋，穿上杏黃

評點

◎24.寫戴宗不知書裏事，妙。（金批）
◎25.李逵平日是一好酒之徒，不吃酒而謹謹看待宋江，觀李逵有義有仁，非他人不能方矣。（余評）
◎26.誰肯如此，眞好友，眞孝子，眞忠臣。（袁眉）
◎27.時景情事，都見點綴。（袁眉）

衫，整了腦膊，腰裏插了宣牌，換了巾幘，便袋裏藏了書信盤纏，挑上兩個信籠，出到城外，身邊取出四個甲馬，去兩隻腿上，每隻各拴兩個，口裏念起神行法咒語來。怎見得神行法效驗？

彷彿渾如駕霧，依稀好似騰雲。如飛兩腳蕩紅塵，越嶺登山去緊。頃刻才離鄉鎮，片時又過州城。金錢甲馬果通神，千里如同眼近。

當日戴宗離了江州，一日行到晚，投客店安歇，解下甲馬，取數陌金紙燒送了。過了一宿，次日早起來，吃了酒食，離了客店，又拴上四個甲馬，挑起信籠，放開腳步便行。端的是耳邊風雨之聲，腳不點地。路上略吃些素飯、素酒、點心又走。看看日暮，戴宗早歇了，又投客店宿歇一夜。次日起個五更，趕早涼行，拴上甲馬，挑上信籠，又走。約行過了三、二百里，已是巳牌時分，不見一個乾淨酒店。此時正是六月初旬天氣，蒸得汗雨淋漓，滿身蒸濕，又怕中了暑氣。◎27正飢渴之際，早望見前面樹林

※11 發心：下決心。

戴宗奉蔡知府的命令去送信，不知道信的內容可能會害了宋江的性命。
（日版畫，出自《新編水滸畫傳》，葛飾戴斗繪）

側首一座傍水臨湖酒肆，戴宗拈指間走到跟前，看時，乾乾淨淨有二十副座頭，盡是紅油桌凳，一帶都是檻窗。戴宗挑著信籠入到裏面，揀一副穩便座頭，歇下信籠，解下腰裏膊，脫下杏黃衫，噴口水晾在窗欄上。戴宗坐下，只見個酒保來問道：「上下，打幾角酒？要甚麼肉食下酒，或豬、羊、牛肉？」戴宗道：「酒便不要多，與我做口飯來吃。」酒保又道：「我這裏賣酒、賣飯，又有饅頭粉湯。」戴宗道：「我卻不吃葷腥，有甚麼素湯下飯？」酒保道：「加料麻辣熝豆腐如何？」戴宗道：「最好，最好！」酒保去不多時，熝一碗豆腐，放兩碟菜蔬，連篩三大碗酒來。戴宗正飢又渴，一上※12把酒和豆腐都吃了，卻待討飯吃，只見天旋地轉，頭暈眼花，就凳邊便倒。酒保叫道：「倒了！」只見店裏走出一個人來，怎生模樣。但見：

臂闊腿長腰細，待客一團和氣。
梁山作眼英雄，旱地忽律朱貴。

當下朱貴從裏面出來，說道：「且把信籠將入去，先搜那廝身邊，有甚東西。」便有兩個火家去他身上搜看，只見便袋裏搜出一個紙包，包著一封書，取過來，遞與朱頭領。朱貴扯開，卻是一封家書，見封皮上面寫道：「平安家信，百拜奉上父親大人膝下，男蔡德章謹封。」朱貴便拆開，從頭看去，見上面寫道：「現今拿得應謠言題反詩山東宋江監收在牢一節，聽候施行。」朱貴看罷，驚得呆了，半晌做聲不得。火家正把戴宗扛起來，背入殺人作房裏去開剝，只見凳頭邊溜下搭膊，上掛著朱紅綠漆宣牌。朱貴拿起來看時，上面雕著銀字道是：「江州兩院押牢節級戴宗」。朱貴看了道：「且不要動手，我常聽得軍師說這江州有個神行太保戴宗，是他至愛相識。莫非正是此人？如何倒送書去害宋江？這一段事，卻又天幸撞在我手裏。」叫火家：「且與我把解藥救醒他來，問個虛實緣由。」當時火家把水調了解藥，扶起來，灌將下去。須臾之間，只見戴宗舒眉展眼，便爬起來。卻見朱貴拆開家書在手裏看，戴宗便喝道：「你是甚人？好大膽，卻把蒙汗藥麻翻了我！如今又把太師府書信擅開拆，毀了封皮，卻該甚罪？」朱貴笑道：「這封鳥書，打甚麼不緊！休說拆開了太師府書札，俺這裏兀自要和大宋皇帝做個對頭的。」戴宗聽了大驚，便問道：「好漢，你卻是誰？願求大名。」朱貴答道：「俺這裏行不更名，坐不改姓，梁山泊好漢旱地忽律朱貴的便是。」戴宗道：「既然是梁山泊頭領時，定然認得吳學究先生。」朱貴道：「吳學究是俺大寨裏軍師，執掌兵權。足下如何認得他？」戴宗道：「他和小可至愛相識。」朱貴道：「兄長莫非是軍師常說的江州神行太保戴院長麼？」戴宗道：「小可便是。」朱貴又問道：「前者宋公明斷配江州，經過山寨，吳軍師曾寄一封書與足下，如今卻緣何倒去害宋三郎性命？」戴宗道：「宋公明和我又是至愛兄弟，他如今為吟了反詩，救他不得。我如今正要往京師尋門路救他，如何肯害他性命？」朱貴道：「你不信，請看蔡九知府的來書。」戴宗看了，自吃一驚，卻把吳學究初寄的書，與宋公明相會的話，並宋江在潯陽樓醉後誤題反

註

※12一上：一會兒、一次、一齊，猶如現在說一下。

詩一事，備細說了一遍。朱貴道：「既然如此，請院長親到山寨裏，與衆頭領商議良策，可救宋公明性命。」

朱貴慌忙叫備分例酒食，管待了戴宗，便向水亭上，覷著對港，放了一枝號箭。響箭到處，早有小嘍囉搖過船來。朱貴便同戴宗帶了信籠下船，到金沙灘上岸，引至大寨。吳用見報，連忙下關迎接。見了戴宗，敘禮道：「間別久矣！今日甚風吹得到此？且請到大寨裏來，與衆頭領相見了。」朱貴說起戴宗來的原故，如今宋公明現監在彼。晁蓋聽得，慌忙請戴院長坐地，備問宋三郎吃官司爲甚麼事起。戴宗卻把宋江吟反詩的事，一一說了。晁蓋聽罷大驚，便要起請衆頭領點了人馬，下山去打江州，救取宋三郎上山。吳用諫道：「哥哥不可造次。江州離此間路遠，軍馬去時，誠恐因而惹禍，打草驚蛇，倒送宋公明性命。此一件事，不可力敵，只可智取。吳用不才，略施小計，只在戴院長身上，定要救宋三郎性命。」晁蓋道：「願聞軍師妙計。」吳學究道：「如今蔡九知府卻差院長送書上東京，去討太師回報，只這封書上，將計就計，寫一封假回書，教院長回去。書上只說：『教把犯人宋江切不可施行，便須密切差的當※13人員解赴東京，問了詳細，定行處決示衆，斷絕童謠。』◎28等他解來此間經過，我這裏自差人下山奪了。此計如何？」晁蓋道：「倘若不從這裏過時，卻不誤了大事！」公孫勝便道：「這個何難。我們自著人去遠近探聽，遮莫從那裏過，務要等著，好歹奪了。只怕不能夠他解來。」晁蓋道：「好卻是好，只是沒人會寫蔡京筆跡。」吳學究道：「吳用已思

量心裏了。如今天下盛行四家字體，是蘇東坡、黃魯直、米元章、◎29蔡京四家字體。蘇、黃、米、蔡，宋朝『四絕』。小生曾和濟州城裏一個秀才做相識。那人姓蕭，名讓。因他會寫諸家字體，人都喚他做聖手書生。又會使槍弄棒，舞劍掄刀。吳用知他寫得蔡京筆跡，不若央及戴院長就到他家，賺道：『泰安州嶽廟裏要寫道碑文，先送五十兩銀子在此，作安家之資。』便要他來。隨後卻使人賺了他老小上山，就教本人入夥，如何？」晁蓋道：「書有他寫便好了，也須要使個圖書印記。」吳學究又道：「小生再有個相識，亦思量在肚裏了。這人也是中原一絕，現在濟州城裏居住。本身姓金，雙名大堅，開得好石碑文，剔得好圖書、玉石、印記，亦會槍棒廝打。因爲他雕得好玉石，人都稱他做玉臂匠。◎30也把五十兩銀去，就賺他來鐫碑文。到半路上，卻也如此行便了。這兩個人，山寨裏亦有用他處。」晁蓋道：「妙哉！」當日且安排筵席，管待戴宗，就晚歇了。

次日早飯罷，煩請戴院長打扮做太保模樣，將了一、二百兩銀子，拴上甲馬便下山，把船渡過金沙灘上岸，拽開腳步，奔到濟州來。沒兩個時辰，早到城裏，尋問聖手書生蕭讓住處，有人指道：「只在州衙東首文廟前居住。」戴宗逕到門首，咳嗽一聲，問道：「蕭先生有麼？」只見一個秀才從裏面出來。見了戴宗，卻不認得，便問道：「太保何處？有甚見教？」戴宗施禮罷，說道：「小可是泰安州嶽廟裏打供太保，今爲

※13的當：的，音敵。恰當，妥當。

◎28.眞好計策，眞好回書。（金批）
◎29.不意三公落名《水滸傳》中，亦是奇事。（金批）
◎30.出伎名與蕭讓不同，亦是變化。（袁眉）

本廟重修五嶽樓，本州上戶要刻道碑文，特地教小可齎白銀五十兩，作安家之資，請秀才便挪尊步，同到廟裏作文則個。選定了日期，不可遲滯。」蕭讓道：「小生只會作文及書丹※14，別無甚用。如要立碑，還用刊字匠作。」戴宗道：「小可再有五十兩白銀，就要請玉臂匠金大堅刻石。揀定了好日，萬望指引，尋了同行。」蕭讓得了五十兩銀子，便和戴宗同來尋請金大堅。正行過文廟，只見蕭讓把手指道：「前面那個來的，便是玉臂匠金大堅。」當下蕭讓喚住金大堅，教與戴宗相見，具說泰安州嶽廟裏重修五嶽樓，眾上戶要立道碑文碣石之事，「這太保特地各齎五十兩銀子，來請我和你兩個去。」金大堅見了銀子，心中歡喜。兩個邀請戴宗就酒肆中市沽三杯，置些蔬食，管待了。戴宗就付與金大堅五十兩銀子，作安家之資，又說道：「陰陽人※15已揀定了日期，請二位今日便煩動身。」蕭讓道：「天氣暄熱，今日便動身，也行不多路，前面趕不上宿頭。只是來日起個五更，挨門出去。」金大堅道：「正是如此說。」兩個都約定了來早起身，各自歸家收拾動用。蕭讓留戴宗在家宿

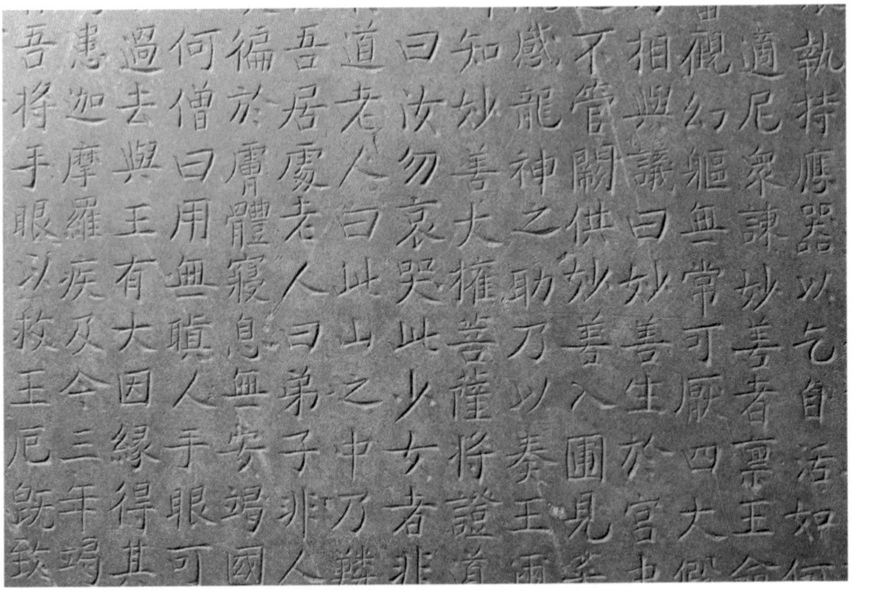

河南省寶豐縣香山寺宋代蔡京碑上的碑文。拍攝時間2006年3月。（聶鳴提供）

蕭讓和金大堅以為真有生意做，沒想到半路上碰到梁山泊人馬，要求他們上山落草。兩人不得已之下，上了梁山泊。（日版畫，出自《新編水滸畫傳》，葛飾戴斗繪）

歇。

次日五更，金大堅持了包裹行頭，來和蕭讓、戴宗三人同行。離了濟州城裏，行不過十里多路，戴宗道：「二位先生慢來，不敢催逼，小可先去報知衆上戶來接二位。」拽開步數，爭先去了。這兩個背著些包裹，自慢慢而行。看看走到未牌時候，約莫也走過了七、八十里路，只見前面一聲胡哨響，山城坡下跳出一夥好漢，約有四、五十人，當頭一個好漢，正是那清風山王矮虎，◎31大喝一聲道：「你兩個是甚麼人？那裏去？孩兒們拿這廝取心來吃酒。」蕭讓告道：「小人兩個是上泰安州刻石鐫文的，又沒一份財賦，只有幾件衣服。」王矮虎喝道：「俺不要你財

※14 書丹：用朱墨寫在碑上待刻的文字。
※15 陰陽人：即風水先生，以卜課、打卦、算時、擇日、看墳為職業的人。

評點

◎31.看他用相迎之人，只是肩上肩下一輩，都好。（金批）

賦衣服，只要你兩個聰明人的心肝做下酒！」蕭讓和金大堅焦躁，倚仗各人胸中本事，便挺著桿棒，逕奔王矮虎。王矮虎也挺朴刀來鬥兩個。三人各使手中器械，約戰了五、七合，王矮虎轉身便走。兩個卻待去趕，聽得山上鑼聲又響，左邊走出雲裏金剛宋萬，右邊走出摸著天杜遷，背後卻是白面郎君鄭天壽。各帶三十餘人，一發上，把蕭讓、金大堅橫拖倒拽，捉投林子裏來。四籌好漢道：「你兩個放心，我們奉著晁天王的將令，特來請你二位上山入夥。」蕭讓道：「山寨裏要我們何用？我兩個手無縛雞之力，只好吃飯。」杜遷道：「吳軍師一來與你相識，二乃知你兩個武藝本事，特使戴宗來宅上相請。」蕭讓、金大堅都面面廝覷，做聲不得。當時都到旱地忽律朱貴酒店裏，相待了分例酒食，連夜喚船，便送上山來。到得大寨，晁蓋、吳用並頭領眾人都相見了，一面安排筵席相待，且說修蔡京回書一事，「因請二位上山入夥，共聚大義。」◎32兩個聽了，都扯住吳學究道：「我們在此趨侍不妨，只恨各家都有老小在彼，明日官司知道，必然壞了。」吳用道：「二位賢弟不必憂心，天明時便有分曉。」當夜只顧吃酒歇了。次日天明，只見小嘍囉報道：「都到了。」吳學究道：「請二位賢弟親自去接寶眷。」蕭讓、金大堅聽得，半信半不信。兩個下至半山，只見數乘轎子擡著兩家老小上山來。兩個驚得呆了，問其備細。老小說道：「你昨日出門之後，只見這一行人將著轎子來，說家長只在城外客店裏中了暑風，快叫取老小來看救。出得城時，不容我們下轎，直擡到這裏。」兩家都一般說。蕭讓聽了，與金大堅兩個閉口無言，只得死心塌地，再回山寨

評點

◎32.好個吳用，只是要人做強盜，何也？（容眉）
◎33.疾。數語寫得手忙腳亂，爲失事作地，妙絕。（金批）
◎34.李和尚曰：黃通判大通。又曰：回書脫卯處有生意。（容評）

入夥，安頓了兩家老小。吳學究卻請出來，與蕭讓商議寫蔡京字體回書，去救宋公明。金大堅便道：「從來雕得蔡京的諸樣圖書名諱字號。」當時兩個動手完成，安排了回書，備個筵席，便送戴宗起程，分付了備細書意。戴宗辭了眾頭領，相別下山，小嘍囉已把船隻渡過金沙灘，送至朱貴酒店裏。戴宗取四個甲馬，拴在腿上，作別朱貴，拽開腳步，登程去了。◎33

且說吳用送了戴宗過渡，自同眾頭領再回大寨筵席。正飲酒間，只見吳學究叫聲苦，不知高低。眾頭領問道：「軍師何故叫苦？」吳用便道：「你眾人不知，是我這封書，倒送了戴宗和宋公明性命也。」眾頭領大驚，連忙問道：「軍師書上卻是怎地差錯？」吳學究道：「是我一時只顧其前，不顧其後，書中有個老大脫卯※16。」蕭讓便道：「小生寫的字體和蔡太師字體一般，語句又不曾差了。請問軍師，不知那一處脫卯？」金大堅又道：「小生雕的圖書，亦無纖毫差錯，怎地見得有脫卯處？」吳學究疊兩個指頭，說出這個差錯脫卯處。有分教：眾好漢大鬧江州城，鼎沸白龍廟。直教：弓弩叢中逃性命，刀槍林裏救英雄。畢竟軍師吳學究說出怎生脫卯來？且聽下回分解。◎34

吳用用計策騙來蕭讓和金大堅，他們兩個一個模仿蔡京的字體，一個仿刻印章，炮製了一封假書信。（選自《水滸傳版刻圖錄》，江蘇廣陵古籍刻印社）

註

※16脫卯：脫節、漏洞。

第四十回

梁山泊好漢劫法場　白龍廟英雄小聚義[1]

話說當時晁蓋並眾人聽了，請問軍師道：「這封書如何有脫卯處？」吳用說道：「早間戴院長將去的回書，是我一時不仔細，見不到處，才使的那個圖書，不是玉箸篆文『翰林蔡京』四字？[2]只是這個圖書，便是教戴宗吃官司！」金大堅便道：「小弟每每見蔡太師書緘並他的文章，都是這樣圖書。今次雕得無纖毫差錯，如何有破綻？」吳學究道：「你眾位不知，如今江州蔡九知府是蔡太師兒子，如何父寫書與兒子，卻使個諱字圖書，[3]因此差了。是我見不到處。此人到江州，必被盤詰，問出實情，卻是利害。」晁蓋道：「快使人去趕喚他回來，別寫如何？」吳學究道：「如何趕得上？他作起神行法來，這早晚已走過五百里了。只是事不宜遲，我們只得恁地，可救他兩個。」晁蓋道：「怎生去救？用何良策？」吳學究便向前與晁蓋耳邊說道：「這般這般，如此如此。主將便可暗傳下號令與眾人知道，只是如此動身，休要誤了日期。」眾多好漢得了將令，各各拴束行頭，連夜下山，望江州來，不在話下。說話的如何不說計策出？管教下面便見。

且說戴宗扣著日期，回到江州，當廳下了回書。蔡九知府見了戴宗如期回來，好生歡喜，先取酒來賞了三鍾，親自接了回書，便道：「你曾見我太師麼？」戴宗稟道：「小人只住得一夜便回了，不曾得見恩相。」知府拆開封皮，看見前面說信籠內許多物件都收了；背後說妖人宋江，今上自要他看，可令牢固陷車※1，盛載密切，差的當人員，連夜解上京師，沿途休教走失；書尾說黃文炳早晚奏過天子，必然自有除授。蔡九知府看了，喜不自勝，叫取一錠二十五兩花銀賞了戴宗。◎4一面分付教合陷車，商量差人解發起身。戴宗謝了，自回下處，買了些酒肉，來牢裏看覷宋江，不在話下。

且說蔡九知府催並合成陷車，過得一、二日，正要起程，只見門子來報道：「無為軍黃通判特來相探。」蔡九知府叫請至後堂相見，又送些禮物、時新酒果。知府謝道：「累承厚意，何以克當！」黃文炳道：「村野微物，

註

※1 陷車：押送囚人的車子。

因為圖章露了馬腳，戴宗被懷疑。圖為張掖都尉啓信，1973年居延肩水金關遺址出土的漢代遺物，是中國較早驛傳用的啓節信物。節是紅色絲織物，長21公分、寬16公分，研究漢代驛傳制度的重要實物證據。（fotoe提供）

評點

◎1.寫急事不得多用筆，蓋多用筆則其事緩矣。獨此書不然，寫急事不肯少用筆，蓋少用筆則其急亦遂解矣。如宋江、戴宗謀逆之人，決不待時，雖得黃孔目捱延五日，然至第六日已成水窮雲盡之際，此時只須云「只等午時三刻，便要開刀」一句便過耳。乃此偏寫出早辰先著地方打掃法場；飯後點土兵刀仗劊子；巳牌時分，獄官稟請監斬，孔目呈犯由牌，判「斬」字，又細細將貼犯由牌之蘆席亦都描畫出來。此一段是牢外眾人打扮諸事，作第一段。次又寫搵扎宋江、戴宗，各將膠水刷頭髮，各綰作鵝梨角兒，又各插朵紅綾紙花，青面大聖案前，各有「長休飯」、「永別酒」，然後六、七十個獄卒，一齊推擁出來。此一段是牢裏打扮宋、戴兩人，作第二段。次又寫押到十字路口，用槍棒團團圍住，又細說一個面南背北，一個面北背南，納坐在地，只等監斬官來。此一段是宋、戴已到法場，只等監斬，作第三段。次又寫眾人看出人，為未見監斬官來，便去細看兩個犯由牌。先看宋江，云犯人一名某人，如何如何，律斬；次看戴宗，犯人某人，如何如何，律斬。逡巡間，不覺知府已到，勒住馬，只等午時三刻。此一段是監斬已到，只等時辰，作第四段。使讀者乃自陡然見有「第六日」三字便吃驚起，此後讀一句嚇一句，讀一字嚇一字，直至兩三頁後，只是一個驚嚇。吾嘗言讀書之樂，第一莫樂於替人擔憂。然若此篇者，亦殊恐得樂太過也。此篇妙處，在來日便要處決，迅雷不及掩耳，此時即有人報知山泊，亦已縮地無法，又況更無有人得知他二人與山泊有情分也。今卻在前回中，寫吳用預先算出漏誤，連忙授計眾人下山。至於於路數日，則恰好是事發遲二日，黃孔目捱五日，三處各不相照，而時至事起，適然湊合，眞是脫盡印板小說套子也。寫戴宗事發後，李逵、張順二人杳然更不一見。不惟不見而已，又反寫二番眾人叫苦，以倒踢之，眞令讀者一路不勝悶悶。及讀至「虎形黑大漢」一句，不覺毛骨都抖；至於張順之來，則又做夢亦夢不到之奇文也。（金批）
◎2.篆體正文，前略此詳，正妙。（金批）
◎3.說得明快之極。（金批）
◎4.知府不知看破其事，賞戴宗，觀知府文禮未通，作父之官矣。（余評）

何足掛齒。」知府道：「恭喜早晚必有榮除之慶。」黃文炳道：「相公何以知之？」知府道：「昨日下書人已回。妖人宋江，教解京師。通判只在早晚奏過今上，升擢高任。家尊回書，備說此事。」黃文炳道：「既是恁地，深感恩相主薦。那個人下書，眞乃神行人也。」知府道：「通判如不信時，就教觀看家書，顯得下官不謬。」黃文炳道：「小生只恐家書不敢擅看。如若相托，求借一觀。」知府便道：「通判乃心腹之交，看有何妨。」便令從人取過家書，遞與黃文炳看。黃文炳接書在手，從頭至尾讀了一遍。捲過來，看了封皮，又見圖書新鮮，黃文炳搖著頭道：「這封書不是眞的。」知府道：「通判錯矣！此是家尊親手筆跡，眞正字體，如何不是眞的？」黃文炳道：「相公容覆，往常家書來時，曾有這個圖書麼？」知府道：「往常來的家書，卻不曾有這個圖書，只是隨手寫的。今番一定是圖書匣在手邊，就便印了這個圖書在封皮上。」◎5黃文炳道：「相公休怪小生多言，這封書被人瞞過了相公。方今天下盛行蘇、黃、米、蔡四家字體，誰不習學得？況兼這個圖書，是令尊恩相做翰林學士時使出來，法帖文字上，多有人曾見。如今升轉太師丞相，如何肯把翰林圖書使出來？更兼亦是父寄書與子，須不當用諱字圖書。◎6令尊太師恩相，是個識窮天下、高明遠見的人，安肯造次錯用？相公不信小生之言，可細細盤問下書人，曾見府裏誰來。若說不對，便是假書。休怪小生多說，因蒙錯愛至厚，方敢僭言※2。」◎7蔡九知府聽了，說道：「這事不難，此人自來不曾到東京，一盤問便顯虛實。」知府留住黃文炳在屏風背後坐地，隨即升廳，叫喚

戴宗有委用的事。當下做公的領了鈞旨，四散去尋。有詩爲證：

反詩假信事相牽，爲與梁山盜結連。
不是黃蜂針痛處，蔡龜※3雖大總徒然。

且說戴宗自回到江州，先去牢裏見了宋江，附耳低言，將前事說了，宋江心中暗喜。次日，又有人請去酌杯，戴宗正在酒肆中吃酒，只見做公的四下來尋。當時把戴宗喚到廳上，蔡九知府問道：「前日有勞你走了一遭，眞個辦事，不曾重重賞你。」戴宗答道：「小人是承奉恩相差使的人，如何敢怠慢？」知府道：「我正連日事忙，未曾問得你個仔細。你前日與我去京師，那座門入去？」戴宗道：「小人到東京時，那日天色晚了，不知喚做甚麼門。」知府又道：「我家府裏門前，誰接著你？留你在那裏歇？」戴宗道：「小人到府前尋見一個門子，接了書入去。少刻，門子出來，◎8交收了信籠，著小人自去尋客店裏歇了。次日早五更去府門前伺候時，只見那門子回書出來。小人怕誤了日期，那裏敢再問備細，慌忙一逕來了。」知府再問道：「你見我府裏那個門子，卻是多少年紀？或是黑瘦，也白淨肥胖？長大，也是矮小？有鬚的，也是無鬚的？」戴宗道：「小人到府裏時，天色黑了。次早回時，又是五更時候，天色昏暗，不十分看得仔細。只覺不恁麼長，中等身材，敢是有些髭鬚。」知府大怒，喝一聲：「拿下廳

註

※2僭言：越分妄言。亦用爲謙詞。
※3蔡龜：殷代時，姞姓蔡氏擔任祭司的職務，亦負責養龜以供占卜之用，因爲其採邑的大龜，占卜時最爲靈驗，因此有「蔡龜」之詞的產生。文中用此來諷刺蔡京。

評點

◎5.一解更妙。（袁夾）
父字子不能辨，蕭讓有手，蔡九無目。（芥眉）
◎6.眞有智巧，蔡九蠢，愈顯文炳毒惡，然實是有用之才，不應閑在。（芥眉）
◎7.是國家大有用之人，如何叫他閑住在家，可惜可恨。（容眉）
◎8.又好笑，寫得相府中鬼亦更無別個。（金批）

去！」旁邊走過十數個獄卒牢子，將戴宗驅翻在當面。戴宗告道：「小人無罪。」知府喝道：「你這廝該死！我府裏老門子王公已死了數年，如今只是個小王看門，如何卻道他年紀大，有髭髯？況兼門子小王不能夠入府堂裏去，◎9但有各處來的書信緘帖，必須經由府堂裏張幹辦，方纔去見李都管，然後達知裏面，才收禮物。便要回書，也須得伺候三日。我這兩籠東西，如何沒個心腹的人出來，問你個常便備細，就胡亂收了？我昨日一時間倉卒，被你這廝瞞過了。你如今只好好招說這封書那裏得來！」戴宗道：「小人一時心慌，要趕程途，因此不曾看得分曉。」蔡九知府喝道：「胡說！這賊骨頭，不打如何肯招？左右與我加力打這廝！」獄卒牢子情知不好，覷不得面皮，把戴宗綑翻，打得皮開肉綻，鮮血迸流。戴宗捱不過拷打，只得招道：◎10「端的這封書是假的。」知府道：「你這廝怎地得這封假書來？」戴宗告道：「小人路經梁山泊過，走出那一夥強人來，把小人劫了，綁縛上山，要割腹剖心。去小人身上搜出書信看了，把信籠都奪了，卻饒了小人。情知回鄉不得，只要山中乞死，他那裏卻寫這封書與小人，回來脫身。一時怕見罪責，小人瞞了恩相。」知府道：「是便是了，中間還有些胡說！眼見得你和梁山泊賊人通同造意，謀了我信籠物件，卻如何說這話？再打那廝！」戴宗由他拷訊，只不肯招和梁山泊通情。蔡九知府再把戴宗拷訊了一回，語言前後相同，說道：「不必問了。取具大枷枷了，下在牢裏。」卻退廳來稱謝黃文炳道：「若非通判高見，下官險些兒誤了大事。」黃文炳又道：「眼見得這人也結連梁山泊，通同造意，謀叛爲黨，若不祛除，必爲後患。」知府

道：「便把這兩個問成了招狀，立了文案，押去市曹※4斬首，然後寫表申朝。」黃文炳道：「相公高見極明。似此，一者朝廷見喜，知道相公幹這件大功；二者免得梁山泊草寇來劫牢。」知府道：「通判高見甚遠，下官自當動文書，親自保舉通判。」當日管待了黃文炳，送出府門，自回無爲軍去了。

次日，蔡九知府升廳，便叫當案孔目來分付道：「快教疊了文案，把這宋江、戴宗的供狀招款粘連了。一面寫下犯由牌，教來日押赴市曹，斬首施行。自古謀逆之人，決不待時，斬了宋江、戴宗，免致後患。」當案卻是黃孔目，本人與戴宗頗好，卻無緣便救他，只替他叫得苦。◎11當日稟道：「明日是個國家忌日，後日又是七月十五日中元之節，皆不可行刑。大後日亦是國家景命。直至五日後，方可施行。」一者天幸救濟宋江，二乃梁山泊好漢未至。蔡九知府聽罷，依准黃孔目之言，直待第六日早晨，◎12先差人去十字路口，打掃了法場，飯後點起土兵和刀仗劊子，約有五百餘人，都在大牢門前伺候。巳牌時候，獄官稟了知府，親自來做監斬官。黃孔目只得把犯由牌呈堂，當廳判了兩個斬字，便將片蘆席貼起來。江州府衆多節級、牢子雖然和戴宗、宋江過得好，卻沒做道理救得他，衆人只替他兩個叫苦。當時打扮已了，就大牢裏把宋江、戴宗兩個㨾扎※5起，又將膠水刷了頭髮，綰個鵝梨角兒，各插上一朵紅綾子紙花。驅至青面聖者※6神案前，各與了一碗

註
※4市曹：市內商業集中之處。古代常於此處決人犯。
※5㨾扎：折疊綑束。
※6青面聖者：皋陶，皋城（今安徽六安）人，皋陶是黃帝之子少昊之後，生於西元前二十一世紀，古六安國始祖，相傳爲東夷族首領，偃姓。傳說舜時被任爲掌管刑法的官。

評點
◎9.折得親切逼眞，如出其口。（袁眉）
◎10.戴宗復被盤詰，正若魚兒脱網，復遇釣鉤。（余評）
◎11.先寫一句孔目無便救他，只叫得苦，反呼山泊諸公，妙甚。（金批）
◎12.此五字中，暗伏無數事在內。（金批）

長休飯※7、永別酒。吃罷，辭了神案，漏轉身來，搭上利子※8。六、七十個獄卒◎13早把宋江在前，戴宗在後，推擁出牢門前來。宋江和戴宗兩個面面廝覷，各做聲不得。宋江只把腳來跌，戴宗低了頭只嘆氣。江州府看的人，真乃壓肩疊背，何止一、二千人。但見：

愁雲荏苒，怨氣氛氳。頭上日色無光，四下悲風亂吼。纓槍對對，數聲鼓響喪三魂；棍棒森森，幾下鑼鳴催七魄。犯由牌高貼，人言此去幾時回；白紙花雙搖，都道這番難再活。長休飯，嗓內難吞；永別酒，口中怎咽！猙獰劊子仗鋼刀，醜惡押牢持法器。皂纛旗下，幾多魍魎跟隨；十字街頭，無限強魂等候。監斬官忙施號令，仵作子準備扛屍。

劊子叫起「惡殺都來」※9，將宋江和戴宗前推後擁，押到市曹十字路口，團團槍棒圍住，把宋江面南背北，將戴宗面北背南，兩個納坐下，只等午時三刻，監斬官到來開刀。那眾人仰面看那犯由牌上寫道：「江州府犯人一名宋

清代犯人上法場的情形，早期來華西方人所繪。宋江、戴宗也用類似手法押往刑場。（fotoe提供）

江，故吟反詩，妄造妖言，結連梁山泊強寇，通同造反，律斬。犯人一名戴宗，與宋江暗遞私書，勾結梁山泊強寇，通同謀叛，律斬。監斬官江州府知府蔡某。」那知府勒住馬，只等報來。

只見法場東邊一夥弄蛇的丐者，強要挨入法場裏看，衆土兵趕打不退。正相鬧間，只見法場西邊一夥使槍棒賣藥的，也強挨將入來。土兵喝道：「你那夥人好不曉事，這是那裏，強挨入來要看。」那夥使槍棒的說道：「你倒鳥村！我們衝州撞府，那裏不曾去？到處看出人※10。便是京師天子殺人，也放人看。你這小去處，砍得兩個人，鬧動了世界，我們便挨入來看一看，打甚麼鳥緊！」◎14正和土兵鬧將起來，監斬官喝道：「且趕退去，休放過來。」鬧猶未了，只見法場南邊一夥挑擔的腳夫，又要挨將入來，土兵喝道：「這裏出人，你挑那裏去？」那夥人說道：「我們挑東西送與知府相公去的，你們如何敢阻當我？」土兵道：「便是相公衙裏人，也只得去別處過一過。」那夥人就歇了擔子，都掣了匾擔，立在人叢裏看。只見法場北邊一夥客商，推兩輛車子過來，定要挨入法場上來。土兵喝道：「你那夥人那裏去？」客人應道：「我們要趕路程，可放我等過去。」土兵道：「這裏出人，如何肯放你？你要趕路程，從別路過去。」那夥客人笑道：「你倒說得好。俺們便是京師來的人，不認得你這裏鳥路！只是從這大路走。」

註

※7長休飯：犯人臨死前吃的最後一碗飯。
※8利子：古刑具，即木驢。
※9惡殺都來：宋、元、明時劊子手行刑前的叫喊聲。惡殺，就是惡煞、凶神。
※10出人：處決犯人。

評點

◎13.五百土兵，又加六、七十獄卒，寫得鬧亂之極，爲後作地。（金批）
◎14.東邊略，西邊詳，各異。（金批）

土兵那裏肯放，那夥客人齊齊地挨定了不動。四下裏吵鬧不住，◎15這蔡九知府見禁治不得，又見這夥客人都盤在車子上立定了看。◎16沒多時，法場中間人分開處，一個報，報道一聲：「午時三刻！」監斬官便道：「斬訖報來。」兩勢下刀棒劊子便去開枷，行刑之人執定法刀在手。說時遲，一個個要見分明；那時快，鬧攘攘一齊發作。只見那夥客人在車子上聽得「斬」字，數內一個客人便向懷中取出一面小鑼兒，立在車子上噹噹地敲得兩三聲。四下裏一齊動手。有詩為證：

閑來乘興入江樓，渺渺煙波接素秋。
呼酒謾澆千古恨，吟詩欲瀉百重愁。
雁書不遂英雄志，失腳翻成狴犴※11囚。
搔動梁山諸義士，一齊雲擁鬧江州。

又見十字路口茶坊樓上一個虎形黑大漢，脫得赤條條的，兩隻手握兩把板斧，大吼一聲，卻似半天起個霹靂，從半空中跳將下來。手起斧落，早砍翻了兩個行刑的劊子，便望監斬官馬前砍將來。眾土兵急待把槍去搠時，那裏攔當得住，眾人且簇擁蔡九知府逃命去了。只見東邊那夥弄蛇的丐者，身邊都掣出尖刀，看著土兵便殺；西邊那夥使槍棒的，大發喊聲，只顧亂殺將來，

李逵赤裸著身子，揮舞著兩個板斧，砍翻了兩個劊子手，眾好漢都跟著李逵廝殺。（選自《水滸傳版刻圖錄》，江蘇廣陵古籍刻印社）

⊛ 梁山好漢劫法場，雖然只有十七個人，但仍然殺得官軍落荒而逃，蔡知府首先騎馬逃跑了。（日版畫，出自《新編水滸畫傳》，葛飾戴斗繪）

一派殺倒土兵、獄卒；◎17南邊那夥挑擔的腳夫，掄起匾擔，橫七豎八，都打翻了土兵和那看的人；北邊那夥客人都跳下車來，推過車子，攔住了人。兩個客商鑽將入來，一個背了宋江，一個背了戴宗。其餘的人也有取出弓箭來射的，也有取出石子來打的，也有取出標槍來標的。原來扮客商的這夥，便是晁蓋、花榮、黃信、呂方、郭盛；那夥扮使槍棒的，便是燕順、劉唐、杜遷、宋萬；◎18扮挑擔的，便是朱貴、王矮虎、鄭天壽、石勇；那夥扮丐者的，便是阮小二、阮小五、阮小七、白勝。這一行梁山泊共是十七個頭領到來，帶領小嘍囉一百餘人，四下裏殺將起來。

注

※11 狴犴：傳說中的野獸名，爲龍所生，形狀如虎，有威力。常於牢獄之門繪其形，故又代稱牢獄。

評點

◎15.總收句。（袁夾）
◎16.吳用用此計劫法場，可稱可羨。（余評）
◎17.比前增獄卒字，便有變換。（金批）
◎18.此四個人眞像使槍棒的。（金批）

只見那人叢裏那個黑大漢，掄兩把板斧，一味地砍將來，晁蓋等卻不認得，只見他第一個出力，殺人最多。晁蓋猛省起來，戴宗曾說一個黑旋風李逵，和宋三郎最好，是個莽撞之人。晁蓋便叫道：「前面那好漢，莫不是黑旋風？」那漢那裏肯應，火雜雜地掄著大斧，只顧砍人。晁蓋便叫背宋江、戴宗的兩個小嘍囉，只顧跟著那黑大漢走。當下去十字街口，不問軍官、百姓，殺得屍橫遍野，血流成渠，◎19推倒傾翻的，不計其數。衆頭領撇了車輛、擔仗，一行人盡跟了黑大漢，直殺出城來。背後花榮、黃信、呂方、郭盛，四張弓箭，飛蝗般望後射來。那江州軍民百姓，誰敢近前。這黑大漢直殺到江邊來，身上血濺滿身，兀自在江邊殺人。晁蓋便挺朴刀叫道：「不干百姓事，休只管傷人！」那漢那裏來聽叫喚，一斧一個，排頭兒砍將去。約莫離城沿江上也走了五、七里路，前面望見盡是淘淘一派大江，卻無了旱路。◎20晁蓋看見，只叫得苦，那黑大漢方纔叫道：「不要慌！且把哥哥背來廟裏。」衆人都來看時，靠江邊一所大廟，兩扇門緊緊閉著。黑大漢兩斧砍開，便搶入來。晁蓋衆人看時，兩邊都是老檜、蒼松，林木遮映，前面牌額上四個金書大字，寫道：「白龍神廟。」小嘍囉把宋江、戴宗背到廟裏歇下，宋江方纔敢開眼，見了晁蓋等衆人，哭道：「哥哥，莫不是夢中相會？」晁蓋便勸道：「恩兄不肯在山，致有今日之苦。這個出力殺人的黑大漢是誰？」宋江道：「這個便是叫做黑旋風李逵。他幾番就要大牢裏放了我，卻是我怕走不脫，不肯依他。」晁蓋道：「卻是難得，這個人出力最多，又不怕刀斧箭矢。」花榮便叫：「且將衣服與俺

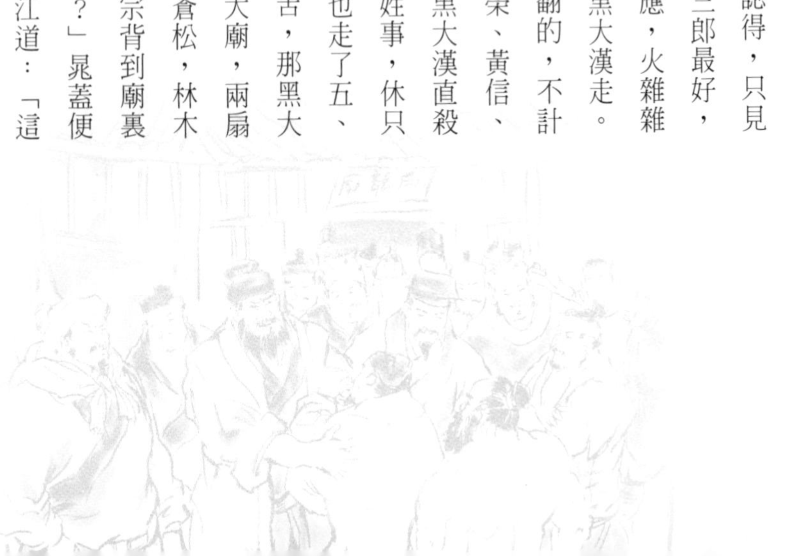

二位兄長穿了。」◎21正相聚間，只見李逵提著雙斧，從廊下走出來。宋江便叫住道：「兄弟那裏去？」李逵應道：「尋那廟祝，一發殺了！叵耐那廝不來接我們，倒把鳥廟門閉上了！我指望拿他來祭門，卻尋那廝不見。」宋江道：「你且來，先和我哥哥頭領相見。」李逵聽了，丟了雙斧，望著晁蓋跪了一跪，說道：「大哥休怪鐵牛粗鹵！」與眾人都相見了，卻認得朱貴是同鄉人，◎22兩個大家歡喜。花榮便道：「哥哥，你教眾人只顧跟著李大哥走，如今來到這裏，前面又是大江攔截住，斷頭路了，卻又沒一隻船接應，倘或城中官軍趕殺出來，卻怎生迎敵？將何接濟？」李逵便道：「不要慌，我與你們再殺入城去，和那個鳥蔡九知府一發都砍了便走。」戴宗此時方纔甦醒，便叫道：「兄弟，使不得莽性。城裏有五、七千軍馬，若殺入去，必然有失。」阮小七便道：「遠望隔江，那裏有數隻船在岸邊，我兄弟三個赴水過去，奪那幾隻船過來載眾人如何？」晁蓋道：「此計是最上著。」當時阮家三弟兄都脫剝了衣服，各人插把尖刀，便鑽入水裏去。約莫赴開得半里之際，只見江面上溜頭流下三隻棹船，吹風胡哨，飛也似搖將來。眾人看時，見那船上各有十數個人，都手裏拿著軍器，眾人卻慌將起來。宋江聽得說了，便道：「我命裏這般合苦也！」奔出廟前看時，只見當頭那隻船上坐著一條大漢，倒提一把明晃晃五股叉，頭上挽個空心紅，一點鬢兒，下面拽起條白絹水裩※12，口裏吹著胡哨。宋江看時，不是別人，正是：

註

※12 裩：音昆，舊時指褲子。同「褌」。

評點

◎19.此段言十字街頭，百姓殺得屍橫遍野，正是城門失火，殃及池魚云云。（余評）
◎20.偏要逼到險絕處，使讀者受嚇不少。（金批）
◎21.問李逵是晁蓋，定是大將。討衣服是花榮，定是儒將。（金批）
◎22.應沂水人，伏殺虎事。（袁眉）

東去長江萬里，內中一個雄夫。面如傅粉體如酥，履水如同平土。膽大能探禹穴※13，心雄欲摘驪珠※14。翻波跳浪性如魚，張順名傳千古。

當時張順在船頭上看見喝道：「你那夥是甚麼人？敢在白龍廟裏聚衆？」宋江挺身出廟前說道：「兄弟救我！」張順等見是宋江，大叫道：「好了！」◎23那三隻棹船飛也似搖到岸邊，三阮看見，也赴過來。一行衆人都上岸來到廟前。宋江看見張順自引十數個壯漢在那隻船頭上。張橫引著穆弘、穆春、薛永，帶十數個莊客在一隻船上。第三隻船上，◎24李俊引著李立、童威、童猛，也帶十數個賣鹽火家，都各執槍棒上岸來。張順見了宋江，喜從天降，便拜道：「自從哥哥吃官司，兄弟坐立不安，又無路可救。近日又聽得拿了戴院長。李大哥又不見面。我只得

本回最末，張順等九人，晁蓋等十七人，以及宋江、戴宗、李逵，共是二十九人，都入白龍廟聚會，準備一同聚義。（朱寶榮繪）

去尋了我哥哥，◎25引到穆太公莊上，叫了許多相識。今日我們正要殺入江州，要劫牢不想仁兄已有好漢們救出，來到這裏。不敢拜問，這夥豪傑，莫非是梁山泊義士晁天王麼？」宋江指著上首立的道：「這個便是晁蓋哥哥，你等衆位都來廟裏敘禮則個。」張順等九人，晁蓋等十七人，宋江、戴宗、李逵，共是二十九人，都入白龍廟聚會。這個喚做白龍廟小聚會。

當下二十九籌好漢，各各講禮已罷，只見小嘍囉慌慌忙忙入廟來報道：「江州城裏鳴鑼擂鼓，整頓軍馬，出城來追趕。遠遠望見旗旛蔽日，刀劍如麻，前面都是帶甲馬軍，後面盡是擎槍兵將，大刀闊斧，殺奔白龍廟路上來。」李逵聽了，大叫一聲：「殺將去！」提了雙斧，便出廟門。◎26晁蓋叫道：「一不做，二不休，衆好漢相助著晁某，直殺盡江州軍馬，方纔回梁山泊去。」衆英雄齊聲應道：「願依尊命。」一百四、五十人一齊吶喊，殺奔江州岸上來。有分教：血染波紅，屍如山積。直教：跳浪蒼龍噴毒火，巴山猛虎吼天風。畢竟晁蓋等衆好漢怎地脫身？且聽下回分解。◎27

註

※13 禹穴：相傳爲夏禹的葬地。在今浙江省紹興之會稽山，又指會稽宛委山。相傳禹於此得黃帝之書而復藏之。還有一種說法爲夏禹決漢水時的住處。在今陝西省旬陽縣東。

※14 驪珠：語出《莊子・列禦寇》：「千金之珠，必在九重之淵，而驪龍頷下。」傳說中出於驪龍頷下的寶珠。

評點

◎23.寫出心中無數又苦又急。（金批）
想見心中。（袁夾）
◎24.小小聚處，亦錯綜不板。（芥眉）
◎25.三句內說許多前事。（芥眉）
◎26.衆人皆隨李逵亂殺，此段見李逵勇猛過人。（余評）
◎27.十七個好漢來劫法場，還讓黑大漢從空而下，有力有膽。（袁評）

參考書目

1.《水滸傳》，施耐庵、羅貫中撰，底本：容與堂本，人民文學出版社，一九九七年出版。

2.《水滸全傳》，底本：袁無涯本，嶽麓書社，二〇〇五年出版。

3.《金聖歎批評本水滸傳》，嶽麓書社，二〇〇六年出版。

4.《貫華堂第五才子書水滸傳》，（清）金聖歎評點，魏平、文博校點，黑龍江人民出版社，一九九七年出版。

5.《繡像水滸全傳》，（明）施耐庵著，山東畫報出版社，二〇〇七年出版。

6.《評論出像水滸傳》二十卷／（明）施耐庵撰，清（一六四四—一九一一年）刻本。

7.《明容與堂刻水滸傳》，（明）施耐庵撰，羅貫中纂修影印本，上海人民出版社，一九七五年出版。

8.《水滸志傳評林》，（明）余象斗評，文學古籍刊行社，一九五六年出版。

9.《名家評點四大名著》，江天編校，中國文聯出版公司，一九九八年出版。

10.《水滸全傳》，董淑明校注，繡像本，河南文藝出版社，一九九八年出版。

11.《古本水滸傳》，蔣祖鋼校勘，中央民族大學出版社，一九九六年出版。
12.《水滸傳》會評本，北京大學出版社，中國古典小說戲曲研究資料叢書，一九八七年出版。
13.《美籍華人學者夏志清評中國古典長篇小說》，夏志清評點，海南國際新聞出版中心，一九九六年出版。
14.《水滸傳資料彙編》，朱一玄、劉毓忱整編，南開大學出版社，二〇〇二年出版。
15.《周思源新解〈水滸傳〉》，中華書局，二〇〇七年出版。
16.《正說水滸傳——義與忠的變奏》，團結出版社，二〇〇七年出版。
17.《水滸戲與中國俠義文化》，中國藝術研究院，二〇〇六年出版。
18.《水滸文化解讀》，貴州民族出版社，二〇〇六年出版。
19.《水滸傳與中國社會》，薩孟武著，北京出版社，二〇〇五年出版。
20.《水滸傳》圖文版四大名著，上海辭書出版社，二〇〇一年出版。

▲備註：本書以通行的清代金聖歎評本、袁無涯評本爲底本（後五十回），參酌容與堂評本，凡底本可通之處，一般沿用；明顯錯誤則參照他本訂正，不出校記。

圖片來源

1. 《新編水滸畫傳》，葛飾戴斗（即葛飾北齋）繪，上海書店出版社，二〇〇四年出版。
2. 《水滸傳版刻圖錄》，江蘇廣陵古籍刻印社，一九九九年出版。
3. 《水滸葉子 水滸畫傳》，河南美術出版社，一九九六年出版。
4. 《水滸一百零八將》，葉雄繪，季永桂文，百家出版社，二〇〇一年出版。

◆特別感謝本書內頁圖片授權人及授權單位◆

⊙葉雄，上海崇明人，一九五〇年出生。畢業於上海大學美術學院國畫系，現是中國美術家協會會員、中國美術家協會連環畫藝術委員會委員、上海美術家協會理事……等。他於一九七六年開始從事連環畫、插圖、中國水墨畫創作，其作品在全國藝術大展中連續獲獎。他的水墨畫作品還在日本、韓國、加拿大、臺灣等地參加聯展。上海美術館、上海圖書館及中外收藏家收藏了他的中國水墨畫作品。其藝術成就被收入中國美術家大辭典、中國文藝傳集、當代中國美術家光碟、世界華人文學藝術界名人錄、世界名人錄……等。重要作品包括：

二〇〇三年出版《三國演義人物畫傳》
二〇〇三年出版《西遊記神怪、人物畫傳》
二〇〇四年出版《紅樓夢人物畫傳》。

個人信箱：yexiong96@163.com

5. 朱寶榮授權使用內頁繪圖共一百八十張。

⊙朱寶榮，從小酷愛美術，因家庭情況無緣於高等學府深造，引爲憾事。二〇〇四年與兩位志趣相投的好友組成心境插畫工作室至今，能夠從事自己喜愛的工作，覺得是一件很幸福的事！

6. 廣州集成圖像有限公司「FOTOE」授權使用部分內頁圖片。（fotoe.com）
7. 北方崑曲劇院（北京）授權使用《水滸傳》劇照共一張。
8. 富爾特科技股份有限公司影像提供。
9. 美工圖書社：「中國圖片大系」影像提供。

國家圖書館出版品預行編目資料

水滸傳(二)——宋江上山／施耐庵原著；張鵬高編撰.
— 初版. —臺中市 ：好讀，2009.02
冊 ； 公分. —（圖說經典：14）

ISBN 978-986-178-109-9（平裝）

857.46　　97022707

好讀出版

圖說經典 14

水滸傳(二)

【宋江上山】

原　　著／施耐庵
編　　撰／張鵬高
總 編 輯／鄧茵茵
責任編輯／林碧瑩
執行編輯／林碧瑩、莊銘桓
美術編輯／陳麗蕙
封面設計／山今伴頁工作室
發行所／好讀出版有限公司
台中市407西屯區工業30路1號
台中市407 西屯區何厝里19 鄰大有街13 號（編輯部）
TEL:04-23157795 FAX:04-23144188　http://howdo.morningstar.com.tw
（如對本書編輯或內容有意見，請來電或上網告訴我們）
法律顧問／陳思成律師

總經銷／知己圖書股份有限公司
106台北市大安區辛亥路一段30號9樓
TEL：02-23672044　23672047 FAX：02-23635741
407台中市西屯區工業30路1號1樓
TEL：04-23595819 FAX：04-23595493
E-mail：service@morningstar.com.tw
網路書店 http://www.morningstar.com.tw
讀者專線：04-23595819 # 230
郵政劃撥 ：15060393（知己圖書股份有限公司）

印刷／上好印刷股份有限公司
初　　版／西元2009年2月15日
初版三刷／西元2021年1月25日
定　　價／299元

Published by How Do Publishing Co., Ltd.
2021 Printed in Taiwan
ISBN 978-986-178-109-9

讀者回函

只要寄回本回函，就能不定時收到晨星出版集團最新電子報及相關優惠活動訊息，並有機會參加抽獎，獲得贈書。因此有電子信箱的讀者，千萬別吝於寫上你的信箱地址

書名：水滸傳(二)——宋江上山

姓名：＿＿＿＿＿＿ 性別：□男□女　生日：＿＿年＿＿月＿＿日

教育程度：＿＿＿＿＿＿＿＿

職業：□學生 □教師 □一般職員 □企業主管

□家庭主婦 □自由業 □醫護 □軍警 □其他＿＿＿＿＿＿＿＿

電子郵件信箱（e-mail）：＿＿＿＿＿＿＿＿ 電話：＿＿＿＿＿＿

聯絡地址：□□□＿＿＿＿＿＿＿＿＿＿＿＿

你怎麼發現這本書的？

□書店 □網路書店（哪一個？）＿＿＿＿＿＿ □朋友推薦 □學校選書

□報章雜誌報導 □其他＿＿＿＿＿＿＿＿

買這本書的原因是：＿＿＿＿＿＿＿＿＿＿

□內容題材深得我心 □價格便宜 □封面與內頁設計很優 □其他＿＿＿＿

你對這本書還有其他意見嗎？請通通告訴我們：

＿＿＿＿＿＿＿＿＿＿＿＿＿＿＿＿＿＿

你買過幾本好讀的書？（不包括現在這一本）

□沒買過 □ 1 ～ 5 本 □ 6 ～ 10 本 □ 11 ～ 20 本 □太多了

你希望能如何得到更多好讀的出版訊息？

□常寄電子報 □網站常常更新 □常在報章雜誌上看到好讀新書消息

□我有更棒的想法＿＿＿＿＿＿＿＿＿＿

最後請推薦五個閱讀同好的姓名與 E-mail，讓他們也能收到好讀的近期書訊：

1.＿＿＿＿＿＿＿＿＿＿＿＿＿＿＿＿

2.＿＿＿＿＿＿＿＿＿＿＿＿＿＿＿＿

3.＿＿＿＿＿＿＿＿＿＿＿＿＿＿＿＿

4.＿＿＿＿＿＿＿＿＿＿＿＿＿＿＿＿

5.＿＿＿＿＿＿＿＿＿＿＿＿＿＿＿＿

我們確實接收到你對好讀的心意了，再次感謝你抽空填寫這份回函

請有空時上網或來信與我們交換意見，好讀出版有限公司編輯部同仁感謝你！

好讀的部落格： http://howdo.morningstar.com.tw/

請填妥後對折黏貼，直接投郵即可，無須貼郵票。

廣告回函
臺灣中區郵政管理局
登記證第 3877 號
免貼郵票

好讀出版有限公司　編輯部收

407 台中市西屯區何厝里大有街 13 號
電話： 04-23157795-6　傳眞： 04-23144188

沿虛線對折

購買好讀出版書籍的方法：

一、先請你上晨星網路書店 http://www.morningstar.com.tw 檢索書目或直接在網上購買

二、以郵政劃撥購書：帳號 15060393 戶名：知己圖書股份有限公司並在通信欄中註明你想買的書名與數量

三、大量訂購者可直接以客服專線洽詢，有專人爲您服務：
客服專線： 04-23595819 轉 230 傳眞： 04-23597123

四、客服信箱： service@morningstar.com.tw